古典文獻研究輯刊

八 編

曾永義 主編

第 9 冊

「文備眾體」與唐五代小說的生成（上）

何 亮 著

國家圖書館出版品預行編目資料

「文備眾體」與唐五代小說的生成（上）／何亮 著—初版—
新北市：花木蘭文化出版社，2013〔民102〕
目 2+226 面；19×26 公分
（古典文學研究輯刊 八編；第 9 冊）
ISBN：978-986-322-385-6（精裝）
1. 中國小說 2. 文學評論
820.8　　　　　　　　　　　　　　　　102014644

ISBN-978-986-322-385-6

古典文學研究輯刊
八 編 第九冊　　　　　　ISBN：978-986-322-385-6

「文備眾體」與唐五代小說的生成（上）

作 者 何 亮
主 編 曾永義
總 編 輯 杜潔祥
出 版 花木蘭文化出版社
發 行 所 花木蘭文化出版社
發 行 人 高小娟
聯絡地址 235 新北市中和區中安街七二號十三樓
　　　　 電話：02-2923-1455／傳眞：02-2923-1452
網　 址 http://www.huamulan.tw 信箱 sut81518@gmail.com
印　 刷 普羅文化出版廣告事業
初　 版 2013 年 9 月
定　 價 八編 24 冊（精裝）新台幣 42,000 元

第五十三批中國博士後科學基金項目
《漢唐小說文體研究》前期成果（2013M531900）

「文備衆體」與唐五代小說的生成（上）

何　亮　著

作者簡介

何亮（1980～），女，湖南沅江人。2011 年畢業於華南師範大學，獲文學博士學位。2011～2013 年，在暨南大學中國語言文學系從事博士後研究工作。現任職於重慶師範大學文學院。主要研究方向為中國古代小說、中國古代文體學等。

提　　要

　　本課題從敘事學與文體學交融的視閾，把唐五代小說「文備眾體」中的「體」理解為「廣義文本」，在對唐五代小說進行文本分類統計的基礎上，從話語、文本間性、文體建構三個層面，以共時性和歷時性相結合的視角，解析諸「文本」之間的相互關聯，探討各文本在唐五代小說敘事過程中所承擔的功能和作用，進而探究「眾文本」的組合方式及其規律，揭示唐五代小說的文體生成。

　　本文認為：第一，唐五代小說吸收了史傳、詩歌、辭賦、駢文等文體或文體組成要素，同時又吸收了祭誄文、碑銘文、公牘文、書牘文等其他文體或文體組成要素有機組合敘述一個故事。本文將這些「文體或文體組成要素」視為一個個「文本」；第二，唐五代小說中的史傳文本，有干預的功能；第三，唐五代小說是由多種「廣義文本」會通而生成的「文本共同體」。

　　要之，「文備眾體」的「體」包含「內容」和「形式」兩方面的「文本」：「內容」方面的「文本」指唐五代小說吸取前代作品為題材；「形式」方面的「文本」指其運用某一文體、某種文體元素或表現手法。唐五代小說是由諸多「內容」和「形式」方面的文本組合而成的「文本共同體」。每一種文本根據敘事的需要在小說的敘事流中承擔不同的功能和作用。唐五代小說作者的「詩筆、史才、議論」均通過這些文本的個性化組合得以展現。這些文本的不同組合呈現為不同的敘述模式，孕育著唐五代小說的審美生成。

目次

緒　論

　　宋趙彥衛在《雲麓漫鈔》卷八指出「唐之舉人，先藉當世顯人，以姓名達之主司，然後以所業投獻；踰數日又投，謂之溫卷，如《幽怪錄》、《傳奇》等皆是也。蓋此等文備眾體，可以見史才、詩筆、議論」〔註1〕。二十世紀以來，學界基本上從「史才、詩筆、議論」三個向度考察唐代小說文體的特徵，並取得了豐碩的成果。然趙彥衛所說「蓋此等文備眾體，可見史才、詩筆、議論」，其意謂「唐之舉人」通過小說可展現其史家才識、詩人筆調和議論風範，因此，僅從「史才、詩筆、議論」對唐代小說的文體進行研究，尚未明確「文備眾體」中「體」的內涵和「眾體」的範圍，亦未能揭示唐人如何「備」「眾體」而成「文」。

　　「文備眾體」不僅揭示了唐代小說的文體特徵，而且還揭示了其生成的路徑。「文備眾體」應從三個層面去考量：一是從學理上對「文備眾體」中「體」的內涵進行界定；二是明確「文備眾體」中「眾體」的範圍；三是揭示唐人如何「備」「眾體」而成「文」。換言之，即從敘事學和文體學交融的視閾，系統探究唐人如何會通「眾體」去敘述一個故事，通過考察唐人小說文體生成進而揭示其文體特徵。由於五代祚短，其小說與唐小說相近，今有李時人編校、何滿子審定的《全唐五代小說》刊行，故本文對「文備眾體」的探研由唐代小說延伸到五代小說。這不僅對唐五代小說的生成以及中國小說發展史的探究，而且對中國文學發展史的研究以及對古人破「體」爲文創作經驗的總結，都具有十分重要的價值和意義。

〔註1〕　〔宋〕趙彥衛撰，傅根清點校《雲麓漫鈔》，中華書局1996年版，第135頁。

一、關於「文備衆體」之「體」研究的檢視

　　由於中國語言文字具有「意在言外」、「含蓄蘊藉」的模糊不肯定性，歷代統治者的重視和不斷干預，文章運用時的靈活變化，以及文體自身演進的複雜性等，使得人們對「文體」分類的標準不一，對「體」的認識也不盡相同。

　　《尚書》作為我國最早的一部歷史文獻，由文體的實際功用，將散文分為典、謨、訓、誥、誓、命等類別：「芟夷煩亂，翦截浮辭，舉其宏綱，撮其機要，足以垂世立教。典、謨、訓、誥、誓、命之文凡百篇。所以恢弘至道，示人主以軌範也。」〔註2〕曹丕《典論·論文》從文章的用途與體性來區分文體〔註3〕：「夫文本同而末異，蓋奏議宜雅，書論宜理，銘誄尚實，詩賦欲麗。」〔註4〕蕭統《文選》以「有韻」與「無韻」來區分「文」和「筆」，進而對某一文體細分小類，如詩歌以「題材的內容意旨作為分類的標準，計有述德、勸勵、詠史、百一、遊仙、招隱、反招隱、遊覽、詠懷、哀傷、行旅、軍戎、輓歌、雜詩等 14 類」〔註5〕。宋代理學家真德秀所編《文章正宗》，強調「明義理，切世用」的文學觀，將文體分成辭命、議論、敘事和詩賦四種。可見，中國古代的文體分類非常複雜，其分類「或以功能、或以功用、或以形態、或以題材，其區分缺乏一個明確而統一的標準」〔註6〕。

　　對「體」的理解，羅根澤《中國文學批評史》進行了系統歸納：「中國所謂文體，有兩種不同的意義：一是體派之體，指文學的作風（Style）而言，如元和體、西崑體、李長吉體、李義山體……皆是也。一是體類之體，指文學的類別（Literary kinds）而言，如詩體、賦體、論體、序體、……皆是也。」〔註7〕即是說，人們所說的「體」，一指風格，二指體裁。徐復觀則認為，中國古代「文體」的「體」，一指「體裁」，或稱為「體制」；二指「體要」；三

〔註2〕　〔清〕嚴可均輯《全上古三代秦漢三國六朝文》，中華書局 1958 年版，第 195 頁。

〔註3〕　徐復觀認為曹丕《典論·論文》從題材、用途的不同來區分文體。曹丕對文體的分類，稱之為「科」，而不是「類」。（見徐復觀《中國文學精神》，上海書店出版社 2006 年版，第 453 頁。）

〔註4〕　魏宏燦校注《曹丕集校注》，安徽大學出版社 2009 年版，第 313 頁。

〔註5〕　郭英德《中國古代文體學論稿》，北京大學出版社 2005 年版，第 207 頁。

〔註6〕　吳承學，沙紅兵《中國古代文體學學科論綱》，《文學遺產》2005 年第 1 期，第 28～29 頁。

〔註7〕　羅根澤《中國文學批評史》，上海書店出版社 2003 年版，第 147 頁。

指「體貌」。〔註8〕郭英德《中國古代文體學論稿》、吳承學《中國古代文體學學科論綱》、申丹《敍述學與小說文體學研究》等對「體」的看法，與徐復觀、羅根澤稍有區別。他們將文體分為語體、體制、體式和體性四個層面。對此，郭英德《中國古代文體學論稿》有詳細的闡述：「文體的基本結構，猶如人體結構，應包括從外至內依次遞進的四個層次，即：（一）體制，指文體外在的形狀、面貌、構架，猶如人的外表體形；（二）語體，指文體的語言系統、語言修辭和語言風格，猶如人的語言談吐；（三）體式，指文體的表現方式，猶如人的體態動作；（四）體性，指文體的表現對象和審美精神，猶如人的心靈、性格。文體的這四個結構層次，體制與語體，偏重於外，往往通過觀察、分析便可以直觀地把握；體式與體性，偏重於內，只能通過仔細的辨析和比較才能深入地體察。」〔註9〕在郭英德等看來，一種文體的生成，離不開體制、語體、體式、體性四個層面的逐層建構。

　　20 世紀以來，學界也主要從語體、體式、體制或體性的層面去解讀「史才」、「詩筆」、「議論」和理解唐人小說「文備眾體」之「體」。

　　20 世紀初，魯迅在《中國小說史略‧唐之傳奇文》中，從傳奇小說盛行的原因，探討了小說中的「詩筆」現象：「詩筆」主要指在小說中穿插詩歌。〔註10〕陳寅恪《元白詩箋證稿》對白居易的《長恨歌》和陳鴻的《長恨歌傳》，以「詩筆」與「史才」加以區別：「陳氏之《長恨歌傳》與白氏之《長恨歌》非通常序文與本詩之關係，而為一不可分離之共同機構。趙氏所謂『文備眾體』中，『可以見詩筆』（趙氏所謂詩筆係與史才並舉者。史才指小說中敍事之散文言。詩筆即謂詩之筆法，指韻文而言。其筆字與六朝之以無韻之文為筆者不同。）之部分，白氏之歌當之。其所謂『可以見史才』『議論』之部分，陳氏之傳當之。」〔註11〕陳寅恪認為「文備眾體」之「體」不僅指詩歌，還包括韻文、小說敍事中的散文。20 世紀 80 年代，吳志達《唐人傳奇》論及唐傳奇在結構和人物描寫方面與史傳文學之關係時，指出「史才」即史傳筆法

―――――――――

〔註8〕　見徐復觀《中國文學精神》，上海書店出版社 2006 年版，第 167～168 頁。

〔註9〕　郭英德《中國古代文體學論稿》，北京大學出版社 2005 年版，第 4 頁。

〔註10〕　魯迅在《中國小說史略》中，分析了傳奇小說盛行的原因：「唐至開元，天寶以後，漸漸對於詩，有些厭氣了，於是就有人把小說也放在行卷裏去，而且竟也可以得名。所以從前不滿意小說的，到此時也多做起小說來，因之傳奇小說，就盛極一時了。」（魯迅《中國小說史略》，人民文學出版社 2007 年版，第 322 頁。）

〔註11〕　陳寅恪《元白詩箋證稿》，三聯書店 2001 年版，第 4～5 頁。

在唐傳奇中的運用。〔註12〕20世紀90年代，楊義《唐人傳奇的詩韻樂趣》闡釋對「史才、議論」看法的同時，重點剖析了「詩筆」的含義：「要見史才不妨著史，要見議論不妨寫子書，中國早期小說就是從子和史中異化獨立出來的。唐人的貢獻在於用的是『詩筆』，從而使子史因素，使史才、議論在新的小說體式中詩化了。」〔註13〕小說是從史書和子書中孕育、脫胎而產生的一種新的文體。這種文體發展到詩歌大盛的唐朝，小說家們把其中的史才、議論因素也詩化，從而使小說帶有詩的意味和特徵。程毅中《文備眾體的唐代傳奇》全面詮釋了「史才、詩筆、議論」的內涵：「所謂『史才』，與李肇所讚賞的『良史才』一脈相承，也就是用史家寫傳記的筆法來寫小說，可以稱之為專長記事的史傳派。所謂『詩筆』，就是在敘事文學中融合以詩歌，從廣義上說，還包括賦和駢文，『用對語說時景』的修辭方法也應當包括在內，可以稱之為偏重文采的詞章派。至於『議論』，則只是『史才』的一個組成部分，模擬《左傳》的『君子曰』、《史記》的『太史公曰』，顯示其繼承的是史家的傳統。」〔註14〕程毅中認為「傳奇是一種詩化的小說，除了文中穿插詩歌以外，整個作品往往採用了詩的語言，某些作品還具有賦的成分」〔註15〕。因此，唐小說「文備眾體」之「體」，一指文體，如母體是雜傳記；二指小說的傳記筆法、用詩賦來抒情言志的手法和運用的「對語說時景」的修辭方法。21世紀初，程國賦從敘事學的角度探討了唐五代小說中的「史才」：即小說家在才、學、識兼備的前提下，以史傳的敘事技巧和敘事模式來進行小說創作。〔註16〕李劍國等從人的倫理道德意識、歷史意識和詩意識出發，對唐五代小說中「史才」、「詩筆」、「議論」的蘊意和所指進行闡發：「『議論』可以見出小說家的倫理意識和道德觀照，還是屬於內容方面，那麼『史才』和『詩筆』則是小說家的歷史意識和詩意識在創作中的體現，它們突出地反映了唐代小

〔註12〕 見吳志達《唐人傳奇》，上海古籍出版社1981年版，第6頁。

〔註13〕 楊義《唐人傳奇的詩韻樂趣》，《中國社會科學》1992年第6期，第168頁。

〔註14〕 程毅中《文備眾體的唐代傳奇》，見程毅中編《神怪情俠的藝術世界——中國古代小說流派漫話》，中共中央黨校出版社1993年版，第80頁。

〔註15〕 程毅中《文備眾體的唐代傳奇》，見程毅中編《神怪情俠的藝術世界——中國古代小說流派漫話》，中共中央黨校出版社1993年版，第76頁。

〔註16〕 程國賦在《唐五代小說的文化闡釋》一書中，認為古人對「史才」的具體要求為：「古代對『史才』的具體要求：才、學、識三者兼備，缺一不可；其二，史才的另外一層內涵是指史傳作品所體現的敘事技巧和敘事模式。」（程國賦《唐五代小說的文化闡釋》，人民文學出版社2002年版，第5頁。）

說的藝術特徵和藝術成就。」〔註17〕唐人小說家以歷史家的氣質和史學修養，借用史傳以完整的人物活動為線索的敘事框架，發揮史傳描寫人物的手段，吸收詩歌抒情寫意的筆法，使作品營構的情景詩意化。同時，運用古文和駢文的筆法技巧，從而使唐人小說形成了兼備詩、駢文、史傳等多種文體於一爐的藝術特徵。劉勇強《中國古代小說史敘論》著眼於小說文體結構與史傳的相似，分析了唐傳奇就「『史才』而言，傳奇與史傳、主要是野史雜傳的淵源關係，決定了傳奇在結構上習慣採用史傳的形式，儘管傳奇往往並不完整記述人物的一生，但開篇交代人物的姓氏、里籍等，末尾落實人物的結局，有時還加以評議等，都與完整的傳記無異。而在具體筆法上，史傳敘述的簡潔等，也為傳奇所借鑒」〔註18〕。而唐傳奇中的「詩筆」，「不限於韻文，傳奇作品在敘述中對意境的追求、情感的強調、辭藻的講究等等，都吸收了詩歌藝術的經驗。」〔註19〕至於「議論」，實際上與「史才」也一脈相承。劉勇強對唐傳奇「文備眾體」之「體」的理解，不僅指小說對詩歌等完整韻文文體的使用，還包括對詩、史傳筆法的運用。孟昭連、寧宗一《中國小說藝術史》認同用宋趙彥衛所說的「文備眾體」來概括唐傳奇的藝術體制，並對「史才、詩筆、議論」進行了具體的解析：「趙彥衛所說的『史才』，更具體地說是指史書中傳記的寫法。……『詩筆』指的是什麼呢？有人以為就是《後山詩話》中所說的『用對語說時景』，即用駢體描寫景物。這固然不錯，但顯然很不全面，更主要的還是指唐傳奇的抒情性，用詩的手法寫小說，從而形成了詩化小說。……所謂『議論』是指傳奇作者在故事講述過程中的主觀評論部分，一般處於故事的結尾，也有少數在故事的開頭或情節的中間。議論的作用是對已敘的故事加以評述，對故事人物或褒或貶，力圖從具體的形象描寫中抽象出哲理來，明確表達作者的創作意旨。」〔註20〕唐小說「文備眾體」的「體」，是指唐小說借鑒了寫史、寫詩、寫文的多種筆法，融合了這幾種文體的因素，而形成了一種新的文學類型。孟昭連《論唐傳奇「文備眾體」的藝術體制》一文對「史才、詩筆、議論」的看法與其在《中國小說藝術史》

〔註17〕 李劍國、陳洪主編《中國小說通史・唐宋元卷》，高等教育出版社 2007 年版，第 435 頁。

〔註18〕 劉勇強《中國古代小說史敘論》，北京大學出版社 2007 年版，第 130 頁。

〔註19〕 劉勇強《中國古代小說史敘論》，北京大學出版社 2007 年版，第 132 頁。

〔註20〕 孟昭連、寧宗一《中國小說藝術史》，浙江古籍出版社 2003 年版，第 131～140 頁。

中的觀點基本一致：唐傳奇借鑒了史傳文學圍繞主人公命運發展過程，按時間順序依次敘述，及塑造人物性格的寫作技法，「史才」的形成與史傳文學密切相關；唐傳奇注重抒情詩，以駢體語言描寫景物，以詩歌雜入正文之中，形成了「詩筆」的藝術特點；「議論」的作用是對敘述的故事加以評論，對人物進行褒貶，力圖從具體的描寫中抽象出哲理來。唐代小說是一種由「史才、詩筆、議論」三者結合而形成的獨特的藝術體制。這種藝術體制以史傳筆法寫人、敘事，用駢體語言描寫景物，以議論抽象出哲理，同時在小說行文中雜以詩歌，使小說既有生動的人物形象刻畫，也富於一定的哲理意味。〔註21〕

　　綜上所述，關於「史才」，學界大多認為唐小說運用了史傳的筆法和體例，用散文式語言敘事，喜用與歷史相關的題材故事。在文章結構上，開篇和結束語都留有史傳文學的痕迹。然史傳屬於史官敘述，在唐代小說中，作家也可以運用詩賦、碑銘文或書信等文體或其文體要素進行敘述，不少作品開篇和結束語都已經擺脫史傳敘事的框架和體例；關於「議論」，主要是指唐小說運用諸子散文中的「議論」因素，尚未具體論述唐小說使用議論的方式及其在小說敘述中的功能。事實上，唐代小說中的「議論」，除吸收諸子散文中的議論因素外，詩歌、論贊、辭賦等都可以用來發表議論。如在《古鏡記》中，鸚鵡死前率性起舞，以詩歌抒發對人世的感慨：「寶鏡寶鏡，哀哉予命！自我離形，於今幾姓？生雖可樂，死必不傷。何為眷戀，守此一方！」〔註22〕鸚鵡雖哀歎自己命運悲苦，對即將終結的世間生活流露出不捨，但她覺得此生已歡娛盡興，不必再留戀人世，更不必因死亡而悲傷，應順應自然；關於「詩筆」，主要指在小說中穿插、引用詩歌、營構出詩的意境，或在小說敘述中雜以韻文。唐小說「文備眾體」，主要指唐代小說吸收了詩、駢文、賦、史傳等文體及其文體要素，形成了兼備多體的特點。學界將「文備眾體」之「體」理解為：

1、指某一「文體」。如魯迅《中國小說史略》論及「詩筆」涵義之時，即指唐小說中穿插了詩歌文體。又如程毅中《文備眾體的唐代傳奇》認為唐小說除移用詩歌文體之外，還使用了賦、駢文文體。

〔註21〕見孟昭連《論唐傳奇「文備眾體」的藝術體制》一文。此文圍繞「史才、詩筆、議論」，指出唐傳奇兼備詩、史、論於一體的藝術體制。（孟昭連《論唐傳奇「文備眾體」的藝術體制》，《南開學報》2000年第4期，第62～69。）

〔註22〕李時人編校，何滿子審定《全唐五代小說》，陝西人民出版社1998年版，第3頁。

2、指某種文體所用的「筆法」。如孟昭連、寧宗一在《中國小說藝術史》中，指出唐小說是一種借鑒了史、詩、文的多種筆法而融合成的新的文學類型。

3、指某一文體的「組成部分」。如程毅中《文備眾體的唐代傳奇》一文，指出唐傳奇中的某些作品具有賦的成分。

4、指某類文體所用的「語言」。如孟昭連《論唐傳奇「文備眾體」的藝術體制》一文，剖析唐傳奇具有抒情性特徵的重要原因，即在於作者以駢體語言描寫景物。又如程毅中《文備眾體的唐代傳奇》指出唐傳奇採用詩的語言，是其形成詩化小說的重要因素。

5、指某種文體風格。如楊義、程毅中談及唐傳奇具有「史才、詩筆、議論」之時，他們一致認為唐小說家們以詩人的氣質、史學家的才識創作小說，使唐小說的行文風格與詩、史傳相似。

二、關於「文備眾體」中「眾體」的研究

在唐五代小說發展的不同時期，進入其中的文體呈現出階段性特點。王運熙、劉瑛、李宗為、陳文新、吳志達、內山知也等諸家，或選取唐五代小說中的一部分代表性作品，或以某一階段，或以某幾部小說集作為研究對象，以此來探究在不同發展階段，進入唐五代小說的其他文體和唐五代小說因這些文體的進入所表現出來的特徵。

王運熙分析了影響中唐傳奇小說的其他文體：「唐傳奇的文體是在漢魏六朝志怪小說的基礎上發展起來的。它基本上是散文，但到中唐時代，由於接受了民間變文俗曲的影響，駢偶成分增多，文辭更趨通俗化。」〔註23〕唐傳奇基本上是散文。中唐時期，在民間變文俗曲的影響下，唐傳奇小說中的駢偶成分雖有增多，語言卻更為通俗。

吳志達《唐人傳奇》從科舉制度、行卷與傳奇的關係，分析了進入晚唐傳奇小說的其他文體：

> 晚唐咸通以後，黨爭平息，宦官與藩鎮掌握政權，文壇逐漸冷落，傳奇小說與科舉制度的關係日益疏遠，賦（詩筆）、判（議論）、傳（史才）三合一的傳奇體制也有所變化。最明顯的變化是，在傳奇小說中，為著表明創作目的和主題思想而加入一段議論的現象消失

〔註23〕王運熙《試論唐傳奇與古文運動的關係》，《光明日報》1957 年 10 月 10 日。

了；而議論（撰擬判詞），在考試科目中至關重要，所以原先用以「行
卷」的傳奇，絕大多數都是在篇末添加一段議論的。〔註24〕

吳志達認為，咸通以前，傳奇小說在文體體制上，主要融合了賦、判文和史
傳三種文體。晚唐咸通以後，由於傳奇小說與科舉制度的關係日漸疏遠，導
致融合了賦、判、傳三種文體的傳奇小說在體制上發生了變化。最明顯的變
化是傳奇小說中的議論，在形式上發生了改變。用來訓練撰擬判詞的文末議
論，代替了為表明創作目的和主題思想的議論。在某種程度上，這種為「議
論」而「議論」的寫作理念，導致議論與作品遊離，影響了傳奇小說的價值。

劉瑛《唐代傳奇研究》選取中晚唐時期的唐傳奇小說作品 39 篇進行統計，
以此為基礎，探究中晚唐傳奇小說的特點：

> 初期的傳奇作品，大都只有敘述，多無詩歌雜文。自沈既濟的《枕
> 中記》出——其時已是貞元、元和之際，故一文之中既有疏、又有
> 詔——一文之中雜以詩、歌、議論的便多了。按開元二十六年（西
> 元七三八年）進士試題即為「試擬孔融薦禰衡表」。肅宗廣德三年
> 試「轅門箴」。建中時，趙贊知貢舉，即以箴、論、表、贊代詩、
> 賦。是故傳奇中乃有雜文的出現。……更後的作品，如裴鉶的《傳
> 奇》、皇甫枚的《三水小牘》，都是一文之中，兼有敘述、詩歌和議
> 論。〔註25〕

劉瑛用具體的統計數據說明唐初小說多以敘述為主，少見詩歌、雜文的融入；
中期作品開始兼具敘述、議論，多有詩歌，並與疏、奏、贊、解謎、書、檄
文、銘等文體雜糅；後期作品兼有敘述、詩歌和議論。但是，他只選取中晚
唐時期的唐傳奇小說作品 39 篇進行統計分析，未及全面。

李宗為探討了中唐傳奇與詩歌的關係，不僅表現在傳奇作品中出現詩歌
的現象又有所增加，更重要的表現是傳統詩歌所擅長的、具有很強現實性的
愛情題材在中唐傳奇中得到發展。〔註26〕

俞鋼《唐代文言小說與科舉制度》對小說集《玄怪錄》和《續玄怪錄》
中出現的文體進行統計，發現《續玄怪錄》中的《薛偉》篇無詩賦，但有詔
書文體。《玄怪錄》中的《開元明皇幸廣陵》無詩賦，有奏章。而《董慎》篇

〔註24〕吳志達《傳奇小說》，上海古籍出版社 1981 年版，第 24 頁。
〔註25〕劉瑛《唐代傳奇研究》，正中書局 1982 年版，第 79 頁。
〔註26〕見李宗為《唐人傳奇》，中華書局 1985 年版，第 102～108 頁。

無詩賦，有判文。〔註27〕

　　日本學者內山知也《隋唐小說研究》歸納唐小說中融入了詩詞、駢文、書信、狀文、詔敕文等多種文體，分析了書簡文在戀愛小說《遊仙窟》、《鶯鶯傳》等中的意義：「著者借這些書信文深化登場人物的心理描寫，從而防止故事僅在以敘事爲核心的情況下簡單地推移。隋唐小說從本質上看是熱衷於敘事，對於敘情則極其疏略。可以說，詩詞、書信文的插入對防止這樣的單調化發揮了相當的作用。」〔註28〕同時，統計了《柳氏傳》、《枕中記》、《任氏傳》等15篇傳奇小說所融入的其他文體類型。

　　從各家對唐五代小說「文備眾體」中「眾體」的研究可知，唐五代小說「文備眾體」的「眾體」，不僅包含有詩、賦、史傳，還包含有疏、奏、贊、解謎、書、檄文、銘、判文等。然值得指出的是，融入唐五代小說的其他文體，有些是整個文體的體裁，而大多數則是某種文體要素或者某種文體的表現形式。但是，不管是以整個文體體裁，還是以某種文體要素或其表現形式介入，對唐五代小說而言，它們已成爲其文體的有機組成部分，不再是獨立的文體。譬如詩歌，崔際銀《詩與唐人小說》就其融入唐小說後與唐小說之間的關係，已有闡論：「唐人小說中的詩歌，毫無疑問屬於小說的有機組成部分。但是，鑒於我們是將這些詩歌作爲關注的重要對象，且將本項研究定位爲小說研究範疇。爲方便起見，此處將唐人小說與小說中的詩歌進行區分，以兩種文體視之。這樣一來，就具有了小說與詩歌文體間相互關係研究之特徵。」〔註29〕

三、「文」如何「備」「眾體」的研究

　　在中國古代文學發展史中，小說與詩文相較，文體品位卑微。

　　小說一詞最早見於《莊子・外物篇》，指的是與大道相對立的、淺薄的言論。《論語》中子夏所言之「小道」，荀子的「小家珍說」，與莊子的「小說」語意相近。莊、荀等人所言的「小說」不具有文體學的意義。桓譚在《新論》中說：「若其小說家，合叢殘小語，近取譬論，以作短書，治身理家，有可觀

〔註27〕見俞鋼《唐代文言小說與科舉制度》，上海古籍出版社2004年版，第283～286頁。

〔註28〕〔日〕內山知也著，查屏球編，益西拉姆等譯《隋唐小說研究》，復旦大學出版社2010年版，第16頁。

〔註29〕崔際銀《詩與唐人小說》，天津古籍出版社2004年版，第23頁。

之辭。」〔註30〕「桓譚進一步從文體學意義上對『小說』作了界定，即『小說』的文體特徵是短小瑣屑，『小說』之小，已不再僅僅是指內容上的，而且也是指形式上的了。」〔註31〕《漢書・藝文志》因小說「似子」而「近史」，類屬「諸子略」。《隋書・經籍志》小說名目有《燕丹子》、《世說新語》、《殷芸小說》等具有文學性的敘事作品，也有《文對》、《魯史欹器圖》這樣蕪雜不純的非文學性作品。陳洪《中國小說理論史》就將《隋書・經籍志》中的小說稱爲「雜纂小說」。〔註32〕劉知幾《史通・雜述》亦指出小說「雜」的特點：「在昔三墳、五典、春秋、檮杌，即上代帝王之書，中古諸侯之記。行諸歷代，以爲格言。其餘外傳，則神農嘗藥，厥有《本草》；夏禹敷土，實著《山經》；《世本》辨姓，著自周室；《家語》載言，傳諸孔氏。是知偏記小說，自成一家。而能與正史參行，其所由來尚矣。」〔註33〕劉知幾將記事不實、爲言荒誕的雜史、雜傳、雜記視爲「偏記小說」。《新唐書・藝文志》、《宋史・藝文志》等將「小說」歸入子部，並雜糅了史部雜傳、小說家、雜家等各類書目。

　　唐代小說的「雜」，一是內容之「雜」，即小說在內容上包羅萬象，事無鉅細概可囊括；二是形式之「雜」。宋代趙彥衛在《雲麓漫鈔》中指出唐小說「文備眾體」，主要是針對唐人小說文體構成成分之「雜」而言。由於史傳居於主導地位，小說長期依附於史傳，小說在文體結構上明顯受到史傳的影響。從破「體」爲文的視角觀之，「一種文體的發展離不開對其他文體優長的借鑒與吸收」〔註34〕，唐五代小說正吸收和融合了其他文體元素來敘述故事。

　　唐五代小說「文備眾體」，即意謂「雜糅眾體」，因而學界注重探究唐五代小說中各種文體之間的關係：

（一）唐代小說中傳奇與志怪之間的關係

　　明確傳奇和志怪的概念，是釐定其關係的前提。胡懷琛在《中國小說概

〔註30〕〔梁〕蕭統編，〔唐〕李善注《文選》（卷三十一江文通（江淹）《李都尉從軍》），中華書局 1977 年版，第 444 頁。

〔註31〕景凱旋《唐代小說類型考論》，《南京大學學報》（哲學・人文科學・社會科學）2002 年第 5 期，第 112 頁。

〔註32〕見陳洪《中國小說理論史》（修訂本），天津教育出版社 2005 年版，第 10 頁。

〔註33〕〔唐〕劉知幾著，〔清〕浦起龍通釋，王煦華整理《史通通釋》，上海古籍出版社 2009 年版，第 253 頁。

〔註34〕雪弟《小小說散論》，北方文藝出版社 2005 年版，第 98 頁。

論》中，從唐小說故事的特點、篇幅的長短、敘事與古文的區別等方面定義志怪和傳奇。〔註 35〕苗壯把志怪小說納入筆記體小說的範疇，比較兩者之異同，由此對其進行界定：「傳奇體與筆記體相比較，傳奇體注重鋪敘，描寫細膩，講究辭采，故事較爲曲折生動，結構更加完整，篇幅大大增長，作家創作自覺性加強，有意識地想像虛構，有意識地顯露才華，『著文章之美，傳要妙之情』，注意人物形象的塑造。而筆記體則『紀事存樸，好廣向奇』，囿於紀實與補史的觀念，其記敘多平實，少有鋪陳誇飾，往往是粗陳梗概，或截取某些片段與側面，每則一般都不長，意在廣見聞，資談笑，不以故事的曲折、描寫的細膩動人，而以其新奇雋永取勝。因其多取傳聞，非同實錄，存在一定虛構成分，具有故事性，而有別其他雜著、雜記類筆記，屬於小說範疇，爲中國古代小說初級階段的基本形式。傳奇體則是筆記體的發展提高，標誌著中國文言小說的成熟。」〔註 36〕胡懷琛、苗壯的研究思路對後來的研究者頗有啓發，但分類過於細碎，難以把握。李宗爲《唐人傳奇》獨出機杼，從作者的創作意圖判定志怪和傳奇。他認爲傳奇與志怪最根本的區別在於：志怪的創作主要是一種宗教活動，而傳奇的創作則主要是一種審美活動。〔註 37〕而董乃斌《中國古典小說的文體獨立》對此看法提出異議：「志怪小說形體短小，文筆簡樸等特點，在沒有宗教目的的志人小說中同樣存在，可見這些特點與宗教目的並無必然聯繫……用這一點來區分志怪與傳奇，恐怕很難弄得清楚。」〔註 38〕

　　事實上，從史傳和志怪發展到傳奇是一個漸進的過程，同時晚期的傳奇又復趨於志怪和野史別傳，涉及到具體小說集，要把志怪和傳奇截然區分，還是有一定困難的。〔註 39〕李劍國《唐五代志怪傳奇敘錄》從創作意識和審美特徵兩個方面區分志怪與傳奇，但他也認爲「涉及具體作品，要加以區分並不都是好辦的。……只能作大概的判定，只能做直感的判定」〔註 40〕。《唐

〔註 35〕見胡懷琛《中國小說概論》，世界書局 1934 年版，第 32 頁。
〔註 36〕苗壯《中國古代小說文體分化略論》，見大連明清小說研究中心編《稗海新航——第三屆大連明清小說國際會議論文集》，春風文藝出版社 1999 年版，第 67 頁。
〔註 37〕見李宗爲《唐人傳奇》，中華書局 1985 年版，第 12～13 頁。
〔註 38〕董乃斌《中國古典小說的文體獨立》，中國社會科學出版社 1994 年版，第 163 頁。
〔註 39〕見李宗爲《唐人傳奇》，中華書局 1985 年版，第 13 頁。
〔註 40〕李劍國《唐五代志怪傳奇敘錄》，南開大學出版社 1993 年版，第 5 頁。

五代志怪傳奇敘錄》根據傳奇和志怪的特徵以及志怪與傳奇在集子或一篇文章中所佔比例的多少（筆記小說除外），把唐代小說集分成傳奇集、志怪集、志怪傳奇集、傳奇志怪集、志怪傳奇雜事集等。對志怪和傳奇相融互滲，難以劃出涇渭分明的界線，董乃斌權衡諸家之說，提出了解決的辦法：「從志人志怪小說到傳奇小說，並無絕對界限，是相互連接著的，但又是兩個階段，不宜隨便混為一談」〔註41〕。因此，傳奇與志怪文有大體，無定體。沒有必要將二者截然區分，但也要看到彼此之間的差異。

（二）唐代小說與筆記、筆記小說、野史筆記的關係

學界目前「對於筆記小說的含義還沒有一致的認識」〔註42〕，對其所包含的範圍也混亂不清，主要有以下幾種看法：

第一，所有的文言小說都可以稱之為筆記小說。上海古籍出版社編輯出版的《唐五代筆記小說大觀》把一切用文言寫的志怪、傳奇、雜錄、瑣聞、傳記、隨筆之類的著作都稱為筆記小說。〔註43〕

第二，筆記小說主要指傳奇小說。金克木在《燕口拾泥》一文中提出「唐人的筆記是傳奇」〔註44〕的看法。陳文新在《文言小說審美發展史》中也認為「唐代筆記小說以傳奇為骨」〔註45〕。

第三，筆記小說主要指志人小說和志怪小說。苗壯《筆記小說史》根據小說的內容，及所選用的題材，把筆記小說分成志怪和志人小說兩大類別：「筆記小說貫串中國古代小說史始終，志怪、志人小說決非某一階段所特有，而是筆記小說的基本類型。」〔註46〕謝謙在《國學詞典》中也把志怪

〔註41〕董乃斌《中國古典小說的文體獨立》，中國社會科學出版社1994年版，第164頁。

〔註42〕程毅中《略談筆記小說的概念和範圍》，《古籍整理研究學刊》1991年第2期，第21頁。

〔註43〕上海古籍出版社編輯出版的《唐五代筆記小說大觀》在「前言」中說：「『筆記小說』是泛指一切用文言寫的志怪、傳奇、雜錄、瑣聞、傳記、隨筆之類的著作，內容廣泛駁雜，舉凡天文地理、朝章國典、草木蟲魚、風俗民情、學術考證、鬼怪神仙、艷情傳奇、笑話奇談、逸事瑣聞等等，宇宙之大，芥子之微，琳琅滿目，真是萬象包羅。」（上海古籍出版社編《唐五代筆記小說大觀》，上海古籍出版社2000年版，第1頁。）

〔註44〕金克木《燕口拾泥》，浙江文藝出版社1988年版，第102頁。

〔註45〕陳文新《文言小說審美發展史》，武漢大學出版社2002年版，第322頁。

〔註46〕苗壯《筆記小說史》，浙江古籍出版社1998年版，第10頁。

和志人小說納入筆記小說的範疇。〔註 47〕蔡靜波把文言小說分成筆記和傳奇兩體，其中，志人和志怪小說都是筆記小說：「按照傳統習慣，即仍根據題材、內容，將唐五代筆記小說劃分爲志怪與志人兩類進行敘說。……所謂『志怪』，顧名思義，爲記述怪異的作品……所謂『志人』，就是以記人爲主的作品。」〔註 48〕

　　第四，筆記小說是文獻學概念，不完全是文學概念。李劍國等在追溯志怪、傳奇、志人小說、筆記小說概念的源流時，綜合考慮影響志怪、傳奇、志人等的因素，認爲筆記小說的範圍是除志怪傳奇外者。〔註 49〕在概念歸屬上，筆記或筆記小說事實上更應該屬於文獻範疇的概念，而不完全是文學概念：「筆記、筆記小說與志怪、傳奇等文言小說是兩種不同的觀照系統，絕對不能攪合在一起。當我們用筆記、筆記小說的概念時，不是進行小說和小說史的表述，只是在說明一種文獻類型。」因此，研究文言小說時，應盡量避免筆記小說的概念。〔註 50〕劉葉秋《歷代筆記概述》稱「魏晉南北朝以來『殘叢小語』式的故事集爲『筆記小說』」〔註 51〕，亦是將筆記小說作爲文獻學概念而考慮。

　　關於筆記、筆記小說與野史筆記的區分，學界主要有以下不同的看法：

　　第一，筆記小說即爲野史筆記。董乃斌《中國古典小說的文體獨立》認爲雜記史料的私人著作，或記一朝之事，或爲某人傳記，或捃摭遺聞軼事、瑣語叢談，我們統稱之爲野史筆記，或簡稱之爲筆記。他把志怪小說與志人小說置於野史筆記（筆記）。

　　第二，野史筆記主要指志人小說爲代表的隨筆性文字，重在記載史料，具有史學色彩，而筆記小說重在敘事，具有文學色彩。〔註 52〕

〔註 47〕見謝謙編著《國學詞典》，中國人民大學出版社 2007 年版，第 317 頁。
〔註 48〕關於志人小說的界定，蔡靜波在《唐五代筆記小說研究》中認爲是指記人爲主的作品。（見蔡靜波《唐五代筆記小說研究》，陝西人民出版社 2007 年版，第 5 頁。）事實上，志人小說應該是「記載人物言行片段的小說」。（李劍國《論先唐古小說的分類》，見李劍國《古稗斗筲錄——李劍國自選集》，南開大學出版社 2004 年版，第 93～94 頁。）
〔註 49〕見李劍國、陳洪主編《中國小說通史·唐宋元卷》，高等教育出版社 2007 年版，第 401～402 頁。
〔註 50〕李劍國《古稗斗筲錄——李劍國自選集》，南開大學出版社 2004 年版，第 13 頁。
〔註 51〕劉葉秋《歷代筆記概述》，北京出版社 2003 年版，第 1 頁。
〔註 52〕見石昌渝《中國小說源流論》，三聯書店 1994 年版，第 133 頁。

第三，筆記小說和筆記是兩個不同的範疇，筆記是著作體式概念，而筆記小說則是文體學概念，因此，不能以筆記小說代稱所有的筆記。陶敏、劉再華在《「筆記小說」與筆記研究》一文中有論：「儘管筆記與『小說』有親緣關係，但目錄學的『小說』畢竟是純文學觀念尚未建立，文體研究尚不發達的時代產物，不是文體分類的概念，今天不必要也不應該繼續用『筆記小說』來指稱全部筆記。至於介乎筆記與小說之間的作品，不妨仍稱之為『筆記小說』，但應該嚴格限定為『筆記體小說』，即用筆記形式創作的小說，或被編於筆記中的小說。那些具有較強敘事成分的筆記，作者原是忠實地記錄見聞，意在傳信，縱涉怪異，也不加虛構、誇飾和渲染，並非『有意為小說』，循名責實，仍當稱之為筆記。」〔註53〕而李劍國則認為筆記小說即為筆記，他把志人小說列入筆記小說的範疇：本來志人小說以塑造人物形象，記錄人物語言而著稱，但是到了唐朝，志人小說開始萎縮，向歷史小說轉化，成為純粹的拾遺補闕的工具，所以應該把唐朝的志人小說稱為筆記或筆記小說。〔註54〕

周光培《唐代筆記小說》、周勛初《唐代筆記小說敘錄》、丁如明校點的《唐五代筆記小說大觀》等在筆記小說版本的整理上做出了很大貢獻，但他們都沒有清楚地指出筆記小說劃分的具體標準。

（三）唐代小說與詩歌、散文的關係

20 世紀的研究者已發現唐小說在用散文筆法敘事的過程中喜穿插、引用詩賦，關涉到詩歌、散文對小說文體形成的影響。董乃斌《唐代詩歌散文的小說化傾向——小說文體孕育過程之一》從敘事學視角，剖析敘事詩在敘事中的局限，以及敘事詩把敘事功能讓位於散文，散文與敘事的結合，對傳奇小說創作的意義。〔註55〕王運熙、楊明《唐代詩歌與小說的關係》從傳奇與詩歌配合的方式、詩歌題材和寫作旨趣與傳奇小說的相通，探討了詩歌與傳奇小說之間的關聯：「中晚唐這些敘事詩的產生正與傳奇的發達同時，敘事詩的作者有的也就是說話或寫傳奇的能手，敘事詩與傳奇在題材、風格上又都

〔註53〕陶敏、劉再華《「筆記小說」與筆記研究》，《文學遺產》2003 年第 2 期，第 111 頁。
〔註54〕見李劍國《唐五代志怪傳奇敘錄》，南開大學出版社 1993 年版，第 2～3 頁。
〔註55〕董乃斌《唐代詩歌散文的小說化傾向——小說文體孕育過程論之一》，《唐代文學研究》第 4 輯，廣西師範大學出版社 1993 年版，第 257 頁。

表現出密切的關係。」〔註56〕

　　21世紀初，吳懷東《唐詩與傳奇的生成》、崔際銀《詩與唐人小說》和邱昌員《詩與唐代文言小說研究》是研究詩歌與唐小說文體生成問題的三部專著。崔際銀《詩與唐人小說》考察了唐傳奇使用詩歌的情況，探析詩歌與小說融合的成因，提出小說使用詩歌不僅是小說文體自身的需要，也是崇尚以詩賦取士的風尚以及文士以詩歌逞顯才氣的心態使然。詩歌的使用，使唐傳奇取得了很高藝術價值。〔註57〕吳懷東《唐詩與傳奇的生成》分析了在唐代崇尚詩歌的背景下，詩賦經驗和詩賦精神「使得小說將視角轉向現實普通人生，關懷普通人的經歷和命運，並且在敘事中擺脫了歷史真實而追求藝術真實，追求抒情性和娛樂性，追求細節化和戲劇性」〔註58〕。同時，闡述了詩歌藝術手法對傳奇文體特徵形成的作用，更進一步分析了傳奇小說對於詩歌的「反向滲透」。邱昌員《詩與唐代文言小說研究》從唐文言小說創作的主體多為詩人的特殊身份，探討了詩歌滲入唐文言小說的價值：「唐人用詩的精神創造了那個光輝燦爛的時代，也用詩的激情創造了一代小說。唐代文言小說是中國古代文學發展史上的一個新興文體，是我國古代文言小說的第一個高潮，它的崛起和興盛，標誌著我國文言小說的成熟和獨立。」〔註59〕唐文言小說的作者不僅把詩歌融入小說，而且他們以詩的精神和激情觀照小說，關注小說的審美愉悅特性，帶來了唐文言小說語言的「詩化」，將「詩歌」的種種文學特質帶入了傳統的史書敘事，從而促進了中國敘事藝術的發展，促進了中國古代小說文體的成熟。

（四）唐代小說與史傳的關係

　　大多數研究者把史傳作為孕育小說的母體。如董乃斌《中國古典小說的文體獨立》認為史傳是以唐傳奇為代表的古典小說的不祧之祖。〔註60〕霍松林亦認為唐代小說在寫人、敘事、狀景等方面都脫胎於傳統史傳文學。〔註61〕

〔註56〕王運熙、楊明《唐代詩歌與小說的關係》，《文學遺產》1983年第1期，第40頁。
〔註57〕見崔際銀《詩與唐人小說》，天津古籍出版社2004年版，第153頁。
〔註58〕吳懷東《唐詩與傳奇的生成》，安徽大學出版社2008年版，第135～136頁。
〔註59〕邱昌員《詩與唐代文言小說研究》，中國社會科學出版社2008年版，第3頁。
〔註60〕見董乃斌《中國古典小說的文體獨立》，中國社會科學出版社1994年版，第8頁。
〔註61〕見孫鴻亮《佛經敘事文學與唐代小說研究》，人民出版社2008年版，前言第1頁。

不少研究者具體論述了史傳對唐代小說文體的影響。陳文新《論唐人傳奇的文體規範》一文從「示有所本與史家筆法」和「限制敘事與沉思翰藻」兩個方面，闡述了史傳從選材和藝術表達兩個方面形成了唐傳奇文體的規範。〔註62〕詹丹《〈紅樓夢〉與中國古代小說研究》〔註63〕、程國賦《唐五代小說的文化闡釋》〔註64〕從唐小說敘事框架的特點，論述了史傳文學對唐代小說文體結構的影響。

（五）唐代小說與志怪小說的關係

魯迅在《中國小說史略》中，最先提出唐小說源於志怪：「傳奇者流，源蓋出於志怪，然施之藻繪，擴其波瀾，故所成就乃特異，其間雖亦或託諷喻以紓牢愁，談禍福以寓懲勸，而大歸則究在文采與意想，與昔之傳鬼神明因果而外無他意者，甚異其趣矣。」〔註65〕這種觀點得到了不少研究者的認同。20世紀50年代末，徐士年在《唐代小說選》序言中指出唐小說在唐朝新的歷史時代給予其新的生命的基礎上，繼承了志怪小說的傳統。同時期，王運熙在《光明日報》發表的《試論唐傳奇與古文運動的關係》一文中也指出「唐傳奇的文體是在漢魏六朝志怪小說的基礎上發展起來的」〔註66〕。20世紀90

〔註62〕陳文新在《論唐人傳奇的文體規範》中，從「示有所本與史家筆法」和「限制敘事與沉思翰藻」兩個方面闡述了唐傳奇在文體上與詩歌、史傳文學、六朝賦和文的關係，得出唐傳奇的形成是「傳、記」互補與史詩融合的結果。（見陳文新《論唐人傳奇的文體規範》，《中州學刊》1990年第4期，第84～87頁。）

〔註63〕詹丹在《〈紅樓夢〉與中國古代小說研究》一書中，指出唐傳奇的篇章構架明顯淵源於史傳：「在塑造人物中，《史記》的傳記的格局也基本定型，一般來說，包括前後相貫通的四個方面：一，身世與簡介。……二，生平與事迹。……三，結局與後嗣。……四，作者議論。……上述基本的格局不但為以後史書的傳記編撰所遵循，也形成了唐傳奇篇章的大致框架。」（詹丹《〈紅樓夢〉與中國古代小說研究》，東華大學出版社2003年版，第123～124頁。）

〔註64〕程國賦《唐五代小說的文化闡釋》論述了唐五代小說的敘事結構來源於史傳文學：「（一）敘事結構上，史傳作品一般在開頭介紹傳主的姓名、籍貫、出身，語氣平緩，敘述簡約……在敘述時間上，史傳作品基本上是按照順敘式方法記載傳主一生的經歷，唐五代小說大多也是以人物的生平經歷作為貫穿全文的線索，交代人物的奇遇、經歷和結局。……唐五代小說結尾模仿史傳論贊的形式，發表個人見解……（二）敘事筆法上，《史記》創立了『互見法』。所謂『互見法』……其次，唐五代小說作家將史書的『實錄』法運用於小說創作之中。」（程國賦《唐五代小說的文化闡釋》，人民文學出版社2002年版，第5～7頁。）

〔註65〕魯迅《中國小說史略》，人民文學出版社2007年版，第71～72頁。

〔註66〕王運熙《試論唐傳奇與古文運動的關係》，《光明日報》1957年11月10日。

年代末，侯忠義《唐人傳奇》論析唐人傳奇比六朝小說進步時，亦有唐傳奇源於志怪之說。〔註67〕

（六）唐代小說與佛教的關係

韓雲波、青衿《初盛唐佛教小說與唐傳奇的文體發生》一文，從發生學視角，指出佛教小說對唐小說文體發生的影響可分爲三個階段：「第一階段是隋末唐初，這一時期是佛教小說對六朝餘波的沿襲及興趣轉移的開始。……第二階段是高宗、武后時期，這一時期是佛教小說由輔教之書向世俗趣味轉移的開始，此間僧侶內部敘事風氣初步興盛。……第三階段是盛唐時期，佛教小說全面向文學小說融合，佛教在小說中成爲潛在的世界觀照方式和價值生活標準。」〔註68〕可以說，初盛唐佛教小說在故事模型、敘事方式、敘事本質和傳播上，直接促進了唐傳奇的文體發生，佛教小說是唐傳奇文體形成的直接動因。

此外，20世紀80年代初，陳勤建《論唐代傳奇的繁榮與民間文學的關係》從民俗學方法入手，選取《遊仙窟》、《東城老父傳》、《長恨歌傳》等篇目，探討民間文學對唐小說的影響，得出了「唐代民間色彩絢麗的傳說、故事、逸聞、歌謠，是傳奇作品創作的豐富源泉。唐代文人與勞動人民的集體創作，造就了傳奇文學的繁榮昌盛」〔註69〕的論斷。

學界從以上幾個層面對唐五代小說「文備眾體」進行了探究，所取得的成果爲本課題的研究奠定了堅實的基礎。尤其是李時人在前賢研究成果的基礎上，根據唐五代小說與六朝志怪、志人小說等的區別，界定了唐五代小說的概念，爲本課題的研究確定了大致的範圍：「相對於殘叢小語和談片，小說應有因果畢具的完整故事；相對於敘述故事，小說應有超越故事的寓意；相對於粗具梗概的敘事短章，小說應有人物事件的較爲細緻婉曲的描寫；相對於記述軼聞等純客觀的事件記錄，小說應有創作主體的蓄意經營……相對於泛記錄某一人生現象的敘事（包括軼聞、談片乃至完整的故事），小說應在敘述生活現象時提出促人思考的現實人生問題；相對於前此已有的敘事作品，小說應有內容（所敘述的生活方面、人生問題等）和形式（表現方法，

〔註67〕見侯忠義《唐人傳奇》，春風文藝出版社1999年版，第3頁。

〔註68〕韓雲波、青衿《初盛唐佛教小說與唐傳奇的文體發生》，《浙江大學學報》（人文社會科學版）2000年第6期，第75頁。

〔註69〕陳勤建《論唐代傳奇的繁榮與民間文學的關係》，見陳勤建主編《文藝民俗學論文集》，上海文化出版社2009年版，第107～108頁。

包括形象、結構、語言）上的創新意義，不雷同於前此已有的某一作品，至少有所開拓和表現上的獨特風格（兩篇完全相同的小説是沒有的，不能並存的，其中一篇必遭淘汰）；進而求之，則對於原文缺乏概括意義的人生現象（人物、事件）的敍述，小説應有（哪怕是較不明顯的）社會生活的典型意義。」〔註70〕侯忠義、李時人從唐五代小説使用的語言、唐五代小説對志怪、志人小説的兼容，將唐五代小説進一步細分為文言和白話兩個部分。程毅中認為文言部分由軼事小説、志怪、傳奇三個部分組成，而白話部分主要指唐五代時期的一部分變文和話本。〔註71〕但是諸賢的研究大多以一種平面的、靜止的、相對獨立的研究思路來理解唐五代小説「文備眾體」的問題，而不是從敍事學的角度，立體地、動態地、全面系統地探究唐五代小説如何融通諸種文體及其表現元素去敍述一個故事。因而，如何理解唐五代小説「文備眾體」中的「體」？如何探析「文備眾體」中的「眾體」？唐五代小説如何「備眾體」？「文備眾體」之後具有怎樣的文體特徵？這些問題仍然需要進一步探究。

四、存在的主要問題

　　20 世紀以來，學界諸賢大多從「史才、詩筆、議論」三個向度，探究唐

〔註70〕李時人編校，何滿子審定《全唐五代小説》，陝西人民出版社 1998 年版，第11～12 頁。

〔註71〕侯忠義《唐代小説簡史》論及唐小説的範圍時説：「唐代小説的範圍，不僅僅有傳奇，它還應該包括傳統的志怪小説和軼事小説在內。」他還指出唐代小説中有處於萌芽狀態的説書和話本。（見侯忠義《唐代小説簡史》，遼寧教育出版社 1992 年版，第 1 頁。）關於唐五代小説中的變文、話本可否用白話小説代稱，學界頗有爭議。韓國延世大學的全寅初在《唐代小説研究理論模式淺探》一文中，認為唐代的變文、話本是白話小説的一種形式，他把唐五代小説中的變文和話本納入白話小説研究的範圍。同時，他亦把唐文言小説分成志怪、傳奇和軼事小説三類。（全寅初《唐代小説研究理論模式淺探》，見章培恒主編《中國中世文學研究論集》，上海古籍出版社 2006 年版，第 521～533 頁。）李時人在《全唐五代小説》中，整理出了屬於小説範疇的變文和話本，具體篇目有《伍子胥》、《廬山遠公話》、《韓朋賦》等 39 種。（見李時人編校，何滿子審定《全唐五代小説》，陝西人民出版社 1998 年版，目錄頁。）孫步忠亦認為敦煌變文是中國古代白話小説的濫觴。（見孫步忠《敦煌藏卷中的白話小説是中國白話小説的源頭》，《敦煌研究》1999 年第 3 期，第 109～114 頁。）本文認同章培恒、李時人、孫步忠等把唐五代小説中的變文、話本歸入白話小説的看法。

五代小說的「文備眾體」。雖取得了豐碩的成果，仍存在如下不足：

（一）學界對唐五代小說「文備眾體」中「體」的認識尚未統一，原因是尚未從學理上界定「體」這一概念。前賢多從「詩筆、史才、議論」去探究與之相關的文體，如與「史才」相對應的有史傳、野史筆記、志怪和志人小說等敘事文體或者敘述手法，與「詩筆」相對應的有詩歌、辭賦等抒情文體或者駢詞儷句，與「議論」相對應的則有散文、史贊等議論文體或者議論手法。也就是說，前賢多把「體」理解為某一文體的「體制」或者「表現手法」。

在唐五代小說中，除詩歌外，公牘文、書牘文、禱祝文、判文、詞等多種文體也是以完整文體體制的形式被吸收和運用於小說的創作，論說文、辭賦、駢文、史傳等則主要是以文體的某些形式或者「表現手法」被吸收和運用於小說創作之中。特別值得注意的是：即使詩歌、公牘文、書牘文、禱祝文、判文、詞等是以完整文體體制的形式被吸收和運用於唐五代小說創作，但已與其他文體的「表現形式和手法」會通而成為小說敘事的有機成分，承擔著特殊的敘述功能，其本身已被取消了文體的獨立性。在這樣的情況下，將唐五代小說中的詩歌、公牘文、書牘文、禱祝文、判文、詞等仍然視為一種獨立的文體，並與其他文體的「表現形式和手法」相提並論就不恰當。

（二）學界對唐五代小說「文備眾體」中「眾體」範圍的認識亦尚未明確。趙彥衛所謂「文備眾體」，並非只針對「詩筆、史才、議論」而言。而前賢卻多從「詩筆、史才、議論」三個向度去理解與之相關的「眾體」，將研究的視野聚焦於神話、史傳、詩歌、辭賦等文體對唐人小說創作的影響，忽略了融入的其他文體。據統計，唐五代小說還從碑銘文、祭誄文、公牘文、書牘文、禱祝文、判文、詞等多種文體中吸取「營養」。這些文體元素應當被納入唐五代小說「文備眾體」研究的視野，學界對此較少關注。

（三）唐五代小說中「議論」，屬於小說中的敘述干預現象，學界關注甚少。在唐五代小說中，敘述者以直接或者間接的形式控制敘事的進程，評說人物的德行，引導讀者的審美取向，這就是敘述干預。敘述干預是體現作者創作意識、控制小說敘事的重要手段，是研究唐五代小說敘事方式和文體特徵不容忽視的重要一環。

（四）目前學界多從文體學或敘事學的角度，以一種平面的、靜止的、相對獨立的致思去考察唐人小說所吸收前代文體或者表現手法的情狀，較少

將兩種理論融合，立體地、動態地、全面系統地探析「眾體」究竟在唐五代
小說中各自承擔什麼敘述功能，「眾體」之間又怎樣「會通」。

五、解決問題的思路與方法

唐五代小說「文備眾體」，首先要探究作家如何會通「眾體」去敘述一個
故事，其次是探究以這樣的敘述方式去敘述一個故事具有什麼樣的文體特
徵。「文備眾體」既涉及唐五代小說的敘事，又涉及唐五代小說的文體；前者
涉及唐五代小說的生成，後者涉及唐五代小說的文體特徵。因而，應從敘事
學與文體學交融的視閾，考察唐五代小說的敘事及其文體生成。

首先，對「文備眾體」中的「體」進行明確的界定。

鑒於目前學界多從文體學的角度，將「文備眾體」中的「體」理解為文
體體制或者某種文體的「表現手法」，容易造成思維模糊和邏輯混亂。本課
題從敘事學與文體學交融的視閾，將進入唐五代小說中具有完整文體體制的
詩歌、公牘文、書牘文、禱祝文、判文、詞等和某種文體的「表現形式和手
法」，理解為具有獨特敘述功能的「話語」。「任何由書寫所固定下來的任何
話語」〔註72〕即「文本」，「文本」（texte）是「話語」（discours）的同義詞
〔註73〕。

關於「文本」的內涵和外延，〔法〕德里達進行了清晰的界定：文本有廣
義和狹義之分。狹義的「文本」是通常意義上我們所說的一種用文字寫成的
有一個主題、有一定長度的符號形式，廣義的「文本」指的是某個包含一定
意義的微型符號形式，如一個儀式、一種表情、一段音樂、一個詞語等，它
可以是文字的也可以是非文字的，這種意義上的文本相當於人們常說的「話
語（discourse）」。〔註74〕一般來說，文本是語言符號及其構成物的一種客觀存
在。文本的意義經歷了作品──文本──「文本間性」的發展過程。董希文
《文學文本理論研究》介紹了文本理論的具體分析方法：「20 世紀人文科學處

〔註72〕〔法〕保羅‧利科爾著，曲煒等校，陶遠華等譯《解釋學與人文科學》，河北
人民出版社 1987 年版，第 148 頁。

〔註73〕托多羅夫認為文本（texte）或用它的另一個同義詞來說，即話語（discours）。
文本或話語，如人們所說，是一連串句子。（見〔法〕托多羅夫著，蔣子華、
張萍譯《巴赫金、對話理論及其他》，百花文藝出版社 2001 年版，第 25 頁。）

〔註74〕見〔法〕德里達著，趙興國譯《文學行動》，中國社會科學出版社 1998 年版，
第 92 頁。

於一個重視語言闡釋和意義生成的時代，文學文本分析自然是意義詮釋的一個重要領域。就一般情況而言，文學文本分析自然需要經過一個由表及裏、由淺入深的漸次遞進過程：最先是辨析語言，接著是體察結構布局，然後是尋找文本間的聯繫，最後才是對文本文化意義的揭示。」〔註75〕

　　本文使用「廣義文本」這一概念，將「文備眾體」中的「體」視爲構成唐五代小說的「文本」（「話語」）。唐五代小說即是由諸「文本」會通而生成的「文本間共同體」。

　　其次，要明確「文備眾體」中「眾體」的範圍。針對前賢多從「詩筆、史才、議論」三個向度去理解與之相關的「眾體」，多探討神話、史傳、詩歌、辭賦等文體對唐人小說創作影響的情狀，本文對唐五代小說的每篇作品進行具體的文本分析，統計每篇作品所使用的文本形式，將其分爲史傳文本、書牘文本、公牘文本、碑銘文本、論說文本、志怪文本、志人文本、判文本、詞文本、詩文本、駢文本等。（參見文末附錄）

　　再次，「文備眾體」的核心是「備」。「備」是「眾體」之間的組合融通，可理解爲「會通」，即「眾體」如何會通而成「文」。申丹《敘述學與小說文體學研究》總結了諸文體融入小說的具體方式：「小說中各種不同的文體統一體有機結合在一起，組合成更高一級、屬於整個作品的大的藝術統一體。」〔註76〕唐五代小說是由不同文本有機組合成更高一級、屬於整個作品的大的藝術統一體。因此，唐五代小說的「文備眾體」，主要是探究各種「文本」之間的相關性及其會通規律，即探討唐五代代小說作家如何巧妙地會通史傳文本、書牘文本、公牘文本、碑銘文本、論說文本、志怪文本、志人文本、判文本、詞文本、詩文本、駢文本等諸種「文本」來敘述一個故事，探究「文本間」的組合規律，揭示其何以如此敘述的原因。

　　由以上論述可知，從敘事學與文體學交融的視閾，在對唐五代小說進行文本分類統計的基礎上，探討各文本在唐五代小說敘事過程中所承擔的功能和作用，從敘述話語、文本間性、文體建構三個層面，從共時性和歷時性兩個層面解析諸「文本」之間的相互關聯，探究「眾文本」的組合方式及其規律，方能更好地揭示唐五代小說的文體生成。

〔註75〕董希文《文學文本理論研究》，社會科學文獻出版社 2006 年版，第 1～2 頁。
〔註76〕申丹《敘述學與小說文體學研究》，北京大學出版社 1998 年版，第 127 頁。

第一章 史傳與唐五代小說的生成

　　學界對唐五代小說與史傳關係的研究，主要從「史才」的角度進行探討。史才最先由唐史學家劉知幾提出。他屢任修史之職，深感史館中宰相大臣監修，多所干預，不能秉筆直書，難以發揮史才，提出史家須兼「史才」、「史學」、「史識」三長。〔註1〕學界圍繞「史學」、「史才」、「史識」，從不同的層面剖析了史傳對唐五代小說文體、作家創作意識等方面的影響：在創作意識上，「史才」主要指唐五代小說喜使用歷史題材，以寫歷史的意識來創作小說，以是否具有「史」的功能來評價小說的價值；在文體結構上，「史才」主要指唐五代小說採用史傳文學慣用的篇章結構，如在開篇交代故事人物的籍貫、性格、主要人生經歷，或在文末交代故事來源，以表故事的真實可信，或在文末發表議論，傳達作者、敘述者或故事人物對事件的看法等。

　　小說雖脫胎於史傳，然史傳對小說發展的影響卻有一個過程。縱觀中國古代小說的發展史，唐五代小說是在繼承前代小說中史識、借鑒前代小說所運用的史傳體例的基礎上，並在創作意識和文體結構上，進一步使小說向史傳文學靠攏的產物。唐五代小說中越出色的作品，其文體結構越與史傳文學契合，作家創作觀念中的史學意識越為濃厚。如《李娃傳》、《柳毅傳》、《李章武傳》、《南柯太守傳》等，小說以「傳」名篇，開篇就對故事人物的身世、性情、經歷進行簡短的介紹；在敘述故事的過程中，都遵循按故事發生時間的先後順序來敘述的規律；在文末，都採用了史傳慣用的「某某曰」這種結尾方式；作者在文中也特意標榜小說有補歷史之闕的史料價值。

〔註1〕 見〔後晉〕劉昫等撰《舊唐書》，中華書局 1975 年版，第 3173 頁。

　　唐五代小說在敘事結構上對史傳文本的吸收，是其文體生成的重要因素之一，學界對此已有較爲具體的研究。唐劉知幾提出的「史才」，本針對史家編撰史籍，應「秉筆直書」，不應過多「干預」。然這種「干預」，在唐五代小說中卻大量運用。「干預」是唐五代小說作家受「史識」影響，表達自主創作意識、完成小說敘事的重要手段，因而「敘述干預」亦是唐五代小說文體生成的重要因素之一。學界對唐五代小說中的「敘述干預」關注較少。本章將文體學和敘事學結合起來，探討史傳文本在唐五代小說生成中的作用。

第一節　史傳敘事體例對唐五代小說敘事結構的影響

　　小說主要是講故事。英國作家伊・鮑德翁就認爲「小說是一篇臆造的故事」〔註2〕，福斯特也一再強調故事是小說的基本面，沒有故事就沒有小說。這是所有小說都具有的最高要素。〔註3〕在講故事的過程中，敘述者講述故事的方式，敘述者與故事之間的關係，就顯得非常重要。中國古典小說的敘述方式，主要是「史官式」敘述。王平《中國古代小說敘事研究》將這種敘述方式的特點歸納爲：「『史官式』敘述者最爲顯著的一個特徵便是作者與敘述者相同一，因而對於所要敘述的人或事無所不知，無所不曉。他不僅可以知道每一個人物的姓名籍貫、家世交遊、氣質性情，甚至還能夠深入到人物的內心，講述出他的意願、欲求，乃至於潛意識中的夢境。重要的在於這種敘述不需要借助任何中介，完全由敘述者獨自完成。」〔註4〕唐五代小說家在史學意識的影響下，除把小說創作的意義提升到編撰史籍的高度，還借用了史傳文學慣用的體制和敘述方式。在史傳敘述中，作者往往等同於敘述者。敘述者以第三人稱全知敘事視角，充當無所不知的「反映者」的角色來敘述故事。

　　追源溯流，唐五代小說對史傳體制的借鑒也有一個發展的過程。它是在唐前小說對史傳體制運用的基礎上，逐步完善的結果。並且，唐五代小說跟此前的小說相比，史傳體制對唐五代小說的影響更爲深入。

〔註2〕〔英〕伊・鮑溫著，傅惟慈譯《小說家的技巧》，見呂同六主編《20世紀世界小說理論經典》，華夏出版社1995年版，第578頁。

〔註3〕見〔英〕E.M.福斯特著，馮濤譯《小說面面觀》，人民文學出版社2009年版，第22頁。

〔註4〕王平《中國古代小說敘事研究》，河北人民出版社2001年版，第11頁。

　　歷史敘事是我國最早的敘事範式。唐代史學家劉知幾在《史通‧敘事》中極爲推崇從先秦史傳開始的敘事之美。他說:「夫史之稱美者,以敘事爲先。」〔註6〕宋眞德秀亦言「敘事起於史官」。清章學誠也認爲「敘事實出史學」。先秦典籍中的《國語》、《戰國策》、《左傳》等,爲中國敘事文類積累了豐厚的遺產,滋養著中國敘事文體的發展和創新。春秋戰國時期的史傳作品,在體制上,一般在故事開篇交代故事發生的具體時間,在故事的敘述過程中,按時序敘述故事。如《左傳》記載的發生於僖公二十八年的晉楚城濮之戰:

> 夏四月戊辰,晉侯、宋公、齊國歸父、崔夭、秦小子憖次于城濮。……
> 己巳,晉師陳于莘北……晉師三日館、穀,及癸酉而還。甲午,至
> 于衡雍,作王宮于踐土。……鄉役之三月,鄭伯如楚致其師。……
> 五月丙午,晉侯及鄭伯盟于衡雍。丁未,獻楚俘于王……己酉,王
> 享醴,命晉侯宥。〔註7〕

　　《左傳》開篇就直截了當地指出事件發生在夏天的四月初三,然後重點描述了四月初四晉楚對陣後,晉軍同仇敵愾,取得決定性勝利的一戰。最後,爲了突出晉軍勝利後的意義,插敘了鄭國派人向晉國求和的始末,展示晉國取勝後對周邊之國的威懾。整個故事,以時序串聯故事。故事與故事之間,也存在一定的因果聯繫:楚國入侵才引起了晉楚之戰;因晉國的勝利,才改變了各國之間的實力,確立了晉與鄭、周之間的邦交關係。可見,從《左傳》開始,在敘事中就十分注重事件之間的內在聯繫。小説《穆天子傳》,就是在先秦史傳影響下產生的。《穆天子傳》也是以時序爲貫穿全文的軸心,以行程爲線索來敘述故事:

> 飲天子蠲。山之上,戊寅,天子北征……庚辰,至於□,觴天子於
> 磐石之上……癸未,雨雪,天子獵于鈃山之西阿。……乙酉,天子
> 北升于□。天子北征于犬戎。……庚寅,北風雨雪。……甲午,天
> 子西征……己亥,至於焉居、愚知之平。……辛丑,天子西征……
> 癸酉,天子舍于漆澤。……甲辰,天子獵于滲澤。……丙午,天子
> 飲于河水之阿。……戊申,天子西征……〔註8〕

〔註6〕〔唐〕劉知幾著,〔清〕浦起龍通釋,王煦華整理《史通通釋》,上海古籍出版社 2009 年版,第 152 頁。

〔註7〕楊伯峻編著《春秋左傳注》,中華書局 1990 年版,第 458～463 頁。

〔註8〕佚名撰,〔晉〕郭璞注,王根林校點《穆天子傳》,見《漢魏六朝筆記小説大

　　《穆天子傳》與以《左傳》爲代表的史傳按時序敘事相似。穆天子在遊行途中發生的事件，小說都簡明扼要的概述，事件發生的具體時間，也詳細標注，一如史傳中記事的筆法。如在戊寅年，穆天子向北征伐，渡過了漳水；在庚辰年，周天子在巨石上飲酒；乙酉年，穆天子征伐犬戎等事件，小說僅用一句話簡筆略過，語言凝練，絕不拖泥帶水。同時，事件與事件之間，也有一定的內在聯繫：穆天子出遊是小說中諸多事件產生的主要原因。史傳體制對事件發生時間和事件之間因果聯繫的注重，爲中國古典小說的文體構架提供了範本。

　　漢魏六朝時期，隨著《史記》的誕生和小說家有意把小說往史傳敘述靠攏的創作意識，小說更進一步地借鑒了史傳的敘事體例。這樣做，一方面是爲了改變其長期受歧視的文化地位，另一方面是在合理吸收史傳敘述的基礎上，獲得更好的發展。「中國傳統小說中許多作品以『傳』爲名，以人物傳記式的形式展開，具有人物傳記式的開頭和結尾，以人物生平始終爲脈絡，嚴格按時間順序展開情節，並往往有作者的直接評論，這一切重要特徵，主要是淵源于《史記》的。」〔註9〕《史記》對小說文體與敘事的影響深遠。此時期的小說集，不少也開始以「傳」、「記」名篇，如《搜神記》、《搜神后記》、《拾遺記》、《漢武帝洞冥記》、《齊諧記》、《續齊諧記》、《殖氏志怪記》、《玄中記》、《述異記》、《宣驗記》、《冥祥記》、《漢武帝內傳》、《列異傳》、《古異傳》、《謝氏鬼神列傳》、《錄異傳》、《戴祚甄異傳》等。《搜神記》作爲魏晉志怪小說最具代表性的重要結集，全書共收輯了大約四百六十餘則短篇志怪小說，有的故事情節已初具規模，如《三王墓》、《東海孝婦》、《李寄斬蛇》、《韓憑妻》等膾炙人口的名篇。有的則以三言兩語簡述故事，如《赤松子》、《赤將子輿》、《彭祖》、《師門》、《崔文子》、《魯少千》等作品。這些小說在篇章結構上，大部分已開始採用《史記》敘事的體例，以某時、某地、某人、發生了某事開篇。如在《赤松子》中，小說開篇就介紹了赤松子的身份：「赤松子者，神農時雨師也。」〔註10〕又如在《赤將子輿》中，小說開篇也指出了赤松子生活的具體年代：「赤將子輿者，黃帝時人也。」〔註11〕再如在《彭祖》

　　　觀》，上海古籍出版社1999年版，第6頁。
〔註9〕章培恒、駱玉明主編《中國文學史》，復旦大學出版社2004年版，第221頁。
〔註10〕〔晉〕干寶撰，李劍國輯校《新輯搜神記》，中華書局2007年版，第21頁。
〔註11〕〔晉〕干寶撰，李劍國輯校《新輯搜神記》，中華書局2007年版，第23頁。

中，小說開篇不僅指出了彭祖生活的年代、職業、身份，還指出了其姓名：「彭祖者，殷時大夫也。」〔註12〕但是，《史記》在文末用「某某曰」來懲惡揚善的「敘事干預」，在漢魏六朝時期小說中卻並不多見。

唐五代時期，小說家「有意爲小說」。在諸多因素的綜合作用下，史傳敘事體例對唐五代小說的滲透比漢魏六朝小說更爲明顯。史傳以「傳」爲名，以人物傳記式的開頭和結尾，以人物生平始終爲脈絡，嚴格按時間順序展開情節，敘事中間有作者評論，文末常以「某某曰」發表論贊的敘事體例，在唐五代小說的許多作品中都有體現。據李時人編校的《全唐五代小說》，收錄小說有 2000 多篇。這些小說對史傳敘事體例的運用主要表現在以下幾個方面：

第一，按時序敘述故事

唐五代小說中的絕大部分作品，如《冥報記·冀州小兒》、《王志女》、《法苑珠林·李校尉外婆》、《廣異記·徐福》、《廣古今五行記·屠人》、《紀聞·徐敬業》、《法書要錄·蘭亭記》、《定命錄·狄仁傑》等，幾乎都是按照故事發生的先後時間進行敘述的。在《王志女》中，文章開篇指出故事發生的具體時間是「唐顯慶三年」〔註13〕。然後，以時間爲序，鋪敘了王志在某夜與一女鬼之間美麗動人的人鬼戀情，線索清晰，有條不紊，作者按照時間流程敘事的意識非常明顯。又如在《冀州小兒》中，小說在開篇也交代了故事發生的具體時間：「隋開皇初，冀州外邑中有小兒，年十三，常盜鄰家雞卵，燒而食之。」〔註14〕接著，詳述了此年間的某個早晨，小兒因盜食雞卵而受懲罰的經過，宣揚了因果報應的主題。

故事事件是繁亂複雜的，敘事時序也是變化不定的，但故事時序是固定不變的。按照故事發生先後的時間進行敘述，不用刻意改變其表現形式，把事情的主要過程一層一層的展示在接受者面前，作品也能條理清楚，脈絡分明：「敘事作品的眾多片段在素材形態的時候，是東鱗西爪、零散雜亂的。順序性要素的介入，於無序中尋找有序，賦予紊亂的片段以位置、層次和意義。」

〔註12〕〔晉〕干寶撰，李劍國輯校《新輯搜神記》，中華書局 2007 年版，第 24 頁。
〔註13〕李時人編校，何滿子審定《全唐五代小說》，陝西人民出版社 1998 年版，第 116 頁。
〔註14〕李時人編校，何滿子審定《全唐五代小說》，陝西人民出版社 1998 年版，第 60 頁。

〔註 15〕

第二，在開篇、文中或文末交代人物身份、籍貫、性格等

唐五代小說在開篇、文中或文末簡介人物的小說有 700 多篇。如《古鏡記》、《補江總白猿傳》、《續高僧傳・魏洛京永寧寺天竺僧勒那漫提傳》、《魏太山丹嶺釋僧傳》、《唐京師普光寺釋明琛傳》、《冥報記・東魏鄴下人》、《冥祥記・楊師操》、《冥報拾遺・石壁寺僧》、《法苑珠林・徐善才》、《張法義》等。《唐京師普光寺釋明解傳》開篇就對故事人物明解進行介紹：「明解，字昭義，姓姚，吳興武康人也。童幼出家，住西京普光寺。爲性聰敏，少有文藻，琴書丹青，時無與競，頗種三絕。然矜名淺識，滯酒荒情，蓋爲文俠者所知，貞淳者所棄。每見無學問僧，多號之『驢子』。」〔註 16〕敘述者介紹明解的住所、身世，特別突出描寫了他的性情。因爲在故事中，明解驕矜的個性，導致他的人生發生重大變故。又如《張法義》開篇對故事人物張法義也進行了簡單的介紹：「華州鄭縣人張法義，年少貧野，不修禮度。」〔註 17〕《張法義》的篇幅較長，全文接近 1000 字。敘述者卻只用一句話交代張法義的居所、身世和性情。然後，由故事人物「不修禮度」的性格引出故事。敘述者不對人物過多概述的目的，是想通過對人物行動的描繪來展示其性格特徵，讓人物自己「說話」，而不是由敘述者替故事人物「說話」。

這種由人物身世、性情引出故事的結構方式，多見於初盛唐時期的小說。這種開篇方式，意在幫助接受者瞭解故事人物的同時，爲故事的進一步發展埋下伏筆。

第三，在不改變故事整個時間流程的情況下，用倒敘、插敘或補敘的手法交代與故事相關的環境或背景

《周賢者》、《李思元》、《吳保安》、《牛肅女》等就運用了補敘的手法。如《記聞・牛肅女》，敘述者在文末用「初」字領起，補敘了牛肅女當年所做的怪夢：

> 初應貞夢裂書而食之，每夢食數十卷，則文體一變，如是非一，遂

〔註 15〕 楊義《中國敘事學》，人民出版社 2009 年版，第 65 頁。

〔註 16〕 李時人編校，何滿子審定《全唐五代小説》，陝西人民出版社 1998 年版，第 20～21 頁。

〔註 17〕 李時人編校，何滿子審定《全唐五代小説》，陝西人民出版社 1998 年版，第 78 頁。

工爲賦頌。文名曰遺芳。〔註18〕

作者對牛肅女所作夢的補敘，主要是爲了補充說明她文筆精工的原因。補敘的內容雖然是片斷性的，不具備完整的故事情節，也沒有改變整個故事的流程，但是從另一個層面豐富了牛肅女的人物形象。

倒敘手法的運用，在以「死而復生」爲故事主題的小說中最多。爲了表達的需要，敘述者把事件的結局放到文章的前邊，然後再從事件的開頭按事情原來的發展順序進行敘述。如《孫迴璞》、《鄭師辯》、《李山龍》、《周武帝》、《馬嘉連》、《孫恪》等。在《冥報記‧鄭師辯》一文中，文章第一部分預先揭示鄭師辯死而復生的故事結局：「東官右監門率兵曹參軍鄭師辯，年未弱冠時，暴病死，三日而蘇。」〔註19〕鄭師辯死而復生的原因、死後經歷的事件等，讀者並不知曉。這些問題，有待敘述者在下文故事中一一說明。然後，敘述者用過渡性話語，由倒敘轉入順敘：「自言，初有數人見收，將行入官府大門，見有囚百餘人，皆重行北面立，凡爲六行。」〔註20〕這句話轉述了鄭師辯在冥間的經歷，表明從此時開始，故事按照正常的時間順序敘述。這種先敘事情結局的手法，使文章產生懸念，引起接受者的關注，避免了敘述的平板和結構的單調。

唐五代小說在敘述中心事件的過程中，還插入一些與主要情節有關的內容，然後再接敘原來的故事，插入的內容對主要情節起補充、襯托的作用。

如在《異聞集‧古鏡記》中，爲了全方位地展現古鏡的神異，在前六則故事的第三則，由王度家的奴僕豹生，追述了他當年在蘇綽家爲奴時所瞭解的關於古鏡的來歷和蘇綽對於古鏡歸屬的預卜：

度家有奴曰豹生，年七十矣。本蘇氏部曲，頻涉史傳，略解屬文。見度傳草，因悲不自勝。度問其故。謂度曰：「豹生常受蘇公厚遇，今見蘇公言驗，是以悲耳。郎君所有寶鏡，是蘇公友人河南苗季子所遺蘇公者。蘇公愛之甚。蘇公臨亡之歲，戚戚不樂。常召苗生謂曰：『自度死日不久，不知此鏡當入誰手？今欲以蓍筮一卦，先生幸

〔註18〕李時人編校，何滿子審定《全唐五代小說》，陝西人民出版社 1998 年版，第240 頁。

〔註19〕李時人編校，何滿子審定《全唐五代小說》，陝西人民出版社 1998 年版，第51 頁。

〔註20〕李時人編校，何滿子審定《全唐五代小說》，陝西人民出版社 1998 年版，第51 頁。

觀之也。』便顧豹生取著，蘇生自撰布卦。卦訖，蘇公曰：『我死十餘年，我家當失此鏡，不知所在。然天地神物，動靜有徵。今河汾之間，往往有寶氣，與卦兆相合，鏡其往彼乎？』季子曰：『亦爲人所得乎？』蘇公又詳其卦，云：『先入侯家，復歸王氏。過此以往，莫知所之也。』」豹生言訖涕泣。度問蘇氏，果云舊有此鏡。蘇公薨後，亦失所在，如豹生之言。〔註21〕

這段插敘，由故事人物豹生講述，其中還融入了他與主人蘇綽的對話。可以清楚地感覺到，通過故事人物自述，插入了與故事相關的背景。

又如《酉陽雜俎》中的《孟不疑》篇。孟不疑入住宅子前，插敘了鬼屋之名早有來歷的描述性文字：「相傳此驛舊凶，竟不知何怪」〔註22〕，渲染凶宅的恐怖氣氛。在《宣室志・郭釗》中，當郭釗司空要殺闇者的時候，插入郭司空對「闇者甚謹樸，釗念之，多委以事」〔註23〕的回憶。這處插敘使闇者過去與現在的形象形成鮮明對比，既充實了文章內容，又深入開掘了主題思想。也正因爲這段插敘，讓故事人物結局的改變與中心內容銜接合理、自然。

第四，文末交代故事來源，以表故事真實可信

唐五代小說在文末有明確標誌，或通過道聽途說，或親眼所見，或朋友轉述等，交代故事來源真實可信的小說有 100 多篇，並且大多集中在初唐，如《魏東齊沙門釋明琛傳》、《陳嚴恭》、《崔彥武》、《大業客僧》、《韋仲珪》、《孫寶》、《眭仁蒨》、《孫迴璞》、《梁遠皓段子京》、《段孝真冤報》、《趙子元雇女鬼》、《崔浩》等。在唐臨《冥報記・孫寶》篇末，作者交代故事是聽朋友所述，「臨以貞觀七年奉使江東，揚州針醫飄陁爲臨說此云爾。寶見在也。」〔註24〕以故事人物健在，應證故事內容不虛。有些小說在篇末明確指出故事源於史書，如《段孝真冤報》篇末交代故事出自《博物傳》；又如《梁遠皓段子京》，作者指出此故事出自《妖言傳》，《趙子元雇女鬼》的故事出自《晉傳》，

〔註21〕李時人編校，何滿子審定《全唐五代小說》，陝西人民出版社 1998 年版，第 4～5 頁。

〔註22〕李時人編校，何滿子審定《全唐五代小說》，陝西人民出版社 1998 年版，第 3153 頁。

〔註23〕李時人編校，何滿子審定《全唐五代小說》，陝西人民出版社 1998 年版，第 3276 頁。

〔註24〕李時人編校，何滿子審定《全唐五代小說》，陝西人民出版社 1998 年版，第 41 頁。

《崔浩》的故事見於《後魏書》和《十六國春秋》等。作者在文末指出故事題材源於史書的目的，在於表明故事有本可依，眞實可信。

第五，「互見法」

「互見法」本是司馬遷的首創，主要應用於《史記》的人物傳記。這種方法是「將一個人的生平事迹，一件歷史事件的始末經過，分散在數篇之中，參錯互見，彼此相補」〔註25〕。唐五代小說中的一部分作品，也用類似於此的方法，作者特意在文中或文末指出小說中的人物、事件與史書形成一種互補或對應的關係，以此來塑造人物、敘述事件。

唐五代小說明確指出已有史書爲其立傳，記載了人物的主要事件，此文則是選擇其一生始末或本傳未記載的零星事件的篇目有：《蔡少霞》、《葉靜能話》、《鄞侯外傳》、《周廣傳》、《崔無隱》、《涼國武公》、《李愬》、《顏眞卿》、《二十七仙》、《文簫》、《獨孤穆》、《馬周》、《僧伽大師》等。薛用弱在《集異記・蔡少霞》中特意交代：「有鄭還古者爲立傳焉。……少霞無文，乃孝廉一叟耳，固知其不妄矣。」〔註26〕看似平凡的老叟蔡少霞，有多人爲其立傳，實際上並不尋常。多人爲其立傳的事實，也間接證實了發生在他身上的事件眞實不虛。而薛用弱在此則故事中主要凸顯蔡少霞遇仙的神異經歷，不同於他人專爲其書法精湛立傳。還有一部分作品在篇末指出故事的內容與史籍參稽互補。如在《夢鍾馗》篇末，作者交代小說轉述的是《逸史》所沒有的內容，是爲了補《逸史》之闕。這體現了唐五代小說作者以小說「補史之闕」的創作意識。

要之，唐五代小說作者模仿史傳敘事體例講述故事，形成了小說的敘事結構。但是，在唐五代小說發展的不同時期，小說的敘事結構又有一些變化。初唐時期的小說，大部分作品由對人物的介紹導入故事。從《離魂記》開始，小說開篇的方式趨於多樣化，如《許琛》、《李相國揆》、《李佐文》、《張遵言》、《李敏求》、《韓弁》、《新羅》、《田氏子》、《鄭宏之》、《淮南獵者》等篇，已通過由介紹故事發生背景的方式引出故事，而《葉限》、《瞿道士》、《劉景復》等篇，則由對某地風俗的解說引出故事。這種不同於史傳的開篇方式，給人耳目一新之感。初唐時期的作品，或在文末指出故事來源眞實可信，或指出

〔註25〕張大可《史記研究》，甘肅人民出版社1985年版，第290頁。

〔註26〕李時人編校，何滿子審定《全唐五代小說》，陝西人民出版社1998年版，第790頁。

故事來源於某一史書，可以補歷史之闕，然較少在文末發表議論。中晚唐、五代小說的大部分作品，由對人物進行介紹，導入故事；文中，故事人物、敘述者或作者多就某一人物、事件，發表議論；篇末多模仿「太史公曰」，用「某某曰」的形式發表論贊，如《殺妻者》、《李生》、《太原遇仙》等。在敘事結構上，中晚唐、五代小說更接近史傳的敘事體例。

第二節　「史識」對唐五代小說「敘述干預」的影響

「劉知幾倡史有三長之說，而尤重在識。」〔註27〕所謂「史識」，「是講歷史家的觀察力」〔註28〕，和史學家以秉筆直書的氣量和膽識，盡可能客觀、公正地選擇、編撰歷史事實。但史學家在編撰史籍的過程中，對歷史事件的選擇、對歷史人物的評價，不可避免地會受到時代風尚、歷史背景、史學家自身的學識、素養等因素的影響。因而以這種「史識」來進行小說創作，逐漸演變成了作者對小說敘述的一種干預。

春秋戰國時期的小說，主要是地理博物體小說，也稱為古小說時期。《莊子·外物》篇認為「小說」是淺薄，瑣屑的言談：「飾小說以干縣令，其於大達亦遠矣。」〔註29〕此時期的小說觀念與「史識」相去甚遠。產生於戰國時期的《穆天子傳》（《史記·周本紀》未載其事，而分別見於《秦本紀》和《趙世家》）〔註30〕，用編年紀月的形式，將神話與歷史傳說融為一爐，講述了周穆王經歷名山大川，遠涉西方各國，在崑崙山瑤池與西王母相會，在東征途中，為死於寒疾的盛姬大辦喪事的故事。其文體結構雖借用了編年史的體例，但在創作意識上，與後代所說的「史識」也不能相提並論。

漢魏六朝時期，小說體例有雜史雜傳體、地理博物體、志怪小說、志人小說等。〔註31〕這時期，志怪小說家們以編寫史籍的態度來寫小說，力求

〔註27〕柳詒徵《國史要義》，華東師範大學出版社 2000 年版，第 163 頁。
〔註28〕梁啟超《中國歷史研究法補編》，中華書局 2010 年版，第 25 頁。
〔註29〕陳鼓應注譯《莊子今注今譯》，商務印書館 2007 年版，第 812 頁。
〔註30〕上海古籍出版社編輯出版的《漢魏六朝筆記小說大觀》，根據目前學術界對《穆天子傳》產生年代存在爭議的情況，斟酌諸家說法，認為此書產生的具體時間為戰國時期。（見上海古籍出版社編《漢魏六朝筆記小說大觀》，上海古籍出版社 1999 年版，第 3 頁。）
〔註31〕李劍國在《唐前志怪小說史》中，把文言小說分成「志怪」、「志人」、「逸事」、「傳奇」等體，又將唐前「志怪小說」分為地理博物體、雜史雜傳體、雜記

故事內容的眞實可信。晉干寶在《搜神記序》中，就說明《搜神記》的撰寫「考先志於載籍，收遺逸於當時」，「訪行事於故老」，是對「一耳一目之所親聞覩」〔註32〕的記錄。與此觀點不謀而合的是南朝梁的蕭綺，他在《拾遺記序》中主張小說記載的歷史人物和事件，都必須遵循經書史籍，言必有據，事必可考：「世德陵夷，文頗缺略。綺更刪其繁紊，紀其實美，搜刊幽秘，捃采殘落，言匪浮詭，事弗空誣。推詳往迹，則影徹經史；考驗眞怪，則葉附圖籍。……土地山川之域，或以名例相疑；草木鳥獸之類，亦以聲狀相惑。隨所載而區別，各因方而釋之，或變通而會其道，寧可采於一說」〔註33〕。小說家亦往往以小說內容是否眞實來評價小說。晉郭璞爲地理博物體小說《山海經》所作的注就體現了這種觀念：「世之覽《山海經》者，皆以其閎誕迂誇，多奇怪俶儻之言，莫不疑焉。」〔註34〕他認爲人們受《山海經》「閎誕迂誇，多奇怪俶儻之言」的影響，因而懷疑其所記事物的眞實性。於是列舉大量事實，證實其所寫信而有徵。作品是否「實錄」，也決定了小說家在時人心中的地位。據《世說新語・排調》引，當時人們認爲《搜神記》眞實地記錄了鬼的故事，把《搜神記》的作者干寶譽爲「鬼之董狐」。人們不僅以「眞實」來創作和評價地理博物體、志怪小說，更以所記載的事件是否眞實來衡量小說的價值。晉裴啓編撰的《語林》，記錄了漢魏以來迄於當時言語應對之可稱者。「時人多好其事，文遂流行。後說太傅事不實……自是眾咸鄙其事矣。」〔註35〕東晉時期，因爲《語林》述錄的事件眞實，「時人多好其事」，「大爲遠近所傳」。及至後來人們發覺其「事不實」，便受到冷落。

漢魏六朝時期，「實錄」的史官意識影響了小說家創作小說的理念。他們

　　體等類型。（見李劍國《唐前志怪小說史》，天津教育出版社 2005 年版，第 5 ～12 頁。）

〔註32〕干寶在《搜神記》序言中，表明了此書故事的來源和編寫的態度：「雖考先志於載籍，收遺逸於當時，蓋非一耳一目之所親聞覩也，又安敢謂無失實者哉！……若使采訪近世之事，苟有虛錯，願與先賢前儒分其譏謗。及其著述，亦足以明神道之不誣也。」干寶認爲《搜神記》中的故事來源眞實可信，鬼神故事實有。（見〔晉〕干寶撰，李劍國輯校《新輯搜神記》，中華書局 2006 年版，第 19 頁。）

〔註33〕〔前秦〕王嘉撰，〔梁〕蕭綺錄《拾遺記》，見《漢魏六朝筆記小說大觀》，上海古籍出版社 1999 年版，第 492 頁。

〔註34〕〔清〕嚴可均校輯《全上古三代秦漢三國六朝文》，中華書局 1958 年版，第 2153 頁。

〔註35〕〔南朝宋〕劉義慶撰，徐震堮著《世說新語校箋》，中華書局 2006 年版，第 991 頁。

開始注重其所記載事件的真實性，但尚未把創作小說的價值和意義提升到與
史書比肩的高度，真正開始把小說與史書並提是在唐五代時期。

唐五代小說家在敘事的過程中，吸收史傳文學敘事、寫人的特點，不僅
把「史識」融入小說之中，而且還加以創造，形成了自己「敘事干預」的特
色：「在傳統小說文本中，敘述者經常把敘述故事這一本職工作放下不管，反
而談起自己的敘事方式，或對自己敘述的人物和情節加以評論。人們將敘述
者對敘述的議論，稱為敘述干預。」〔註36〕干預，可以是敘述者對故事的評
價或議論，也可以是用來「紀事實，探物理，辨疑惑，示勸誡，採風俗，助
談笑」〔註37〕的話語和創作意識。干預是體現作者自主創作意識、完成小說
文體敘事的重要手段，也是唐五代小說文體成熟的重要標誌之一。「史識」對
唐五代小說敘述的干預主要表現在以下幾個方面：

一、探物理，辨疑惑

為了引導讀者客觀、正確地理解歷史事件、人物或歷史現象，史學家們
力求真實、客觀地反映事件本身。在簡潔質樸的敘述中，史學家們為了讓讀
者透過歷史事件、人物的表象，明察其中蘊含的深意，或解答歷史中存在的
問題，他們或在文末用「太史公曰」、「君子曰」等套語，直接對人物、事件
來一段整體的評說，或用「春秋筆法」，寓褒貶於曲折的文筆之中，間接表達
自己的情感、態度。這是史學家們對歷史人物、事件的一種「干預」。歷史敘
述中的干預，在小說，尤其是在唐五代小說中，被小說家借鑒並大量運用，
主要表現在以下幾個方面：

第一，敘述者直接對故事人物、事件進行解說、評價

「凡是敘事作品，總得有個敘述者，作者即通過他的嘴巴來敘說。……
小說中的敘述者，地位最為重要。」〔註38〕受史官式敘述的影響，中國古典
小說中的敘述者，有時會在文末直接表明自己是作者的特殊身份。作者與敘
述者的合一，讓作者以見證人的身份，自由出入作品之中，把自己對故事人
物、事件的看法直接傳達給接受者。如在《楊國忠》中，敘述者開篇就用飽

〔註36〕見趙毅衡《當說者被說的時候——比較敘述學導論》，中國人民大學出版社
　　　　1998年版，第28～29頁。
〔註37〕李肇《唐國史補序》，見《唐五代筆記小說大觀》，上海古籍出版社2000年版，
　　　　第158頁。
〔註38〕金健人《論文學的特殊本質》，浙江大學出版社2009年版，第250頁。

蘊情感的筆墨，以第三人稱全知敘事視角，毫不掩飾自己對楊國忠蠻橫、權勢傾天的憎惡：「唐天寶中，楊國忠權勢漸高，四方奉貢珍寶莫不先獻之，豪富奢華，朝廷間無敵。」〔註39〕這種情感基調，與整個小說的主題、內容相呼應，預示著楊國忠這一故事人物的命運和結局，也揭示了唐朝滅亡的重要原因。又如在《崔煒》中，敘述者開篇也以第三人稱全知敘事視角，用富有深意的語言呈現他的文化蘊涵與氣質、性情：「貞元中，有崔煒者，故監察向之子也。向有詩名於人間，終于南海從事。煒居南海，意豁然也。不事家產，多尚豪俠，不數年，財業殫盡，多棲止佛舍。」〔註40〕在敘述者眼中，崔煒是一個才情滿腹的文化人。他雖不善經營自己的產業，但崇尚豪俠，淡泊名利，具有灑脫而遺世高蹈的情懷。敘述者對崔煒的介紹，不時流露出敬仰和欽佩之意。接下來，崔煒富有傳奇色彩的經歷，也是因他不同凡俗的性格而引發。

第二，作者「潛入」故事人物，「借他人之酒杯，澆自己心中之塊壘。」

唐五代小說作者有時借助人物對話，讓故事人物替自己傳達心聲，以引導接受者理解故事的主題，從而干預小說的敘述。

在《陶尹二君》這篇小說中，古丈夫因陶尹二君的詢問，娓娓道出了自己的身世、經歷：

> 余，秦之役夫也。家本秦人。及稍成童，值始皇帝好神仙術，求不死藥，因爲徐福所惑，搜童男童女千人，將之海島。余爲童子，乃在其選。但見鯨濤蹙雪，蜃閣排空，石橋之柱欹危，蓬岫之煙杳渺。恐葬魚腹，猶貪雀生，於難厄之中，遂出奇計，因脫斯禍。歸而易姓業儒，不數年中，又遭始皇煨爐典墳，坑殺儒士，縉紳泣血，簪紱悲號。余當此時，復在其數，時於危懼之中，又出奇計，乃脫斯苦。又改姓氏爲板築夫，又遭秦皇欸信妖妄，遂築長城，西起臨洮，東之海曲，隴雁悲畫，塞雲咽空，鄉關之思魂飄，砂磧之勞力竭，墮趾傷骨，陷雪觸冰。余爲役夫，復在其數。遂於辛勤之中，又出奇計，得脫斯難。又改姓氏而業工，乃屬秦皇帝崩，穿鑿驪山，大修塋域，玉墀金砌，珠樹瓊枝，綺殿錦宮，雲樓霞閣，工人匠石，

〔註39〕 李時人編校，何滿子審定《全唐五代小說》，陝西人民出版社 1998 年版，第1534 頁。

〔註40〕 李時人編校，何滿子審定《全唐五代小說》，陝西人民出版社 1998 年版，第1747 頁。

盡閉幽隧。余爲工匠，復在數中。又出奇謀，得脱斯苦。凡四設權
奇之計，具脱大禍。知不遇世，遂逃此山，食松脂木實，乃得延齡
耳。此毛女者，乃秦之宮人，同爲殉者；余乃同與脱驪山之禍，共
匿於此……〔註41〕

古丈夫早已成仙，人世的紛爭，他已完全看透。但從他的自述中，仍然飽含
著對人世滄桑的感歎，對戰爭的控訴。顯然，這與笑看紅塵、超然物外的神
仙身份全然不符。深究古丈夫的此番言論，不難發現，是作者借古丈夫之口
而爲之。通過古丈夫對自己顛沛流離的人生和災難性經歷的描述，揭露了社
會動蕩、百姓生活在水深火熱之中的現實，也間接告訴讀者，昏君、暴政是
導致百姓生活不幸的根源。這段話，以古丈夫爲見證人的身份自述，突出反
映了當時的社會問題，強化了作品要表達的主題。如果僅依靠敘述者概述性
的描述，這種意義的傳達是蒼白無力的。敘述者把自己對社會厭惡的情感融
入古丈夫對自己經歷的訴説中，使作品獲得了深刻的含義。同時，使作品的
人物、事件都朝著要表達的主題，統一行動。

又如在《吳全素》中，文章講述了吳全素被冥吏抓入冥間，因陽壽未盡
而得以重返人世的故事。故事由兩個情節鏈構成：吳全素被誤抓入冥間——
吳全素冥間喊冤——冥間檢校生死簿，查看吳全素的陽壽、福禄——冥間之
人歡送吳全素——冥吏送吳全素還陽的途中，索要錢財，帶吳全素一起抓魂
魄，使之投胎轉世——吳全素返回人世，這幾個情節單元構成了一個首尾完
整的死而復生故事。在吳全素遊歷冥間復生後，故事開始敘述第二個情節鏈：
吳全素在宣揚休憩——吳全素回憶冥間經歷——吳全素明經擢第——欲回家
侍親——受逼迫參加科舉考試，過考場而不入——吳全素不汲汲於名利而成
名——吳全素離開長安。在故事的敘述中，作者爲了讓接受者聽到自己的聲
音，對故事人物「強加干涉」，使其間接傳達自己對人生的看法：

付案者。聞其付獄者，方悟身死。見四十九人皆點付訖，獨全素在，
因問其人曰：「當銜者何官？」曰：「判官也。」遂訴曰：「全素恭
履儒道，年禄未終，不合死。」判官曰：「冥司案牘，一一分明。
據籍帖追，豈合妄訴！」全素曰：「審知年命未盡，今請對驗命籍。」
乃命取吳郡户籍到，撿得吳全素，元和十三年明經出身，其後三年

〔註41〕李時人編校，何滿子審定《全唐五代小説》，陝西人民出版社 1998 年版，第
1753～1754 頁。

衣食，亦無官祿。判官曰：「人世三年，才同瞬息，且無榮祿，何
必卻回！既去即來，徒煩案牘。」全素曰：「辭親五載，得歸即榮，
何況成名尚餘三載，伏乞哀察。」……二吏曰：「訝君之問何遲也。
凡人有善功清德，合生天堂者，仙樂彩雲霓旌鶴駕來迎也，某何以
見之？若有重罪及穢惡，合墮地獄者，牛頭奇鬼鐵叉枷柸來取，某
又何以見之？此老人無生天之福，又無入地獄之罪，雖能修身，未
離塵俗，但潔其身，淨無瑕穢，既捨此身，只合更受男子之身。當
其上計之時，其母已孕，此命既盡，彼命合生，今若不圍撲，令彼
婦人，何以能產？」……乃知命當有成，棄之不可；時苟未會，躁
亦何爲。舉此端，足可以誡其知進而不知退者。〔註42〕

吳全素被抓入冥間後，多次辯稱自己有愧於儒者稱號，始終沒拿過俸祿，顯
然與他身處冥間的情境和身份不符：第一，冥間是根據人的善惡來判定生死，
不符合儒者稱號的人，與是否接受處罰沒有必然的聯繫。吳全素被抓入冥間
開脫罪責的理由，按常理應該申訴自己從未做過壞事，而不是否認自己爲儒
生的身份；第二，是否拿俸祿也不能成爲免死的理由。天下窮苦百姓不僅從
沒拿過俸祿，還遭受層層剝削。照此理推斷，他們永遠也不可能進入冥間。
而吳全素用跟當時情境毫不相干的話語祈求免罪，顯然是作者在故事敘述
中，故意製造語言不協調的矛盾，借助故事人物之口來對故事進行干預。讓
接受者從矛盾的語言中，透過語言的表象，對事物進行反復思考，從而深入
小說內部，使小說的意蘊不受語言外在形式的制約。考察《吳全素》的作者
張讀的人生經歷，我們就能明白吳全素在冥間所說的違反常態的話語了。據
《新唐書》記載，張讀是張文成後裔，牛僧孺外孫。大中六年，他考中進士。
他經歷了文、武、宣、懿、僖宗五朝。大中時任禮部侍郎，中和初爲吏部侍
郎。〔註43〕張讀考取進士的時間，剛好是唐宣宗在位時期。唐宣宗對待佛教
的態度，與唐武宗剛好反其道而行之。唐武宗滅佛，唐宣宗抑制道教、儒家
思想，恢復佛教。因此，在《吳全素》這篇小說中，才會有吳全素陳述自己
不是稱職的儒者，沒有因自己儒者身份領取俸祿，來擺脫與儒家干係的說法。
吳全素與冥吏之間簡短的對話，實際上折射出作者對當時儒、佛之爭的一種

〔註42〕李時人編校，何滿子審定《全唐五代小說》，陝西人民出版社 1998 年版，第
　　　　908～911 頁。
〔註43〕見〔宋〕歐陽修、宋祁撰《新唐書・張薦傳》附《張讀傳》，中華書局 1975
　　　　年版，第 4982 頁。

看法，在藝術上有以小見大，以淺見深的效果。他既想擺脫與儒家的關係來求生，但是思想觀念中的儒家思想又根深蒂固。所以當鬼吏告誡吳全素，即使返回人世，他只有三年壽命，並且沒有福氣享受富貴生活，還不如呆在冥間之時，吳全素的回答是告別父母雙親五年，能夠回去就是一種榮耀，何況活著的時候還有三年的功名。他懇求冥官憐憫體察！作者借吳全素之口，表達了他對孝和名利的看重。《論語・學而》有言：「弟子，入則孝，出則悌。」〔註44〕《論語・里仁》篇又曰，「父母在，不遠遊，遊必有方。」〔註45〕孝順父母是儒家極力宣揚的基本倫理。張讀雖經過武宗滅佛，玄宗崇佛的洗禮，他仍然深受儒家思想的影響。聯繫前面吳全素為了逃離冥間，極力與儒教劃清界限的說法，與吳全素自身為人處事的準則可以看出，張讀雖極力否定儒教，但儒家思想已成為他自發的處世原則。故事人物吳全素在言辭上的矛盾，實際上是作者自身思想意識矛盾的體現，是儒家、佛家思想彼此鬥爭的反映。特別是文末，吳全素考取進士的三年後即魂歸冥間，他的一生果如冥間生死簿所記載，分毫不差。這讓他意識到，命運無法抗爭。作者作為全知全能的敘述者，潛入故事人物，將故事敘述者從重疊的影像裏剝離出來，用干預性極強的話語，藉故事人物之口來展示自己的人生觀，其目的最終是為了幫助接受者不被現實生活所困，從歷史人物的人生經歷中得到啓發，樹立正確的為人處事態度。

《吳全素》通過截取吳全素人生的一部分經歷，告誡世人命運前定，人應該進退有據。正因為張讀抱著類似於故事中吳全素這種豁達的人生態度，他才能歷經數朝而得以保全性命，在官場上如魚得水，遊刃有餘。張讀把自己的人生理想，通過他虛構的故事人物——吳全素，從他所言、所思、所想的矛盾衝突和曲折的人生經歷中間接體現了出來。

作品是賦予了作者思想、情感的創作之物，敘述者是作品的構成因素之一。在小說中，敘述者與作者是有區別的，不能把敘述者與作者混為一談。但二者也有聯繫，作者可以通過敘述者在作品中直接出場，敘述者以作者的身份講述故事。「敘述者或者僅僅以極其客觀的方式敘述文學文本世界之中的人物及其言語和行為……有時候同樣存在外露性作者敘述聲音，就是作者作為敘述者雖然並不是文學文本故事世界之中的一個人物，但是他可以通過旁觀者和敘述者的有利地位不時表露自己對於事件及其參與者的看法，乃至認

〔註44〕楊伯峻譯注《論語譯注》，中華書局 2007 年版，第 6 頁。
〔註45〕楊伯峻譯注《論語譯注》，中華書局 2007 年版，第 54 頁。

識和評價。」〔註 46〕這種敘述聲音在柏拉圖看來，就是「詩人自己在講話，沒有使我們感到有別人在講話」〔註 47〕。在亞里士多德看來就是「以本人的口吻講述」〔註 48〕。唐五代小說中的《崔煒》、《楊國忠》等篇的作者通過敘述者表達自己對故事人物、事件的看法，直接干預小說的敘述。而《吳全素》、《陶尹二君》等篇，作者則是通過故事人物介入故事。作者把自己的思想意識賦予故事人物，故事人物替作者說話，成爲作者思想的代言人，故事也成爲間接詮釋作者思想的一種方式。但不管採用哪種敘述模式，都體現了作者對小說的干預。作者以自己的識見和判斷力，透過表象，探析故事人物、事件中蘊含的人生哲理，表達自己的眞知灼見，幫助和引導接受者分析、解決遇到的現實社會、人生問題。

二、求眞，補史之闕

　　唐五代時期，很多小說家都有很強的「史學」意識，不少小說作者還是史官，如李肇、王度、沈既濟、陳鴻等。在小說創作中，除遵循「實錄」原則，他們還自覺承擔了以小說書寫歷史的職責，肯定了小說的史料價值。

　　唐李肇在《唐國史補序》中就以編撰史籍的態度來創作小說：

> 予自開元至長慶撰《國史補》，慮史氏或闕則補之意，續傳記而有不
> 爲。言報應，敘鬼神，徵夢卜，近帷箔，悉去之；紀事實，探物理，
> 辨疑惑，示勸誡，採風俗，助談笑，則書之。〔註 49〕

李肇認爲，小說應該剔除其中的因果報應、鬼神怪異等因素，以「紀事實」的著史意識來創作小說，達到「補史之闕」的目的。顯然，對漢魏六朝志怪小說中出現大量的神仙、鬼怪等怪異的內容，他是堅決反對的。

　　陳鴻用小說來「補史之闕」的意識也很明顯，他在《長恨歌傳》文末，交代故事來源時說到：

> 意者不但感其事，亦欲懲尤物，窒亂階，垂於將來者也。歌既成，
> 使鴻傳焉。世所不聞者，予非開元遺民，不得知。世所知者，有《玄

〔註 46〕郭昭第《文學元素學·文學理論的超學科視域》，中國社會科學出版社 2006 年版，第 390 頁。

〔註 47〕〔古希臘〕柏拉圖著，張竹明譯《理想國》，譯林出版社 2009 年版，第 91 頁。

〔註 48〕〔古希臘〕亞里士多德著，陳中梅譯注《詩學》，商務印書館 1996 年版，第 42 頁。

〔註 49〕上海古籍出版社編《唐五代筆記小說大觀》，上海古籍出版社 2000 年版，第 158～159 頁。

宗本紀》在。〔註50〕

他認為小說除了像史書一樣有補於世用的歷史價值，其記載的內容亦可以與史書相證。即便不是史官的作者，在史官文化極為發達的唐代，小說家也往往會有濃厚的史官意識。比如李公佐，他的《南柯太守傳》明明是虛構的產物，他卻偏要聲稱「事皆摭實」〔註51〕。他創作《謝小娥傳》的初衷，也是感覺到「知善不錄，非春秋之義」〔註52〕，以孔子編著《春秋》來揚善懲惡自勵。又如李德裕在《次柳氏舊聞序》中，對小說與歷史關係的看法，與李肇相同：

> 臣德裕非黃瓊之達練，習見故事；愧史遷之該博，惟次舊聞。懼失
> 其傳，不足以對大君之問，謹錄如左，以備史官之闕云。〔註53〕

李德裕以「補史之闕」的目的來創作小說。儘管唐五代小說中有真人真事，也有真人假事乃至假人假事，作者仍以史家的姿態，標榜自己所寫的是真人真事，表現出自覺的史家意識。

史學家劉知幾從史學的角度肯定小說，把小說的價值提升到與歷史比肩的高度：「偏記小說，自成一家，而能與正史參行。」〔註54〕他評判小說的標準，也是站在史家的立場上，提倡「實錄」，排斥「虛辭」。

綜合以上論述，「史識」對唐五代小說創作的影響，不同於春秋戰國，也不同於漢魏六朝。在小說發展初期，也就是春秋戰國時期，小說被視為與正統史傳無關的小道而充當人們茶餘飯後的談資；漢魏六朝時期，人們只是意識到小說類同史傳，是對事件的真實記錄。小說家應以著史的態度和標準來創作小說，力求故事的真實可信。小說閱讀者和論者也以故事是否真實來作為衡量其價值的重要尺度。而唐五代時期，史傳文學異常發達，不少小說家本身就是史學家，史官意識進一步滲入小說的創作。小說家們不僅標榜自己

〔註50〕李時人編校，何滿子審定《全唐五代小說》，陝西人民出版社 1998 年版，第673 頁。

〔註51〕李時人編校，何滿子審定《全唐五代小說》，陝西人民出版社 1998 年版，第643 頁。

〔註52〕李時人編校，何滿子審定《全唐五代小說》，陝西人民出版社 1998 年版，第651 頁。

〔註53〕上海古籍出版社編《唐五代筆記小說大觀》，上海古籍出版社 2000 年版，第464 頁。

〔註54〕〔唐〕劉知幾撰，〔清〕浦起龍釋，王煦華整理《史通通釋》，上海古籍出版社 2009 年版，第 165 頁。

創作的目的是「補史之闕」，而且認爲小說可以與正史並行，把寫小說的價值提升到了史籍的高度。從春秋戰國直至唐五代，史官意識對小說的影響越來越明顯。小說家在創作意識上，也越來越喜歡把小說與史書相提，強調小說的史學價值。「史識」讓小說家們在小說材料的選擇、價值意義的判定、體例的架構等方面，都有意以史傳爲軌範。這種有意把小說往史傳靠攏的意識，體現了作者對小說敘述的一種「干預」。

三、示勸誠，明教化

「史識、史學、史才」中，劉知幾認爲「史識」最爲重要。「史識」要求史學家「不掩惡，不虛美」〔註55〕，「彰善貶惡，不避強禦，若晉之董狐，齊之南史。」〔註56〕凡是有關褒貶勸誠的史事，不管事主是誰，必須要分清邪正是非，據實直書。唐五代小說家在這種撰史意識的影響下，把褒貶評價寓於故事行文之中，明確是非曲直，強化小說的教化、勸懲功能。

作者往往在文末用《史記》論贊式議論，警示世人，宣揚教化。「《史記》中的全部『太史公曰』均可視爲司馬遷史論而加以貫通的研究，是符合歷史發展的實際的。『太史公曰』形式上是仿自《左傳》的『君子曰』，而《史記》發展成爲序贊論的系統史論，卻是司馬遷的首創，不過司馬遷並沒有命名曰序曰贊。《史通》卷四《論贊篇》和《序例篇》正式論列『太史公曰』爲序爲贊，也就成了通稱。」〔註57〕史籍中的論贊，本是作者對歷史的剖析和史實的補充，是「史論」的一部分。而唐五代小說中的一部分論贊式議論，則體現了作者對故事人物、事件的情感態度評價和創作主體對故事的介入。

唐五代小說模擬論贊方式結束全篇，警醒世人，以達到教化目的的有：《毛穎傳》、《李赤傳》、《河間傳》、《謝小娥傳》、《非煙傳》、《王知古爲狐招婿》、《殷保晦妻封氏罵賊死》、《王表》、《裴晉公大度》、《任氏傳》、《王居士神丹》、《韋進士見亡妓》、《薛氏子爲左道所誤》、《田布尚書傳》、《婁師德》、《李可及戲三教》、《南柯太守傳》、《馮燕傳》等接近 20 篇。

〔註55〕〔唐〕劉知幾撰，〔清〕浦起龍釋，王煦華整理《史通通釋》，上海古籍出版社 2009 年版，第 493 頁。

〔註56〕〔唐〕劉知幾撰，〔清〕浦起龍釋，王煦華整理《史通通釋》，上海古籍出版社 2009 年版，第 261 頁。

〔註57〕張大可《〈史記〉的論贊》，見《史記二十講》，華夏出版社 2009 年版，第 247 頁。

　　在《南柯太守傳》的文末，作者從出世的角度，對人世間的榮華富貴、得失生死，以超然物外的態度處之，諷刺那些追名逐利的不擇手段之徒，希望世人引以為戒。又如在《裴晉公大度》的文末，敘述者文末用「贊」的形式，讚譽裴晉公的胸懷寬廣，諷刺皇甫湜的性格偏激，恃才傲物。同時，將裴晉公與歷史上的黃祖、晉公相對比，進一步烘託裴晉公的大度，嘲諷皇甫湜的偏狹、小心眼，告誡世人不能以小人之心度君子之腹。

　　作者在警示世人的同時，也希望小說有益教化。在《河間傳》篇末，作者不是以道學家的身份指責河間，而是站在正義的立場，義憤填膺地怒斥引誘河間的世人：

> 柳先生曰：天下之士為修潔者，有如河間之始為妻婦者乎？天下之言朋友相慕望，有如河間與其夫之切密者乎？河間一自敗於強暴，誠服其利，歸敵其夫猶盜賊仇讎，不忍一視其面，卒計以殺之，無須臾之戚。則凡以情愛相戀結者，得不有邪利之猾其中耶？亦足知恩之難恃矣！朋友固如此，況君臣之際，尤可畏哉！余故私自列云。〔註58〕

世人不能容忍美貌的河間冰清玉潔，設計使之走上歧途。當河間淪落為他們所期待的女子後，突然又以貞節標準來要求河間，對她背離倫常的舉動嗤之以鼻。作者在文末用「柳先生曰」對世人這種卑劣的行跡予以嘲諷，進而抨擊周遊於君臣、朋友中的邪惡、狡猾之人，警告世人要審視自己身邊的人。

　　晚唐、五代小說塑造了諸多貞烈女子的形象。如《殷保晦妻封氏罵賊死》，敘述者對封夫人之賢淑稍作描繪後，即正面鋪敘封夫人與賊抗爭的壯烈場面。篇末有三水人的讚語：

> 三水人曰：「噫，二主二天，實士女之醜行。至於臨危抗節，乃丈夫難事，豈謂今見於女德哉！」渤海之媛，汝陰之嬪，貞烈規儀，永光於彤管矣。辛丑歲，退構兄出自雍，話茲事，以余有春秋學，命筆削以備史官之闕。〔註59〕

廣明元年，黃巢渡過淮河，攻陷東都，十二月甲申晡時遂入長安。小說寫的就是這種形勢之下，封氏不臣二主抗節就義的貞烈行為。封氏不懼強敵、誓

〔註58〕 李時人編校，何滿子審定《全唐五代小說》，陝西人民出版社 1998 年版，第616頁。

〔註59〕 李時人編校，何滿子審定《全唐五代小說》，陝西人民出版社 1998 年版，第1946頁。

死抗爭的義行，與封建倫理道德對女性的禁錮不無關係。作者皇甫枚頗以
「史才」自負，他在小說中聲稱記載封氏的故事是「筆削以備史官之闕」。
皇甫枚的看法也得到了一些史學家的認可。如宋代歐陽修、宋祁等人修撰《新
唐書》時，就將此篇列入 205 卷的《列女傳》中。作者在文末對封氏妻誓死
捍衛貞節的高風亮節予以讚揚，以此警戒那些侍奉二夫之人，宣揚了迂腐的
忠孝節義的封建倫理。《謝小娥傳》的作者李公佐在文末用「君子曰」指出，
他創作《謝小娥傳》的目的意在宣揚這位奇女子的貞與節。《李娃傳》、《任
氏傳》的作者，對狐女、妓女的貞節也給予充分肯定。小說作者們對貞節的
宣揚，與官方思想完全一致。《唐律疏議・戶婚》「妻無七而出之」條疏曰：
「伉儷之道，義期同穴。一與之齊，終身不改。」〔註60〕小說家對女性貞
節的吹捧，不言而喻，意在迎合統治階級，教化世人。

四、助談笑，寓教於樂

　　唐五代小說中的不少作品，很多是賞心而作，有「遠實用而近娛樂」、「足
為談助」等特點。這也符合小說的基本功能——消遣和娛樂。在「史識」的
影響下，唐五代小說作者以「遊戲筆墨」干預敘述，使故事主題富有道德色
彩，「寓教於樂」。從唐小說集之名稱，如《金溪閑談》、《桂苑叢談》、《燈下
閑談》、《玉堂閑話》等等，就可以看出作者以之助談笑、寓教於樂的創作動
機。很多唐小說集的序言，也都表明了此創作動機。如高彥休《唐闕史序》
曰「或有可以為誇尚者、資談笑者、垂訓誡者」〔註61〕，鄭還古《博異志序》
云「亦是賓朋之節奏。……非徒但資笑語，抑亦粗顯箴規」〔註62〕，蘇鶚《杜
陽雜編序》亦謂「知我者，謂稍以補東觀緹油之遺闕也。……故以為名，覬
廁於談藪之下者」〔註63〕。
　　唐五代小說助談笑、寓教於樂的特點，主要表現在以下兩個方面：

第一，在助興、佐歡中寄託情感
　　產生於友朋夜話的旅途，或朋友之間閑談的小說，其消遣、娛樂功能非

〔註60〕劉俊文撰《唐律疏議箋解》，中華書局 1996 年版，第 1055 頁。

〔註61〕上海古籍出版社編《唐五代筆記小說大觀》，上海古籍出版社 2000 年版，第
　　　　1327 頁。

〔註62〕上海古籍出版社編《唐五代筆記小說大觀》，上海古籍出版社 2000 年版，第
　　　　477 頁。

〔註63〕〔清〕董誥等編《全唐文》，中華書局 1983 版，第 8563 頁。

常重要。因而，故事講敘者盡可能別出心裁，讓故事內容引人入勝，以之來助興、取樂。但是，作者創作小說並不僅僅是爲了吸引聽眾，滿足其獵奇心理。深入小說，就可以發現很多作品都寄託了作者一定的思想或情感，出於補償某種現實需求或滿足某種心理欲望的目的。

如王建《崔少玄傳》，在崔少玄留仙詩返神界後，作者在文末指出創作的原因：

> 後陸與恭皆保其詩，遇儒道適達者示之，竟不能會。至景申年中，九疑道士王方古，其先琅琊人也。遊華嶽回，道次於陝郊。時陸亦客于其郡，因詩酒夜話，論及神仙之事。時會中皆貴道尚德，各徵其異。殿中侍御史郭固、左拾遺齊推、右司馬韋宗卿、王建，皆與崔恭有舊，因審少玄之事於陸。陸出涕泣，恨其妻所留之詩，絕無會者。方古請其辭，吟詠須臾，即得其旨。歎曰：「太無之化，金華大仙，亦有傳於後學哉。」時坐客聳聽其辭，句句解釋，流如貫珠。凡數千言方盡其義。因命陸執筆，盡書先生之辭。目曰《少玄玄珠心鏡》，好道之士，家多藏之。〔註64〕

從文中清楚可知，盧陸、王方古、王建、郭固、齊推、韋宗卿等六人，皆貴道尚德。他們於「詩酒夜話」之際，各徵異說，談論神仙之事。因郭固、齊推、韋宗卿等人與崔恭有頗深的淵源關係，於是把話題轉移到與崔少玄相關的故事。據記載，王建出身寒門，家境貧窮，亦未進士及第，過著「從軍走馬十三年」，居鄉則「終日憂衣食」的生活。四十歲以後，「白髮初爲吏」，一直沉淪下僚，僅擔任過縣丞、司馬之類的卑微之職。〔註65〕現實的失意，讓信奉神仙道教，追求長生不老之身的王建，在宗教中找到了自己心靈的憩息之地。〔註66〕加之唐統治者把道家始祖李聃奉爲自己的祖先，大加尊崇，使得信奉道教在有唐一代蔚然成風。在這種情形下，王建便有了諸多的志同道合者。《崔少玄傳》中的與會者，就是此風的產物。王建借崔少玄之事，在宴會中「娛人」，也「自娛」，寄託了他對得道成仙、擺脫目前窘境的渴望。小

〔註64〕李時人編校，何滿子審定《全唐五代小說》，陝西人民出版社 1998 年版，第602頁。

〔註65〕見傅璇琮主編《唐才子傳校箋》，中華書局 1989 年版，第 150～162 頁。

〔註66〕遲乃鵬在《王建研究叢稿》中的《王建的道教信仰》一文中，根據王建對道教理論不僅精細研讀，而且還親自入山修煉，以求得道成仙，獲長生不老之身的事實，證明王建的道教信仰不同於普通下層民眾。（見遲乃鵬《王建研究叢稿》，巴蜀書社 1997 年版，第 224～238 頁。）

說也藉此宣揚了神仙道教思想的主題。

又如在《猿婦傳》中，作者在文末亦道出故事來源於朋友之間的閑談：

> 嚴既悟其妖異，心頗怪悸。後一日，遂至渭南，訊其居人，果有劉君，廬在郊外。嚴即謁而問焉。劉曰：「吾常尉于弋陽，弋陽多猿狖，遂求得其一，近茲且十年矣。適遇有故人自濮上來，以一黑犬見惠，其猿爲犬所噛，因而遁去。」竟不窮其事，因錄以傳之。嚴後以明經入仕，終于秦州上邽尉。客有遊于太原者，偶于銅鍋店精舍解鞍憩焉。于精舍佛書中，得劉君所傳之事，而文甚鄙。後亡其本。客爲余道之如是。〔註67〕

人們相會於異地他鄉，談論一些神奇怪異之事，可以激發人的興趣，打發漫長無聊的時間。客爲「余」講述的故事，出於娛樂目的，內容「怪」、「奇」，有引人注目的效果。但深入主題，就會發現故事並不輕鬆、好笑，心情反而會變得很沉重：猿幻化成人形後，僞稱劉氏。自述遭棄，向陳嚴求助。陳嚴好心收留，攜其入長安，並娶以爲妻。猿卻恩將仇報，禍害陳嚴。最後經郝居士以符治之，才使其現出原形。現實生活中類似於猿的，大有人在。由張讀的人生經歷，不難看出作者的用意。張讀少有俊才，年十九即登進士第，備受眾人矚目，時人也稱得士。他累官至中書舍人，禮部侍郎，典貢舉，位終尚書左丞。對於年少得志，久處官場的張讀來說，官場的爾虞我詐、人心的醜陋難測，他都盡覽眼底。剝離《猿婦傳》故事神奇怪異的表象，深入故事內核，就可以發現作者對僞善、忘恩負義之人的批判。

唐五代小說產生於友朋閑談、夜話的作品數量頗多。「方舟沿流，晝讌夜話，各徵其異說」〔註68〕的《任氏傳》，「……會於傳舍。宵話徵異，各盡見聞」〔註69〕的《廬江馮媼傳》，「話及此事」〔註70〕的《長恨歌傳》，「嘗話此事」〔註71〕的《灌園嬰女》，「忽話此事」〔註72〕的《李太尉軍士》，「因話奇

〔註67〕李時人編校，何滿子審定《全唐五代小說》，陝西人民出版社 1998 年版，第 272～273 頁。

〔註68〕李時人編校，何滿子審定《全唐五代小說》，陝西人民出版社 1998 年版，第 542 頁。

〔註69〕李時人編校，何滿子審定《全唐五代小說》，陝西人民出版社 1998 年版，第 646 頁。

〔註70〕李時人編校，何滿子審定《全唐五代小說》，陝西人民出版社 1998 年版，第 673 頁。

〔註71〕李時人編校，何滿子審定《全唐五代小說》，陝西人民出版社 1998 年版，第

事」〔註73〕的《尼妙寂》等。在這類小說中，作者借神奇怪異的故事內容，暗藏自己對現實的看法，寄託著在現實中無法實現的理想和願望。「娛樂」是作家的一種創作心態，是把創作當作張揚個性、展示才情、追求自我的一種手段，也是在輕鬆、愉悅的氛圍中，藉故事來抒發對現實的感慨，化解和疏導心中的矛盾和鬱結：「唐傳奇配合著載道論文的步調，致力於種種生存現象的解釋以及觀念傾向的抉擇，而這些都是著重適應於自我的需要。」〔註74〕

第二，在幽默、風趣中表現嚴肅的主題

唐五代時期，一部分小說家鍾情於山水遊樂，追求曠達自適、無拘無束的享樂生活。他們放蕩不羈而又才華橫溢，把遊山玩水、觀花賞月、耽溺聲色認同為體驗生活、怡情養性、超越自我的重要方式。因此，他們總能以快樂之心從事創作，從審美創作中感受生活之美。多愁善感的詩人氣質，讓他們把深刻的社會、人生道理，以「遊戲之筆」合盤托出。

唐五代小說中的《修武縣民》、《鄭宏之》、《田氏子》、《狄仁傑》、《李哲》、《李恒》、《姜撫先生》、《明思遠》、《張長史》、《劉元迴》、《騰庭俊》、《蕭穎士》、《紇干狐尾》、《京都儒生》、《崔張自稱俠》、《姜太師》、《韓定辭》、《張謹》等篇，作者行文風趣幽默。嚴肅的主題，在輕鬆笑語中表達，義理、情趣俱佳。

出自《廣古今五行記》的《紇干狐尾》，講述了一個令人捧腹的故事：

> 并州有人姓紇干，好劇。承聞在外有狐魅，遂得一狐尾，綴著衣後。
> 至妻旁，側坐露之。其妻私心疑是狐魅，遂密持斧欲斫之。其人叩
> 頭云：「我不是魅。」妻不信。走遂至鄰家，鄰家又以刀杖逐之。其
> 人惶懼告言：「我戲劇，不意專欲殺我。」此亦妖由人興矣。〔註75〕

并州人紇干喜歡開玩笑。當村人正苦於狐媚為祟之時，他偽裝成狐狸，戲弄妻子。他果真被當成了狐狸，遭到妻子、鄰居的追逐、打殺。這個故事，作

2306 頁。

〔註72〕李時人編校，何滿子審定《全唐五代小說》，陝西人民出版社 1998 年版，第 1218 頁。

〔註73〕李時人編校，何滿子審定《全唐五代小說》，陝西人民出版社 1998 年版，第 1170 頁。

〔註74〕張火慶《從自我的抒解到人間的關懷——小說（二）》，見劉岱總主編《中國文化新論·文學篇（二）·意象的流變》，三聯書店 1992 年版，第 525 頁。

〔註75〕李時人編校，何滿子審定《全唐五代小說》，陝西人民出版社 1998 年版，第 184 頁。

者用詼諧的筆墨，將之寫得興味盎然。紇干偽裝成狐狸的得意，紇干被當成狐狸遭到妻子砍斫的磕頭求饒，紇干被鄰居追打後的惶遽，作者都描繪得趣味橫生。在嬉笑聲中，故事情節達到高潮。在故事即將落下帷幕之際，作者並沒有讓讀者一笑而過，他在文末一語道破故事的內涵：狐妖不過是由人才興盛起來的。作者寫此文的目的，是為了讓讀者從故事中感悟妖怪由人而興的道理。

又如在《辨疑志·姜撫先生》中：

> 唐姜撫先生，不知何許人也。……玄宗皇帝高拱穆清，棲神物表，常有昇仙之言，姜撫供奉，別承恩澤。於諸州採藥及修功德，州縣牧宰，趨望風塵，學道者乞容立於門庭，不能得也。有荊巖者……嘗謁撫，撫簡踞不為之動。荊巖因進而問曰：「先生年幾何？」撫曰：「公非信士，何暇問年幾？」巖曰：「先生既不能言甲子，先生何朝人也？」撫曰：「梁朝人也。」巖曰：「梁朝絕近，先生亦非長年之人。不審先生梁朝出仕？為復隱居？」撫曰：「吾為西梁州節度。」巖叱之曰：「何得誕妄！上欺天子，下惑世人。梁朝在江南，何處得西梁州？只有四平、四安、四鎮、四征將軍，何處得節度使？」撫慚恨，數日而卒。〔註76〕

作者筆法頗為巧妙。首先，他從幾個方面突出描寫姜撫先生德高望重、受人敬仰：第一，姜撫先生有著普通人不及的高壽；第二，他穿著高雅，舉止超脫，神態怡然，看似非塵世中人；第三，他深受唐玄宗尊崇，有專人侍奉，其所受恩遇連各州縣的軍政要員也望塵莫及；第四，向他學道的人，絡繹不絕。接著，作者筆鋒突轉，鋪敘了姜撫先生與荊巖之間的一次對話。姜撫先生本不屑與荊巖交接，在荊巖的逼迫下，心虛、慌亂中稱自己為梁朝時西梁州節度。學識淵博的荊巖，當即指出梁朝在江南，不可能設有西梁節度使一職，不留情面地揭露了姜撫先生身世的胡編亂造，有著耀眼光環的姜撫先生形象瞬間坍塌。受到打擊的姜撫先生，在慚愧、悔恨中死去。通過姜撫先生與荊巖的正面交鋒，作品辛辣諷刺了故弄虛玄、逐名求利之人。

唐五代小說家喜歡把神奇怪異的故事，融入自己對世事人生的感悟，以詼諧、幽默的行文風格來表現。在小說中，一方面是生動曲折的故事情節，

〔註76〕李時人編校，何滿子審定《全唐五代小說》，陝西人民出版社 1998 年版，第563～564 頁。

鮮活可感的人物形象，盡顯其敘事之美；另一方面是道德倫理的說教和欲望、理想的傾瀉，力呈其說理言情之趣。

作者也可以通過對故事場景的描寫和渲染，間接抒發自己的情感及對故事人物的立場和態度。如《艷陽詞》，當眾人吟詩正歡時，敘述者突然插入與歡樂氣氛不和諧，且帶有評價色彩的場景描寫：「探春一唱是曲，閨婦行人，莫不漣泣。」〔註77〕此句從側面烘託採春演唱技藝的高超，表達了敘述者對採春悲慘命運的感歎。敘述者還可以介入故事人物的情感，用富含感情色彩的詞語暗中傳達對故事人物遭遇的同情。如在《李娃傳》中，李娃和老姥設計騙走滎陽生，滎陽生「乃弛其裝服，質饌而食，賃榻而寢。生恚怒方甚，自昏達旦，目不交睫」〔註78〕。滎陽生得知受騙後，「惶惑發狂，罔至所措，因返訪布政舊邸。邸主哀而進膳。生怨懣，絕食三日，構疾甚篤，旬餘愈甚。」〔註79〕敘述者採用第三人稱全知敘事視角，通過對滎陽生心理、動作、神情的描繪，極力表現其被騙後的憤怒、悲痛欲絕及騙後的不知所措。正因為敘述者對滎陽生的悲慘境遇「持瞭解之同情」，才能用感同身受的筆觸形象地傳達滎陽生此時的心緒。融入了敘述者情感的滎陽生形象，其心境也是敘述者真實內心世界的外在呈現。敘述者與故事人物情感的水乳交融，更進一步渲染了故事的悲情意味。

小說是對現實世界的反映，體現著創作者對世界的認識和理解。這種理解既可以通過客觀的畫面表達出來，也可以通過對小說中某種場景、人物的介紹、解說或借助人物之間的對話，用充滿情感的語言表達出來。「言為心聲」，通過介紹、解說或評價，作者的情感滲透到小說整體意蘊之中，使接受者產生豐富的聯想，體會到作者飛揚的激情，或對故事人物的敬仰，或對故事人物蘊積的憤懣。作者潛入敘述的情感，也會間接影響接受者對故事人物的情感態度評價和對故事的期待視野。這是唐五代小說家在「史識」的影響下，對小說故事敘述的一種有意識的干預。從審美接受來說，干預是作者與讀者的一種互動、對話，體現了唐人有意為小說的特點。敘述者在故事的講

〔註77〕李時人編校，何滿子審定《全唐五代小說》，陝西人民出版社 1998 年版，第 3323 頁。

〔註78〕李時人編校，何滿子審定《全唐五代小說》，陝西人民出版社 1998 年版，第 626 頁。

〔註79〕李時人編校，何滿子審定《全唐五代小說》，陝西人民出版社 1998 年版，第 627 頁。

述中，敘述者和接受者在一個親密無間的可交流環境中進行。由於作者在文本中總是對故事或作出解釋評價，或進行暗示和引導，或在故事的開頭和結尾直接點明主旨，從而給讀者營造了一個輕鬆愉悅的接受環境；從思想價值取向來說，干預傳達了作者的道德、思想意識，可以幫助研究者更深一層地瞭解作者的精神世界，深入作品的主題；從小說創作來說，干預是敘述不可缺少的環節，正因為干預，故事在起承轉合之處，才得以順利過渡。唐五代小說在史傳體例的影響下，大部分作品採用了以「某時、某地、某人、發生了某事」的敘事模式，使人物、事件首尾有序，條理清楚；唐五代小說還靈活運用史傳敘事中經常採用的倒敘、插敘、補敘等手法，改變了行文結構的呆板、單一；唐五代小說借用史傳中的「互見法」，從不同層面豐富了故事人物的形象等。總之，不論是作家的創作意識，還是篇章結構、行文方式，唐五代小說都表現出與史傳文學的淵源關係。

第二章　論說文與唐五代小說的生成

　　從言語表述形式觀之，唐五代小說文末的「史論」和文中「議論」與先秦諸子散文中的議論和史傳中的評贊有密切關聯。戰國時期韓非子著作中有《說林》，「說」是用講故事的方法來闡釋道理。《漢書・藝文志》把小說歸入「諸子」一類，《隋書・經籍志》把小說的一部分收錄在子部，唐史學家劉知幾也並不單獨使用小說一詞，而是用了諸子小說。諸子散文中的「說」應是唐五代小說中「議論」的淵源。從文體結構形式上看，唐五代小說文末的「某某曰」顯然模仿《史記》中的「太史公曰」。小說文體的這種結構方式，表現出與「史傳」的親緣關係。

　　從言說方式觀之，「某某曰」與《史記》中的「太史公曰」都屬於「議論」。而唐五代小說中的「議論」，也不僅僅局限於文末的「某某曰」。唐五代小說作家不僅在故事的敘述過程可以隨時發表「議論」，而且還可以讓故事中的人物發表「議論」。古添洪《唐傳奇的結構分析——以契約為定位的結構主義的應用》評析《東城老父傳》中賈昌的道德說教時指出：

> 而當陳鴻祖問及開元之理亂時，賈昌竟說了一大堆今非昔比的話，對當時社會及政治大力批評。試想，一個已悟道而六親不認的老人賈昌，他還有俗念對政治、社會作如此入世的批評嗎？傳奇中的道德性的尾巴，可認為是該傳奇故事的散文性的結論，而使藝術歸入道德，尚略有其價值。〔註1〕

《中國古代文學通論・隋唐五代卷》把傳奇中的議論置入說理文考察的範

〔註 1〕　古添洪《唐傳奇的結構分析——以契約為定位的結構主義的應用》，見盧興基選編《臺灣中國古代文學研究文選》，人民文學出版社 1988 年版，第 272 頁。

疇：「爲什麼傳奇小說多以『傳』命名？原因之一即是以傳記的形式作小說來表現『史才』。爲什麼傳奇小說中有那麼多的詩歌出現？原因之一即要表現『詩筆』。爲什麼傳奇小說的末尾常有作者的評述？原因之一就是要表現『議論』。這些正是傳奇小說的敘事、抒情、說理等特色之所在。」〔註2〕「我國古代論說文體源遠流長。春秋戰國時代的先秦諸子散文，實際上就是論說文。我國的論說文，是從最初的諸子講學語錄，逐漸孕育發展形成的。」〔註3〕趙彥衛在對唐小說文體特徵進行評說的時候，就把小說中的「史才」與「議論」進行區分，當是從史傳和論說文文體特徵的差異進行考略，要不然完全可以把小說中的議論成分略而不談。古添洪也把小說中的「議論」與「史才」相區別：「史才、詩筆、議論三者爲古文家所喜好，也是官吏所應具的才能。史才是判別史實是非的能力，洞察古今，足以修國史；詩才是寫詩之才華，得見其性情；唐人重詩，重詩才自不在話下；議論則見其洞察社會上政治上沿革得失之能力，更是官吏不可或缺的。」〔註4〕從判別是非、論說古今得失這一意義上說，「史論」和「議論」有相似之處，但從文體體制觀之，唐五代小說篇末中的「某某曰」屬於史傳文本，而唐五代小說中的「議論」，應視爲論說文本。

「論說文，也就是說理的文章，是古代散文中之大宗。古人根據其內容、用途、寫法等不同，分爲若干種類，如論、史論、設論、議、辯（辨）、說、解、駁、考、原、評等等，在總的稱謂上，《文心雕龍》立『論說』類以概其全。」〔註5〕論說文最大的特點，就是所關涉的問題無所不包。大至宇宙天地、社會人生；小至一事一物、一言一行，都可直接闡發事理、發表見解。唐五代小說作者常在敘述故事進程中運用論說文的「議論」形式，表達對故事中人或事的看法。唐五代小說在文中或文末發表議論的篇目有《吳全素》、《掠剩使》、《尹縱之》、《岑曦》、《李沈》、《馬奉忠》、《崔無隱》、《古鏡記》、《魏洛京永寧寺天竺僧勒那漫提傳》、《魏東齊沙門釋明琛傳》、《魏太山丹嶺釋僧

〔註2〕 傅璇琮、蔣寅總主編《中國古代文學通論·隋唐五代卷》，遼寧人民出版社2005年版，第255～256頁。

〔註3〕 褚斌傑《中國古代文體概論》（增訂本），北京大學出版社1990年版，第336頁。

〔註4〕 古添洪《唐傳奇的結構分析——以契約爲定位的結構主義的應用》，見盧興基選編《臺灣中國古代文學研究文選》，人民文學出版社1988年版，第271頁。

〔註5〕 褚斌傑《中國古代文體概論》（增訂本），北京大學出版社1990年版，第335頁。

照傳》、《孔恪》、《宜城民》、《李知禮》、《蕭氏女》、《許真君》、《蘭公》、《遊
仙窟》、《梁四公記》、《紇干狐尾》、《周賢者》、《李虛》、《裴仙先》、《張嘉祐》、
《崔敏愨》、《狄仁傑》、《李翥》、《李翰》、《李蓂》、《唐紹》、《任氏傳》、《柳毅
傳》、《柳氏傳》、《李娃傳》、《南柯太守傳》等 200 多篇。（詳見附錄二）由此
可見，唐五代小說中的「議論」作為論說文本會通敘述而發揮其特殊功能，
對唐五代小說的生成有重要作用。

　　唐初的《古鏡記》就已會通論說文本，而到晚唐、五代時期，論說文本
才在小說中大量出現。唐五代小說對「議論」筆法的嫻熟運用，也有一個發
展的過程。本文考察唐五代小說在故事敘述中如何使用「論說文本」，探討其
「何以如此用」的原因，進而揭示其在唐五代小說生成中的功能。

第一節　唐五代小說中的「議論者」

　　小說敘事的主體有三：作者、敘述者、故事中人物。〔註6〕唐五代小說中
的部分作品，作者與敘述者合二為一。作者始終以旁觀者的身份敘事。他全
知全能，無所不曉，如在《王知古為狐招婿》、《殷保晦妻封氏罵賊死》、《李
娃傳》等篇目中，作者在文末直接表明自己就是敘述者。然唐五代小說中的
絕大部分作品，作者的聲音與敘述者的聲音並不一致。作者以敘述者或故事
人物的身份，通過「議論」這種形式，干預小說敘述，或與接受者進行潛在
對話，引導接受者體會作品的蘊意。唐五代小說主要有三種「議論」形式：
第一，作者直接發表議論；第二，故事中人物議論；第三，敘述者發表議論。

一、作　者

　　「按照敘述學的理論，一般認為敘述者並不等同於作者。作者存在於現
實社會中而敘述者是虛擬的：作者可能是高尚的，敘述者則可能是卑劣的；
作者可能是一個集體，敘述者則可能是一個個體；作者可能是男性，敘述者

〔註6〕　見孟昭連《作者・敘述者・說書人——中國古代小說敘事主體之演進》，載於
　　　　《明清小說研究》，1998 年第 4 期。孟昭連在此文中從中國古典小說的特點出
　　　　發，根據西方敘事學理論，認為中國小說敘事的主體主要有作者、敘述者、
　　　　故事人物。因而，唐五代小說中發出議論的主體相應的有三種：敘述者、作
　　　　者和故事中人物。（見孟昭連《作者・敘述者・說書人——中國古代小說敘事
　　　　主體之演進》，載於《明清小說研究》1998 年第 4 期，第 137～152 頁。）

可能是女性……」〔註7〕唐五代小說作者爲了加強故事的眞實可信，往往在文末指出故事敘述者、隱含作者（所謂隱含作者即通過作品的意識形態和價值標準而顯示出來的虛擬作者）與作者身份合一。加之，史學家往往把小說當成「史書」，如《新唐書・藝文志》就認爲「傳記、小說……皆出於史官之流也」〔註8〕，《隋書・經籍志》亦說《搜神記》等「推其本源，蓋亦史官之末事也」〔註9〕。中唐顧況《戴氏廣異記序》對《廣異記》的淵源進行追溯，也是視「小說」爲「史氏別體」。〔註10〕這種以「小說」寫歷史的意識，也讓唐五代小說作者以敘述者的身份講述故事。如《李娃傳》，李娃與滎陽生之間歷經坎坷的愛情故事結束後，文末有作者的一段議論：

> 嗟乎！倡蕩之姬，節行如是，雖古先烈女，不能逾也。焉得不爲之歎息哉！予伯祖嘗牧晉州，轉戶部，爲水陸運使，三任皆與生爲代，故諳詳其事。貞元中，予與隴西公佐話婦人操烈之品格，因遂述汧國之事。公佐拊掌竦聽，命予爲傳。乃握管濡翰，疏而存之。時乙亥歲秋八月，太原白行簡云。〔註11〕

即使沒有文末這段話，這篇小說的結構仍然非常完整。但作者白行簡在文末卻加入了一段與故事情節無多大關聯的議論，其用意爲說明故事來源眞實可信，論贊故事人物，表明作者就是敘述者的特殊身份。

又如在《任氏傳》篇末，作者對任氏因鄭六的執拗而香消玉殞發表感慨：

> 嗟乎，異物之情也有人道焉！遇暴不失節，徇人以至死，雖今婦人，有不如者矣。惜鄭生非精人，徒悅其色而不徵其情性。向使淵識之士，必能揉變化之理，察神人之際，著文章之美，傳要妙之情，不止於賞玩風態而已。惜哉！建中二年，既濟自左拾遺於金吳……沈既濟撰。〔註12〕

「異物之情也有人道」、「雖今婦人，有不如者」，顯然是借人與精魅的愛情

〔註7〕 孟昭毅等著《印象：東方戲劇敘事》，崑崙出版社 2006 年版，第 17 頁。

〔註8〕 〔宋〕歐陽修、宋祁撰《新唐書》，中華書局 1975 年版，第 1421 頁。

〔註9〕 〔唐〕魏徵等撰《隋書》，中華書局 1973 年版，第 982 頁。

〔註10〕 〔唐〕顧況《戴氏廣異記序》，見丁錫根編著《歷代小說序跋集》，人民文學出版社 1996 年版，第 75〜76 頁。

〔註11〕 李時人編校，何滿子審定《全唐五代小說》，陝西人民出版社 1998 年版，第 631 頁。

〔註12〕 李時人編校，何滿子審定《全唐五代小說》，陝西人民出版社 1998 年版，第 541〜542 頁。

小說針砭社會現實，懲惡揚善。而「著文章之美，傳要妙之情」，即是說小說既要敘事流暢、情節曲折和文辭華美，又要以情動人。《毛穎傳》、《李赤傳》、《無雙傳》的作者在文末都採用了類似的議論，不過在細節上稍微有些區別。

布斯認爲「作者與隱含的、非戲劇化的敘述者之間並無區別」〔註13〕。「敘述者與作者和隱含作者的一致性意味著作者作爲敘述者對事實的講述和評判符合隱含作者的視角和準則，是一種可靠敘述。」〔註14〕在唐五代小說中，作者與敘述者、隱含作者三位一體所發的議論，一方面傳達作者的道德觀念，引導接受者的審美價值取向；另一方面讓接受者認可故事的眞實可信，瞭解故事的來龍去脈。

二、敘述者

在「傳統的文學研究中，認爲一切述說都是由作者承當的，中國古代敘事作品中，講故事的許多就是作者」〔註15〕。但在一部分唐五代小說中，敘述者並不等於作者。比爾茲利對於怎樣區分作者與敘述者，有過一段精闢的論述：「文學作品中的說話者不能與作者畫等號，說話者的性格和狀況只能由作品的內在證據提供，除非作者提供實在的背景或公開發表聲明，將自己與敘述者聯繫在一起。」〔註16〕在作者沒有提供明確的線索，強調敘述者爲自己的情況下，故事的敘述者不是作者。但是，我們在文本中體驗到的故事，都是經過了作者選擇後的敘事性行爲。「小說家選擇適合其作品的語言結構，在某種程度上，他失去了個人控制——文化價值（包括對各種隱含作者的期望）滲入他的言辭，以致於他的個人表達必定帶有附著於他選擇的表達方式的社會意義。」〔註17〕作者爲了表達自己的看法，根據故事情節的發展，通過敘述者（隱含作者）之口進一步揭示作品的主題，通過議論把自己的人生

〔註13〕　〔美〕W・C・布斯著，華明、胡曉蘇、周憲譯《小說修辭學》，北京大學出版社 1987 年版，第 169 頁。

〔註14〕　郭昭第《文學元素學・文學理論的超學科視域》，中國社會科學出版社 2006 年版，第 390 頁。

〔註15〕　宋若雲《逡巡於雅俗之間：明末清初擬話本研究》，社會科學出版社 2006 年版，143 頁。

〔註16〕　轉引自羅鋼《敘事學導論》，雲南人民出版社 1994 年版，第 213 頁。

〔註17〕　〔英〕羅傑・福勒著，于寧、徐平、昌切譯《語言學與小說》，重慶出版社 1991 年版，第 88 頁。

感悟和意義傳示給讀者。

如在皇甫枚的《玉匣記》中，沒有作者是敘述者的任何提示性話語，顯然，敘述者和作者的身份是不重合的。作者通過敘述者，巧妙地把自己的意圖傳遞給接受者。當王敬之把從銅雀臺下挖掘到的刻有銘文的玉匣獻給魏帥樂彥眞後，彥眞廣集人才，但無人能洞悉銘文的意義。此時，文末有論：

> 噫，當曹氏石氏高氏之代，斯則鄴之王氣休運所鍾，於是諸賢眾矣。焉知不有陰睹後代，總括風雲，幅裂山河之事，而瘞玉以識之。今石既出，其事將兆矣。〔註18〕

經學者考證，「樂彥眞應作樂彥禎，中和三年至文德元年（883～888）任魏博節度使（《唐方鎭年表》卷四），丙午歲乃光啓二年（886）。魏博乃河朔三鎭之一，自田承嗣以來屢釁逆亂，朝廷不能制。樂彥禎鎭魏驕滿不軌，終軍亂被殺。」〔註19〕敘述者通過古銘讖語預言後世有「總括風雲，幅裂山河之事」，對安史之亂以來的藩鎭割據和社會動蕩表現出憂慮傷感之情。

又如在《無雙傳》中，無雙與王仙客歷經波折，最後結爲伉儷。敘述者在文末對這段曠世奇緣深表欽羨：

> 噫，人生之契闊會合多矣，罕有若斯之比。常謂古今所無。無雙遭亂世籍沒，而仙客之志，死而不奪。辛遇古生之奇法取之，冤死者十餘人。艱難走竄，後得歸故鄉，爲夫婦五十年，何其異哉！
>
> 〔註20〕

這段文字發於心，出乎情。敘述者用簡潔的語言，展現了無雙和王仙客離奇、坎坷而又驚險的愛情經歷：無雙和王仙客相愛——情侶因亂世而分離——王仙客求助古生，營救無雙——古生設計救出無雙——無雙與王仙客終成眷屬，浪迹天涯，事態平息後返回故鄉。敘述者在敘述他們曲折的情感歷程之時，依情行文。文末又間以議論，結尾氣勢不凡，強勁有力。敘述者在篇末夾敘夾議，既考慮到文章全篇結構的完整，又總結了全文，突出了要表達的中心。

〔註18〕李時人編校，何滿子審定《全唐五代小說》，陝西人民出版社 1998 年版，第 3327～3328 頁。

〔註19〕石昌渝《中國古代小說總目‧文言卷》，山西教育出版社 2004 年版，第 638 頁。

〔註20〕李時人編校，何滿子審定《全唐五代小說》，陝西人民出版社 1998 年版，第 1581 頁。

再如在《唐紹》篇末，敘述者議論說：

> 死生之報，固猶影響，至於刀折殺亦不異，諒明神不欺矣。《唐書》
> 說明皇尋悔恨殺紹，以李邈行戮太疾，終身不更錄用。〔註21〕

敘述者從佛教的因果報應看待人的生死禍福，指出唐紹被殺是冥冥之中神明的指使，為唐紹被李邈所殺找出合理的理由。此段不僅完善、補充了故事結束後所發生的一系列事件，也突出了作者思想中的善惡觀。又如《紇干狐尾》、《李暠》、《柳氏傳》、《宣州昭亭山梓華君神祠記》等篇，敘述者在篇末都通過議論發表其對人物事件的評論。

小說創作者不可能只停留於客觀描述事件的本身。作家在敘述故事時雖然不刻意表達「直露的意圖，在任何描寫中總也還有思想結論的成分存在，不管這一結論在外在形式上的作用是多麼微弱和多麼隱蔽」〔註22〕。但作家的創作總會帶有一定的主觀色彩，作家的思想總會以顯性或者隱形的形式潛入小說所塑造的世界。從敘述學的視角言之，作家以隱形方式對所敘事件和人物作出評價，使議論和敘事會通一體，此時議論者的身份應是敘述者。

三、故事中人物

「在一部小說中，沒有人物就不會有故事，所謂『故事』，說白了，不過是由人物關係，人物行為構成的一系列事件的組合。因此，把人物視作小說世界一個不可或缺的結構元素，大約是沒人非議的。」〔註23〕人物是構成小說結構的重要元素，唐五代小說作者常借人物的對話式議論，將一系列事件串聯起來，推動故事情節的發展，表現故事人物的思想價值取向。故事人物的思想價值取向，實際上也嵌入了作者的主觀評價色彩，是作者表達對所敘事件、人物看法的一種隱形方式。

如選自《廣古今五行記》中的《鄧差》。鄧差家破人亡，財產幾乎喪失殆盡後，在路邊遇到了看起來並不富有，卻盡情享受的兩位商人。生性節儉，甚至有點吝嗇的鄧差，看不慣花錢太過於鋪張的商人，於是在他們之間圍繞是否人生應該節儉還是享受有一段討論：

〔註21〕 李時人編校，何滿子審定《全唐五代小說》，陝西人民出版社 1998 年版，第531 頁。

〔註22〕 巴赫金《陀思妥耶夫斯基詩學問題》，見錢中文主編，白春仁、顧亞鈴譯《巴赫金全集·詩學與訪談》（第五卷），河北教育出版社 1998 年版，第 108 頁。

〔註23〕 盛子潮《小說形態學》，海峽文藝出版社 1993 年版，第 138 頁。

二人呼差同飲，謂曰：「觀君二人，遊行商估，勢在不豐。何爲頓爾珍羞美食？」估人曰：「寸光可惜。人生在世，終止爲身口耳。一朝病死，安能復進甘美乎？終不如臨沮鄧生，平生不用，爲守錢奴耳。」

〔註24〕

鄧差用質問的語氣，對兩位商人的鋪張浪費提出批評。話語中暗示著在財力不豐的情況下，他們應該節儉。而富商首先從正面肯定人應該享受：第一，人生在世，生命短暫，稍縱即逝；第二，人生的最終追求說到底是爲了物質享受。接著反駁鄧差：人一旦逝去，即使再富有，錢財已無任何實際意義。因此，人生前應盡可能地滿足自己的口腹之欲。《鄧差》通過鄧差與商人之間關於「節儉」、「慳吝」和「奢侈」、「享樂」的辯論，逐次展開故事情節。最後，鄧差聽信商人唆使，大肆浪費錢財而不得善終。這實際上隱含著作者既反對惜財如命的慳吝，又不主張毫無節制地浪費的理財觀念和人生觀。

在戴孚《廣異記》的《崔敏愨》中，作者亦藉故事人物的議論表達生人不應懼鬼的看法。崔敏愨爲徐州刺史時，入住凶闕。數日後，項羽鬼魂果呵斥崔敏愨搶佔其居室：

空中忽聞大叫曰：「我西楚霸王也，崔敏愨何人，敢奪吾所居？」

〔註25〕

崔敏愨反駁道：

敏愨徐云：「鄙哉項羽。生不能與漢高沮西向爭天下，死乃與崔敏愨競一敗屋乎？且王死烏江，頭行萬里，縱有餘靈，何足畏也？」

〔註26〕

崔敏愨不留情面地指責項羽人生的失敗：生前不能與劉邦在天下爭奪中取勝，死後與生人搶佔破爛不堪的房屋。然後指出，項羽已是沒有頭的亡靈，如果要與自己力爭，也不足爲懼。崔敏愨的反駁，句句凌厲，直刺項羽的痛處。項羽自感羞愧，無言以對，悄悄離去。從此，項羽的宮殿平安無事，被歷代地方官員充爲公務之用。崔敏愨和項羽圍繞「居室所有權」的對話，讓看起來威

〔註24〕 李時人編校，何滿子審定《全唐五代小說》，陝西人民出版社 1998 年版，第185 頁。

〔註25〕 李時人編校，何滿子審定《全唐五代小說》，陝西人民出版社 1998 年版，第357 頁。

〔註26〕 李時人編校，何滿子審定《全唐五代小說》，陝西人民出版社 1998 年版，第357 頁。

嚴可怖的項羽，卸掉虛僞面具之後變得軟弱、可笑。不懼鬼的崔敏愨，剛毅果敢，令人敬佩，故事情節也在崔敏愨對項羽的駁斥中突轉。人物的議論式對話，是造成故事情節激變的一個重要方式。

再如王仁裕撰寫的《殺妻者》：

> 從事疑而不斷，謂使君曰：「某濫塵幕席，誠宜竭節。奉理人命，一死不可再生。苟或誤舉典刑，豈能追悔也。必請緩而窮之。且爲夫之道，孰認殺妻？況義在齊眉，曷能斷頸？縱有隙而害之，盍作脫禍之計也，或推病殞，或託暴亡，必存尸而棄首？其理甚明。」〔註27〕

這一段議論既充分體現了從事的正直、謙遜、細心，又反映了他善於分析、推理、斷案。從事在分析案情時連續提出幾個疑點：第一，從一般人情看，丈夫是不忍心殺死妻子的；第二，丈夫如果是殺妻眞凶，他不可能採取如此殘忍的手段；第三，假設丈夫殺害了妻子，那麼，丈夫應該早已逃之夭夭，而不是坐以待斃。此案如果判定爲「妻子爲丈夫所謀殺」，對這些疑點就無法作出圓滿的解釋。由此，他進一步推測，殺妻者另有其人。從事的這段話說得有條有理，邏輯性很強。在《殺妻者》中，從事對案例的分析，在破案過程中，他採取的一系列行動，說明作者王仁裕是一個深諳斷案之人。《新五代史》本傳云：「王仁裕字德輦，天水人也。少不知書，以狗馬彈射爲樂，年二十五始就學，而爲人俊秀，以文辭知名秦、隴間。秦帥辟爲秦州節度判官。秦州入於蜀，仁裕因事蜀爲中書舍人、翰林學士。」〔註28〕《舊五代史》本傳所記仁裕資料與此同。王仁裕在後漢高祖時，還擔任過兵部尙書一職。〔註29〕王仁裕在官場可謂摸爬滾打多年，對民間、吏治的情況瞭如指掌。《殺妻者》通過塑造秉公執法的從事這一人物形象，表達了自己對清廉吏治的期待。

唐五代小說中的人物，有相對獨立的活動和言說方式。然作者在敘述中常隱形於故事之中，借人物之言行表達自己的思考、評論和價值判斷，從而

〔註27〕李時人編校，何滿子審定《全唐五代小說》，陝西人民出版社 1998 年版，第2309～2310 頁。

〔註28〕〔宋〕歐陽修撰，〔宋〕徐無黨注《新五代史‧王仁裕傳》，中華書局 2000 年版，第 434 頁。

〔註29〕張撝之、沈起煒、劉德重主編《中國歷代人名大辭典》，上海古籍出版社 1999年版，第 170 頁。

引導接受者的價值取向。

第二節　唐五代小說中的「議論」方式

《文心雕龍・論說第十八》云：「原夫論之爲體，所以辨正然否。」〔註30〕論說文是分析、議事、論理的一種文體。在議事論理的過程中，需講究邏輯思維和論證方法。唐五代小說中的論說文本，主要借用論說文從正反兩方面論事明理的議論方式。

一、立論明理

立論主要用論據從正面論述作者的觀點，是論說文闡明事理的一種重要方式。一般運用概念、判斷和推理等邏輯思維形式，對客觀事物進行分析和綜合，然後通過擺事實、講道理，從正面直接證明自己的主張，正確揭示客觀事物的本質和規律。立論的過程中，贊成什麼反對什麼，要表明作者的態度，提出的看法要能如實地反映客觀事物的實際，確立的論點要能揭示事物的本質。運用的論據要眞實、典型、充分。也就是說，論據必須確鑿、恰當、典型，力求精鍊、生動。劉勰《文心雕龍・總術》云：「《易》之《文言》，豈非言文？若筆〔不〕言文，不得云經典非筆矣。將以立論，未見其論立也。」〔註31〕由於議論的內容不同，立論採用的論證方法也是多種多樣。在唐五代小說中，主要有以下幾種：

（一）引證明理

「是以〔子政〕論文必徵於聖，〔稚圭勸學〕窺聖必宗於經。」〔註32〕秉承古人要讓人信服，須引經據典的理念，在唐五代小說論說文本中，引用權威的經典著作或先賢的語錄來證明觀點的可信度，是常用的一種議論方法。

如在《古鏡記》中，王度的弟弟爲了說服他同意自己辭官後遊遍天下山水，引用了孔子的話：

大業十年，度弟勣自六合丞棄官歸，又將遍遊山水，以爲長往之策。

度止之曰：「今天下向亂，盜賊充斥，欲安之乎？且吾與汝同氣，未

〔註30〕劉勰著，周振甫注《文心雕龍注釋》，人民文學出版社1981年版，第201頁。
〔註31〕劉勰著，周振甫注《文心雕龍注釋》，人民文學出版社1981年版，第469頁。
〔註32〕劉勰著，周振甫注《文心雕龍注釋》，人民文學出版社1981年版，第12頁。

嘗遠別。此行也，似將高蹈。昔尚子平游五嶽，不知所之。汝若追
踵前賢，吾所不堪也。」便涕泣對勖。勖曰：「意已決矣，必不可留。
兄今之達人，當無所不體。孔子曰：『匹夫不奪其志矣。』人生百年，
忽同過隙。得情則樂，失志則悲。安遂其欲，聖人之義也。」度不
得已，與之決別。〔註33〕

王度先後列舉了天下戰亂、盜賊猖狂，兄弟情深、從未分別，弟高蹈隱世、
兄情不能忍三個理由，勸說弟弟不要遠行。哥哥對弟弟如慈父般的關愛，溢
於言表。面對兄長的勸阻，弟弟引用了孔子的話證明人生短暫，志不可奪，
勸誡哥哥無需阻撓自己暢遊天下的意願。任性的弟弟，每句話都斬釘截鐵，
不給兄長絲毫迴旋的餘地。

又如在釋道宣《續高僧傳》的《齊鄴下大莊嚴寺釋圓通傳》中，「余」前
往鼓山，探尋先人蹤迹，發現鼓山果如鼓形，一如其名。歷經隋、唐兩代的
釋道宣，親眼目睹了隋末唐初社會的動亂、朝代的更迭。登上鼓山，不由得
百感交集，思慮萬千：

余往相部尋鼓山焉，在故鄴之西北也。望見橫石，狀若鼓形。俗諺
云：「石鼓若鳴，則方隅不靜。」隋末屢聞其聲，四海沸騰，斯固非
妄。左思《魏都賦》云：「神鉦迢遞於高巒，靈響時警於四表。」是
也。〔註34〕

釋道宣作爲僧人，對山林異兆預示人世興衰治亂自然深信不疑。他援引俗諺
和左思《三都賦》中的句子，來證明隋末動亂，石鼓山曾鳴的說法不虛。他
相信只要自然出現異象，則天下必將有兵革之事。

《文心雕龍·事類》中有言：「夫經典沈深，載籍浩瀚，實群言之奧區，
而才思之神皐也。」〔註35〕劉勰認爲經典著作集中了古人的才思智慧，理所
當然應成爲後世學習的典範。把古人的經典話語糅入自己的創作之中，一方
面可以顯示自己學養深厚，知識淵博；另一方面，引經用典，符合中國宗經、
徵聖、尊賢的文化傳統，可以讓說話人更自信，觀點也更具權威性。

〔註33〕李時人編校，何滿子審定《全唐五代小說》，陝西人民出版社1998年版，第6
頁。

〔註34〕李時人編校，何滿子審定《全唐五代小說》，陝西人民出版社1998年版，第
19頁。

〔註35〕劉勰著，周振甫注《文心雕龍注釋》，人民文學出版社1981年版，第412頁。

（二）比較論理

比較論證主要是通過類比或對比，來揭示事物的屬性、證明觀點。以比較論證的方法闡發思想、哲理，文章既深入淺出，又優美生動、文采斐然。對注重審美實效，吸引接受者的小說而言，比較論證是唐五代小說常用的一種議論方法。

在唐五代小說中，相對對比而言，用類比進行議論的作品比較多。如在《伍子胥》中，當楚國太子成年而沒有娶妻時，楚王向百官問責：

> 王問百官：「誰有女堪爲妃后？朕聞：國無東宮，半國曠地。東無海，流泉溢；樹無枝，半樹死。太子爲半國之尊，未有妻房，卿等如何？」
> 〔註36〕

楚王在問話中，首先提出問題：「哪個女子能夠與太子匹配，成爲太子妃。」接著設以比喻，國家沒有東宮，等於國家有一半的土地閑置，東海奔騰的流水暴溢，樹木沒有枝丫，一棵樹的一半已經死去。排比式的類比，寓凌厲氣勢於生動之形象。大臣們在誠惶誠恐中，一下就明白了東宮太子妃的重要性，意識到了解決太子的婚姻大事刻不容緩。尤其是「半國曠地，東海流泉溢，樹無枝，半樹死」，把不同的事物聯繫起來進行考察，能夠拓展人的想像，形象可感。

又如當使者用啓的形式轉告伍子胥將報父兄之仇時，楚王又用類比來說明伍子胥的威脅無需理會：

> 楚帝聞此語，怕（拍）陛（髀）大嗔：「勃逆小人，何由可耐。一寸之草，豈合量天；一笙毫毛，擬拒爐炭。子胥狂語，何足可觀。風里野言，不須採括！」〔註37〕

楚王認爲，伍子胥只不過是一個不自量力、犯上作亂的小人罷了。他跟自己相比，就如同用小草來測量天的高度，又如同用一撮毫毛來抵抗爐炭的熊熊大火。楚王的話，將伍子胥與自己實力的懸殊用誇張性的對比表現了出來；而寸草量天和毫毛拒炭之間又構成類比關係。此處對比和類比的兼用，將楚王的狂傲自負，目中無人的性格，刻畫得入木三分。

〔註36〕 李時人編校，何滿子審定《全唐五代小說》，陝西人民出版社 1998 年版，第2452 頁。

〔註37〕 李時人編校，何滿子審定《全唐五代小說》，陝西人民出版社 1998 年版，第2454 頁。

在唐五代小說中，作者用對比或類比作為一種議論的手段，來說明各種複雜抽象的人生哲理。中國人一向講求「觀物取象」，善於「近取諸身，遠取諸物」，習慣於「設象喻理」。《周易·繫辭》云：「立象以盡意。」〔註38〕這種思維方式的特點在於人們運用形象和聯想，根據事物的相似或相反的特性進行比較，把深奧的道理寓於尋常可見的事物，讓文章淺顯易懂而又力透紙背。

（三）假言推理

情節是對具備一定因果邏輯事件的敘述，是小說的重要因素之一。而假言推理恰著重於推論事物間的條件關係，闡述事物之間的前因後果以及相互依存關係。因此，假言推理的論證方法在唐五代小說中得以大量運用。

如在《裴伷先》中，李秦想讓武則天殺盡流人，如是借用讖語，讓武則天意識到流民對她統治的危害，以達到其不可告人的目的：

> 時補闕李秦授寓直中書，封事曰：「陛下自登極，誅斥李氏及諸大臣。其家人親族，流放在外者，以臣所料，且數萬人。如一旦同心，招集為逆，出陛下不意，臣恐社稷必危。讖曰：『代武者劉。』夫劉者，流也。陛下不殺此輩，臣恐為禍深焉。」〔註39〕

封事首先從正面指出武則天在位期間，誅殺、排斥李氏家族及其他大臣，其家人或親人，沒有處以刑罰的則被流放在外的事實；接著陳述流民的危害：他們人數龐大，且對朝廷有怨恨之心，是一股不可忽視的力量；再進行假設，一旦流民集結起來謀反，後果不堪設想。另外還引用「代武者劉」的讖語，以諧音雙關解「劉」為「流」，規諫武則天提高警惕，防患於未然。封事的話，針對武則天害怕有人與之爭權，寧可錯殺一千，也不願意放過謀反之人的心理，層層剖析，步步推進，將事件的嚴重性擺在眼前。封事的語言也極有分寸，該說得直白的時候，就盡量把流民的危險性假設到極致；該說得隱晦的時候，點到即止。這既體現了一個大臣應有的責任和謙卑，又達到了讓武則天下令殺流民的目的。封事對武則天的進諫，暴露了武則天為鞏固自己政權，殺戮甚多。她的臣子為了迎合她集權、稱帝的心理，則鼓勵她誅殺無辜。

又如在《楊真》中，作者採用第三人稱全知敘事視角，對楊真在幾十年

〔註38〕馮國超譯注《周易》，商務印書館 2009 年版，第 502 頁。
〔註39〕李時人編校，何滿子審定《全唐五代小說》，陝西人民出版社 1998 年版，第 225 頁。

間所經歷之事一筆帶過，接著以見證人的身份議論：

> 至曙，家之人疑不識其子而食之，述於鄰里。有識者曰：「今爲人，即識人之父子，既化虎，又何記爲人之父也。夫人與獸，豈不殊耶！若爲虎尚記前生之事，人奚必記前生之事也。人尚不記前生，足知獸不靈於人也。」〔註40〕

有識之士首先從正面指出人化成虎後，不可能回憶起自己曾爲人父。接著反問，人性、獸性怎可能相同。最後進行假設：如果老虎能記生前之事，那麼，人肯定能回想起前世所經歷之事。小說的敘事視角因議論發生了變化：敘事視點由第三人稱全知敘事轉換成第三人稱限知敘事。第三人稱限知敘事視角使作者不再是全知全能的敘述者，作者所知亦如故事人物所知。故事人物——「有識者」僅限於根據事件的因果關係去假設推斷。如作者用第三人稱全知敘事視角，那麼，楊真化成虎後食人的原因，楊真化成虎後是否還記得生前的家人，楊真化成虎後是人心還是獸心等等這些問題，作者作爲無所不知的敘述者，則可以進行直接肯定的推斷，但這種推斷顯然缺少內涵和張力，作品留給接受者的思維空間也變得極爲有限。《楊真》通過假言推理，實現了第三人稱全知敘事視角到第三人稱限知敘事視角的轉換，讓接受者在假言推理過程中自己揣摩判斷，這樣就避免了第三人稱全知敘事視角無所不知、無所不能，而接受者只要接受，不用過多思考的弊端，使接受者與小說保持了一定的審美距離，拓寬了小說的審美空間。而且在小說的敘事結構上，敘事視角的改變也暗示、照應深層結構，使小說文體形態呈現變化之美。

唐五代小說運用假言推理進行創作，讓敘述者、作者或故事中人物根據某一條件是否存在，去推論有關結果是否會產生，或者根據某一結果出現與否，去推論有關條件是否存在，從而對事物發生、發展作出判斷。這種議論方式，在推動故事情節發展的同時，亦爲故事的發展埋伏諸種可能。

二、指謬析理

唐五代小說還有不少論說文本通過反駁指謬論理。

如在《裴伷先》中，武則天與裴伷先之間有一段問責的對話：

> 天后大怒，召見，盛氣以待之，謂伷先曰：「汝伯父反，干國之憲，

〔註40〕李時人編校，何滿子審定《全唐五代小說》，陝西人民出版社1998年版，第1557頁。

自貽伊戚。爾欲何言？」仙先對曰：「臣今請爲陛下計，安敢訴冤？
且陛下先帝皇后，李家新婦。先帝棄世，陛下臨朝。爲婦道者，理
當委任大臣，保其宗社。東宮年長，復子明辟，以塞天人之望。今
先帝登遐未幾，遽自封崇私室，立諸武爲王，誅斥李宗，自稱皇帝。
海內憤惋，蒼生失望。臣伯父至忠於李氏，反誣其罪，戮及子孫。
陛下爲計若斯，臣深痛惜。臣望陛下復立李家社稷，迎太子東宮。
陛下高枕，諸武獲全。如不納臣言，天下一動，大事去矣。產祿之
誡，可不懼哉！臣今爲陛下，用臣言未晚。」〔註41〕

面對武則天的責難，裴伷先絕不卑躬屈膝，阿諛逢迎，反而針對武則天的所
作所爲，一一進行反駁：第一，武則天作爲皇后，應該謹守婦道，讓信任的
大臣去管理朝政，維護李氏的江山，而不應自稱皇帝；第二，太子已經年長，
其治理國家是眾望所歸，而不應冊封諸武爲王，殺死或放逐李姓宗室；第三，
武則天自稱大周皇帝，趕盡殺絕李唐忠臣，有違民意，不配做國家的君主；
最後，綜合運用假設推理和例證，坦誠希望武則天恢復李氏江山，迎接東宮
太子臨朝執政。裴伷先指責武則天濫殺無辜、濫用職權、殘殺忠良，有理有
據，語言尖銳犀利。

又如李復言《續玄怪錄》中的《韋令公皋》，韋令公屢遭岳父輕視侮辱，
過著「忍愧強安」的生活：

他日，其妻尤甚憫之，曰：「男兒固有四方志，大丈夫何處不安，今
厭賤如此而不知，歡然度日，奇哉！推鼓舞人，豈公之樂。妾辭家
事君子，荒隅一間茅屋，亦君之居；炊菽羹藜，簞食瓢飲，亦君之
食。何必忍愧強安，爲有血氣者所笑。」〔註42〕

韋令公皋就是德宗朝的封疆大吏韋皋。《新唐書》記載：「韋皋字城武，京兆
萬年人。六代祖範，有勳力周、隋間。皋始仕爲建陵挽郎，諸帥府更辟，擢
監察御史。張鎰節度鳳翔，署營田判官。以殿中侍御史知隴州行營留事。」
〔註43〕他家世顯赫，功勳卓著。《新唐書》卷二十二中，詳細記載了韋皋在
平定南詔過程中的功不可沒。李復言《續玄怪錄・韋令公皋》中，對韋皋離

〔註41〕李時人編校，何滿子審定《全唐五代小說》，陝西人民出版社 1998 年版，第
224 頁。
〔註42〕李時人編校，何滿子審定《全唐五代小說》，陝西人民出版社 1998 年版，第
1123 頁。
〔註43〕〔宋〕歐陽修、宋祁撰《新唐書》，中華書局 1975 年版，第 4933 頁。

開相府後人生經歷的描述，與史書也大體相符：

> 是日韋行，月餘日到歧……奏大理評事。……俄而朱泚窺神器，駕
> 幸奉天，兵戈亂起……乃除御史中丞、行在軍糧史。……乃授兵部
> 尚書、西川節度使。〔註44〕

韋妻批駁韋臯「忍愧強安」的生活態度，指出榮譽、財富和地位要靠自己去
爭取，才有尊嚴。一直沉淪的韋臯，因妻子的當頭棒喝而清醒，終於鼓足勇
氣，離開了相府，邁出了人生最重要的一步。這段議論既是韋臯人生的轉折
點，亦是故事情節突變的關鍵因素。

在唐五代小說中，「議論」的進入，成為作者塑造人物、表達思想、升華
主題的又一創作手段。這種直接在作品中陳述觀點的方式，是作者對人生的
一種認知和態度，影響了接受者的閱讀視線，使接受者閱讀的感受超越了故
事本身的精彩而直指人心。作者也通過自己意圖的闡發，引領接受者體味故
事中所蘊含的更為廣闊的人生意義。

第三節　唐五代小說中「議論」的功能

唐五代小說中的議論，並不是作者、敘述者或故事中人物率性而發的感
慨或評論，而是敘事所需的必要的表達方式。唐五代小說中的議論，主要有
以下幾種功能：

一、調節敘述節奏

敘事的節奏，即作品中敘事速度造成的故事時間快慢變化。如作者在《喻
世明言》中，對發生在一定時間內事件的描述：「光陰似箭，不覺又是一年。
重陽兒周歲」〔註45〕，「再過四年，小孩子長成五歲。……」〔註46〕，「光陰
似箭，善述不覺長成一十四歲」〔註47〕。在一年、四年、十幾年，甚至更長
時間內發生的事，作者用一句話就可以概括全貌或省略過程。這種敘事方式，
節奏緊湊，敘事時間遠遠短於故事發生所經歷的時間。又如在《紅樓夢》中，

〔註44〕李時人編校，何滿子審定《全唐五代小說》，陝西人民出版社 1998 年版，第
1124 頁。
〔註45〕〔明〕馮夢龍編撰，何草點校《喻世明言》，中華書局 2002 年版，第 104 頁。
〔註46〕〔明〕馮夢龍編撰，何草點校《喻世明言》，中華書局 2002 年版，第 104 頁。
〔註47〕〔明〕馮夢龍編撰，何草點校《喻世明言》，中華書局 2002 年版，第 106 頁。

劉姥姥進大觀園，陪侍賈母吃飯的時候，作者不吝筆墨，鋪張渲染了眾人戲弄劉姥姥的情景。本來在不長時間內發生的事，作者卻用了大量的篇幅，節奏緩慢，敘事時間長於故事時間。小說通過敘事節奏的張弛，調節故事時間的長短。故事情節發展的速度，也隨著敘事節奏的張弛而或快或慢。英國作家伊麗莎白・鮑溫就說：「時間是小說的一個主要組成部分。我認爲時間同故事和人物具有同等重要的價值。凡是我能想到的眞正懂得、或者本能地懂得小說技巧的作家，很少有人不對時間因素加以戲劇性地利用的。」〔註48〕敘事節奏對小說的意義非常重要。場景、概述、省略、休止是小說控制敘事節奏的主要技巧。

　　在唐五代小說中，小說家們經常用「議論」來中斷正在進行的故事情節，造成故事時間的暫時「休止」，從而控制小說的敘事節奏。「敘述者的議論和描述對於故事時間就是一種停頓，儘管這種停頓的時間有限。」〔註49〕

　　作者、敘述者或故事人物，可以談論某種現象、人生哲理，這些冗長的話語有時與故事情節的發展、與人物性格的展現少有關聯，更多是出於說教的目的。這種談論表面上雖然獲得了故事時間的形式，但在實際的閱讀中，接受者感受到的是故事的停頓。

　　如在《蘭公》中，斗中眞人降到蘭公家，有一段關於怎樣成仙的談論：

> 忽有斗中眞人，下降蘭公之舍，自稱孝悌王。云：「居日中爲仙王，
> 月中爲明王，斗中爲孝悌王。夫孝至於天，月爲之明；孝至於地，
> 萬物爲之生；孝至於民，王道爲之成。且其三才肇分，始於三氣。
> 三氣者，玉淸三天也。玉淸境是元始太聖眞王治化也。太淸者，玄
> 道流行，虛無自然，玉皇所治也。吾於上淸已下，托化人間，示陳
> 孝悌之教。後晉代嘗有眞仙許遜，傳吾孝道之宗，是爲眾仙之長。」

〔註50〕

《蘭公》的故事情節非常簡單，沒有劉、阮天台遇仙後成仙的綺麗多姿，也沒有古丈夫、毛女因躲避戰亂，隔絕人世而成仙的坎坷、曲折。小說主要講述了斗中眞人向蘭公傳授成仙之法後，蘭公識別出古墓主人身份的故事。在

〔註48〕〔英〕伊莉莎白・鮑溫《小說家的技巧》，見呂同六主編《20世紀世界小說理論經典》（上），華夏出版社1995年版，第602頁。

〔註49〕羅小東《話本小說敘事研究》，學苑出版社2002年版，第82頁。

〔註50〕李時人編校，何滿子審定《全唐五代小說》，陝西人民出版社1998年版，第127頁。

平淡無奇的情節中，作品通過斗中眞人不厭其煩地向蘭公灌輸成仙在於孝道的思想，欲達到宣揚孝悌之道的目的。這段文字，是作者中斷原故事情節而插入的，造成了情節的暫時懸置。

類似於此的人物的議論性話語，雖然發生在故事的時間流中，接受者在閱讀中感受到的卻是故事的停頓。因爲情節在人物的議論性話語中，並沒有發生任何變化。這是作者有意用一種較爲隱蔽的手法，向接受者講述有關成仙與孝道之間的關係。枯燥的議論不僅打斷了敘述的連貫性，而且也影響了故事的完整性。因此，在傳統小說故事文本中，一般不主張過多議論。

作者、敘述者或故事人物，也可以用議論性很強的話語，概述事物之間的歷程，交代與之相關的背景，使該時間區內故事蘊含的意義和特徵變得集中和突出，從而加快敘述的速度。

如在《古鏡記》中，王度拿到古鏡後，古鏡獨特的外觀和經歷觸發了他的感想：

> 嗟乎！此則非凡鏡之所同也。宜其見賞高賢，自稱靈物。侯生常云：「昔者吾聞黃帝鑄十五鏡，其第一，橫徑一尺五寸，法滿月之數也。以其相差各校一寸，此第八鏡也。」雖歲祀攸遠，圖書寂寞，而高人所述，不可誣矣。昔楊氏納環，累代延慶；張公喪劍，其身亦終。今度遭世擾攘，居常鬱怏，王室如毀，生涯何地？寶鏡復去，哀哉！
> 〔註51〕

《古鏡記》爲描述與古鏡神異相關的故事。爲了加快敘述的節奏，王度在開篇便直接進入故事的敘述。爲了說明古鏡的不同尋常，他引用侯生的話對古鏡進行了較細緻的描述。接著，又以概述性話語追溯歷史上與人的命運息息相關的一些寶物的故事：楊寶接受白環，子孫得綿延福澤；張華失去寶劍，自身喪命。至此，故事時間再閃回到現在，小說對「我」遭遇時事困擾，無處安身度日，又失去寶鏡的處境進行勾勒。爲簡約起見，王度用較少的篇幅，迅速跨越不值得花費篇幅的時間區域，概括出一段時間內的故事進程，並將人物、事件之間的複雜關係，時空跨度較大的場面自然靈活地勾連起來。顯然，敘事時間小於故事時間。最後，王度把自己對政局的擔憂，對人生的理解滲入字裏行間，形成了濃鬱的情感氛圍。這段論議論是作者的一段主觀評

〔註51〕李時人編校，何滿子審定《全唐五代小說》，陝西人民出版社 1998 年版，第 2 頁。

述，表明了作者對時政的界定評價，營造了濃濃的感傷情緒，也奠定了本文的感情基調。

小說借敘述者、故事人物或作者之口進行議論，是唐五代小說調節敘事節奏的重要方式。在小說創作中，作者、敘述者或故事人物可以用議論性話語，敘述故事的梗概，在較少的篇幅裏呈現時空跨度較大的諸多歷史人物、事件，加快敘述的節奏；作者、敘述者或故事人物也可以用議論性話語，造成敘事時間截斷故事時間的現象，讓故事情節的發展暫時中斷。但是，這種敘述方式，往往與接受者獵奇、追求扣人心弦故事情節的閱讀心理背道而馳。因此，過多的議論常常削弱小說的審美趣味。

二、揭示主旨

論說文本在唐五代小說中可以揭示作者要表達的主題，引導讀者理解故事，激發他們的想像和聯想，對作品進行再創造，從而使作品產生更為豐富的意蘊。

小說作品的意義，是讀者和作者一起共同建構的。讀者在閱讀過程中，不斷與作品進行交流、對話，作品的意義就在讀者積極、主動地閱讀中生成。不同時代的讀者，在時代背景、知識結構、閱讀經驗等影響下，他們對同一篇作品的理解不盡相同。因而，作品在不同時代的不同讀者的持續解讀中，意義也隨之變換，不再確定、明晰。正如冰心所言：「作者只能有一個，讀者同時便可以有千萬。千萬種的心境和成見底下，浮現出來的作品，便可以有千萬的化身。作品的原意，已經片片的撕碎了。」〔註52〕接受者顛覆已有作品的內容和形式，直接參與作品意義的生成，使之具有無限意義生成的空間。但是，作品意義產生的最根本因素，還是其本身。作者所使用的創作手法和表達方式，很大程度上決定著讀者對作品的理解和接受程度。「如果文本沒有潛能存在，即過於淺薄，讀者就不屑與之交流；文本實施封閉，深藏潛能，即過於艱深，讀者就無法進入，也難以構成交流。文本潛能的難易與讀者知識結構的深淺必須大致相當，即保持適當的距離，才能構成交流。距離過近，則為文本所『迷』，讀者難以居高臨下，往往因於文本言下，只能作文本內容的復述。」〔註53〕一方面，作品要具有可供解讀的「潛能」，也就是說在作品

〔註52〕冰心《論「文學批評」》，見范伯群編《冰心研究資料》，北京出版社 1984 年版，第 179 頁。

〔註53〕蔣成瑀《讀解學引論》，上海文藝出版社 1998 年版，第 238 頁。

中要留有一定的空白，可以讓讀者去填充，去想像；另一方面，作品應與讀者的知識結構、閱讀能力相當。超出讀者理解能力之外、高深莫測的作品，讀者是沒有辦法與作品進行交流的，更談不上對它意義的闡釋。

唐五代小說家為了讓大眾盡可能明白作品的寓意，有意在故事的敘述中，用議論性的話語揭示作品的主旨，引導讀者理解其創作意圖。然高妙的議論往往是「言有盡而意無窮」〔註54〕，在作品中又留有一定的空白，給讀者提供解讀的空間。如《茶酒論》：

> 竊見神農曾嘗百草，五穀從此得分。軒轅制其衣服，流傳教示後人。倉頡致其文字，孔丘闡化儒因。不可從頭細說，撮其樞要之陳。暫問茶之與酒，兩個誰有功勳？阿誰即合卑小，阿誰即合稱尊？今日各須立理，強者先光飾一門。〔註55〕
>
> ……
>
> 水為（謂）茶酒曰：「阿你兩個，何用忽忽？阿誰許你，各擬論功！言詞相毀，道西說東。人生四大：地水火風。茶不得水，作何相貌？酒不得水，作何形容？米麴乾吃，損人腸胃，茶片乾吃，只礪破喉嚨。萬物須水，五穀之宗，上應乾象，下順吉凶。江河淮濟，有我即通；亦能漂蕩天地，亦能洞煞魚龍。堯時九年災迹，只緣我在其中，感得天下欽奉，萬姓依從。由自不說能聖，兩個〔何〕用爭功？從今已後，切須和同。酒店發富，茶坊不窮。長為兄弟，須得始終。若人讀之一本，永世不害酒顛茶風（瘋）。」〔註56〕

小說開篇縱論神農、軒轅、倉頡、孔子對人類各有貢獻，引出茶與酒圍繞功勳進行論爭。敘述者在議論的時候，用婦孺皆知，在歷史上舉足輕重的人物為例，給讀者留下了詮釋的空間。小說接著敘述茶與酒的爭論。一般讀者，通過茶與酒的言辭交鋒，就可以理解作者的用意：任何事物，都各有所長。然神農、軒轅、倉頡、孔子尚未爭短長，而茶與水卻「各擬論功」，若現實世界中芸芸眾生皆爭短較長，將世無寧日。在茶與酒唇槍舌箭，貶彼褒己，難

〔註54〕〔宋〕嚴羽著，郭紹虞校釋《滄浪詩話校釋》，人民文學出版社1961年版，第26頁。

〔註55〕李時人編校，何滿子審定《全唐五代小說》，陝西人民出版社1998年版，第2447～2448頁。

〔註56〕李時人編校，何滿子審定《全唐五代小說》，陝西人民出版社1998年版，第2450頁。

分伯仲之際,「水」的出場,結束了茶與酒之間的爭執。敘述者巧借「水」之口發表議論,把開篇對神農、軒轅、倉頡、孔子的論贊融入其中,意味深長地揭示主旨:人應該和爲貴,友好相處。「作品多少要參照世界」,作品不可與世界隔絕,它必須「依靠世界」,「在世界中找得意義的源泉。」〔註57〕作家以寓言形式,談論爲人處世的深刻道理,有意留下「空白」。高明的讀者可以通過敘述者的議論,將歷史和現實、虛構世界和現實人生貫通起來,領悟其中的深刻含義。

又如《李甲》,此文出自張讀的《宣室志》。《李甲》講述了一個鼠報恩的故事。寶應年間,李氏子及其子孫不好殺生,從不養貓,鼠因而得以有安棲之所。一日,眾鼠在其家門外歡欣雀躍,以足而鼓,引李氏家人出廳堂察看。李氏家人穿過廳堂後,堂屋即倒塌。李氏家人因出廳堂觀鼠而逃過一劫。針對此事,敘述者在文末有論:

> 悲乎!鼠固微物也,尚能識恩而知報,況人乎?如是則施恩者宜廣
> 其恩,而報恩者亦宜力其報。有不顧者,當視此以愧。〔註58〕

鼠爲卑微之物,尚且懂得知恩圖報,而人的行爲卻連鼠都不如,《李甲》的象徵之意溢於言表。作者以鼠報恩的寓言故事,含沙射影地諷喻世人,人更應該懂得知恩圖報。作者用文末議論,將故事的主題升華,讓故事的主旨也更爲明確。

古人曾對文章的結尾打過一個很別致的比喻:「結句當如撞鐘,輕音有餘。」〔註59〕用嚴羽的話來說,就是「言有盡而意無窮」。唐五代小說的作者善於在篇末以議論表達意圖。如在《韓愈》中,韓愈識別出銘文「詔示黑水鯉魚,天公卑殺牛人,壬癸神書急急」〔註60〕。在自己不太確定其義,又擔心讀者不理解銘文含義的情況下,發表自己的看法:「然則詳究其義,似上帝責蛟螭之詞令,斁其害也。其字則蝌蚪篆書,故泉人無有識者矣。」〔註61〕

〔註57〕〔法〕杜夫海納著,孫菲譯《美學與哲學》,中國社會科學出版社1985年版,第148～149頁。

〔註58〕李時人編校,何滿子審定《全唐五代小說》,陝西人民出版社1998年版,第3278頁。

〔註59〕謝榛《四溟詩話》,中華書局1985年版,第16頁。

〔註60〕李時人編校,何滿子審定《全唐五代小說》,陝西人民出版社1998年版,第3256頁。

〔註61〕李時人編校,何滿子審定《全唐五代小說》,陝西人民出版社1998年版,第3256頁。

「似」字用不肯定的語氣傳達韓愈對銘文的理解，同時也告訴讀者，他的認識只能作爲一種參考。敘述者通過文末議論，與接受者進行交流、溝通和對話，爲接受者理解故事所述內容提供參考。接受者也可以參考敘述者的提示，以此爲基礎，對文本再次進行詮釋。

三、概括總結

在某一時間、地點、環境等綜合因素影響下發生的事件，如散金碎玉般在時間中湮沒，成爲過去，留下來的只是或隱或顯地承載著過去文化或歷史信息的各種文本，事件本身不可能再次重現。讀者只能通過對已逝的文化語境、線索去「還原」，進一步接近事實。這也就是說，事件一旦發生就有不可逆轉性。小說雖允許虛構，可以在故事中根據不同的題旨，通過複寫、重組、補充、壓縮生活中已經發生的任何事件，盡可能地再現當時的情境、人物、故事情節，但語言表達的局限，仍然不能複製與當時完全相同的故事。況且，故事是前後有聯繫的一系列情節因素，是在特定的時間發生的，任何一個環節的變化，都可以導致故事的改變。因此，小說家在敘述故事的過程中，非常注重在時間和因果上有聯繫的事件，也非常注意事件本身在時間、因果上的聯繫。在故事敘述結束後，作者一般在文末，或用精鍊的語言概括影響故事主題的事件，或用議論性的文字把這些事件之間的內在聯繫進行整合、歸納，或夾敘夾議提示讀者注意影響故事發展的因素。

如在《梁大同古銘記》中，李吉甫在文末再次概括、總結前文講述的故事，並由之而生發感想：

> 夫一邱之土，無情也。遇雨而圮，偶然也。窮象數者，已懸定於十八萬六千四百日之前。剨於理亂之運，窮達之命，聖賢不逢，君臣偶合，則姜牙得璜而尚父，仲尼無鳳而旅人，傅說夢達於嚴野，子房神授於圯上，亦必定之符也。然而孔不暇暖其席，墨不俟黔其突，何經營如彼？孟去齊而接淅，賈造湘而投吊，又眷戀如此。豈大聖大賢，猶惑於性命之理歟？將凂身存教，示人道之不可廢歟？余不可得而知也。欽悦尋自右補闕歷殿中侍御史，爲時宰李林甫所惡，斥擯於外，不顯其身。故余敘其所聞，係於二篇之後，以著著筮之神明，聰哲之懸解，奇偶之有數。貽諸好事，爲後學之奇玩焉。時

貞元九年十一月二十八日，趙郡李吉甫記。〔註62〕

這段話用議論性文字總括了以下幾點內容：發現古銘——探究古銘隱含的意義——由古銘生發感慨——交代鄭欽悅與李林甫的關係——寫作此文的原因。這幾方面內容有著內在的因果聯繫：1、因暴雨驟降，墳墓坍塌，古銘被發現；2、古銘對人間事的預言，全部應驗，李吉甫不由得感歎：在時運理亂、艱難困厄之時，聖與賢不能相遇，君與臣只能偶然相合。接著，以歷史人物命運的多舛來回應自己的感慨：姜子牙雖窮困，得武王賞識發迹後，被尊稱為尚父；孔子被楚人譏諷為無鳳凰之德行而四處奔波；傅說在巖下因夢被提拔；張良在橋上得神人傳授秘笈。這是君與臣的偶然相合。孔子無暇暖其席，墨子不等達黔而受挫，孟子去齊而匆忙得飯都來不及做，賈誼去湘江即憑弔屈原。這是賢才與聖人失之交臂的必然；3、由古人的命運、遭遇可以看出，人生的遇合完全是命數所定，自己無力扭轉已成定局的宿命；4、古人命運如此，鄭欽悅也沒能擺脫命運的束縛，一直遭到李林甫的排擠，名聲不夠顯著；5、「我」創作此文，一方面是為了顯露鄭欽悅的聲名，讓他的博學、才華被世人所知；另一方面，也是昭示命運變化有數，希望贈送給各位好事者，成為後世學子奇妙的玩味品。作者運用倒敘、追溯等手法，根據各事件之間的因果聯繫，把它們組合在一起。在自己旨意的引導下，概括這些已逝事件的原貌。在對每個情節因素的描述中，輔助以議論來闡釋其發生的原因。最後，再將之整理、歸納，得出人生命運由天注定的消極人生主題。

又如《謝小娥傳》篇末的議論：

> 嗟乎！余能辨二盜之姓名，小娥又能竟復父夫之讎冤，神道不昧，昭然可知。小娥厚貌深辭，聰敏端特，煉指跛足，誓求真如。爰自入道，衣無絮帛，齋無鹽酪，非律儀禪理，口無所言。後數日，告我歸牛頭山，扁舟泛淮，雲遊南國，不復再遇。君子曰：「誓志不捨，復父夫之讎，節也；傭保雜處，不知女人，貞也。女子之行，唯貞與節能終始全之者。如小娥，足以儆天下逆道亂常之心，足以勸天下貞夫孝婦之節。」余備詳前事，發明隱文，暗與冥會，符於人心。知善不錄，非《春秋》之義也。故作傳以旌美之。〔註63〕

〔註62〕李時人編校，何滿子審定《全唐五代小說》，陝西人民出版社 1998 年版，第 3043~3044 頁。

〔註63〕李時人編校，何滿子審定《全唐五代小說》，陝西人民出版社 1998 年版，第 651~652 頁。

這段議論與《梁大同古銘記》篇末的議論有異曲同工之妙。作者概述謝小娥的事迹，剖析了故事情節之間的因果聯繫。謝小娥的故事，可以拆分成幾個情節單元：「我」辨別出隱語中所隱含的強盜姓名——謝小娥復仇——「我」與完成復仇大業的謝小娥再次相遇，此時她已遁入空門，削髮爲尼——與謝小娥分別後的「我」，雲遊南方——「我」高度讚譽謝小娥的品行。這幾個情節單元都是對以前事件的回顧和再現，它們在時間上的先後順序爲：回憶謝小娥當時得「我」相助，「我」爲之解答其丈夫和父親夢中傳達的隱語——描述現實中謝小娥的外貌和性情——「我」與謝小娥別後的雲遊生活。情節單元之間的因果聯繫爲：1、作者識別出兩個盜賊的姓名，小娥能爲父、夫報仇伸冤，是因爲神靈的啓示；2、小娥是一個值得敬仰的女性。因爲她容貌忠厚，言語深刻，聰明敏捷，性情正直，有傑出的才能；3、謝小娥爲父親、丈夫報仇雪恨，這是「節氣」；爲報仇，她做傭工與他人雜居而竟然未被識破女子之身，這是「貞操」。因爲她的行爲貞、節兩者俱全，所以是聖女；4、謝小娥的行爲，是天下貞夫孝婦的典範，足以告誡那些背判道德，違反倫常之心的人。此處作者以第一人稱敘事視角，置身於故事當中，成爲故事人物之一，以自己對小娥志行的耳聞目見，爲謝小娥做傳，使小說更有真實感。作者從故事情節因素之間的因果聯繫中，揭示全文的主題：謝小娥身上體現的忠、貞觀念，是天下男性、女性的典範。作者借謝小娥之事弘揚儒家禮教觀念，展示自己的人生觀。

　　唐五代小說的作者在故事講述過程中，用議論來闡釋事理，評論人物。少數論說文本在故事的開頭，多數融會在故事情節之中和處於篇末。發表議論的主體有敘述者、作者、故事人物。尤其是「故事人物」，身份更是不拘一格，有鬼、精怪、道士、書生、神仙等。在《蕭氏女》、《劉無名》、《竇凝妾》等篇中，發表議論的故事人物爲鬼；《古鏡記》、《任氏傳》、《茶酒論》等篇中，發表議論的故事人物爲精怪；在《梁四公記》、《桃花障子》等篇中，發表議論的故事人物爲道士；《鄧差》、《崔敏愨》、《峽口道士》、《麴思明》等篇中，發表議論的故事人物是無名氏或普通大眾。總之，作者根據故事講述的需要，賦予所有人、事物表達思想的機會，讓他們對已敘的故事加以評說，對故事人物或褒或貶，力圖從具體的形象描寫中抽象出哲理來，揭示主題，豐富作品的意義。

第三章　書牘文與唐五代小說的生成

　　「書牘文是古代書信的總稱。書牘文亦單稱爲書。本來，書作爲文體名稱，其義是『舒布其言，陳之簡牘』，用以概指古人以書名篇的文章。而這些文章實際包含兩種體裁：一種是臣下進呈皇帝的章奏，另一種才是親朋同事間相互往來的書信。後來，章奏不再稱書，並把從前稱書的章奏稱之爲上書、奏書，遂使書或書牘成爲書信體的專名。」〔註1〕這正如明吳納在《文章辨體》中所言：「昔臣僚敷奏，朋舊往復，皆總曰書。近世臣僚上言，名爲表奏；惟朋舊之間，則曰書而已。」〔註2〕可見，書牘文原本包括大臣應對皇帝的奏章和朋友之間往來的書信，然隨著文體的發展，書牘文後來成爲朋友之間往來書信的專稱，而奏章則從書牘文中分化，成爲另一種文體類型。這種分化，從漢代就已開始：「考漢代書信……所寫均繫個人在政治生活、社會關係中的自我遭遇、經驗、感受與見解。很明顯，書牘已與奏書分道揚鑣……書牘體的確立，正在於舒暢地表達情意，能把難隱之言表達得淋漓盡致，能把勸慰之詞說得具體親切。體之初立，就顯示了書牘寫作的基本要求，寫眞事眞情，寫與自己與對方有關的事。」〔註3〕書牘文與其他文體相較，有自己的特點：第一，書信可以打破地域、時空的限制，把分居各處的友朋、親人等聯繫在一起，用來溝通、交流情感；第二，書牘文體寫作在措詞以至格式上，要分清上下、尊卑、親疏等各種關係，要求十分嚴格；第三，書牘文體力求內容

〔註1〕　章必功《文體史話》，同濟大學出版社 2006 年版，第 136 頁。
〔註2〕　〔明〕吳納著，于北山校點《文章辨體序說》，人民文學出版社 1962 年版，第 41 頁。
〔註3〕　王凱符、張會恩主編《中國古代寫作學》，中國人民大學出版社 1992 年版，第 391 頁。

眞實、感情眞摯，絕少浮誇、雕琢之氣。

書牘文因其特殊的功能而被唐五代小說所吸收，成爲小說生成的一個重要元素，然學界對此研究甚少。

第一節　書牘文本的使用方式

清姚鼐將我國書牘文的歷史追溯到《尙書》中的《君奭》篇。春秋時期，史籍保存了一批完整的書牘文獻。「現存最早的書信，是保存在《左傳》中的《鄭子家與趙宣子書》（文公十七年）、《子產告范宣子書》（襄公二十四年）等。」〔註4〕史籍運用書牘文，爲小說提供了模本。據現存的小說文獻，《燕丹子》最先使用書牘文本。如太傅寫給燕丹子的《報燕太子書》：

> 臣聞快於意者虧於行，甘於心者傷於性。今太子欲滅悁悁之恥，除
> 久久之恨，此實臣所當麋軀碎首而不避也。私以爲：智者不冀僥倖
> 以要功，明者不苟從志以順心。事必成然後舉，身必安而後行。故
> 發無失舉之尤，動無蹉跌之愧也。太子貴匹夫之勇，信一劍之任，
> 而欲望功，臣以爲疏。臣願合從於楚，並勢於趙，連衡於韓、魏，
> 然後圖秦，秦可破也。且韓、魏與秦，外親内疏。若有倡兵，楚乃
> 來應，韓、魏必從，其勢可見。今臣計從，太子之恥除，愚鄙之累
> 解矣。太子慮之。〔註5〕

這封書信採用平鋪直敘的手法，層層遞進，表達了太傅對當前形勢的看法和不能派遣刺客刺殺秦王的理由，並指出了應對當前危機局勢的舉措。太傅在信中，絲毫不顧及燕丹子是太子的特殊身份，措辭犀利、直接，語氣強硬，表現出策士不懼威嚴，敢於暢快淋漓地陳述自己政見的風範。太傅和燕丹子往來的書信，揭示人物思想和個性的同時，也爲故事的發展和結局埋下伏筆。

《西京雜記》中的《飛燕昭儀贈遺之侈》也使用了書牘文本。《飛燕昭儀贈遺之侈》僅用一句話簡明扼要地交代飛燕與女弟相居兩地，女弟寫信給飛燕的情況，接下來的正文全部都由書牘文本構成，書牘文本成爲這篇小說的主體。《搜神記》中的《韓憑妻》、《王母傳書》也融入了書牘文本。不過，唐前小說往往是「粗陳梗概」的「殘叢小語」，小說使用書牘文本的數量較少。

〔註4〕謝楚發《散文》，人民文學出版社1994年版，第165頁。

〔註5〕上海古籍出版社編《漢魏六朝筆記小說大觀》，上海古籍出版社1999年版，第36頁。

　　唐五代小說使用書牘文本的數量逐漸增多。據筆者統計，使用書牘文本的篇目有：《遊仙窟》、《吳保安》、《鶯鶯傳》、《開元天寶遺事・梁四公記》、《開元天寶遺事・龍鏡記》、《紀聞・裴伷先》、《定命錄・梁十二》、《定命錄・張閱藏》、《廣異記・阿六》、《廣異記・羅元則》、《廣異記・李及》、《廣異記・常夷》、《冥報記・眭仁蒨》、《鑒龍圖記・傳書燕》、《冥報拾遺・信都元方》、《靈怪集・郭翰》、《靈怪集・王生》、《異聞集・南柯太守傳》、《異聞集・感異記》、《通幽記・竇凝妾》、《通幽記・李哲》、《玄怪錄・袁洪兒誇郎》、《續玄怪錄・梁革》、《纂異記・浮梁張令》、《宣室志・盧虔》、《雲溪友議・玉簫化》、《甘澤謠・紅線》、《三水小牘・非煙傳》、《敦煌變文集・伍子胥》、《敦煌變文集・韓擒虎話本》、《敦煌變文集・祇園因由記》、《敦煌變文集・韓朋賦》、《傳奇・崔煒》、《鑒誡錄・鬼傳書》、《賓仙傳・賈仵旨》、《異聞記・梁大同古銘記》、《宣室志・馮漸》、《杜陽雜編・金龜印》、《說郛・呼延冀》、《說郛・安鳳》、《唐闕史・秦中子得先人書》、《玄怪錄・岑順》等 50 多篇。

　　唐五代小說使用書牘文本的數量，雖不如其使用的詩、辭賦、駢文、論說、史傳等文本多，但遠遠超過碑銘文、判文、詞、祭誄文等文本。書牘文本在唐五代小說中承擔著重要的敘述功能，是唐五代小說文體的有機組成部分。唐五代小說使用書牘文本敘述，主要有以下幾種情形：

一、使用完整書信敘事，書牘文本成爲小說的主體

　　古人在用書信傳情達意時，不論親疏遠近，都會嚴格遵循書信的格式。一般來說，書信開篇，要在寫給對方的稱謂後附提稱語，如當子女寫信給母親時，多以「父母親大人膝下」起首。接下來進入書信的正文，或寒暄客套，或提示寫信原委等，這部分是書信的「啓辭」。古時書信的啓辭，由於長期按照慣例寫作，形成了一系列的套語。書信末尾，也有信件內容已經結束的標示。如當請求人應允某事的時候，會有「請人應允：所請之事，務祈垂許。以上請託，懇盼慨允。諸事費神，伏乞俯俞（允）」〔註6〕。所以，根據「啓辭」和信件末尾內容，就比較容易判斷進入小說中的書信是否爲書信內容的全部。

　　唐五代小說以引用完整書信來進行小說敘事的具體篇目有：《梁大同古銘

<hr />

〔註6〕　見譚家健主編《中國文化史概要》（增訂二版），高等教育出版社 1988 年版，第 19～21 頁。

記》、《浮梁張令》、《非煙傳》、《韓朋賦》等。如《梁大同古銘記》，任升之在鍾山圮岸懸壙中得古銘，上有 37 字隱語，學官們一起討論數月，仍然不能知曉其意。於是，便寫信給欽悅，請他探發微旨，完成先祖的遺願：

> 升之白：頃退居商洛，久闕披陳，山林獨往，交親兩絕。意有所問，別日垂訪。升之五代祖仕梁爲太常。初任南陽王帳下，於鍾山懸岸圮壙之中得古銘，不言姓氏。小篆文云：「龜言土，著言水，甸服黃鍾啓靈址。瘞在三上庚，墮遇七中巳。六千三百決辰交，二九重三四百圮。」文雖剝落，仍且分明。大雨之後纔墮而獲，即梁武大同四年。數日，遇盂蘭大會，從駕同泰寺。錄示史官姚訾並諸學官，詳議數月，無能知者。筐笥之內，遺文尚在。足下學乃天生而知，計捨運籌而會。前賢所不及，近古所未聞。願採其旨要，會其歸趣，著之遺簡，以成先祖之志，深所望焉。樂安任升之白。〔註7〕

任升之首先用「升之白」領起全文，正文內容結束後，在書信末尾懇求欽悅幫助自己解決遇到的難題，最後點名寫信之人。整個書信，除了沒有提稱語，內容十分完整。任升之把自己隱退後獨居山林，與親朋好友斷絕來往的孤寂，以及把欽悅看成摯友，希望欽悅能幫助自己的渴望，明白如話地鋪敘。爲了讓欽悅知道有關古銘的信息，任升之還詳述了發現古銘的來龍去脈；爲了突出解決此問題的艱難，他描述了諸多學官們面對古銘也無能爲力的困窘；爲了表示對欽悅飽諳經史、學識淵博的欽羨，他直接讚賞欽悅的學養深厚。在書信中，任升之寫這封書信的意圖非常明顯：要明白古銘的深意，非欽悅不可。任升之寫給欽悅的書信，果然奏效。幾天以後，欽悅即回復信件：

> 使至，忽辱簡翰，用浣襟懷。不遺舊情，俯見推訪。又示以大同古銘。前賢末達，僕非遠識，安敢輕言，良增懷愧也。屬在途路，無所披求。據鞍運思，頗有所得。發壙者未知誰氏之子，卜宅者實爲絕代之賢。藏往知來，有若指掌。契終論始，不差錙銖。隗炤之預識冀使，無以過也。不說葬者之歲月，先識圮時之日辰，以圮之日，卻求初兆，事可知矣。姚史官亦爲當世達識，復與諸儒詳之，沉吟月餘，竟不知其指趣，豈止於是哉。原卜者之意，隱其事，微其言，當待僕爲冀使耳。不然，何忽見顧訪也？謹稽諸曆術，測以微詞，

〔註7〕 李時人編校，何滿子審定《全唐五代小説》，陝西人民出版社 1998 年版，第3041～3042 頁。

試一探言，庶會微旨。當梁武帝大同四年，歲次戊午。言「旬服」者，五百也；「黃鍾」者，十一也。五百一十一年而圯。從大同四年上求五百一十一年，得漢光武帝建武四年，戊子歲也。「三上庚」，三月上旬之庚也。其年三月辛巳朔，十日得庚寅，是三月初葬於鍾山也。「七中巳」，乃七月戊午朔，十二日得己巳，是初圯墮之日。是日己巳可知矣。「浹辰」，十二也。從建武四年三月至大同四年七月，總六千三百一十二月，每月一交，故云「六千三百浹辰交」也。「二九」爲十八，「重三」爲六。末言「四百」，則六爲千、十八爲萬可知。從建武四年三月十日庚寅初葬，至大同四年七月十二日己巳初圯，計一十八萬六千四百日，故云「二九重三四百圯」也。其所言者，但說年月日數耳。據年，則五百一十一，會於「旬服黃鍾」；言月，則六千三百一十二，會於「六千三百浹辰交」；論日，則一十八萬六千四百，會於「二九重三四百圯」。從三上庚至於七中巳，據曆計之，無所差也。所言年歲月日，但差一數，則不相照會矣。原卜者之意，當待僕言之。吾子之問，契使然也。從吏已久，藝業荒蕪，古人之意，復難遠測。足下更詢能者，時報焉。使還，不代。鄭欽悅白記。〔註8〕

鄭欽悅在回信中，針對任升之書信的內容一一給予答覆。首先表明收到來信的喜悅，然後對任升之不忘舊情，屈駕造訪一事表示歡迎，並謙虛地回應任升之對自己的推崇：自己學識不高，不敢輕言狂語。接下來，進入正文，回答任升之在信中提出的問題，對銘文的旨意仔細推敲。最後落款，點名回信之人。鄭欽悅的這封回信，謙虛中不乏自信，用自己的博文冷見，解決了諸多學官沒有解決的難題。但是，在《梁大同古銘記》中，古銘不過是讖應之語，不足爲信。作者創作此文，主要是爲了展示欽悅見聞廣博、才學深厚，表現自己對知識鍥而不捨的追求。《梁大同古銘記》的「敘事結構由書信二封、記事、議論三部分組成，不斷變換文體，很有特色，反映出唐傳奇『文備眾體』的文體特徵」〔註9〕。

〔註8〕 李時人編校，何滿子審定《全唐五代小說》，陝西人民出版社1998年版，第3042～3043頁。

〔註9〕 石昌渝主編《中國古代小說總目·文言卷》，山西教育出版社2004年版，第239頁。

二、摘錄書信內容推動故事情節的發展，這也是唐五代小說使用書牘文本的主要方式

在唐五代小說中，以摘錄書信的形式進行小說敘述的篇目非常多，有：《梁四公記》、《梁十二》、《郭翰》、《王生》、《竇凝妻》、《李哲》、《袁洪兒誇郎》、《梁革》、《浮梁張令》、《鄭紹》、《后土夫人傳》、《張岡藏》、《常夷》、《盧生》、《玉簫化》、《紅線》、《伍子胥》、《韓擒虎話本》、《祇園因由記》、《崔煒》、《賈忤旨》、《杜疑妾》、《馮漸》、《崔書生》、《張讀》、《段成式》、《龐嚴》、《眭仁蒨》、《南柯太守傳》、《金龜印》、《呼延冀》、《安鳳》、《秦中子得先人書》、《感異記》、《阿六》、《岑順》、《李及》、《傳書燕》、《羅元則》、《龍鏡記》、等。

在《馮漸》中，道士李君寫信給博陵崔公，舉薦自己所看重的名家子馮漸道術非凡，「當今制鬼，無過漸耳。」〔註10〕馮漸頗有才華，以明經入仕。只是生性不同流俗，辭官歸隱於伊水，因而不為當時人所知。經過道士李君的推舉，馮漸聲譽鵲起，「朝士咸知漸有神術數，往往道其名。別後長安中人率以『漸』字題其門者。」〔註11〕小說中，並沒有出現李君寫給崔公書信的所有內容，只引用了「當今制鬼，無過漸耳」這一句話。因此句是馮漸人生境遇改變的關鍵，對刻畫李君、崔公善於發現人才、獎掖後進的人物形象，對故事的發展、結局，有重要作用。

又如《伍子胥》，吳國在越國發生災荒之際，曾借穀子接濟越國。因此，越國在歸還穀子的時候，越王在書信中對吳國的接濟表示感謝，並極力誇讚自己歸還的穀子品種優良，「此粟甚好，王可遣百姓種之！」〔註12〕事實上，越國歸還的是已經煮過的穀子。吳王聽信越王信中的虛假之辭，把穀子分發給百姓種植。吳國當年因種植煮過的穀子而顆粒無收，民怨沸騰，統治岌岌可危。敘述者只摘錄與故事情節發展相關的書信內容，「此粟甚好，王可遣百姓種之。」因為這句話既是越王把煮熟的穀子歸還給吳國，破壞吳國經濟、削弱吳國實力的一種策略，又是伍子胥制定滅吳復仇計劃中舉足輕重的一步。

〔註10〕李時人編校，何滿子審定《全唐五代小說》，陝西人民出版社 1998 年版，第 3227 頁。

〔註11〕李時人編校，何滿子審定《全唐五代小說》，陝西人民出版社 1998 年版，第 3227 頁。

〔註12〕李時人編校，何滿子審定《全唐五代小說》，陝西人民出版社 1998 年版，第 2481 頁。

三、敘述者站在第三人稱全知敘事視角，以全知全能的敘述者身份，轉述書信內容

作者以第三人稱全知敘事視角，轉述書信內容的篇目主要有：《李參軍》、《南柯太守傳》、《李咸》、《李行修》、《崔無隱》等。如在《李參軍》中，敘述者轉述了蕭公籌備女兒婚禮前寫給縣官的信：

> 作書與縣官，請卜人剋日。……蕭又作書與縣官，借頭花釵絹兼手力等，尋而皆至。〔註13〕

蕭公第一次寫信，是請縣官找卜人占卜吉日；第二次寫信是跟縣官借結婚用具。敘述者用概述性語言轉述書信內容，簡潔明瞭。可謂有話則長，無話則短。

又如在《南柯太守傳》中，當南柯成爲槐安國國王女婿後，敘述者以第三人稱全知敘事視角轉述了父親寫給南柯的一封信：

> 王遽謂曰：「親家翁職守北土，信問不絕。卿但具書狀知聞，未用便去。」遂命妻致饋賀之禮，一以遣之。數夕還答，生驗書本意，皆父平生之迹。書中憶念教誨，情意委屈，皆如昔年。復問生親戚存亡，閭里興廢。復言路道乖遠，風煙阻絕。詞意悲苦，言語哀傷。又不令生來覲，云：「歲在丁丑，當與女相見。」生捧書悲咽，情不自堪。〔註14〕

敘述者用濃縮型的語言，簡概了父親寫給南柯的書信。這種用極簡略的語言轉述書信的形式，可以讓敘述者一邊轉述書信內容，一邊結合書信內容進行評論，渲染書信所要表達的情感。敘述者在轉述父親寫給南柯的書信的時候，將一個年邁、孤苦、深明大義而又眷念自己孩子的老父親形象呈現在接受者眼前：「書中憶念教誨，情意委屈，皆如昔年。……復言路道乖遠，風煙阻絕，詞意悲苦，言語哀傷，又不令生來覲。」敘述者還可以結合書信內容，對南柯讀完父親寫給自己家書後的感受進行心理刻畫：「生捧書悲咽，情不自堪。」敘述者以第三人稱全知敘事視角轉述書信內容，可以靈活自如地描述南柯和其父親的心理活動。

〔註13〕李時人編校，何滿子審定《全唐五代小說》，陝西人民出版社 1998 年版，第 494 頁。

〔註14〕李時人編校，何滿子審定《全唐五代小說》，陝西人民出版社 1998 年版，第 639 頁。

在唐五代小説中,「書牘文的內容極為廣泛,大至論政、講道、談文、評述人物,小至傾述個人遭遇,抒發個人感情,以至問寒暖,話家常,其內容包羅了社會生活和個人生活的各個方面。在寫法上也極為靈活,或敘事,或説理,或言情,篇幅可長可短,完全看作者需要而定。」〔註15〕書牘文本以容納生活的廣泛性和表現形式的多樣性融入唐五代小説的創作,它以引用整個書信,還是以摘錄與故事相關的書信內容,或是以轉述書信的形式進入唐五代小説,由書牘文本在唐五代小説敘事中承擔的功能而決定。

第二節　書牘文本的敘事功能

「敘事的功能,就是敘事所發揮的有利作用及其效能。在敘事作品中,就其本文的傳達來說,敘事是起著首當其衝的作用的。敘事觀念談論的是作家在依據什麼樣的原則來結構作品,而敘事功能談論的則是在本文中敘事『做了些什麼』。」〔註16〕唐五代小説作家深諳書信文體的敘事功能,在不便於直接見面,或根本無法見面的情境中,以書信作為「中介」,巧借書信以敘述故事。

一、串聯故事

唐五代小説中的《李哲》、《竇凝妾》、《張囧藏》等,以時序為線索,用書牘文本把大大小小的事件串聯在一起,情節簡單明快。

《李哲》寫李氏家中因鬼魅為祟出現的諸多異事。從鬼魅出現到李氏家人主動離開,鬼魅前後給李哲寫了八封短信:

忽於庭中得一書:「聞君議伐竹種桃,盡為竹籌,州下粟方賤,一船竹可貿一船粟,幸速圖之。」〔註17〕

復投書曰:「惟聖罔念作狂,惟狂克念作聖。君始罵我而見祈,今並還之。」書後言「墨荻君狀。」〔註18〕

〔註15〕王育頤等編撰《中國古代文學詞典》(第三卷),廣西教育出版社1989年版,第1176頁。

〔註16〕孟繁華《敘事的藝術》,中國文聯出版公司1989年版,第18頁。

〔註17〕李時人編校,何滿子審定《全唐五代小説》,陝西人民出版社1998年版,第771～772頁。

〔註18〕李時人編校,何滿子審定《全唐五代小説》,陝西人民出版社1998年版,第

事發，又得一書曰：「里仁爲美，擇不處仁，焉得智？」〔註19〕

數旬之後，其家失物至多，家人意其鬼爲盜。又一書言：「劉長卿詩曰『直氏偷金枉』，君謂我爲盜，今旣得盜，如之何？」〔註20〕

明日哭於庭，乃投書曰：「諺所謂『一雞死，一雞鳴』，吾屬百戶，當相報耳。」〔註21〕

而得一書曰：「聞君欲徙居，吾已先至其所矣。」〔註22〕

自後家中有竊議事，魅莫能知之。一書：「自無韓大，猛二，吾屬無依。」〔註23〕

鬼書至曰：「符，至聖也，而置之屋上，不亦輕爲？」士昌無能爲，乃去。〔註24〕

《李哲》以鬼魅爲祟、挑釁李哲家人爲故事的開端。鬼魅挑釁的方式，就是利用書信，以言辭激怒李哲及其家人。面對鬼魅的挑釁，李哲家人也相應地採取一定的措施予以回擊，故事就在挑釁、應對中步步展開。整個故事的情節鏈爲：

李哲搬進新居

　　—— 在新居發現鬼魅

　　—— 半月後，鬼魅寫信嘲笑李哲

　　—— 數月後，鬼魅寫信澄清鄰居丟失之物不是自己所盜

　　—— 數日後，鬼魅妻子哭喪

　　—— 又明日，鬼魅妻子在里巷再次哭喪

---

772 頁。

〔註19〕李時人編校，何滿子審定《全唐五代小說》，陝西人民出版社 1998 年版，第772 頁。

〔註20〕李時人編校，何滿子審定《全唐五代小說》，陝西人民出版社 1998 年版，第772 頁。

〔註21〕李時人編校，何滿子審定《全唐五代小說》，陝西人民出版社 1998 年版，第772 頁。

〔註22〕李時人編校，何滿子審定《全唐五代小說》，陝西人民出版社 1998 年版，第772～773 頁。

〔註23〕李時人編校，何滿子審定《全唐五代小說》，陝西人民出版社 1998 年版，第773 頁。

〔註24〕李時人編校，何滿子審定《全唐五代小說》，陝西人民出版社 1998 年版，第773 頁。

    ──→ 李哲搬家。

 鬼魅爲祟，李哲及其家人、朋友採取的措施爲：

   李哲欲砍竹植桃，讓鬼魅無藏身之所

    ──→ 李哲的朋友企圖以辱罵趕走鬼魅

    ──→ 李哲的朋友祈求鬼魅歸還失物

    ──→ 李哲殺死鬼丈夫，欲除掉禍害

    ──→ 李哲被鬼鬧騰，欲搬家

    ──→ 李哲得知鬼魅信息的來源，殺犬除害

    ──→ 李哲仍然無法擺脫鬼魅，最終選擇搬家。

鬼魅一次又一次地寫給李哲家人的書信，成爲串聯故事的鏈條，推動了情節的發展。李哲及其家人、朋友應對鬼魅的方法，也是根據鬼魅的書信而採取的措施。書信的使用，讓小說在敘事時間上不再拘泥於單一的標注具體時間的方式，還使看似雜亂無章的事件與事件之間有一種內在的銜接。鬼魅寫給李哲家人的最後一封書信，既揭示了李哲家人與鬼魅之間鬥爭的結果，又讓接受者在一系列的戲劇性衝突中，意識到每個事件其實都是環環相扣，儼然一體的。法國結構主義美學家羅蘭·巴爾特曾說過：「敘述活動的動力正是連續和後果的混淆不清本身，因爲敘事作品中後面發生的總是被讀者視爲由⋯⋯引起的。」〔註25〕李哲與鬼魅之間的矛盾，一次比一次激烈，雙方採取的措施一次比一次嚴厲，就因爲鬼魅寫給李哲的書信，挑釁的色彩一次比一次濃厚，是矛盾一步步激發的導火索，成爲貫通情節脈絡的主線。

  又如在《竇凝妾》中，被竇凝謀殺的小妾，枉死後變成女鬼復仇。她在復仇前，竇凝之父共投給竇凝家人三封短信，揭發其罪狀，並要其預先安排後事：

   永泰二年四月，無何，几上有書一函，開見之，乃凝先府君之札也。
   言：「汝枉魂事發。近在期月，宜疾理家事。長女可嫁汴州參軍崔延，
   幼女嫁前開封尉李駰，並良偶也。」〔註26〕

   更旬日，又於室內見一書：「吾前已示汝危亡之兆，又何顛倒之甚

〔註25〕〔法〕羅蘭·巴特著，董學文、王葵譯《符號學美學》，遼寧人民出版社1987年版，第120頁。

〔註26〕李時人編校，何滿子審定《全唐五代小說》，陝西人民出版社1998年版，第749頁。

也？」〔註27〕

明日，庭中復得一書，詞言哀切，曰：「禍起旦夕。」〔註28〕

竇凝之父寫給竇凝家人的書信，預示著竇凝一家平靜生活的結束。書信蘊含的深意，除造成當年慘劇的本人——竇凝外，其他人無一知曉。就連竇凝自己，在看到第一封書信的時候，也沒有即刻回想起自己當年犯下的罪行。當接受者看到這裏的時候，一連串的問題伴隨著故事的發展自然而然地出現於腦海：是誰寫給竇凝這封毫無頭緒的信件，是不是竇凝的妾來復仇？接下來的故事，敘述者用書信銜接前文所述事件，逐漸解開故事的謎團，引出竇凝謀殺妾的往事。竇凝父寫給竇凝的書信，也讓竇凝在心理上經歷了「不信」、「猶豫」到「倉惶」的過程。竇凝認為自己所做的壞事，天衣無縫，一直過著逍遙舒適的生活。即使收到警告的書信，他仍然沒有想到自己東窗事發。竇凝父因竇凝對自己所做壞事的漠視、淡忘，更激發了他的憤懣，他再次給竇凝寫了兩封書信。信中的措辭，一次比一次嚴厲，情感也一次比一次憤怒。竇凝自知無法隱瞞事實，在最後一封書信的逼迫下，將故事的謎底揭曉。在這篇小說中，圍繞「妾復仇」的主題，敘述者借助書牘文本把看似毫無關聯的人物、事件串聯在一起，讓人物、事件在某種因果聯繫中銜接，建立一連串的對應關係，使之成為一個生動有趣的完整故事。

在這類小說中，敘述者在敘述故事的時候，有意識地使小說各事件之間出現一個合理的斷層，設置懸念，激發接受者的閱讀興趣。然後在以後的情節發展中，用書牘文本銜接斷層，串聯故事，讓事件與事件之間具有某種內在的因果聯繫，形成一個首尾完整的故事。

二、遙寄深情

書信是兩個人之間的遠距離對話。「故書者，舒也。……詳總書體，本在盡言，言以散鬱陶，托風采，故宜條暢以任氣，優柔以懌懷；文明從容，亦心聲之獻酬也。」〔註29〕書信是兩個人之間的私語言說。有的書信能體現言

〔註27〕李時人編校，何滿子審定《全唐五代小說》，陝西人民出版社 1998 年版，第749 頁。

〔註28〕李時人編校，何滿子審定《全唐五代小說》，陝西人民出版社 1998 年版，第749 頁。

〔註29〕劉勰著，周振甫注《文心雕龍注釋》，人民文學出版社 1981 年版，第 277～278頁。

說的無忌和自由，無須閃爍其詞或吞吞吐吐。劉勰在《文心雕龍》中就指出書信的本義是「盡言」，即暢所欲言，盡情傾訴。

　　唐之前的小說，很少對人物的心理進行刻畫，往往用簡單的心理動詞，展示人物的內心世界。唐五代小說仍然用心理動詞揭示人物內心世界，但已有不少作品通過書信讓遠隔兩地之人互訴衷腸，展現人物的心理活動。「唐傳奇是中國小說敘事真正關注人物心理活動的開端。與現代和西方人物心理描寫不同的是，在唐傳奇的敘事中，直接的心理描寫被置換成了其他的表現形式。在《鶯鶯傳》中就有以鶯鶯的書信體，張生的自言自語的獨白體，以及具有中國抒情傳統特點的詩歌體等形式，替代直接心理描寫方法的運用。」〔註30〕

　　在《鶯鶯傳》中，張生進京求取功名，與鶯鶯分居兩地，路途遙遠。書信成為他們寄託相思，傳情達意的唯一方式。當鶯鶯收到崔書生的親筆書信後，情人間的息息相通，讓她百感交集。她在回信中淋漓盡致地訴說衷情：

> 明年，文戰不勝，張遂止於京。因貽書於崔，以廣其意。崔氏緘報之詞，粗載於此，曰：「捧覽來問，撫愛過深。兒女之情，悲喜交集。兼惠花勝一合，口脂五寸，致耀首膏唇之飾。雖荷殊恩，誰復為容？睹物增懷，但積悲歎耳。伏承使於京中就業，進修之道，固在便安。但恨僻陋之人，永以遐棄。命也如此，知復何言！自去秋已來，常忽忽如有所失。於喧嘩之下，或勉為語笑，閑宵自處，無不淚零。乃至夢寐之間，亦多感咽離憂之思。綢繆繾綣，暫若尋常，幽會未終，驚魂已斷。雖半衾如暖，而思之甚遙。一昨拜辭，倏逾舊歲。長安行樂之地，觸緒牽情。何幸不忘幽微，眷念無斁。鄙薄之志，無以奉酬。至於終始之盟，則固不忒。鄙昔中表相因，或同宴處，婢僕見誘，遂致私誠。兒女之心，不能自固。君子有援琴之挑，鄙人無投梭之拒。及薦寢席，義盛意深。愚陋之情，永謂終託。豈期既見君子，而不能定情。致有自獻之羞，不復明侍巾幀。沒身永恨，含歎何言！倘仁人用心，俯遂幽眇，雖死之日，猶生之年。如或達士略情，捨小從大，以先配為醜行，以要盟為可欺。則當骨化形銷，丹誠不泯，因風委露，猶託清塵。存沒之誠，言盡於此。臨紙嗚咽，

〔註30〕祖國頌、林繼中《〈鶯鶯傳〉敘事藝術探析》，《東南學術》2009 年第 2 期，第147 頁。

情不能申。千萬珍重，珍重千萬！玉環一枚，是兒嬰年所弄，寄充
君子下體所佩。玉取其堅潤不渝，環取其終始不絕。兼亂絲一絢，
文竹茶碾子一枚。此數物不足見珍。意者欲君子如玉之眞，弊志如
環不解。淚痕在竹，愁緒縈絲。因物達情，永以爲好耳。心邇身遐，
拜會無期。幽憤所鍾，千里神合。千萬珍重！春風多厲，強飯爲嘉。
慎言自保，無以鄙爲深念。」〔註31〕

書信全景式地呈現了崔鶯鶯的內心世界：鶯鶯在與崔書生分別後，鬱鬱寡歡，
寢食難安，表現了她與崔書生分別後的傷心；鶯鶯想到崔書生到繁華的京城
後，有可能移情別戀，表明她對崔書生離開後是否能忠於愛情有擔心；鶯鶯
與崔書生雖遠隔千里，鶯鶯卻執著於這段戀情，體現了她對愛情的忠誠；鶯
鶯追憶與崔書生相戀往事之時，反復強調自己是因奴婢和崔書生的誘惑，才
沒經父母之命，媒妁之言就與他私自相好，說明她也不能擺脫當時封建思想
的禁錮，對自己的所爲有悔過之心；在與崔書生交往的過程中，鶯鶯感受到
了他對自己的深厚情感，因此萌生出託付終身的信任之心；相識、相戀後，
崔書生沒有正式確定婚約，對崔書生，鶯鶯也有怨恨之心；如果崔書生認爲
鶯鶯是舉止輕浮，隨意之人，不能體察她眞摯的情感，鶯鶯有以死明志的決
心。鶯鶯寫給張生的書信，既有她對往事的回憶，也有對目前處境的描述，
還有對未來愛情的期待和憧憬。書信多層面，多角度地展現了她不能向他人
訴說的內心感受：相信情人又懷疑情人，深愛情人又埋怨情人，她只能在焦
灼、矛盾中堅守這份愛情。書信用語典雅精工，展示了一個才華橫溢、溫柔
癡情、內心矛盾的栩栩如生的人物形象。

　　神仙世界與人世界是遙不可及的兩個世界，書信也成爲神、人之間傳遞
情感、交流信息的方式。在《浮梁張令》中，浮梁張令盡享人間榮華富貴，
過著錦衣玉食的奢侈生活。在死期將至之際，他爲了延長壽命，不惜花費重
金收買諸位上仙。於是諸神仙向上帝請命，上帝只好同意張令的請求。他在
寫給張令的書信中，傳達天庭對此事的態度：

乃啓玉函，書一通……張某棄背祖宗，竊假名位，不顧禮法，苟
竊官榮，而又鄙僻多藏，詭詐無實。百里之任，已是叨居，千乘
之富，今因苟得。令按罪已實，待戮餘魂，何爲奏章，求延厥命？

〔註31〕李時人編校，何滿子審定《全唐五代小說》，陝西人民出版社 1998 年版，第
　　　　659～660 頁。

但以扶危拯溺者，大道所尚；紓刑宥過者，玄門是宗。徇爾一眄，
我全弘化。希其悛惡，庶乃自新。貪生者量延五年，奏章者不能
無罪。〔註32〕

在《鶯鶯傳》中，鶯鶯與張生之間往來的書信，其目的是為了寄託情人之間
的相思別愁。而在《浮梁張令》中，上帝寫給張令的書信，傳遞的情感與之
有所不同。上帝在書信中，把自己樹立為維護天地間正義、不可侵犯的尊神，
義憤填膺地痛斥張令棄祖背宗、貪贓枉法的罪行，竭力維護天庭公正守法的
形象；又以救苦救難的菩薩心腸為張令的罪名開脫，下令延長張令的壽命。
本來上帝下達命令，應用正式公文而不是私人信件。上帝選擇用私人信件的
形式，就意味著此舉不是為了傳達命令，而是出於私人之間情感的交流溝通。
當然這種溝通不能聲張，只能偷偷進行。上帝的這封書信，既傳達了天庭對
張令罪行的深惡痛絕，又表明天庭更改法度事出有因，是合理的。通過這封
赦免張令的書信，天庭的真實面目，由此盡顯。

唐五代小說中的《崔煒》、《飛煙傳》、《南柯太守傳》等篇目，其中的故
事人物也因路途遙遠，而以書信傳情。唐五代小說中運用書牘文本，可以突
破地域的限制，為遠隔兩地之人，搭起交流、溝通的橋梁，為不能見面之人，
提供了情感傾訴和交流的平臺，讓故事人物隱秘的內心世界得以真實展現。

三、自陳身世

唐五代小說較之「粗陳梗概」、「殘叢小語」的六朝志怪小說，其體制雖
有很大發展，篇幅較長，但由於其脫胎於史傳，仍然保留著明顯的史傳痕迹，
如以人物為標題，開篇介紹人物的身世、經歷。「唐人《霍小玉傳》、《劉無雙
傳》、《步飛煙傳》等篇，始就一人一事，紆徐委備，詳其始末……」〔註33〕，
然「以千篇一律地寫『某時』、『某地』、『某人』的程序開頭，然後又按時間
的次序敘寫故事的始末，這就給結構帶來了單調、平板的毛病」〔註34〕。但
是，在中晚唐小說中，敘述者巧用書信自陳身世，改變了這種千篇一律的程
序化寫作方式和單一的文體結構。

〔註32〕李時人編校，何滿子審定《全唐五代小說》，陝西人民出版社 1998 年版，第
1392～1393 頁。

〔註33〕夏曾佑《小說原理》，見霍松林主編《中國近代文論名篇詳注》，貴州人民出
版社 1986 年版，第 199 頁。

〔註34〕侯忠義《隋唐五代小說史》，浙江古籍出版社 1997 年版，第 10～11 頁。

如在《非煙傳》中，非煙與象一見鍾情。然特殊的時代、特殊的身份，讓他們即使近在咫尺，也無法見面。於是，書信就成爲他們表達情愫、傳遞情感的最好方式。飛煙與象第一次會面後，就在寫給象的信件中，講述了積鬱於心、不曾向人傾吐的身世經歷：

> 於是闔戶垂幌，爲書曰：「下妾不幸，垂髫而孤。中間爲媒妁所欺，遂匹合於瑣類。每至清風明月，移玉柱以增懷。秋帳冬釭，泛金徽而寄恨。豈謂公子，忽貽好音。發華械而思飛，諷麗句而目斷。所恨洛川波隔，賈午牆高。連雲不及於秦臺，薦夢尚遙于楚岫。猶望天從素懇，神假微機，一拜清光，就殞無恨。兼題短什，用寄幽懷。伏惟特賜吟諷也。」〔註35〕

這封書信，聲情並茂。即使不融入小說，也是一篇佳作。小說採用第一人稱敘事視角，讓非煙在書信中自敘其悲劇人生：年幼父母雙亡，孤苦伶仃；年歲稍長，又被媒婆欺騙，所遇非人，婚姻不如意；現在終於遇到了自己中意的人，卻已成爲他人姬妾。非煙在信中自陳身世，沒有採用史傳慣用的「由某時、某地、某人、發生了某事」的單調陳述，而是以追憶的形式，再現自己幼年、青少年的生活經歷。書信介入敘事，也使正在發生的故事時間暫時中斷，場景倒回至非煙往昔所生活的環境。接受者根據書信所述，發揮聯想，展開想像，根據自己平時積累的閱讀經驗和審美體驗，再現書信敘述所營構的時空。因爲「對於小說的空間環境，小說話語並不是營造之，而只是提示之，提示，永遠是功能性與特徵性的。」〔註36〕採用第一人稱敘事視角，讓當事人非煙用書信自陳其身世經歷，與史傳用第三人稱全知敘事視角概述人物身世、經歷相比，內容更爲眞實、感人。小說使用書信自陳身世，引發了故事人物在不同時期所發生事件之間的時空轉換。

又如在《鬼傳書》中，西川宰相高駢築羅城的時候，守禦指揮使姜知古，令將倈曉開掘趙奮的墳墓。是夜，有一黃衣束帶、瘦骨長身之人，昂然立於知古前，送給他一封由趙奮寫的書信：

> 其書曰：「冥司趙奮，謹以幽昧致書于守禦指揮端公閣下：竊以趙氏之冤，搏膺入夢，良夫之枉，披髮叫天。是以有冤必仇，無道則見，

〔註35〕 李時人編校，何滿子審定《全唐五代小說》，陝西人民出版社 1998 年版，第1929～1930 頁。

〔註36〕 王純菲《小說虛構空間的時間轉化》，《遼寧大學學報》1998 年第 3 期，第 93 頁。

此則流於柱史，載自前文。如畚者，一介遊魂，九泉罔象，德不勝享，禱不勝人。無廟貌於世間，遂埋沉于泉壤。自蒙天譴，使掌冥司，雖叨正直之官，未達聰明之理。未嘗以威服眾，唯知以禮依人。項在本朝，叨爲上相，不無濫德，敢有害盈。今者，伏審渤海高公，令君毀壞墳闕。況畚靖居幽府，天賜佳城，平生無戰伐之仇，邂逅起誅夷之骨，得不撫銘旌而憤志，託緘染以申懷。伏希端公俯念無依，迴垂有鑒，特於方雄，免此一壞。倘全馬鬛之封，敢忘龍頭之庇。謹吟絕句，後幅上聞，不勝望德之至。謹白。」〔註37〕

趙畚在信中以第一人稱敘述視角，指責高駢使自己蒙受冤屈，警告姜知古如果不公正處理自己的冤情，他將不惜一切代價報復的立場和決心；詳述自己死後作爲一界孤魂的苦楚，成爲冥司後，獲得安定住所的不易和爲官後秉公守法的處事風格。這封以悲憤情感來自述淒苦身世的書信，亦是一篇感人泣下的「人物傳記」。

書牘文本融入小說，與史傳文本會通，成爲唐五代小說中傳奇類型的體制基礎。作者有意通過書牘文本虛構故事。在《鬼傳書》中，作者爲了突出要表達的主題，通過書信以志怪小說中常見的鬼故事題材，虛構了一個並不存在的冥間世界，塑造了命運淒苦的鬼吏形象，具有深刻意義。唐中後期，類似於渤海高公的官員不乏其數，搶佔民田、民宅的事件時有發生。《新唐書‧宦者上》記載：「甲舍、名園、上腴之田爲中人所名者半京畿矣」〔註38〕，京城郊區的一半土地竟爲中人（即宦官）吞佔，數量大得驚人。同時，寺院道觀也仗勢搶置莊田、侵吞土地。地主富商，也巧取豪奪，聚斂財富，吞併民田。如《太平廣記‧屈突仲任》記載，河南大地主大豪強屈突仲任一戶「資數百萬，莊第甚眾」〔註39〕。王公百官，更是惡意橫行，放肆掠奪民田。宰相李林甫京城邸第，田園廣闊。《新唐書》記載，大官僚盧從願「占良田數百頃」，唐玄宗不以爲怪，反而稱他爲「多田翁」〔註40〕。唐中後期，自上而下，對民田、民宅的侵佔，已達到令人觸目驚心的程度。《鬼傳書》通過鬼吏所傳

〔註37〕李時人編校，何滿子審定《全唐五代小說》，陝西人民出版社 1998 年版，第2397 頁。

〔註38〕〔宋〕歐陽修、宋祁撰《新唐書》，中華書局 1975 年版，第 5856 頁。

〔註39〕李昉等編《太平廣記》，中華書局 1961 版，第 668 頁。

〔註40〕〔宋〕歐陽修、宋祁撰《新唐書‧盧從願傳》，中華書局 1975 年版，第 4479頁。

之書，將人、鬼世界相接，以荒誕的手法表現社會人生的荒謬，真幻結合，虛實相應，語帶雙關，給接受者留下了再次闡釋的思維空間。

此外，書牘文本在小說中的使用，讓「近距離」的人物以「遠距離」的方式對話，避免直接衝突，產生了另一種審美感受。有時候，在情況險急之際，書信言辭閃爍，隱藏外人無法知曉的暗語，給接受者留下懸念，製造緊張氣氛。如在《紅線傳》中，紅線闖入敵軍陣營，盜得魏博節度使田承嗣床頭金盒後，潞州節度使薛嵩派人送信給田承嗣，告訴他昨夜陣營陷入混亂的原因：「昨夜有客從魏中來云：自元帥頭邊獲一合。不敢留駐，謹卻封納。」〔註41〕在信中，嵩輕描淡寫地描述了紅線盜合的經過，表現出他對承嗣的輕視，對自己部下實力的炫耀。與戰爭相關的小說，敵對雙方以書信來勸降或挑戰，如《韓擒虎話本》、《伍子胥》。在《韓擒虎話本》中，韓擒虎寫給對手的書信，表明了自己堅定的意志和作戰必勝的信心，渲染了韓擒虎這一陣營不可戰勝的氣勢，還沒開戰已先聲奪人。

融入了書牘文本的唐五代小說，雖仍以史傳敘事為基本框架，但敘述人物經歷的時候，用書信來自陳身世，改變了慣用的程序化寫作方式和單一的文體建構方式。同時，書牘文本在小說人物形象的塑造、心理的刻畫、故事時空的轉換、推動故事情節的發展等方面起著重要作用。盛唐後期與中唐前期出現於唐五代小說中的書牘文本，大多帶有駢文餘習且成就有限，表現著文體文風蛻變期的特點。中唐後期的書牘文本「受古文運動的影響，一般都不追求詞藻，講究言之有物，吐露心聲，雖然在情趣上很注意，卻重在文以載道，以理率情。書牘寫作，以『事』為基礎，『情』、『理』為核心，『辭』只是聲氣而已。唐宋書牘較完美地體現了這一點」〔註42〕。中唐後期的書牘文本，受古文運動影響，從唐代現實生活中提煉新的散體書面語言，生動流暢，較近口語，擴大了文言文的表達功能。

〔註41〕李時人編校，何滿子審定《全唐五代小說》，陝西人民出版社 1998 年版，第 1722 頁。

〔註42〕王凱符、張會恩主編《中國古代寫作學》，中國人民大學出版社 1992 年版，第 393 頁。

第四章　祝文與唐五代小說的生成

祝文，是禱祝類文體之一，亦稱「祝辭」，主要用於禱告天帝神祇。祝辭歷史悠久，經歷了一個由口頭到書面文字的發展過程。相傳祝辭始於伊耆氏的蠟祭辭，宋高承《事物紀原・禮祭郊祀部・祝文》記載：「伊耆氏始爲八蠟，乃有祝文，其文曰『土反其宅，水歸其壑，昆蟲毋作，草木歸其澤』是也。」〔註1〕「漢以後沿用祝文爲祭。」〔註2〕因祭文與祝文都用於祭祀，一部分祝文也以「祭」名篇：「用於祭奠山川神祇，祈福禳災的祭文，如韓愈《潮州祭神文》、白居易《祭廬山文》等。徐師曾《文體明辨》將此類祭文歸入『祝文』類，以區別那些專用於喪葬送死之祭文。」〔註3〕祭文與祝文的主要區別不是篇名，而在於使用的場合：祭文主要用於喪葬送死，而祝文主要用於祭奠山川神祇。劉勰在《文心雕龍・祝盟》中指出：「凡群言發華，而降神務實，修辭立誠，在于無愧。祈禱之式，必誠以敬；祭奠之楷，宜恭且哀：此其大較也。」〔註4〕祝文作爲一種向神靈禱告的文體，語言必須樸實，情感必須眞誠，言語須有文采。

祝文作爲反映人對山川神祇祈禱和祝願的一種文本，就已出現在春秋戰國時期的小說之中。在萬物有靈的上古時期，小說中的人物一旦面臨不可抗拒的災難或遇到無法解釋的自然、社會現象，就會利用禱祝的方式，祈求平安，避免災難，獲得幸福。唐五代小說使用了不少祝文本，而學界對此關注

〔註1〕〔宋〕高承撰，〔明〕李果訂，金圓、許沛藻點校《事物紀原》，中華書局1989年版，第62頁。

〔註2〕周文柏主編《中國禮儀大辭典》，中國人民大學出版社1992年版，第333頁。

〔註3〕吳承學、劉湘蘭《祝禱類文體》，《古典文學知識》2009年第5期，第108頁。

〔註4〕劉勰著，周振甫注《文心雕龍注釋》，人民文學出版社1981年版，第106頁。

甚少。本文把唐五代小說中明確標明「祝」和用來祭祀天地神祇的「祭文」，都稱爲祝文本，統計祝文本在唐五代小說中的使用情況（見附錄四），探究其價值取向，探討其在小說敘事中的功能及其在唐五代小說生成中的意義。

第一節　唐五代小說中祝文本的價值取向

小說使用祝文本，可追溯到《漢武帝內傳》〔註5〕。在《漢武帝內傳》中，上元夫人傳授十二卷秘經《六甲靈飛左右策精》給漢武帝劉徹之前，先向天帝祈禱：

> 於是上元夫人離席起立，手執八色玉笈，鳳文之蘊，仰天向帝而祝曰：「九天浩洞，太上耀靈。神照玄寂，清虛朗明。登虛者妙，守氣者生，至念道臻，寂感眞誠。役神形辱，安精年榮。授徹靈飛，及此六丁。左右招神，天光策精。可以步虛，可以隱形，長生久視，還白留青。我傳有四萬之紀，授徹，傳在四十之齡。違犯泄漏，禍必族傾。反是天眞，必沉幽冥。爾其愼禍，敢告劉生。爾師主是青童小君，太上中黃道君之師眞，元始天王入室弟子也。姓延陵，名陽，字庇華。形有嬰孩之貌，故仙官以青眞小童爲號。其爲器也，環朗洞照，聖周萬變。元鏡幽鑒，才爲眞雋。遊於扶廣，權此始運。宮館元圃，治仙職分。子存師君，從爾所願，不存所授，命必傾隕。」
>
> 上元夫人祝畢，乃一一手指所施用節度，以示帝焉。〔註6〕

《漢武帝內傳》所插入的祝文本，有特殊含義：上元夫人迫於西王母淫威，將密經傳授給漢武帝。漢武帝此人雖雄才偉略，開創了中國歷史上的第一盛

〔註5〕 關於《漢武帝內傳》的成書年代及作者，學界頗有爭議。吳志達《中國文言小說史》從《漢武帝內傳》的思想內容和藝術描寫特色，推斷其當爲晉人葛洪的作品。（見吳志達《中國文言小說史》，齊魯書社1994年版，第54頁。）李劍國在《唐前志怪小說史》中認爲《漢武帝內傳》的作者雖已難考，但產生年代卻有迹可循。他指出《漢武帝內傳》產生的年代爲東漢末年至曹魏間。（見李劍國《唐前志怪小說史》，天津教育出版社2006年版，第197頁。）〔日〕小南一郎在《中國的神話與古小說》中，從《漢武帝內傳》所體現的道教思想、作品表達的主題等，推斷其產生於較道教發展中的「內傳時代」落後一個階段的、上清派教理已明顯表現出自己所具有傾向的時期。（小南一郎著，孫昌武譯《中國的神話與古小說》，中華書局1993年版，第377頁。）可見，關於《漢武帝內傳》成書的年代，大部分學者認同其產生於唐前。

〔註6〕 上海古籍出版社編《漢魏六朝筆記小說大觀》，上海古籍出版社1999年版，第154頁。

世，但心性殘忍、濫殺無辜、驕奢淫逸，與「仙性」相距甚遠。據史書記載，漢武帝信「巫蠱」之說，在位時曾經上演過一幕幕巫蠱鬧劇。徵和二年，公孫賀父子因巫蠱慘死獄中，滿門抄斬。陽石公主、諸邑公主，衛青之子衛伉相繼牽連入內，被殺。漢武帝晚年曾下《輪臺罪己詔》，對即位以來的殺戮太過，追思悔悟：「朕即位以來，所爲狂悖，使天下愁苦，不可追悔。」〔註7〕指引荼毒生靈的漢武帝成仙，有違仙家教義。故上元夫人在祝文本中請上帝寬祐其傳法術於劉徹之罪，並立以不得泄露仙家典籍，否則招來滅家之禍的咒語，以此警誡劉徹。作品以禱祝之「形」，暗諷劉徹人物品行之「實」。

　　《搜神記》中的「蔣山祠」條，《異苑》中的「紫姑神」條，《世說新語》中的「劉伶」條等，也有或長或短，或部分或完整的祝文本。祝文本儘管在唐前小說中出現的頻率不是很高，但爲唐五代小說對祝文的借鑒和吸收提供了經驗。

　　據筆者統計，在唐五代小說中，以「祝」標示的祝文本篇目有：《異聞集‧感異記》、《通幽記‧趙旭》、《博異志‧王昌齡》、《續玄怪錄‧韋氏子》、《纂異記‧徐玄之》、《纂異記‧嵩嶽嫁女》、《通幽記‧薛二娘》、《傳奇‧崔煒》、《通幽記‧唐晅手記》、《三水小牘‧夏侯禎黷女靈皇甫枚爲禱乃免》、《疑仙傳‧李陽》、《中朝故事‧鄭畋母》、《鑒戒錄‧求冥婚》、《瀟湘錄‧汾水老姥》、《宣室志‧潯陽李生》、《宣室志‧智空》、《宣室志‧韓愈》、《三水小牘‧李龜壽》、《集仙錄‧魏夫人》、《本事詩‧崔護》、《異聞記‧僕僕先生》、《大唐奇事‧李義》、《廣異記‧張琮》、《廣異記‧謝混之》、《冥報記‧袞州人》等近 30 篇。因祝文使用場合的特殊，唐五代小說中的祝文本一般在祈禱神仙、鬼怪、精靈等的小說中才有出現。

一、由宗教祈禱轉向世俗情欲

　　與唐前小說中的祝文本相較，唐五代小說中的祝文本同樣表達了人們對美好幸福生活的祝願和祈禱。不同之處在於，唐五代小說中祝文本的內容更加趨於世俗化，具有鮮明的時代氣息。

（一）祝神的祈願

　　向神仙祈禱的習俗，由來已久。《山海經第一‧南山經》有多處詳細記載

〔註7〕〔宋〕司馬光編著，〔元〕胡三省音注《資治通鑑》，中華書局 1956 年版，第738 頁。

了向山神祈禱的具體儀式:「凡䧿山之首,自招搖之山,以至箕尾之山,凡十山,二千九百五十里。其神狀皆鳥身而龍首,其祠之禮:毛用一璋玉瘞,糈用稌米,一壁,稻米、白菅爲席。」〔註8〕諸山山神都是人身鳥面。祭祀山神要把玉埋在地下作供品祈禱,祀神的米用稻米。不過,《山海經》中並沒有出現向神仙祈禱的祝文本。漢魏六朝小說,《漢武帝內傳》、《搜神記》、《搜神后記》等,才開始出現祝文本。

唐五代使用祝文本的小說有所增長。如《通幽記・趙旭》:

> 天水趙旭……家於廣陵……嘗夢一女子,衣青衣,挑笑牖間。及覺
> 而異之,因祝曰:「是何靈異,願覩仙姿,幸賜神契。」〔註9〕

趙旭覺得夢中女子神異,主動請求其現身,期待與女子的相遇。他的禱祝,引出了他與上界神女嫦娥之間一段恩愛纏綿、曲折動人的人神戀愛故事。這與六朝小說中男主人公視神女爲異類,不願與其生活的情形大不相同。趙旭祈禱的緣由,也已不再是祈福禳災,而是爲了自己的情愛。風姿綽約的神女如趙旭所願,降臨趙旭家後,不僅讓趙旭過上了錦衣玉食的生活,還不干涉他在人世間娶妻生子。趙旭的這種心理,實際上反映了唐五代時期落魄失意男子,借神女下凡來表達自己對世俗男女生活的幻想。

可見,唐五代人神戀愛小說中的祝文本,由宗教祈禱轉向了人間世俗欲望的追求。在《夏侯禎黷女靈皇甫枚爲禱乃免》中,夏侯禎看到廟中神女的塑像,愛慕之心油然而生:

> 祭畢,與禎縱觀祠內。禎獨眷眷不能去,乃索卮酒酹曰:「夏侯禎
> 少年未有配偶,今者仰覩靈姿,願爲廟中掃除之隸。神其鑒乎!」
> 〔註10〕

夏侯禎向神女塑像禱祝,只求侍奉神女,即使爲廟中掃除之隸,也無怨無悔。夏侯禎禱祝畢,即病重,魂魄被神女索去,奄奄一息。「余」再次向神女禱祝:

> 余命吏動楮錨,潔尊席而禱曰:「夫人嶽鎮愛女,疆場明祇,致禾黍
> 豐登,戢虎狼暴殄,斯神之任也。今日之祭,乃郡縣常祀。某職其
> 事,敢不嚴恭。豈謂友生不勝餞羞之餘,至有慢言,黷於神聽。今

〔註8〕 袁珂校注《山海經校注》,巴蜀書社 1992 年版,第 9 頁。

〔註9〕 李時人編校,何滿子審定《全唐五代小說》,陝西人民出版社 1998 年版,第742 頁。

〔註10〕 李時人編校,何滿子審定《全唐五代小說》,陝西人民出版社 1998 年版,第1944 頁。

疾作矣，豈降之罰邪？抑果其請耶？若降之罰，是以一言而斃一國士，是違好生之德，當專殺之辜，帝豈不降鑒。而使神祇虐於下乎？若果其請，是以一言捨貞靜之道，播淫佚之風。緣張碩而動雲軿，顧交甫而解明珮。若九閽一叫，必貽悼箜不修之責。況天下多美丈夫，何必是也？神其聽之。」〔註11〕

「余」在禱祝中，既表達了對神女的歉意，又婉喻神女踐踏人的性命有違上天旨意，勸說神女，天下美丈夫甚多，不必為了夏侯禎而違背天命。「余」的禱祝，合情合理，神女放回了夏侯禎。這是一則典型的受道家思想影響很深的小說故事。夏侯禎對神仙的仰慕，反映了道家對神仙的信仰和崇拜，這也是道教信仰的基礎。「余」不願意夏侯禎以生命為代價追求的人神之戀，則反映了道家「重生惡死」，希望通過個人修煉，追求長生不老，得道成仙的道義。隋唐之際的《太上老君內觀經》第四有云：「道不可見，因生以明之。生不可常，用道以守之。若生亡則道廢，道廢則生亡，生道合一，則長生不死，羽化神仙。」〔註12〕經文對生道互存的關係作了簡明扼要的論述，只有生才能得道，生命一旦消逝，道的存在就無任何意義。唐司馬承禎在《坐忘論·得道》中用類比的手法，對道與生的一體關係作了生動的說明：「山有玉，草木因之不彫；人懷道，形體得之永固。資薰日久，變質同神。煉神入微，與道冥一。」〔註13〕受道家「重生惡死」觀念的影響，唐五代小說中出現了諸多死而復生的故事。小說中的故事人物死後即使能成為冥間官吏，他們也願意作為一個普通人而生存於人世。唐五代小說中以「人神戀」故事居多，故事人物禱祝的目的也是渴望與神女相戀。

（二）祝鬼的意蘊

先秦著作有不少鬼的記載。墨翟在《明鬼》篇中指出：「古之今之為鬼，非他也，有天鬼，亦有山水鬼神者，亦有人死而為鬼者。」〔註14〕「中國就是在這個時期，主持祭祀的祝官開始把鬼和神分離開來，並把神進行了分門別類，使神系列化，被排除在神之外的便被認為鬼魅。」〔註15〕秦漢之

〔註11〕 李時人編校，何滿子審定《全唐五代小說》，陝西人民出版社 1998 年版，第1944～1945 頁。
〔註12〕 〔宋〕張君房編，李永晟點校《雲笈七籤》，中華書局 2003 年版，第 406 頁。
〔註13〕 〔宋〕張君房編，李永晟點校《雲笈七籤》，中華書局 2003 年版，第 2060 頁。
〔註14〕 譚家健、孫中原注譯《墨子今注今譯》，商務印書館 2009 年版，第 175 頁。
〔註15〕 宋孟寅《從耿村鬼故事看燕趙民間靈魂觀念的心理特徵》，見袁學駿、李保祥

際，方士創造了赤松子、黃帝、彭祖、王子喬、西王母、嫦娥等神仙。秦漢以後，由於道教的興起，崑崙神山、海外仙島的神仙傳說紛紜，安期生、弄玉、蕭史、徐福、東方朔等都進入到神仙的行列。此時鬼與神的區別逐漸明朗。東漢許慎《說文》釋「鬼」：「鬼，人所歸爲鬼。從儿，象鬼頭。從厶，鬼陰氣賊害，故從厶。」〔註16〕「陽爲神，陰爲鬼，人死後的靈魂屬純陽，死後可昇天爲神，條件在於『善惡』二字。行善者的靈魂屬純陽，死後可升天，作惡者的靈魂屬純陰，死後入地獄成鬼。」〔註17〕作惡者死後入地獄，其靈魂屬純陰而成鬼。漢魏六朝小說，塑造了許多形態各異的鬼魅形象。他們一般作爲人的對立面出現，往往有著令人可怖的外形，肆意爲虐、危害人間。

然唐五代小說中的鬼，不僅不可憎可惡，反而成爲求偶的對象。在唐五代小說中，用祝文本向鬼怪祈求愛情的篇目有：《求冥婚》、《潯陽李生》、《李龜壽》等。如在何光遠《求冥婚》中，曹晦看到廟中土塑的三個女像都十分靚麗，指著第三個女像禱祝：

> 曹孝廉第十九子晦，因遊彭州導江縣汉口，謁李丞相公廟。睹土塑
> 三女儼然而艷，遂指第三者祝曰：「願與小娘子爲冥婚，某終身不媾
> 凡庶矣。」〔註18〕

曹晦爲了迎娶「神女」，生前拒絕跟世間任何女子的婚姻。根據敘述者文末所發議論，可知廟中的「神女」爲鬼：

> 至二更，鄰人見曹升車而去，莫知其由。及曉視之，曹已奄然矣。
> 議者以華嶽靈姻，咸疑謬說；茾蘿所遇，亦恐妖稱。今曹公冥婚，
> 目驗其異。嗚呼！自投鬼趣，不亦卑乎？〔註19〕

主編《中國故事第一村：耿村民間文化大觀》，北京圖書館出版社 1999 年版，第 2815 頁。

〔註16〕〔漢〕許慎撰，〔清〕段玉裁注，許惟賢整理《說文解字注》，鳳凰出版社 2007 年版，第 759 頁。

〔註17〕宋孟寅《從耿村鬼故事看燕趙民間靈魂觀念的心理特徵》，見袁學駿、李保祥主編《耿村民間文化大觀：中國故事第一村》，北京圖書館出版社 1999 年版，第 2815 頁。

〔註18〕李時人編校，何滿子審定《全唐五代小說》，陝西人民出版社 1998 年版，第 2404 頁。

〔註19〕李時人編校，何滿子審定《全唐五代小說》，陝西人民出版社 1998 年版，第 2404～2405 頁。

曹晦爲女鬼美貌所迷惑，竟捨棄生命與鬼締結「冥婚」。「所謂『冥婚』，又稱『冥配』、『幽婚』、『鬼婚』、『配骨』，它是古代對偶婚制與鬼魂信仰混合生成的婚俗怪胎。古代中國人以爲陰間與陽世一樣也有婚配，因此，大凡男女生前未婚者，死後其父母、親屬按人間婚儀，爲之尋配偶、行婚禮，使死男亡女在陰間有妻室夫婿。」〔註20〕在《夏侯禎黷女靈皇甫枚爲禱乃免》中，「余」尚且不允許夏侯禎與神女的婚戀，何況曹晦追求的是令人生畏的女鬼？敘述者在文末抒發的鄙視曹晦的議論，是唐五代時期人們畏死樂生心理的折射。然曹晦與女鬼冥婚，亦從一個側面反映了當時人們價值觀念的變化。

又如在《潯陽李生》中，李生行經商洛道中，日暮馬劣，蒼山萬重，道路荊棘叢生，只好投宿殯宮。他向殯宮主人祈禱，以求其同意：

> 先拜而祝曰：「某家廬山，下第南歸，至此爲府公前驅所迫，既不得
> 進，又不得退，是以來。魂如有知，願容一夕之安。」〔註21〕

殯宮女子被李生真誠所感動，謝絕金華夫人與其一同觀賞夜景的邀請，陪侍李生，上演了一場殯宮女鬼與貧困書生相戀的動人故事。在這則人鬼戀故事中，女鬼不以門第、財富、官職等取人，有著美麗的外表和美好的心靈，贏得了落寞書生的尊重，獲得了愛情。而唐五代小説中那些志得意滿的書生，他們往往嫌棄鬼女，傾向於結識與其門當戶對的女子。這說明人們是按照現實生活中人的情感和需要來理解鬼世界的。《潯陽李生》中的女鬼，美麗善良、溫柔多情。孤獨、潦倒的男主人公邂逅美麗的鬼女，暫時忘卻了人間受到的冷眼，釋放了長期壓抑難平的情感。「鬼女」儼然成了書生的紅顏知己，「鬼世界」才是洋溢著溫情的世界。這是借人鬼之戀反諷人世間無情的筆法。借鬼世界抒發人間情懷，亦是小説創作的傳統。

唐五代小説中融入的祝文本，折射了唐時的民風、宗教文化習俗，如上文所論述的《求冥婚》就反映了當時的冥婚習俗。唐五代小説中，還有一部分作品中的祝文用詩歌的形式來祈福，則從另一個層面呈現了唐時崇尚、愛好詩歌的文化習俗。如在《王昌齡》中，舟人渡水之前，先讓王昌齡祈禱廟中山神。王昌齡「以詩爲祝」，祈求風水之安：「青驄一匹崑崙牽，奉上大王

〔註20〕楚夏《試論中國古代的冥婚習俗》，《民間文學論壇》1993 年第 2 期，第 29
頁。

〔註21〕李時人編校，何滿子審定《全唐五代小説》，陝西人民出版社 1998 年版，第
3245 頁。

不取錢。直爲猛風波浪驟，莫怪昌齡不下船。」唐五代小說對祝文的吸收，使其呈現出不同於此前小說的風貌特點。祝文本在唐五代小說中，有著重要的思想和文化價值。

二、祝禱精怪，祈求平安

「精怪是指人鬼之外的自然或人爲之物幻化的怪物。」〔註 22〕「怪」的觀念古已有之。《山海經》載「猨翼之山，其中多怪獸，水多怪魚，多白玉，多蝮蟲，多怪蛇，多怪木，不可以上」〔註23〕。晉人郭璞注：「凡言怪者，皆謂狀貌倔奇不常也。」〔註 24〕「怪」即意謂外觀奇異罕見、背離生活常理、無法用經驗解釋之物。因「怪」不可知，人們對精怪總是懷著一種敬畏而又厭惡的心理。唐五代時期，人們對精怪的看法，也莫過於此。面對興風作浪的精怪，人們有時候用祈禱的方式來平息災難。

在唐五代小說中，使用祝文本向精怪祈禱的篇目有：《崔煒》、《智空》、《韓愈》等。

如在張讀《宣室志‧韓愈》中（《太平廣記》將此篇歸入卷 467 水族 4 水怪類），當潮州百姓苦於鱷魚精怪爲患時，韓愈仿傚古人以誠感動精魅的做法，以豐厚的祭品陳於鱷魚出沒的大湫旁並禱祝：

> 即命庭掾以牢醴陳於湫之旁，且祝曰：「汝，水族也，無爲生人患。」

〔註 25〕

韓愈一心爲民的誠摯，感動了鱷魚精怪。當晚在風雷聲動中，它將湫水轉移到湫西六十里，遠離了潮陽郡。韓愈驅趕鱷魚，爲民除害，贏得了百姓的愛戴和擁護，在歷史上也留下了美名。在廣東潮州的韓文公祠正堂南牆方碑上刻有蘇東坡撰寫的碑文：「……惟天不容僞。智可以欺王公，不可以欺豚魚。力可以得天下，不可以得匹夫匹婦之心。故公之精誠，能開衡山之雲……能馴鱷魚之暴。」〔註 26〕在正堂石柱上也刻有一幅對聯，曰：「闢佛累千言，

〔註22〕鄧本章總主編《中原文化大典‧民俗典‧民間信仰》，中州古籍出版社 2008年版，第 281 頁。

〔註23〕袁珂校注《山海經校注》，巴蜀書社 1992 年版，第 3 頁。

〔註24〕袁珂校注《山海經校注》，巴蜀書社 1992 年版，第 3 頁。

〔註25〕李時人編校，何滿子審定《全唐五代小說》，陝西人民出版社 1998 年版，第3287 頁。

〔註26〕（北宋）蘇軾撰，孔凡禮點校《蘇軾文集》，中華書局 1986 年版，第 509 頁。

雪冷藍關，從此儒風開海嶠；到官才八月，湖平鱷渚，於今香火遍瀛洲。」
〔註 27〕韓愈用精誠感動鱷魚，使其離開。顯然，作者用虛筆在韓愈身上加
了一個美麗的光環，韓愈爲民生疾苦著想的形象更爲立體飽滿。

又如在張讀《宣室志・智空》中，一夕突狂風暴雨，天墨漆如黑，智空
意爲上天責罰，於是向天禱祝：

　　既而聲益甚，復坐而祝曰：「某少學浮屠氏，爲沙門迨五十餘年，豈
　　所行乖於釋氏教耶？不然，且有贖神龍耶？設如是，安敢逃其死！
　　儻不然，則願巫使開霽，俾舉寺僧得自解也。」〔註 28〕

蛟是我國古代傳說中一種能興雲作雨，引發洪水的神異之物。蛟能變幻形體，
喜食人。南朝梁任昉《述異記》中的蛟妾：「夏桀之末，宮中有女子化爲龍，
不可近，俄而復爲婦人，甚麗而食人。」〔註 29〕清薛福成《庸盫筆記・述異・
蛟龍利害懸殊》條，指出了蛟與龍的區別：「蛟有害無利者也；龍降澤於民，
爲利甚溥。」〔註 30〕龍是一種降恩於人間的吉祥之物，而蛟則是危害百姓的
惡靈。智空在危難之際，向天禱祝，在雷神的護祐下，逃過了劫難。

在唐五代小說中，向神仙、鬼怪、精靈等禱祝的祝文，既是遠古宗教習
俗的一種遺留，也有佛、道二教影響的因子。在遠古的時候，古人就相信天
地萬物被某種不可知的神秘力量所控制。只要虔心祈禱，就能驅邪避禍，永
保平安。在鄭玄注的《禮記・月令》中，有這樣一句話：「雩，吁嗟求雨之
祭」〔註 31〕，說明久旱未雨之時，只要巫師邊舞邊發出求雨的呼號和歌唱禱
祝之詞，就能感動神靈，喜降大雨。《詩經・雲漢》也記錄了當年祈雨的一
首禱詞：「旱既大甚，滌滌山川。旱魃爲虐，如惔如焚。我心憚暑，憂心如
熏。群公先正，則不我聞。……」〔註 32〕在道教中，祝告之辭本身就是一種
「咒語」〔註 33〕。信徒相信人與鬼神之間存在一種可以溝通的神秘語言，以

〔註 27〕鍾仁編，章楲注《中國名勝對聯》，山西教育出版社 1986 年版，第 606 頁。
〔註 28〕李時人編校，何滿子審定《全唐五代小說》，陝西人民出版社 1998 年版，第
　　　　3263 頁。
〔註 29〕〔宋〕李昉等撰《太平御覽》，中華書局 1960 年版，第 4133 頁。
〔註 30〕〔清〕薛福成著，丁鳳麟、張道貴點校《庸盫筆記》，江蘇人民出版社 1983
　　　　年版，第 132 頁。
〔註 31〕〔漢〕鄭玄注，〔唐〕孔穎達正義，呂友仁整理《禮記正義》，上海古籍出版
　　　　社 2008 年版，第 666 頁。
〔註 32〕周振甫譯注《詩經譯注》，中華書局 2002 年版，第 467～468 頁。
〔註 33〕詹石窗《道教文學史》，上海文藝出版社 1992 年版，第 51 頁。

這種語言向天神祈求，可以達成內心願望，甚至召喚、役使鬼神。佛教信奉者亦認為念誦「咒語」進行祈禱，信念可以與天神直接感應而發生效力，滿足主體的任何願望和要求。

　　考察唐五代小說中的祝文本，可發現唐五代小說中的神鬼多為美麗賢淑、柔媚可人的女性，小說中祝文本多為人祈願與美麗女神女鬼的偶合，而這些美麗的女神女鬼亦願意與男主人公結合，這也形象地反映了唐五代宗教的入世情懷。唐五代小說中精怪多為危害一方的元兇，但人們相信，只要誠心祈禱，即可逢凶化吉，遇難呈祥。

第二節　祝文本在唐五代小說敘事中的功能

　　祝文本在唐五代小說中承擔著重要的敘事功能。這主要表現在兩個方面：第一，引出故事人物，為故事人物的出場渲染一種神秘氣氛；第二，展現故事人物內心的美好願望和期待。

一、引出故事人物，渲染神秘氣氛

　　近人解弢在《小說話》中說過：「小說敘人物登場，極難見長，不失之平庸，即失之笨拙。」〔註34〕在小說中，描寫故事人物出場常用的方法為「開門見山」、「先聲奪人」、「金鈎倒掛」、「陳述鋪敘」、「牽連」等。如《紅樓夢》第三回王熙鳳的出場，就綜合運用了「先聲奪人法」和「牽連法」。牽連法，即由一個先出場的人物的話語間接引出另一個人物。在人物出場前，通過其他人物對將要出場人物直接、間接的評價或介紹性話語，對故事人物進行側面描寫。

　　在唐五代小說中，也有一部分作品，用「牽連法」引出即將出場的故事人物。這些故事人物往往不是現實中人物，而是有著異於常人力量、披上了一層神秘面紗的精靈鬼怪、神仙，並且作品不是用敘述、議論或描寫性文字，而是借鑒祝文本敘事、寫人技巧，暗示故事人物的出場。

　　如上文所提及的《趙旭》，趙旭夜夢一青衣女子，窗間挑笑。夢醒後覺得神異，於是他向夢中神女禱祝。《趙旭》中的祝文本，從側面展示了神女

〔註34〕解弢《小說話》（節錄），見朱一玄編《〈紅樓夢〉資料彙編》，南開大學出版社 2001 年版，第 873 頁。

的性情、身份。她在夢中示意素不相識的人間男子趙旭，表現她不被世俗禮教所拘，大膽追求純真的愛情。唐時經濟繁榮，教坊興盛，整個社會呈現出一種開放的態勢。《舊唐書》卷 146《杜亞傳》，揚州「僑寄衣冠及工商等多侵衢造宅，行旅擁弊」〔註35〕。又《太平廣記》卷 290「呂用之」條引《妖亂志》說：「時四方無事，廣陵為歌鐘之地，富商大賈，動逾百數。」〔註36〕在富庶經濟環境的刺激下，人們思想相對開放。「大曆之風尚浮，貞元之風尚蕩。」〔註37〕未婚少女私結男子，有夫之婦另覓情侶，離婚再婚，蔚成風氣。但是，在這種浮蕩之風盛行，狎妓成風的社會氛圍中，人們對愛情、婚姻的選擇，仍然受社會禮教的約束。如唐《戶婚律》「奴娶良人為妻」條疏曰：「人各有耦，色類須同。良賤既殊，何宜配合。」〔註38〕唐代社會仍然是一個等級森嚴的社會，人群被劃分為良賤兩個對立的等級，婚嫁制度中良賤不婚體現了唐代婚娶制度的不平等。而《趙旭》中的女子為身姿綽約的「神女」，可以不受人間禮法的約束。她主動地在窗間挑笑，但真實面容卻沒有在趙旭的夢中出現，這就具有一種神秘感。

又如在《李龜壽》中，晉公李龜壽退朝，一人獨坐書齋，小狗銜著他的衣服躑躅不前，行為異常。晉公覺得怪異，便從匣中抽出千金劍：

> 按於膝上。向空祝之曰：「若有異類陰物，可出相見。吾乃大丈夫，
> 豈懾于鼠輩而相迫耶？」〔註39〕

晉公恥於與弄權者為伍，唯以典章制度為準繩處理政事，雖遭致地方上一些文武官員的忌恨，但他品行端正，深得不少人敬仰、愛戴。晉公的禱祝之詞，表明他對行迹隱藏，身份神秘莫測，使小狗慌亂的「物」一點也不畏懼。接受者由祝禱詞，首先想到的這是一則有關鬼魅為祟的故事。但根據小說情節進行推測，故事發生的時間應該在晉公退朝後。唐朝不少詩歌有關於早朝、退朝的描寫，杜甫《奉和賈至舍人早朝大明宮》「五夜漏聲催曉箭，九重春色醉仙桃。旌旗日暖龍蛇動，宮殿風微燕雀高。朝罷香煙攜滿袖，詩成珠玉在

〔註35〕〔後晉〕劉昫等撰《舊唐書》，中華書局 1975 年版，第 3963 頁。

〔註36〕李昉等編《太平廣記》，中華書局 1961 年版，第 2304 頁。

〔註37〕上海古籍出版社編《唐五代筆記小說大觀》，上海古籍出版社 2000 年版，第 194 頁。

〔註38〕劉俊文撰《唐律疏議箋解》，中華書局 1996 年版，第 1065 頁。

〔註39〕李時人編校，何滿子審定《全唐五代小說》，陝西人民出版社 1998 年版，第 3343 頁。

揮毫。欲知世掌絲綸美，池上於今有鳳毛」〔註40〕。首聯「五夜漏聲催曉箭，九重春色醉仙桃」，指出早朝的時間是五更。「日暖」點出退朝的時間是午後。百官早朝後，回自己所在部門料理政事。若無事，午後則放歸。照此推斷，晉公退朝回到家中，時間應爲午後。而鬼魅多喜夜行，白天在晉公家中出現的可能性不大，但其隱匿的行蹤類似於鬼魅。晉公的禱祝之詞，渲染了不明之物詭異的氣息。

《宣室志·智空》中的神龍，也在智空的禱祝聲中震撼出場：

> 既而聲益甚，復坐而祝曰：「某少學浮屠氏，爲沙門迨五十餘年，豈所行乖於釋氏教耶？不然，且有黷神龍耶？設如是，安敢逃其死！儻不然，則願巫使開霽，俾舉寺僧得自解也。」言竟，大聲一舉，若發左右，茵褥傾糜，昏霾顛悖。由是驚慴仆地。〔註41〕

智空是唐朝晉陵郡建元寺的僧人，道業和修行之深聞名於當地。一夕，突暴雷肆虐，狂風大作，天空漆黑。他以爲是自己有違佛教教理，或觸怒、冒犯了神龍，於是驚惶地向佛祖和神龍祈願，保護寺廟的僧人。智空的禱祝，在這篇小說中有著至關重要的作用：第一，渲染了此次的雷雨狂風，不同尋常。否則，道行高深的智空，絕不會祈求神靈相助；第二，智空在禱祝中對自己人生經歷的介紹、評價，豐富了人物形象的內涵；第三，危難之際，智空想到的是解救寺廟的其他僧人。這種捨身救人的行爲，進一步凸顯了智空形象的高大，與文章開篇對智空德行的介紹，相互呼應；第四，智空對造成天象異常原因的猜測，在文中留下了懸念。禱祝完畢，在讀者的猜想、懸疑中，「神物」終於出現。這個「神物」，不是智空猜測的佛，也不是神龍，而是蛟龍。對於蛟龍的出場，小說並沒有直接進行描繪，而是充分利用了心理描寫、動作描寫、場景描寫等，從智空看到黑煙後倒地的動作，害怕的心理，黑煙出現時的巨響，坐墊、床鋪轉眼間被粉碎的場面等，間接展示了它巨大的破壞力。小說對蛟龍出場的鋪陳，既呼應了開篇對蛟龍爲惡時讓人驚懼的場面，又解答了祝文本中的懸疑。

唐五代小說採用以祝文引出人物出場的方式，新穎別致，賦予作品更多的內涵。首先，禱祝本身就潛藏著故事人物的內心祈求和願望，隱含著他們

〔註40〕〔清〕彭定求等編《全唐詩》（增訂本），中華書局 1999 年版，第 2414 頁。

〔註41〕李時人編校，何滿子審定《全唐五代小說》，陝西人民出版社 1998 年版，第 3263 頁。

對即將出場人物的一種猜測和想像。通過祝文，讀者不僅可以瞭解故事人物真實的內心世界，還可以更深層地進入作品，對即將出場的人物進行虛構和想像。其次，在禱祝中，作者可以不受故事人物形體、身份、性格等的限制，對其進行或細緻，或粗略，或真實，或誇張的描摹。因為禱祝這一方式，本身就帶有宗教靈異色彩，表明即將出場的故事人物神秘莫測，難以辨別其真實面貌。人物還未正式出場，祝文就已經為他的出場製造了氣氛、營造了情勢。

人物總是在一定的具體場景中存在、活動著。通過對人物出場的生動描寫，為出場的人物造勢。這樣，人物的典型性格就在這場景的描寫中，得到更加充分的表現。人物的出場描寫與作品的題材、主題、矛盾衝突、結構布局，與作者藝術構思、修養、審美愛好等相關，因此，在不同的作品中，故事人物的出場方式大相徑庭，呈現出的方式也是千姿百態。上文提及的青衣神女、身份不明、蛟龍等故事人物出場的描寫，都不盡相同。對人物出場的描寫，可以逐步、有層次地深入展示人物的性格特徵，為人物的正式出場作好充分的鋪墊，以達到引人入勝的審美藝術效果。

二、揭示人物內心世界

祝文作為民間在祭祀儀式或宗教儀式中宣讀的一種禱告形式的文體，這種文體在內容上除了一些例行的禱告語，還往往表達了禱告主體的內在祈求。唐五代小說中的祝文本，就展示了故事人物內心的美好願望。從唐五代小說中的祝文本，我們可以深入禱告主體的內心世界。

在《魏夫人》中，王君授予魏夫人的仙道，是南極之君、西城王君傳授的經文原文，而仙機不可輕易示人。在傳授仙道給魏夫人之前，王君祈禱南極之君、西城王君：

> 於是王君起立北向，執書而祝曰：「太上三元，九星高眞。虛微入道，上清玉晨，褒爲太帝所敕，使教於魏華存。是月丹良，吉日戊中。謹按《寶書》，《神金虎文》，《大洞眞經》，《八素玉篇》，合三十一卷，是褒昔精思於陽明西山，受眞人太師紫元夫人書也。華存當謹按明法，以成至眞。誦修虛道，長爲飛仙。有泄我書，族及一門。身爲下鬼，塞諸河源。九天有命，敢告華存。」祝畢⋯⋯〔註42〕

〔註42〕李時人編校，何滿子審定《全唐五代小說》，陝西人民出版社 1998 年版，第

王君在祝文本中，將自己不想傳授仙術給魏夫人而不得不傳授，不願意泄露天機而必須透漏，希望魏夫人修煉成仙而對她成仙的眞誠又有所懷疑的矛盾心理，眞實地呈現出來了。

又如在《感異記》中，當沈警路經張女郎廟時，用清水祈禱神女：

> 旅行多以酒肴祈禱，警獨酌水具祝詞曰：「酌彼寒泉水，紅芳掇嚴谷，雖致之非遠，而薦之隨俗。丹誠在此，神其感錄。」〔註43〕

其他經過張女郎廟的遠客，大多精心準備，用豐盛的佳肴，祈禱神女，而沈警僅用寒泉之水。相較於其他路人的做法，沈警覺得要獲得神女的護祐，內心的虔誠比豐盛的祭品和繁縟的儀式更爲重要。沈警這種不同凡俗的做法，體現了他不同流俗的眞性情，與小説開篇對他性格的描述：「美風調，善吟詠，爲梁東宮常侍，名著當時。每公卿宴集，必致騎邀之，語曰：『玄機在席，顚倒賓客』」〔註44〕相照應。

《僕僕先生》中人物的禱祝之詞，揭示了故事人物更爲複雜的內心世界：

> 然無以自免，乃向空祝曰：「仙公何事見，今受不測之罪。」〔註45〕

《僕僕先生》圍繞與神仙相遇這一主題，講述了僕僕先生修煉成仙後，用仙術救人，警示世人神仙實有的故事。在第一個情節鏈中，僕僕先生自發前往官府，救助與他朝夕相處的弟子；在第二個情節鏈中，僕僕先生是因爲路人的禱祝才現身：「仙公何事見，今受不測之罪。」因路人與僕僕先生僅有一面之緣，他遭遇不測，僕僕先生無法知情。而路人的祈禱，才喚醒了他異於常人的感應神力。路人的禱祝，讓僕僕先生的出現合乎情理，也揭示了他既感激、又埋怨，甚至怨恨僕僕先生的複雜心境：在天黑無人的郊外，僕僕先生給路人提供食宿，他心存感激；路人因四處宣揚僕僕先生駕著五彩雲上天，官府以妖言惑眾爲由，將之抓捕，路人心存怨恨。他認爲如果沒有與僕僕先生相遇，自己就不會招來牢獄之災；路人同時又質問僕僕先生，爲什麼要與自己相遇。路人用禱祝這一方式，通過自己的言語，展示自己的內心，與他

3407 頁。

〔註43〕李時人編校，何滿子審定《全唐五代小説》，陝西人民出版社 1998 年版，第695 頁。

〔註44〕李時人編校，何滿子審定《全唐五代小説》，陝西人民出版社 1998 年版，第695 頁。

〔註45〕李時人編校，何滿子審定《全唐五代小説》，陝西人民出版社 1998 年版，第1960 頁。

身陷囹圄的處境，與小說宣揚神仙思想的故事主題相吻合。

　　原本用於祈福攘災的祝文，唐五代小說家卻主要用於以婚戀爲題材的小說。通過世人對神仙、精魅、鬼怪的祈禱，引出人與異類的婚姻愛戀。這種用祈禱引出故事人物出場的方式，渲染故事人物神秘氣氛的同時，也爲故事的進一步發展埋下伏筆。唐五代小說中還有一部分祝文本，則是故事人物的一種願望。作者通過故事人物願望的揭示，來刻畫人物的心理。祝文作爲展示故事人物內心世界的一種方式，作者往往還把對人物性格的直接評說融入其中，從不同的層面豐富故事人物的形象。祝文融入唐五代小說，不僅拓展了小說的敘事思維，而且豐富了小說的敘事模式與人物性格，加強了小說的情節變化。

第五章　公牘文與唐五代小說的生成

　　「公牘文，就是指古代朝廷、官府通常所使用的公事文，亦簡稱『公文』。公文，一般可分為上行公文與下行公文兩大類，上行公文主要是指臣下給帝王的上書；下行公文主要是指帝王給臣民的旨令。……後世一般把前者歸為『奏議』類，總稱之為奏議文，把後者歸為『詔令』類，總稱之為詔令文。」〔註1〕公牘文實際上主要包含了兩類文字：一種是奏議類文字，屬於寫給上級主管部門的上行公文。另一種是詔令類文字，是皇帝頒佈的下行公文。相對詩歌、駢賦、辭等藝術性文體而言，公牘文的文學價值較低，但其包含眾多的天文、地理、科舉、禮制、什物等方面知識，可以考訂史籍之得失，補充史傳之遺漏。自唐代爾後，典籍檔案，卷帙浩繁，公牘文數量頗多。宋代的《文苑精華》，選入約 20000 篇作品，其中就存有大量的公牘文。清人嚴可均校輯的《全上古三代秦漢三國六朝文》，計 746 卷，其中公牘文約占一半。在古代，公牘類文體是倍受重視的。尤其是政治穩定，經濟繁榮，以科舉取士的唐朝，自上而下，都十分注重公牘類文體的寫作。主要原因有：

　　第一，在朝大臣必備的政務能力。劉勰《文心雕龍・奏啟》曰：「陳政事，獻典儀，上急變，劾愆謬，總為之奏。奏者，進也。言敷于下，情進于上也。」〔註2〕臣子向皇帝陳述政見，彈劾官員，上報情況等，都需要通過奏議類文字。大臣也通過奏章展示自己才華，獲得官職的升遷。《資治通鑑》記載了張嘉貞因奏章寫得好，由普通百姓驟升為監察御史的史實。〔註3〕李密的《陳情表》

〔註1〕 褚斌傑《中國古代文體概論》（增訂本），北京大學出版社 1990 年版，第 438 頁。

〔註2〕 劉勰著，周振甫注《文心雕龍注釋》，人民文學出版社 1981 年版，第 252 頁。

〔註3〕 見〔宋〕司馬光編著，胡三省音注《資治通鑑》，中華書局 1956 年版，第 6548

和諸葛亮的《出師表》，作為此類作品中的傑作，更是把奏議類文字發揮到極致。尤其是《陳情表》中「煢煢孑立，形影相弔」一句，將人生的孤苦無依描摹得淋漓盡致。也有因奏章遭禍的。現存陸贄的奏議《興元論解姜公輔狀》和《又答論姜公輔狀》，詳細記載了他因奏章而觸怒皇帝的經過。德宗希望陸贄告訴當朝宰相姜公甫，建塔費用微乎其微，且此事不在宰相職權所掌管範圍之內，希望他不要越廚代庖，干預此事。而陸贄在奏章中卻認為宰相向皇帝進諫是職責所在，看法完全與皇帝背道而馳，皇帝甚為惱火。由此可見，寫奏章不是件容易的事。寫好了，皆大歡喜；寫得不妥，隨時有性命之虞。所以，官員們都十分重視公牘文的寫作。唐五代小說的不少作者，本身就身居高位，習慣於寫官場公牘文的他們，很自然的把這種文體應用於小說行文之中。

第二，科舉考試必經的訓練。從隋唐開始，科舉制度取代了以薦舉為主的選士制度，策問與對策仍然是科舉考試的重要內容。〔註4〕「試策是中國古代歷時最久，地位最穩固的考試文體。大致可以說歷代選拔人才的考試，都離不開策問與對策。」〔註5〕對策是「應詔而陳政」〔註6〕，針對皇帝提出的政務問題闡述自己的看法，其意義和功能，類同於奏章。其中，「制舉，是由皇帝親自主持的不定期的考試，科目多臨時設置，官吏與平民都可應試。這種選拔人才的制度，必然會引導士子既讀經書，又要熟悉為官所必須掌握的各種公牘文書的寫作格式及其技法。」〔註7〕進士登第後，王定保《唐摭言》記載：「位極人臣，常有十二三；登顯列，十有六七。」〔註8〕士子為了取得進身之階，都非常重視公牘文的訓練和學習。唐五代時期，不少小說家都熱衷於功名或想通過科舉而走入官場。《枕中記》的作者沈既濟、《張果》的作者鄭處誨、《李娃傳》的作者白行簡、《白幽囚》的作者鄭還古等都是進士。為步入官場而對寫作公牘文進行過長期訓練的士子，因敘述故事所需，能夠靈活把自己擅長的公牘文體運用到小說創作當中。唐五代小說中的諸多篇目

～6549頁。

〔註4〕 見傅璇琮《唐代科舉與文學》，陝西人民出版社2007年版，第134～160頁。

〔註5〕 吳承學《中國古代文體形態研究》，中山大學出版社2000年版，第47頁。

〔註6〕 劉勰著，周振甫注《文心雕龍注釋》，人民文學出版社1981年版，第266頁。

〔註7〕 李凱源《中國應用文發展史》，中國商業出版社1990年版，第109頁。

〔註8〕 〔五代〕王定保撰，姜漢椿校注《唐摭言校注》，上海社會科學院出版社2003年版，第8頁。

也出現了為數不少的公牘文本，就說明了這一點。

　　公牘文作為官場的一種應用型文體，關係到官員職業生涯的興衰沉浮，而能否通過科舉考試的「試策」，是進入官場的重要條件之一。因此，公牘文的寫作對當時的每個讀書人來說，意義非同一般。為了展示自己的才華，且經過長期公牘文寫作訓練的唐五代小說作者，有意或無意地把這種文體運用到小說中，成為完成小說故事敘述的公牘文本。

第一節　唐五代小說中公牘文本概況

　　中國古代文體豐富多樣，其分類標準也各不相同，比較常見的是按語言形式劃分文體類型，像詩、詞、賦、小說、散文等等。在每種文體的內部也可按語言形式進行分類，例如小說就可分為文言小說、白話小說等。也有從題材內容、文體功用的角度劃分文體的，公牘文就是如此。與其他文體相比，它具有很強的實用價值，注重實際效果，是一種較為獨特的散文文體。

　　公牘文包含的範圍相當廣泛，包括章、表、奏、議、疏、啓、箚子、彈事、詔、命、令、制、諭、帖、封事等。由於作者、使用對象、題材內容、使用場合的不同，公牘文又可分為上行公文和下行公文。劉勰《文心雕龍‧章表》把章、表、奏、議作為臣屬給君王上書的總稱：「降及七國，未變古式，言事于（主）王，皆稱上書。秦初定制，改書曰奏。漢定禮儀，則有四品：一曰章，二曰奏，三曰表，四曰議。」〔註9〕始於漢代的疏亦可作為臣子向帝王上書陳言的通稱，《文心雕龍‧奏啓》云：「自漢以來，奏事或稱上疏，儒雅繼踵，殊採可觀。」〔註10〕《文心雕龍‧詔策》則把詔策和制誥歸於下行公文。褚斌傑《中國古代文體概論》也把公牘文分為上行公文和下行公文，他認為上行公文主要指臣下給帝王的上書，因時代或所陳述內容的不同，分為章、奏、表、議、疏、啓、箚子、彈事等；下行公文主要指帝王給臣民的旨令，同樣也有詔、命、令、制、諭等不同的體類和名稱，而且還有專用於軍事文告的檄文、露布等。〔註11〕本文所指的公牘文包含奏議和詔令兩大類。

〔註9〕　〔南朝梁〕劉勰著，周振甫注《文心雕龍注釋》，人民文學出版社1981年版，第243頁。
〔註10〕　〔南朝梁〕劉勰著，周振甫注《文心雕龍注釋》，人民文學出版社1981年版，第252頁。
〔註11〕　見褚斌傑《中國古代文體概論》（增訂本），北京大學出版社1990年版，第438

奏議類屬於上行公文，包括表、書奏、疏、奏狀等；詔令類屬於下行公文，包括敕文、詔文、制文等。〔註12〕公牘文往往具有很高的文學價值，像諸葛亮的《出師表》就是一篇感人肺腑的文學名篇。

早在漢魏六朝時期，公牘文就已在小說中出現，如《漢武帝內傳》、《漢武故事》、《西京雜記·武帝馬飾之盛》、《搜神記·李娥》、《搜神記·蘇蛾》、《搜神記·紫玉》、《拾遺記·軒轅黃帝》、《裴子語林·明帝誤送詔書》、《世說新語·王大將軍》、《世說新語·桓宣武上表廢太子》等。與唐五代時期相比，融入漢魏六朝小說中的公牘文，不僅數量較少，篇幅也簡短，一般作為情節過渡之用。到了唐朝，公牘文頗為盛行，這在小說創作中得以充分體現。據筆者統計，公牘文本是在唐五代小說諸多文本中使用較多的文本，具體使用情況如下：

唐五代小說中用奏章文本的有 30 多篇：《紀聞·李淳風》、《玄怪錄·李沇》、《玄怪錄·開元明皇幸廣陵》、《玄怪錄·岑順》、《開元升平源》、《唐遺史·李嶠不富》、《宣室志·雞卵》、《宣室志·賈籠》、《博異志·李揆》、《高力士外傳》、《虬髯客傳》、《定命錄·宋惲》、《劇談錄·裴晉公天津橋遇老人》、《杜陽雜編·同昌公主》、《杜陽雜編·伊祈玄解》、《開河記》、《迷樓記》、《法書要錄·蘭亭記》、《墉城集仙錄·薛玄同》、《錄異記·九天使者》、《神仙感遇傳·王可交》、《王氏見聞錄·姜太師》等。

使用詔書文本的有 20 多篇：《紀聞·李淳風》、《玄怪錄·李沇》、《玄怪錄·開元明皇幸廣陵》、《玄怪錄·岑順》、《開元升平源》、《唐遺史·李嶠不富》、《宣室志·雞卵》、《宣室志·賈籠》、《博異志·李揆》、《高力士外傳》、《虬髯客傳》、《定命錄·宋惲》、《劇談錄·裴晉公天津橋遇老人》、《杜陽雜

頁。關於公牘文的分類方法，各不相同，例如清代薛福成就分成四類，其《出使公牘·奏疏·序》稱：「公牘之體：曰奏疏，下告上之辭也；曰咨文，平等相告也；其雖平等而稍示不敢與抗者，則曰咨呈；曰箚文，曰批答，上行下之辭也。」（見《出使公牘》卷首，文海出版社 1973 年版《近代中國史料叢刊》第 81 輯。）

〔註12〕褚斌傑把上行公文歸為「奏議」類，總稱之為奏議文，而下行公文則歸為「詔令」類，總稱之為詔令文。（見褚斌傑《中國古代文體概論》（增訂本），北京大學出版社 1990 年版，第 438 頁。）郭英德對褚斌傑的分類法提出異議，他認為表、書奏、疏、奏狀各為一類，褚斌傑《中國古代文體概論》（增訂本）合為表奏書疏類，誤。（見郭英德《中國古代文體學論稿》，北京大學出版社 2005 年版，第 119 頁。）

編‧同昌公主》、《杜陽雜編‧伊祈玄解》、《開河記》、《迷樓記》、《法書要錄‧蘭亭記》、《墉城集仙錄‧薛玄同》、《錄異記‧九天使者》、《神仙感遇傳‧王可交》、《王氏見聞錄‧姜太師》等。

使用敕文本的有 13 篇：《梁四公記》、《定命錄‧張囧藏》、《廣異記‧楊伯成》、《纂異記‧滎陽氏》、《博異志‧白幽囚》、《博異志‧陰隱客》、《逸史‧嚴安之》、《劇談錄‧狄惟謙請雨》、《仙傳拾遺‧李球》、《鑒誡錄‧賈忤旨》、《白鳳銜書》、《墉城集仙錄‧薛玄同》、《燈下閑談‧神索旌旗》等。

使用表文本的有 9 篇：《柳氏傳》、《異聞集‧南柯太守傳》、《纂異記‧徐玄之》、《耳目記‧紫花梨》、《燈下閑談‧掠剩大夫》、《燈下閑談‧夢與神交》、《纂異記‧嵩嶽嫁女》、《仙傳拾遺‧唐若山》、《王氏見聞錄‧王承休》等。

使用奏狀文本的有 4 篇：《纂異記‧徐玄之》、《燈下閑談‧張翱輕傲》、《神仙感遇傳‧陳簡》等。

使用制文本的有 3 篇：《玄怪錄‧張左》、《高力士外傳》、《王氏見聞錄‧王承休》等。

使用疏文本的有 2 篇：《纂異記‧徐玄之》、《異聞集‧枕中記》等。

用啓文本的有 5 篇：《漢將王陵變文》、《張淮深》、《唐太宗入冥記》、《李陵變文》、《伍子胥》。

此外，《隋煬帝海山記》中有一處上書文本。（具體情況詳見附錄五）

一、公牘文本形式

唐五代小說中的公牘文本，根據使用的不同場合，有上行公文，也有下行公文。上行公文一般用於神仙、道士、帝王、冥王或臣子等上書天帝、人王，即身份較低的人向上級主管部門或地位較高的人，彙報情況、發出請求或提出建議。反之，則用下行公文。上行公文和下行公文在不同等級的群體、不同級別的部門之間，傳遞信息，處理往來事物。

（一）上行公文

上行公文主要運用以下場合：

1、神仙、道士上書皇帝

唐代道教成爲國教。皇帝不僅借助道教勢力鞏固統治，而且還熱衷於求仙問道，追求長生。神仙家、道士則投人主之所好，因而小說中有許多關於

神仙、道士的內容，奏章、表、上疏等文本在小說中出現的頻率非常高。

如在《開河記》中，道士占天耿純向隋煬帝上奏，告知睢陽有王氣出，據王氣推測「後五百年當有天子興」〔註13〕。中國自古就有災異禎祥的觀念。《禮記·中庸》說：「國家將興，必有禎祥；國家將亡，必有妖孽。」〔註14〕漢代的董仲舒提出了「國家將有失道之敗，而天乃先出災害以譴告之；不知自省，又出怪異以警懼之；尚不知變，而傷敗乃至。」〔註15〕（《漢書·董仲舒傳》）「凡災異之本，盡生於國家之失。國家之失乃始萌芽，而天出災害以譴告之；譴告之而不知變，乃見怪異以驚駭之；驚駭之尚不知畏恐，其殃咎乃至。」〔註16〕《易·繫辭上》亦曰：「河出圖，洛出書，聖人則之。」〔註17〕占天耿純根據天相，預言隋朝天下五百年後將被取代的事實，希望隋煬帝在即將面臨的危機中，勵精圖治，處理政事。可隋煬帝是一個貪圖享受的昏君，道士災難性的告誡，絲毫沒有改變他貪圖安逸、享樂的本性。他不但沒能認識到自己的過錯，反嘲諷臣子過於多慮。不出所料，在開發大運河的過程中，一系列奇怪和靈異事件的出現，正應驗了道士的預言。

又如在《唐若山》中，唐若山成仙後，向皇帝上表：

> 若山訣別之書，指揮家事。又得遺表，因以奏聞。其大旨，以世祿暫榮，浮生難保，惟登真脫屣，可以後天為期。「昔范丞相泛舟五湖，是知其主不堪同樂也。張留侯去師四皓，是畏其主不可久存也。二子之去，與臣不同。臣運屬休明，累叼榮爵。早悟升沉之理，深知止足之規。棲心玄關，偶得丹訣，黃金可作；信淮王之昔言，白日可延。察真經之妙用，既得之矣，余復何求？是用揮手紅塵，騰神碧海。扶桑在望，蓬島非遙。遐瞻帝閣，不勝犬馬戀主之至。」

〔註18〕

唐若山在衰朽老人的幫助下，煉製出金銀。他以之來安撫子孫，歸還侵吞的

〔註13〕李時人編校，何滿子審定《全唐五代小說》，陝西人民出版社 1998 年版，第 1890 頁。

〔註14〕〔漢〕鄭玄注，〔唐〕孔穎達正義，呂友仁整理《禮記正義》，上海古籍出版社 2008 年版，第 2025 頁。

〔註15〕〔漢〕班固撰《漢書》，中華書局 2007 年版，第 562 頁。

〔註16〕蘇輿撰，鍾哲點校《春秋繁露義證》，中華書局 1992 年版，第 259 頁。

〔註17〕馮國超譯注《周易》，商務印書館 2009 年版，第 499 頁。

〔註18〕李時人編校，何滿子審定《全唐五代小說》，陝西人民出版社 1998 年版，第 3371 頁。

公款。一切安置妥當後，即追隨老翁雲遊四海。雲遊前，他留有一封教家人如何處理家事的書信，還寫了一封給皇帝的奏章。這封奏章，內涵豐富：一，以歷史上張良、范蠡、淮南王求仙之事，暗喻唐若山對神仙世界的嚮往，對世俗的厭倦，委婉表達他想辭去官職的意願；二，感謝皇帝恩賜爵位，讚譽國家是清明盛世；三，告知皇帝他已成仙，神仙世界近在咫尺；四，傳達對皇帝的赤膽忠心和眷顧。即使他已成仙，作為皇帝的臣子，仍不會忘記皇帝的恩惠。唐若山的這封奏章，可以說是一封感情真摯、令人動容的「辭職信」。這封「辭職信」在提出辭呈的同時，也有對皇帝謝意。正因為唐若山以正式公函的形式向皇帝辭官，遵守了官場的基本禮儀，皇帝才會派人四處打探唐若山的行蹤，引出了唐若山舊部與其相遇的神異故事。

　　唐五代時期的皇帝多信神仙家言，尤其是玄宗對海外神山、仙境之說更為狂熱。唐玄宗親撰《御注道德真經》和《御製道德真經疏》，登道壇受符策，是名符其實的道士皇帝。在《九天使者》中，唐玄宗夢見神仙入夢，第二天即召天台煉師司馬承禎訪其夢境是否真實。司馬承禎向玄宗上奏：

> 承禎奏曰：「今名山嶽瀆血食之神，以主祭祠。太上慮其妄有威福，以害蒸黎，分命上真，監蒞川嶽。有五嶽真君焉，又青城丈人為五嶽之長。**潛山九天司命，主九天生籍。盧山九天使者執三天之錄，彈糾萬神。**皆為五嶽上司，蓋各置廟，以齋食為饗。」〔註19〕

司馬承禎迎合皇帝意旨，在上奏中肯定神仙實有，並簡略介紹了各神仙所司之職：有主管所有神仙的太上，也有監管各路神仙的上真，還有督促諸位神仙的九天使者。神仙雖超然物外，不食人間煙火，但也得靠人間的齋祭作為生存之源。神仙世界一如人世，等級森嚴。此時的神仙，遠不是莊子藐姑射之山「肌膚若冰雪，綽約若處子；不食五穀，吸風飲露；乘雲氣，御飛龍，而遊乎四海之外」〔註20〕的神人形象，更多的是與眾生趨同的世間人色彩。

　　用於皇帝與道士、神仙之間的上行公文，多災異禎祥之說，或警示皇帝異常天象預示國難，或渲染神仙實存，或傳達神仙教義等，使小說洋溢著濃濃的仙家意味。

〔註19〕李時人編校，何滿子審定《全唐五代小說》，陝西人民出版社 1998 年版，第
　　　　3378～3379 頁。
〔註20〕陳鼓應注譯《莊子今注今譯》，中華書局 1983 年版，第 21 頁。

2、帝王、冥王、臣子上書天帝

唐五代小說中貴爲人間之尊的皇帝，掌握世人生死的冥王，擁有不老不死之軀的神仙，也得受天帝的管轄和約束。他們以臣子之禮侍奉天帝，也得用上行公文。

如在《夢與神交》中，落第書生史松夜宿於旅店之中，睡夢中奉冥王旨意來到冥府，幫冥王撰寫了一份感謝上帝的表章。表章的內容如下：

> 松拜而更之。乃操觚染翰，表成，呈於王，同具冊號：「右臣聞生爲國珍，歿當廟食，前文備載，往哲所標。苟非正直以流芳，曷得蒸嘗而受享。臣名傳史籍，威襲遐陬，佐漢之功業炳然，在楚之明靈著矣。一昨戊辰年，楚國王興師取武陵日，以雷氏既違庭訓，人負親盟，臣於此時，略施陰贊。向明背暗，喜聞英杰之言；助順摧凶，未爽古今之理。武陵尋當銷解，雷氏亦許遁逃。是致南楚國王議改封冊。敬陳囊事，致讓於天。中謝臣謹者別行陰騭，圍護封陲。使一州無鼠竊狗偷，保三楚常風調雨順，遇過乞而專行戮剿，逢公忠而敦固行藏。自然上答穹靈，不負封冊，云云。」〔註21〕

史松文成後，頗得冥王欣賞。冥王還從陽間請一書法行家倚公代爲抄錄。冥王上表的目的主要是爲了感謝上帝封冊，請求國泰民安、風調雨順，報答上蒼的眷顧。史松、倚公是世間人，而冥王是冥間的最高統治者。生人只有死後才能進入冥間，接受冥王的管轄和命令。因此，冥王只好以「夢境」的形式，將史松文、倚公召入冥間，請他們代爲執筆。《夢與神交》這種「以夢境形式來作爲遇神故事的情節框架是魏晉以來以《搜神記》、《幽明錄》爲代表的志怪小說常見的表現手法，即使是後來出現的《紅樓夢》，也採用寶玉夢遊太虛幻境，得遇警幻仙姑，從而預知金陵十二釵結局的形式作爲全書的總綱，可見『夢與神交』已成爲一種歷代傳承的小說結構」〔註22〕。

又如在《南柯太守傳》中，當南柯與公主成婚而獲得官職後上表，一方面感謝天帝重用，另一方面因自己平時游俠，不擅長治理國家，請求指派親信大臣輔佐：

〔註21〕李時人編校，何滿子審定《全唐五代小說》，陝西人民出版社 1998 年版，第2384 頁。

〔註22〕董乃斌、黃霖等編撰《古代小說鑒賞辭典》（上），上海辭書出版社 2004 年版，第 970 頁。

因上表曰：「臣將門餘子，素無藝術，猥當大任，必敗朝章。自悲負乘，坐致覆餗。今欲廣求賢哲，以贊不逮。伏見司隸潁川周弁，忠亮剛直，守法不回，有毗佐之器。處士馮翊田子華，清慎通弁，達政化之源。二人與臣有十年之舊，備知才用，可託政事。周請署南柯司憲，田請署司農。庶使臣政績有聞，憲章不紊也。」〔註23〕

南柯在表文中態度謙卑、誠懇，渴望賢臣輔佐的心情非常迫切。他深知處理國事的輔佐之臣，必須剛直、守法、清廉。他對大臣是否能廉潔正直、忠於職守的看重，不由得讓人想起了諸葛亮《出師表》向劉禪舉薦的那些賢士為人處事的風範。古往今來，朝代更迭，而忠臣賢士的標準卻很少變化。

《嵩嶽嫁女》中，神仙主管上奏章給天帝，告知西王母駕馭黃龍的神仙來遲的原因，並引出與故事相關的人物唐玄宗；在《掠剩大夫》中，冥吏掠剩大夫向天帝上表，表彰劉令畫技絕妙。總之，唐五代小說中神仙、冥王、皇帝、冥吏、書生給天帝的上行公文，多為謝恩、陳情之作，行文自由靈活。

3、臣民上書皇帝

古代臣子寫給君主的上書有各種不同的名稱，劉勰《文心雕龍》將其分為章、奏、表、議。「唐宋以後的古文家……在文體的劃分以及文章流別的論述上，仍然宗法《文心雕龍》。」〔註24〕這類文體不僅有固定的稱呼，寫作時還必須遵循固定的格式和文體規範。

如在《枕中記》中，盧生將歿，上疏給皇帝謝恩：

上疏曰：「臣本山東諸生，以田圃為娛。偶逢聖運，得列官敘。過蒙殊獎，特秩鴻私。出擁節旄，入升台輔。周旋中外，綿歷歲時。有忝天恩，無裨聖化。負乘貽寇，履薄增憂。日懼一日，不知老至。今年逾八十，位極三公，鐘漏並歇，筋骸具耄。彌留沈頓，待時益盡。顧無成效，上答休明，空負深恩，永辭聖代。無任感戀之至，謹奉表陳謝。」〔註25〕

「上疏」是在朝官員專門上奏皇帝的一種文書形式。清王兆芳《文章釋》曰：

〔註23〕 李時人編校，何滿子審定《全唐五代小說》，陝西人民出版社 1998 年版，第640 頁。
〔註24〕 詹鍈《〈文心雕龍〉的文體風格論》，見詹鍈《語言文學與心理學論集》，齊魯書社 1989 年版，第 106 頁。
〔註25〕 李時人編校，何滿子審定《全唐五代小說》，陝西人民出版社 1998 年版，第544～545 頁。

「疏者……陳言而條析疏通，奏書之屬也。」〔註26〕《枕中記》中的盧生自知將不久於人世，上疏給皇帝，一方面是感激皇恩浩蕩，把自己從普通百姓擢升爲朝廷重臣，盡享榮華富貴；另一方面回顧平生，透露出因老病衰朽不能康復的遺憾。

臣民上疏可以言情，也可以陳政諷諫。如在《隋煬帝海山記》中，矮民王義有感國運殆盡，皇帝不思進取，向皇帝上奏：

> 上書云：「臣本出南楚卑薄之地，逢聖明爲治之時，不愛此身，願從入貢。臣本侏儒，性尤蒙滯。出入金馬，積有歲華，濃被聖私，皆逾素望，侍從乘輿，周旋臺閣。臣雖至鄙，酷好窮經，頗知善惡之本源，少識興亡之所自。還往民間，頗知利害。深蒙顧問，方敢敷陳。……陛下雖欲發憤修德，特加愛民，聖慈雖切救時，天下不可復得。大勢已去，時不再來。巨廈將傾，一木不能支；洪河已決，掬壤不能救。臣本遠人，不知忌諱。事忽至此，安敢不言？臣今不死，後必死兵，敢獻此書，延頸待盡。」〔註27〕

清王兆芳《文章釋》有言：「古『敷章以言』之變也。李善曰：『奏以陳情、敘事。』漢『上書四名』，二曰奏。……主於通達國事，進言持正。」〔註28〕草民雖爲滑稽之臣，然在國家面臨傾覆之際，直陳隋煬帝所用非人、治國失策，言辭懇切、切中時弊，傾吐對國運的憂慮，希望皇帝能夠重振雄風，扭轉頹勢。

莊重、嚴肅的上行公文，在以娛樂遊戲性質的唐五代小説中出現，使小説的講述寓莊於諧。

（二）下行公文

詔、敕、制、策等下行公文，是朝廷發佈的文告，大多數由文學仕臣代擬，少數是皇帝親自執筆撰寫。此類文章的特點是準確、實用、言辭華美。在唐五代小説中，此類文本主要在以下場合中使用：

〔註26〕〔清〕王兆芳撰《文章釋》，見王水照編《歷代文話》，復旦大學出版社 2007年版，第 6298 頁。

〔註27〕李時人編校，何滿子審定《全唐五代小説》，陝西人民出版社 1998 年版，第 1882～1883 頁。

〔註28〕〔清〕王兆芳撰《文章釋》，見王水照編《歷代文話》，復旦大學出版社 2007年版，第 6295～6296 頁。

1、天帝頒佈詔令

在《裴諶》中，主人公裴諶意外發現埋藏於深山的金銀珠寶後，欣喜若狂，據爲己有。裴諶貪財的不義之舉，惹惱了天帝。他派道士向裴諶傳達御旨：

> 帝詔語裴諶：吾太行山天藏開，比有樵夫見之。吾已遺金五鋌，命其閉塞。而愚人貪得，重求不獲，乃興惡，將開吾藏，已造錘鑿數車。若開不休，或中吾伏藏。此若開錘鑿，此州人且死盡，深無所益。此州崔司戶與其同心，但詣崔驗之，自當有見，急止之，汝妻疾自當瘳矣。〔註29〕

天帝在詔書中，恩威並用。他明確指出，裴諶拾到的黃金是自己遺留在人間的財物，原本就不屬於裴諶。並且警告裴諶，如果裴諶不交出財物，他將利用掌管人生死的大權，對他進行懲罰。已經到手的意外之財，轉眼間成了泡影。君子愛財，取之有道的思想，在這篇小說中再一次得到了詮釋。

又如在《薛偉》中，過慣了呼風喚雨生活的薛偉，突然厭倦了世間生活。水中優哉遊哉的魚兒，觸發了他對自由的嚮往。他突發奇想，幻想自己能夠變成一條穿梭於水中的魚。天帝體察薛偉對自由的渴望，滿足了他的願望，並派河伯宣告詔令：

> 未頃，有魚頭人長數尺，騎鯢來導，從數十魚，宣河伯詔曰：「城居水遊，浮沉異道，苟非其好，則昧通波。薛主簿意尚浮深，迹思閒曠。樂浩汗之域，放懷清江；厭蠛嶁之情，投簪幻世。暫從鱗化，非遽成身。可權充東潭赤鯉。嗚呼！恃長波而傾舟，得罪於晦；昧纖鈎而貪餌，見傷於明。無惑失身，以羞其黨。爾其勉之！」〔註30〕

上帝在詔令中，諄諄告誡薛偉，不要肆意妄爲、惹是生非，傾覆來往的船隻，更不要貪圖一口之欲，葬身於釣餌，給同類帶來羞辱。天帝對薛偉的期望，也是人間大臣所要遵守的爲官之道：不能以手中權利殘害百姓，也不能貪圖錢財，受外界的誘惑。爲魚之道和爲官之道，何其相似！作者借上帝的詔書，暗喻當時大臣應該盡忠職守。

〔註29〕李時人編校，何滿子審定《全唐五代小說》，陝西人民出版社 1998 年版，第257～258 頁。

〔註30〕李時人編校，何滿子審定《全唐五代小說》，陝西人民出版社 1998 年版，第1128 頁。

在《白鳳銜書》中，楊貴妃禍國殃民，擾亂李氏天下，上帝令白色鳳凰宣佈詔令：

> 敕諭仙子楊氏：爾居玉闕之時，常多傲慢，謫塵寰之後轉有驕矜，以聲色惑人君，以寵愛庇族屬，內則韓虢蠹政，外則國忠秉權，無知過之心，顯有亂時之迹。比當限滿，合議復歸，其如罪更愈深，法不可貸。專茲告示，且與沉淪，宜令死於人世。〔註31〕

小說寫上帝對楊貴妃罪狀的數落，實際上是把李唐王朝的滅亡，歸結到楊貴妃身上，並且認為楊貴妃的死，不是唐玄宗的意願，而是上天的旨意，也替唐玄宗開脫了賜死楊貴妃的罪責。

小說通過寫天帝下詔，打通了天上人間，將讀者從現實世界引入到迷離惝恍的天國，句句天上，然字字人間。

2、皇帝的詔令

唐五代小說中，數量最多的是才子佳人之間的戀愛故事。才子佳人的婚戀總會受到外力的阻撓，歷經波折，而皇帝有時候在緊要時刻，作為最高的權威來仲裁才子佳人的愛情。

如在《柳氏傳》中，情投意合的柳氏與韓翊在戰亂中分離。柳氏容貌出眾，擔心美貌引來災禍，自毀容顏，委身於尼姑庵，但仍被藩將沙吒利搶走。韓翊返京後，與柳氏咫尺天涯，難以相見。一次，他偶與虞侯許俊相遇，情難以抑，談及此事。許俊素以才力自負，聽韓翊的傾訴後，即前往沙吒利之第，救出柳氏。藩將沙吒利實力強大，難以情理、法度約束。無奈之下只好由侯希逸上書皇帝，具呈始末，皇帝下詔「沙吒利宜賜絹二千匹。柳氏卻歸韓翊」〔註32〕，才將此風波平息。這篇小說產生的具體背景為：唐王朝借助回紇吐蕃平息安史之亂。收復長安後，蕃將恣意妄為，不遵法度，朝廷律令名存實亡。藩將權利過於強大，就連中央朝廷也無可奈何。韓翊、許俊要從目無法紀的藩將那討回公道，只能隨機應變、待時而動。這是代宗時期的政治現實。在小說中，皇帝明知過錯全在藩將，也只能頒佈賞賜錢財安撫的詔令才了結此事。

〔註31〕李時人編校，何滿子審定《全唐五代小說》，陝西人民出版社 1998 年版，第3224頁。

〔註32〕李時人編校，何滿子審定《全唐五代小說》，陝西人民出版社 1998 年版，第1853頁。

如在《開河記》中，隋煬帝頒佈修建都城，修護長城的詔書：

> 詔以舒國公賀若弼為修城都護，以諫議大夫高熲為副使，以江淮吳
> 楚襄鄧陳蔡並開拓諸州丁夫一百二十萬修長城。〔註33〕

隋煬帝在詔書中，不顧大臣進諫阻攔，用不容違抗的語氣，頒佈了派遣新任命官員修築長城的命令。

又如在《南部煙花錄》（隋遺錄）中，貪婪暴虐的隋煬帝，看到宮中接連出現亡國的異兆，下詔採納大臣的諫言：

> 帝可奏，即宣詔云：「門下寒暑迭用，所以成歲功也。日月代明，所
> 以均勞逸也。故士子有遊息之談，農夫有休勞之節。資爾髭眾，服
> 役甚勤，執勞無息。埃壒溢於爪髮，蟣虱結於兜鍪。朕甚憫之，俾
> 爾休番從便。噫嘻！無煩方朔滑稽之請，而從衛士遞上之文。朕于
> 侍從之間，可謂恩矣。可依前件事！」〔註34〕

面對山河衰敗，國運顛覆，隋煬帝才知道要關愛臣民。在行將沒落之際，即使隋煬帝欲力圖振興，也無力挽救隋朝日薄西山的命運。據《新唐書·太宗紀》載，唐太宗即位後，曾兩次釋放沒有職事的隋朝宮女各3000人。史書上這麼記載，本為褒獎唐太宗是勤政愛民的好皇帝。但唐玄宗放出宮女的數字有三千之多，平時在隋煬帝宮中服役的女性數字的龐大可想而知。從隋煬帝頒佈讓宮女、臣子短暫休息的詔書可以看出，隋煬帝雖想扭轉政局的頹勢，他根本沒有意識到導致問題的最根本原因。

在《張果》中，唐玄宗因張果的幫助，夜遊廣陵，遨遊月宮。張果多次以法術冒犯皇帝的禁忌，一再遭到誅殺。情急之下，他逃遁到了杳無人迹的深山，但還是被人意外發現。唐玄宗一心想成仙，下詔賞賜張果：

> 遂下詔曰：「恒州張果先生，遊方之外者也，迹先高尚，心入窅冥，
> 久混光塵，應召赴闕，莫知甲子之數，且謂羲皇上人。問以道樞，
> 盡會宗極。今則將行朝禮，爰申寵命，可授銀青光祿大夫，賜號通
> 玄先生。」〔註35〕

〔註33〕李時人編校，何滿子審定《全唐五代小說》，陝西人民出版社 1998 年版，第
1896～1897 頁。

〔註34〕李時人編校，何滿子審定《全唐五代小說》，陝西人民出版社 1998 年版，第
1869 頁。

〔註35〕李時人編校，何滿子審定《全唐五代小說》，陝西人民出版社 1998 年版，第
1412 頁。

唐玄宗賞賜、褒獎張果的詔書，與前文所述張果的惡行，形成鮮明對照。張果在宮中不僅恣意妄爲，行爲乖張，還冒犯了唐玄宗的妃子，讓皇帝的威嚴全無，臉面盡掃。而唐玄宗爲了成仙，在詔書中不僅對此事隻字不提，還把張果卑劣的行爲說成「迹先高尚」，授予其官職，賞賜通玄先生的尊號。奏章文本對皇帝、神仙的眞實面目予以了漫畫式的誇張和嘲諷。

唐五代小說中的公牘文本有兩種存在形態：一是直接應用公牘文本；二是轉述公牘文本內容。唐五代小說中，轉述詔書文本內容的篇目有：《戴胄》、《梁四公記》、《惠炤師》、《王昃》、《崔元綜》、《張冏藏》、《賣餲嫗》、《常夷》、《巴人》、《柳氏傳》、《李娃傳》、《東城老父傳》、《馮燕傳》、《上清傳》等；轉述奏章文本內容的篇目有：《鄞城人》、《邢和璞》、《儀光禪師》、《僧伽大師》、《馬待封》、《袁天綱》、《唐紹》、《崔環》等；轉述敕書文本內容的篇目有：《梁四公記》、《惠炤師》、《梁四公記》、《周賢者》、《稠禪師》、《儀光禪師》、《李虛》、《裴伷先》、《馬待封》、《蘭亭記》、《崔元綜》、《袁嘉祚》、《袁天綱》、《張冏藏》、《楊伯成》、《杜鵬舉傳》、《盧齊卿》、《劉門奴》、《巴人》等。公牘文本作爲唐五代小說的一個有機成分，在小說敘事中具有獨特的功能。

第二節　唐五代小說中公牘文本的敘事功能

與書牘文本相比較，公牘文本有獨特的行文規範。書牘文本主要用於私人之間傳達信息、交流情感，行文可詼諧戲謔，用語方式極爲靈活。而公牘文本主要用於官方正式場合上通下達的公文，行文嚴肅，用語莊重。公牘文本在唐五代小說敘事中，主要承擔如下功能：

一、聚焦主腦

故事的主腦，即小說立言之本。古人認爲作文首先要「立主腦」。李漁指出：「古人作文一篇，定有一篇之主腦。主腦非他，即作者立言之本意也。」〔註36〕王夫之認爲：「無論詩歌與長行文字，俱以意爲主。意猶帥也。無帥之兵，謂之烏合。」〔註37〕劉熙載認爲，作文「其用意俱要可以一言以蔽之。

〔註36〕〔清〕李漁著，杜書瀛評注《閒情偶寄》，中華書局 2007 年版，第 15 頁。
〔註37〕王夫之《薑齋詩話箋注》，人民文學出版社 1981 年版，第 44 頁。

擴之則為千萬言,約之則為一言,所謂主腦者是也」〔註38〕。文章的主腦,是衡量一篇作品成敗的一個決定性因素,是統帥全篇的靈魂和核心。唐五代小說作家注意借助多種手段「立主腦」,其中,運用公牘文本就是「立主腦」的一種行之有效的方式。

在《開河記》中,隋煬帝在觀文殿讀《史記》,感慨歷經歲月侵蝕,長城肯定很多都已傾坏。佞臣順著隋煬帝好大喜功的性格,在奏章中慫恿他修建長城:「陛下偶然續秦皇之事,建萬世之業,莫若修其城,堅其壁。」〔註39〕隋煬帝於是下達了修建長城,想再現豐功偉績的御旨。然詔示群臣後,賀若弼向皇帝進獻奏章:

> 詔下,若弼諫曰:「臣聞始皇築長城于絕塞,連延一萬里,男死女曠,婦寡子孤,其城未就,父子俱死。陛下欲聽狂夫之言,學亡秦之事,但恐社稷崩離,有同秦世。」〔註40〕

《開河記》中的奏章文本,圍繞「秦亡」這一主題,從隋煬帝聽信佞臣讒言,不聽忠臣勸誡的荒唐,揭示了秦朝滅亡的原因。賀若弼在奏章中,希望隋煬帝以秦始皇修築長城之事為鑒,否則國家將分崩離析。歷史上的秦始皇在秦、趙、燕三國的基礎上,築起了西起臨洮,東至遼東的萬里長城,有效抵禦了匈奴和東胡等北方游牧民族對中原地區的騷擾,對穩定中原邊境,鞏固國家政權,有著不可磨滅的貢獻。但是,秦始皇修築長城,耗費了大量的人力、物力,動用的民工就達30多萬,給百姓也帶來了巨大的災難。《淮南子·人間訓》記載,秦「發卒五十萬,使蒙公、楊翁子將,築脩城,西屬流沙,北擊遼水……秦之時……丁壯丈夫,西至臨洮、狄道……北至飛狐、陽原,道路死者以溝量」〔註41〕。孟姜女哭長城的故事,就源於秦始皇修築長城,是對他橫征暴斂的控訴。賀若弼以秦始皇修築長城給百姓、國家造成的災難,勸諫皇帝。可隋煬帝不聽忠言,反而治罪賀若弼。隋煬帝修築長城,果然亦如秦始皇,花費了不少民力。《隋書·煬帝紀》載,大業三年(607年)

〔註38〕〔清〕劉熙載著,王氣中箋注《藝概箋注》,貴州人民出版社1986年版,第444頁。

〔註39〕李時人編校,何滿子審定《全唐五代小說》,陝西人民出版社1998年版,第1896頁。

〔註40〕李時人編校,何滿子審定《全唐五代小說》,陝西人民出版社1998年版,第1897頁。

〔註41〕何寧《淮南子集釋》,中華書局1998年版,第1288～1290頁。

三月七日，「發丁男百餘萬築長城，西距榆林，東至紫河，一旬而罷，死者十五六。」〔註42〕隋煬帝還帶領隨從，出巡雲內。隋煬帝在啓民可汗的恭送下，南返東京的過程中，發生了《開河記》中因「誹謗朝政」罪而被殺的賀若弼、高穎等大臣的事件。《開河記》通過宇文述諂媚的奏章和賀若弼的諫章，引出隋煬帝下令開發大運河、修築長城、貪圖女色等一系列事件的敘述，表達了作者對隋朝滅亡這一主題的深思和感歎。

　　小說《賈忤旨》的主旨，意折射賈島沉淪下僚，無法躋入顯宦。圍繞這一主題，故事選取賈島衝撞皇帝的戲劇性事件，間接指出他一直落魄潦倒的原因。《新唐書·賈島傳》記載：「島字浪仙，范陽人，初爲浮屠，名無本。來東都，時洛陽令禁僧午後不得出，島爲詩自傷。愈憐之，因教其爲文，遂去浮屠，舉進士。當其苦吟，雖逢値公卿貴人，皆不之覺也。一日見京兆尹，跨驢不避，謼詰之，久乃得釋。」〔註43〕賈島因爲吟誦詩歌過於忘我，而衝撞了京兆尹韓愈。韓愈在指點賈島選用「敲」好過「推」時，還賞識其才華，推薦賈島考取進士。然《賈忤旨》有意張冠李戴，將賈島與韓愈之間的「推敲」改爲生性驕縱的賈島忤宣宗皇帝旨意，讓皇帝悻悻而歸。但宣宗愛惜人才，不計前嫌，下敕書赦免賈島：

> 帝意令島繼長沙故事，敕曰：「比者禮部奏卿風狂，遂且令關外將息。今既卻攜卷軸，潛至京城，遇朕微行，聞卿高詠，睹其至業，可謂屈人。是用顯我特恩，賜爾墨制。宜從短簿，別候殊科，可守劍南道遂州長江縣主簿。仍便賣敕乘驛赴官，所管藩候放上聞奏。」〔註44〕

張清華在《韓愈大傳》中評述此敕書：「觀文口氣，御筒墨敕；非文帝所爲，爲好事者假筆。眾議紛紛，也難誠信。《鑒戒錄》雖不一定是實錄，然其推斷頗合情理：帝愛其才，又意其狂，加上當政者忌其風狂，責授外任，逐出京城，則是三全：于帝則奇其才，于當權者則解其忌，于賈島也算有所職授。」〔註45〕不管這篇敕書是否出自宣宗之口，但從中可以看出賈島仕途坎坷的一個重要原因：高傲自負，不懂得奉迎世人，遭致眾人的非議和誹謗。蘇絳《賈

〔註42〕〔唐〕魏徵撰《隋書》，中華書局2000年版，第48頁。
〔註43〕〔宋〕歐陽修、宋祁撰《新唐書》，中華書局1975年版，第5268頁。
〔註44〕李時人編校，何滿子審定《全唐五代小說》，陝西人民出版社1998年版，第2399頁。
〔註45〕張清華主編《韓愈大傳》，中州古籍出版社2003年版，第532～533頁。

司倉墓誌》云：「穿揚未中，遽罹誹謗，解褐授遂州長江主簿。」〔註46〕《新唐書・賈島傳》亦云：「累舉，不中第。文宗時，坐飛謗，貶長江主簿。會昌初，以普州司倉參軍遷司戶，未受命卒，年六十五。」〔註47〕《賈忤旨》中的敕書，指出賈島不被重用的原因是禮部官員認爲他有狂疾。由此折射出賈島特異獨行、輕慢放肆、不爲世人所喜的性格，突出了他鬱鬱不得志的主題。

恩格斯在給明娜・考茨基的信中指出：「我認爲傾向應當是不要特別地說出，而要讓它自己從場面和情節中流露出來，同時作家不必把他所描寫的社會衝突的將來歷史上的解決硬塞給讀者。」〔註48〕作者的傾向性，作品的主題，不需要作者直說出來，而應該從所描寫的場面和故事情節中自然流露出來。唐五代小說中，公牘文本的運用，把接受者的視線聚焦於故事的主腦，豐富了小說的表達方式。

二、刻畫人物

唐五代小說中的公牘文本，也是表現故事人物內心世界的一種方式。

《迷樓記》中的矮民王義，是專供隋煬帝娛樂的戲弄之臣。《海山記》對他的身份有所交代：

> 大業四年，道州貢矮民王義，眉目濃秀，應對敏給，帝尤愛之。常從帝遊，終不得入宮。帝曰：「爾非宮中物。」義乃自宮。帝由是愈加憐愛，得出入帝內寢。義多臥榻下。〔註49〕

在隋煬帝執政時期，曾下詔各地進貢太監。當時永陽（管轄道縣、永明兩縣）的縣官進貢一名叫王義的秀才。這個侏儒矮小伶俐，能言善辯，很得煬帝喜愛。《舊唐書・陽城傳》對「道州貢矮民」以供帝王娛樂、消遣之用也有記載：「道州土地產民多矮，每年常配鄉戶貢其男，號爲『矮奴』。」〔註50〕白居易在新樂府詩《道州民》中，亦有道州進貢矮民之說：「道州民，多侏儒，長者不過三尺餘。市作矮奴年進送，號爲道州任土貢。任土貢，寧若斯，不聞使

〔註46〕〔清〕董誥等編《全唐文》，中華書局 1983 年版，第 7937 頁。

〔註47〕〔宋〕歐陽修、宋祁《新唐書》，中華書局 1975 年版，第 5268 頁。

〔註48〕米海伊爾・里夫希茨編，曹葆華譯《馬克思、恩格斯論藝術》，人民文學出版社 1960 年版，第 6 頁。

〔註49〕李時人編校，何滿子審定《全唐五代小說》，陝西人民出版社 1998 年版，第 1880 頁。

〔註50〕〔後晉〕劉昫等撰《舊唐書》，中華書局 1975 年版，第 5133 頁。

人生別離，老翁哭孫母哭兒。一自陽城來守郡，不進矮奴頻詔問。城云臣按六典書，任土貢有不貢無。道州水土所生者，只有矮民無矮奴。吾君感悟璽書下，歲貢矮奴宜悉罷。道州民，老者幼者何欣欣。父兄子弟始相保，從此得作良人身。道州民，民到於今受其賜，欲說使君先下淚。仍恐兒孫忘使君，生男多以陽為字。」〔註51〕「矮民」身份卑微，被斷「陽」後貢於朝廷，以插科打諢取悅君王。《迷樓記》寫在隋朝行將滅亡之際，矮民進獻奏章：

> 他日，矮民王義上奏曰：「臣田野廢民，作事皆不勝人。又生於邊曠絕遠之域，幸因入貢，得備後宮掃除之役。陛下特加愛遇，臣常自宮以侍陛下。自茲出入臥內，周旋宮室，方今親信，無如臣者。臣由是竊覽書，殿中簡編，反復玩味，微有所得。臣聞精氣為人之聰明。陛下當龍潛日，先帝勤儉，陛下鮮親聲色，日近善人。陛下精實於內，神清于外，故日夕無寢。陛下自數年聲色無數，盈滿後宮，陛下日夕遊宴于其中。自非元日大辰，陛下何嘗臨御前殿？其餘多不受朝設。或引見遠人，非時慶賀，亦日宴坐朝，曾未移刻，則聖躬起入後宮。夫以有限之體而投無盡之欲，臣固知其竭也。臣聞古者有老叟獨歌舞於磐石之上，人詢之曰：『子何獨樂之多也？』叟曰：『吾有三樂，子知之乎？』『何也？』『人生難遇太平世，吾今不見兵革，此一樂也；人生難得支體全完，吾今不殘廢，此二樂也；人生難得老壽，吾今年八十矣，此三樂也。』其人歎賞而去。陛下享天下之富貴，聖貌軒逸，章龍姿鳳，而不自愛重，其思慮固出于野叟之外。臣茸爾微軀，難圖報效，固知忌諱，上逆天顏。」〔註52〕

矮民王義侍奉隋煬帝的生活起居，對宮廷所發生的事件都了如指掌。從奏章文本可以看出，《迷樓記》善於根據人物的地位與生活環境，讓矮民王義通過奏章向君王陳述其平時迎逢笑容背後隱藏著不為人知的心酸痛苦和複雜的內心世界。如矮民自陳進宮以娛悅隋煬帝時，既有被皇帝寵愛的虛榮感，又對皇帝因自己而沉迷玩樂感到痛苦。小說寫他進宮之前，先是高興，後是慚愧，最後想到國家利益就更為內疚。這裏有感情的激動，也有冷靜的自責，深刻細緻地展現了矮民王義的思想性格。

〔註51〕 〔清〕彭定求等編《全唐詩》，中華書局 1999 年版，第 4708 頁。
〔註52〕 李時人編校，何滿子審定《全唐五代小說》，陝西人民出版社 1998 年版，第 1886～1887 頁。

又如康駢《劇談錄‧狄惟謙請雨》，講述了狄惟謙繼承先祖狄仁傑遺風，為百姓謀利的故事。狄惟謙為緩解旱情，親自手刃祈雨無果、置百姓於不顧的女巫，以自己的誠意感動上蒼，迎來了甘霖。皇帝頒佈詔書褒獎這件奇異之舉：

> 敕書云：「狄惟謙劇邑良才，忠臣華胄。睹此天厲，將瘴下民。當請禱於晉祠，類投巫於鄴縣。曝山椒之畏景，事等焚軀；起天際之油雲，法同剪爪。遂使旱風潛息，甘澤旋流。天心猶鑒於克誠，余志豈忘於褒善？特頒朱紱，俾耀銅章。勿替令名，更昭殊績。」〔註53〕

唐武宗頒佈的詔書，從狄惟謙貴為忠臣貴族的後代、為民祈雨的精誠，肯定他身份高貴，德才兼備。詔書文本還回顧了狄惟謙在北都晉陽縣祈雨事件的始末：狄惟謙在嚴重天災肆虐百姓之際，親自去晉祠祈禱求雨。他又效法西門豹在鄴縣投巫於水中之舉，將女巫投入河中。不僅如此，他還站在山頂忍受烈日之曝曬，喚來了天邊的浮雲為之降雨。詔書對狄惟謙的褒獎，寄託了國君對他的厚望，從側面豐富了狄惟謙清廉為民的人物形象。

小說是一種講究語言的藝術，它的最基本特徵是塑造生動的人物形象。塑造生動的人物形象，應該讓形象說話，通過對人物和事件的具體描寫來開掘和深化主題，尤其是人物內心與外在行動的矛盾，更能體現人物真實的個性。唐五代小說《迷樓記》中矮民寫給皇帝的奏章，通過矮民的自述，呈現了其真實的內心世界，在升華作品主題的同時，也塑造出更為豐滿的人物形象。

三、暗示結局

唐五代小說作者作為全知全能的敘述者，或直接講述故事，或跳出故事之外，拉開與故事的距離，刻意對事件進行評說，但有時亦通過間接方式暗示人物的命運或者故事的結局。公牘文本就是其中常用的一種間接方式。

如在《虬髯客傳》中，虬髯客與英姿颯爽的李世民相遇，自歎弗如，放棄了與之爭奪天下的想法，將事業轉移到東南海上，並要求李靖輔佐真主。在與李靖、紅拂妓辭別之前，虬髯客說過這樣一番話，為下文的故事情節埋下了伏筆：

〔註53〕李時人編校，何滿子審定《全唐五代小說》，陝西人民出版社 1998 年版，第2098～2099 頁。

　　虬髯曰：「此盡寶貨泉貝之數。吾之所有，悉以充贈。何者？欲於此
世界求事，或當龍戰三二十載，建少功業。今既有主，住亦何為？……
此後十年，當東南數千里外有異事，是吾得事之秋也。一妹與李郎
可瀝酒東南相賀。」〔註54〕

不久後，李世民果真安定天下，統一政權，虬髯客也已擔任左僕射平章事。
根據《中國歷代官制》，「平章事」是宰相的另一種稱呼。《舊唐書・李珏傳》
載李珏言曰：「太宗用宰臣，天下事皆先平章，謂之平章事。代天理物，上下
無疑，所以致太平者也。」〔註55〕在仕途上，李靖可謂是一路高升。而虬髯
客要平定東南，稱霸海上的雄心壯志是否實現，卻杳無音訊。貞觀十年，李
靖從南蠻呈獻的奏章文本得知：

　　適南蠻入奏曰：「有海船千艘，甲兵十萬，入扶餘國，殺其主自立。
國已定矣。」〔註56〕

此奏章文本，沒有直接指出奪取扶餘國政權的人是誰，也沒有正面描述戰爭
的場面，然故事人物李靖和讀者可以根據奏章內容和虬髯客分別時對李靖夫
婦所說的話語進行推測，這應該是暗示虬髯客完成了稱雄東南海上的霸業。
南蠻進獻的奏章文本，與虬髯客在和李靖夫婦分別前所言形成對應互補的關
係，由此可見小說的剪裁功夫。

　　又如在《南柯太守傳》中，公主死後，南柯辭去太守一職，每天交遊賓
客，威福日盛。皇帝猜忌其有反叛之心，大臣也上表彈劾南柯：

　　時有國人上表云：「玄象謫見，國有大恐。都邑遷徙，宗廟崩壞。釁
起他族，事在蕭牆。〔註57〕

大臣由天象預測國家將有顛覆之危。「都邑遷徙，宗廟崩壞」的原因在於進入
槐安國王室的異族。很顯然，表文本把矛頭間接指向了南柯，因為進入槐安
國王室的異族只有南柯。由前文對南柯貪圖享樂、結交權勢等行為進行分析，
可理解他有謀反、篡位的意圖，但槐安國百姓會因此而遷徙，就有點不合情

〔註54〕李時人編校，何滿子審定《全唐五代小說》，陝西人民出版社 1998 年版，第
　　　　1783 頁。
〔註55〕〔後晉〕劉昫等撰《舊唐書》，中華書局 1975 年版，第 4505 頁。
〔註56〕李時人編校，何滿子審定《全唐五代小說》，陝西人民出版社 1998 年版，第
　　　　1783 頁。
〔註57〕李時人編校，何滿子審定《全唐五代小說》，陝西人民出版社 1998 年版，第
　　　　641 頁。

理。表文本在此設下懸念，暗示槐安國命運的走向。大臣的上表，甚合國王心意。國王趁機將南柯送出槐安國。南柯回家後，尋找到曾在夢中顯赫一時的槐安國，才知是螞蟻之國。二客命僕人毀壞螞蟻的巢穴，槐安國的命運果然如大臣表文中所預言。

公牘文本在唐五代小說中的運用，能夠結合故事內容，對故事進行提示，暗意故事人物結局的同時，也引導讀者聯繫前後文，對故事情節的發展脈絡進行梳理，加深對人物命運和故事主題的理解。

唐五代小說作家創作小說，既注重小說的審美娛樂性，又希望小說具有一定的教化作用。唐五代小說會通用於正式場合、政治色彩濃厚的公牘文本，可以使「小家珍說」關注社會人生的重大問題，以「補史之闕」。公牘文本作為表現主題的一種手段，凸顯故事主旨的同時，也豐富了唐五代小說寫人、敘事的表現手法。故事人物通過公牘文本，用自陳心聲的方式將內心的想法傳達給讀者，人物心理的刻畫更為真實。公牘文本暗示、提醒接受者即將展開的故事情節，為故事的進一步發展埋下伏筆。同時，也使故事與故事之間脈絡清晰，情節與情節之間環環相扣。

第六章　詩賦、駢文與唐五代
小說的生成

　　詩筆是「與詩學有關的古代文論概念。原是南北朝至唐代文體分類用語。……原來南北朝時，人們習慣以文、筆相對稱，文指押腳韻的諸種文體，如詩、賦、頌、贊、銘、箴等，筆指不押腳韻的諸種文體，如詔、策、章、奏、書信、議論文等」〔註1〕。蕭繹《金樓子・立言》云：「吟詠風謠，流連哀思者，謂之文。」「至如文者，惟須綺縠紛披，宮徵靡曼，脣吻遒會，情靈搖蕩。」稱得上「文」的須「美」，具有華麗的文采、美妙的聲韻，抒發真摯動人的思想情感。

　　學界主要從「詩筆」的角度，探討唐五代小說與詩歌、辭賦、駢文之間的關係。所謂「詩筆」，苑汝傑指出：「《柳氏傳》的文筆也很優美，四字句的運用，短促而和諧，具有詩歌的韻律美和意境美。……較多的駢偶句的使用，也增強了詩的韻味。」〔註2〕劉勇強亦指出：「就『詩筆』而言，情形稍複雜些。傳奇中的韻散結合相當普遍，其功能也更加多樣化、靈活化，對人物的言志抒情及敘述中的繪景狀物、渲染氣氛、調節節奏、暗示結局、評論點題等，都有作用。」〔註3〕崔際銀把唐小說「使用辭賦化語言」作為「詩筆」的組成因素之一。〔註4〕可見，「詩筆」意指詩歌、辭賦、駢文的表現形式和筆

〔註1〕　傅璇琮等主編《中國詩學大辭典》，浙江教育出版社1999年版，第9頁。
〔註2〕　苑汝傑《柳氏傳》，見李劍國主編《唐宋傳奇品讀辭典》，新世界出版社2007年版，第264頁。
〔註3〕　劉勇強《中國古代小說史敘論》，北京大學出版社2007年版，第130頁。
〔註4〕　崔際銀在《詩與唐人小說》一文中，針對宋人陳師道《後山詩話》對《岳陽

法。故本文把唐五代小說中的詩歌、辭賦、駢文本置於一章進行考察。

第一節　唐五代小說與詩文本

先秦時期的《穆天子傳》就會通歌謠進行小說的敘事：

> 吉日甲子，天子賓於西王母。乃執白圭玄璧以見西王母，好獻錦組
> 百純，□組三百純。西王母再拜受之。□乙丑，天子觴西王母於瑤
> 池之上。西王母爲天子謠曰：「白雲在天，山陵自出。道里悠遠，山
> 川間之。將子無死，尚能復來。」天子答之曰：「予歸東土，和治諸
> 夏。萬民平均，吾顧見汝。比及三年，將復而野。」〔註5〕

西王母與穆天子各自賦詩言志。西王母與穆天子分別時，亦用詩歌來表達自
己的性情、心境：「比徂西土，爰居其野。虎豹爲群，於鵲與處。嘉命不遷，
我惟帝女。天子大命，而不可稱。顧世民之恩，流涕卉隕。吹笙鼓簧，中心
翔翔。世民之子，唯天之望。」〔註6〕此西王母已演化爲能歌之婦，已不是《山
海經》中「其狀如人，豹尾虎齒而善嘯，蓬髮戴勝」〔註7〕，面目猙獰、半人
半獸的女神。到兩漢時期，《漢武帝內傳》中的西王母「容眸流眄，神姿清發，
眞美人也」〔註8〕，由半人半獸的女神變成了風華絕代的美人。這種由獸到神
人的漸變，就是從《穆天子傳》開始的。西王母吟誦詩歌自陳身世，具有濃
厚的人文色彩。在《燕丹子》中，燕太子和眾賓客，全體身穿喪服，一同相
送荊軻去刺秦王，直到易水旁邊，才揮淚訣別。高漸離擊築，荊軻和著音樂
高歌：「風蕭蕭兮易水寒，壯士一去兮不復還。」〔註9〕悲壯的歌聲，不僅烘

樓記》的評價「范文正公爲《岳陽樓記》，用對語說時景，世以爲奇。尹師魯
之讀之曰：『傳奇體爾。』《傳奇》，唐裴鉶所著小說」，認爲「用對語說時景」，
亦即用駢體偶句描寫景物。使用「對語」（詩賦式語言）的情況，在唐人小說
（特別是傳奇小說）創作的各個階段都是存在的。（見崔際銀《詩與唐人小
說》，天津古籍出版社 2004 年版，第 250 頁。）

〔註5〕　上海古籍出版社編《漢魏六朝筆記小說大觀》，上海古籍出版社 1999 年版，
　　　　第 14 頁。

〔註6〕　上海古籍出版社編《漢魏六朝筆記小說大觀》，上海古籍出版社 1999 年版，
　　　　第 14 頁。

〔註7〕　袁珂校注《山海經校注》，巴蜀書社 1992 年版，第 59 頁。

〔註8〕　上海古籍出版社編《漢魏六朝筆記小說大觀》，上海古籍出版社 1999 年版，
　　　　第 142 頁。

〔註9〕　上海古籍出版社編《漢魏六朝筆記小說大觀》，上海古籍出版社 1999 年版，
　　　　第 43 頁。

託著這位慷慨赴義的蓋世奇俠，也奠定了作品悲壯的格調。此時期的詩文本雖然已是小說故事情節的有機組成部分，但是數量尚少。

到了唐五代，詩文本被大量融入小說創作。李時人《全唐五代小說》共收錄小說 1989 篇（內編 1309 篇，外編 680 篇，佚名作品 88 篇），收錄的詩文本有約 1000 多處。其中，尤以盛唐和中唐小說使用詩文本的數量居多。盛、中兩唐是詩歌、散文、小說繁榮發展的時期，詩歌、散文、小說之間的相互滲透，是唐五代小說的一個重要特色。

縱觀唐五代小說與詩文本的關係主要有兩種：

一是小說與詩相配，詩文本與小說處於一種相互平行的並列關係。這種關係又分成兩種：

（一）歌傳相偶

唐五代時期，詩人與小說家聯袂創作，詩歌與傳奇交相輝映。陳寅恪曾指出：「唐人小說例以二人合成之。一人用散文作傳，一人以歌行詠其事。如陳鴻作長恨歌傳，白居易作長恨歌。元稹作鶯鶯傳，李紳作鶯鶯歌。白行簡作李娃傳，元稹作李娃行。白行簡作崔徽傳，元稹作崔徽歌。此唐代小說體例之原則也。」〔註 10〕程毅中在《唐詩與唐代小說》中還指出無名氏《霍小玉歌》與蔣防《霍小玉傳》、白居易《任氏行》與沈既濟《任氏傳》之兩兩配合的情形。〔註 11〕歌傳相偶，即詩與小說共同演繹同一題材的故事，相得益彰。如陳鴻的《長恨歌傳》和白居易的《長恨歌》，都敘述李、楊的愛情悲劇，但《長恨歌》採用的是詩歌形式，《長恨歌傳》採用的則是小說形式。劉開榮認為「《長恨歌》寫在先，《長恨傳》寫在後。《長恨傳》裏的事實及敘述的次序，一一都與《長恨歌》無二」〔註 12〕。然韻文的「歌」與散文的「傳」，發揮各自文體的優勢，首尾完整，又可以獨立成篇。白居易的《長恨歌》以抒

〔註 10〕陳寅恪《論再生緣》，出自陳寅恪《寒柳堂集》，三聯書店 2001 年版，第 105 頁。

〔註 11〕程毅中在《唐詩與唐代小說》一文中，探討了唐代詩歌與小說相互呼應的密切關係。唐代小說往往穿插故事中人物的詩歌，不僅恰當地表現了人物的情感和性格，還提高了小說的藝術品位。同樣，唐詩也接受了小說的藝術手段，加強了敘事詩的創作。並且小說與詩歌相配，兩者有相得益彰之妙。（見程毅中《唐詩與唐代小說》，出自白化文等編《周紹良先生欣開九秩慶壽文集》，中華書局 1997 年版，第 318～321 頁。）

〔註 12〕劉開榮《唐代小說研究》，商務印書館 1947 年版，第 40 頁。

情爲主，用和諧韻律、節奏，對唐明皇和楊貴妃愛情的感歎和他們禍國殃民的諷諫，暢快淋漓地抒發。而《長恨歌傳》以敘事爲主，作者洋溢的情感寓於周詳的敘事之中。又如元稹作《鶯鶯傳》，又自作《鶯鶯歌》（即《會眞詩》）附於《鶯鶯傳》文末，《鶯鶯歌》也可以從小說中分離出來而成爲獨立的詩歌，與《鶯鶯傳》相配。在審美和藝術效果上，《鶯鶯歌》與《鶯鶯傳》和《長恨歌》和《長恨歌傳》有異曲同工之妙。

（二）詩、序相配 [註13]

詩與具有小說特徵的「詩序」相配，豐富了小說敘事。

如范攄小說集《雲溪友議》中的《南海非》。《南海非》講述了房千里與一位佳麗的愛情故事。房千里，字鵠舉，大和初登進士第，曾因事南貶，官終高州刺史，以著傳奇《楊娼傳》（載《太平廣記》）著名，又撰《南方異物志》一卷，《投荒雜錄》一卷，並傳於世。《南海非》的故事梗概爲：房千里進士及第後，志得意滿，於嶺南漫遊。進士韋滂替他尋覓了一名十九歲的趙姓女子做妾，兩人感情頗爲融洽。後來，千里倦於遊從，與女子相約暫時分別，肅秋再會。趙氏在千里即將離別之際，潸然落淚，看似不捨。千里亦難以割捨，不僅贈詩以寄情，到襄州後，他還把趙氏託付給許渾。許渾派人訪趙，卻得知趙已成爲他人之妾。許渾只好寫信告知千里眞相。千里得知與自己情投意合的女子，竟然違背了分別時的誓言，不由得傷心欲絕。於是以詩報許，云：「春風白馬紫絲韁，正值蠶眠未採桑。五夜有心隨暮雨，百年無節待秋霜。重尋繡帶朱藤合，卻認羅裙碧草長。爲報西遊減離恨，阮郎纔去嫁劉郎。」 [註14] 魯迅曰：「此傳或即作於得報之後，聊以寄慨者歟。」 [註15]

[註13] 吳懷東《唐詩與傳奇的生成》系統探討了詩、序相配不同於「歌傳相偶」。詩、序相配是詩歌影響唐小說的另一種方式。「傳奇小說影響詩歌還有一種表現形式，就是不少詩序採用敘事性的小說形式，這些詩序有比較完整的情節，甚至有虛構，寫得趣味橫生……因爲這些詩序故事性強，影響甚至超過原詩，後人誤以爲是獨立單行的傳奇小說。」（見吳懷東《唐詩與傳奇的生成》，安徽大學出版社 2008 年版，第 231～232 頁。）李時人在《全唐五代小說》中，認爲一部分詩序具有小說特徵，他把這些具有小說特徵的詩序也納入小說考察的範圍。也就是說，唐五代小說中的一部分作品，是與詩歌相配的序言，它們像《桃花源記》一樣，從詩歌中獨立，成爲小說文體。（見李時人編校，何滿子審定《全唐五代小說》，陝西人民出版社 1998 年版，第 1907～1908 頁。）

[註14] 李時人編校，何滿子審定《全唐五代小說》，陝西人民出版社 1998 年版，第 1907～1908 頁。

在這首詩前，有一段序言，詳細交代了作詩的來龍去脈：

> 房千里博士初上第，遊嶺徼詩序云：「有進士韋滂者，自南海邀趙氏
> 而來，十九歲，爲余妾。余以鬢髮蒼黃，倦於遊從，將爲天水之別，
> 止素秋之期。縱京洛風塵，亦其志也。趙屢對余潸然，恨恨者，未
> 得偕行，即泛輕舟，暫爲南北之夢。歌陳所契，詩以寄情。曰：「鸞
> 鳳分飛海樹秋，忍聽鐘鼓越王樓。只應霜月明君意，緩撫瑤琴送我
> 愁。山遠莫教雙淚盡，雁來空寄八行幽。相如若返臨邛市，畫舸朱
> 軒萬里遊。」房君至襄州，逢許渾侍御。赴弘農公番禺之命，千里
> 以情意相托，許具諾焉。纔到府邸，遣人訪之，擬持薪粟給之，曰：
> 「趙氏卻從韋秀才矣。」許與房、韋，俱有布衣之分，欲陳之，慮
> 傷韋義；不述之，似負房言。〔註16〕

此中的詩序及房千里所作之詩，皆收入《全唐詩》卷 516。此詩又見於《全唐
詩》卷 800 趙氏名下，題作《寄情》。《才調集》卷十則作無名氏詩收之，題
《客有新豐館題怨別之詞》，「因詰傳吏，盡得其實，偶作四韻嘲之。」〔註17〕
這首詩歌和詩前小序，與小說原文互相映襯。詩歌之前以小說爲序，詩序所
交代的創作背景，從一個層面反映了唐時女子的再嫁之風。這與唐時政府法
令文書對婚姻的較少限制與規定有莫大關係。唐初，唐太宗頒佈《令有司勸
勉民間嫁娶詔》，規定以男年二十、女年十五作爲法定的婚齡，「皆任其同類
相求，不得抑取。」〔註18〕凡是鰥夫、寡婦喪期已過的，「並須申以媒媾，令
其好合。」〔註19〕因此，自上而下，除民間女子之外，就連唐朝公主再嫁者，
也不乏其人。據《新唐書・公主傳》載，唐代公主再嫁者達 24 人，其中三次
嫁人的就有 5 人。後來宣宗下詔，規定女子改嫁的條件：「其公主、縣主有子
而寡，不得復嫁。」〔註20〕但再嫁之風並未因這一詔令有所收斂。在小說《南
海非》中，房千里所愛慕的女子是青樓女子，更無需考慮節義而再嫁。

〔註15〕 魯迅編錄，曹光甫校點《唐宋傳奇集・稗邊小綴》，上海古籍出版社 1998 年
　　　版，第 405 頁。

〔註16〕 李時人編校，何滿子審定《全唐五代小說》，陝西人民出版社 1998 年版，第
　　　1907 頁。

〔註17〕 李劍國《唐五代志怪傳奇敘錄》，南開大學出版社 1993 年版，第 524 頁。

〔註18〕 〔清〕董誥等編《全唐文》，中華書局 1983 年版，第 54 頁。

〔註19〕 〔清〕董誥等編《全唐文》，中華書局 1983 年版，第 54 頁。

〔註20〕 〔宋〕歐陽修、宋祈撰《新唐書》，中華書局 1975 年版，第 3672 頁。

　　又如韓愈在《石鼎聯句詩序》中，描述了軒轅彌明、劉師服、侯喜三人聯詩的經過，刻畫了三人的性格特徵，渲染了三人賦詩所展示的才華。相對語言凝練，講究蘊藉、韻律形式之美的詩歌，小說更擅長於寫人、敘事。以小說為詩序，彌補了詩歌敘事的不足。因詩序詳細交代了創作緣由、主要人物及其經歷，所以詩歌就能更好地發揮抒情的長處，同時將詩歌的寓意升華，更有哲理、思辨色彩。配與敘事性強的小說為序，詩歌與小說相輔相成。孟簡《詠歐陽行周事》並序、李渤《南溪水詩》並序等，在詩歌前也綴有敘事性較長的小說為序，這實際上繼承了陶淵明《桃花源記並詩》的傳統。

　　唐五代時期的小說，流行以詩配序，「詩序可以彌補抒情短詩的某種缺陷，它擴大詩歌的背景，增大其藝術涵量，增加了詩歌的歷史感。」〔註21〕同樣，抒情性強的詩歌，也可以彌補詩序的缺陷，因詩歌以高度凝練、含蓄的語言抒發情感，讓詩序可以更好的發揮敘事的長處，詳細概括故事始末，使敘事與抒情水乳交融，情韻相生。這種詩與序相配的現象，是文體上的一種創造，進一步印證了詩歌在唐五代小說生成中的作用。

　　二、詩文本包孕於小說之中，成為小說整體結構中的組成部分。這是唐五代小說中使用詩文本最多的方式。這又可分成四種：

1、詩文本處於小說行文之中，「以詩傳話」，通過對話來推動故事情節的發展

　　曲折緊湊、跌宕起伏的故事情節，是小說吸引接受者的重要原因。唐五代小說家往往遵循時間的線性流程，採用「開端——發展——高潮——結局」的情節發展結構模式。作者在描述矛盾衝突的故事情節時，插入詩文本，或抒發感懷，或渲染氣氛，「極摹人情世態之歧，備寫悲歡離合之致」〔註22〕，以求達到動人心魄的藝術效果。如《伍子胥變文》有一段伍子胥在逃離楚兵追殺的途中，與一位浣紗女子相遇情節的敘述。浣紗女子打量伍子胥，她從伍子胥憔悴的面容，驚慌失措的眼神，疲憊不堪的神情，斷定此人為伍子胥，便邀伍子胥至其家中。於是，兩人之間展開對話：

　　女子泊（拍）紗於水，舉頭忽見一人，行步猖狂，精神恍惚，面帶饑色，腰劍而行，知是子胥，乃懷悲曰：「兒聞桑間一食，靈輒為之

〔註21〕吳承學《中國古代文體形態研究》，中山大學出版社 2002 年版，第 125～126 頁。

〔註22〕〔明〕抱甕老人輯《今古奇觀》，上海古籍出版社 2005 年版，第 1 頁。

　　扶輪；黃雀得藥封瘡，銜白環而相報。我雖貞潔，質素無虧，今於
　　水上泊（拍）紗，有幸得逢君子，雖即家中不被，何惜此之一餐。」
　　緩步岸上而行，乃喚：「遊人且住，劍客是何方君子？何國英才？相
　　貌精神，容儀聳幹。緣何急事？步涉長途。失伴周章，精神恍惚。
　　觀君面色，必然心有所求。若非俠客懷冤，定被平王捕逐？兒有貧
　　家一惠，敢屈君餐。情裏如何，希垂降步。」子胥答曰：「僕是楚人，
　　身充越使，比緣貢獻，西進楚王。及於梁鄭二國計會軍國，乘肥卻
　　返。行至小江，遂被狂賊侵欺，有幸得存。今日登山驀嶺，糧食罄
　　窮，空中聞娘子打紗之聲，觸處尋聲訪覓。下官形骸若此，自拙為
　　人，恐失王逞（程），奔波有實。今遊會稽之路，從何可通？乞為指
　　南，不敢忘（望）食！」女子答曰：「兒聞古人之語，蓋不虛言：『情
　　去意實難留，斷弦由可續。』君之行李，足亦可知。見君盼後看前，
　　面帶愁容而步涉，江山迢遞，冒染風塵，今乃不棄卑微，敢欲邀君
　　一食：兒家本住南陽縣，二八容光如皎練。泊（拍）紗潭下照紅妝，
　　水上荷花不如面。客行由同海泛舟，博（薄）暮皈巢畏日晚。倘若
　　不棄是卑微，願君努力當餐飯。」〔註23〕

伍子胥逃亡途中，遇見素不相識的浣紗女。浣紗女誠邀伍子胥至家中就餐，
伍子胥卻有意置之不理。因為對伍子胥來說，逃亡途中遇到的任何人都有可
能是自己的敵人，尤其是向自己表示善意之人，更有設計陷害自己的嫌疑。
因而他對女子的善舉是心存顧慮的。伍子胥的不領情，讓浣紗女子誤認為是
自己不知道伍子胥的身份才被拒絕。她為了說服伍子胥，直接指出他的真實
身份，這讓伍子胥更為驚恐。善良、單純的浣紗女，她不明白伍子胥此時最
擔心的就是被別人識破身份。伍子胥為隱瞞身份，只好與女子對話，謊陳身
世。本來就對女子有猜忌之心的伍子胥，在身份被識破後，心情變得更為緊
張，故事節奏也開始變得緊湊。這也符合小說情節設置不僅要求波瀾起伏，
而且講究層層推進的藝術特點。最後，伍子胥因浣紗女子為了卻自己心頭的
不安而自殺，內疚不已。至此，伍子胥與浣紗女子相遇這一故事情節暫告一
個段落，伍子胥繼續開始了新的流亡之路。

　　在浣紗女子與伍子胥相遇這一故事情節中，浣紗女子主動與伍子胥對

〔註23〕李時人編校，何滿子審定《全唐五代小說》，陝西人民出版社 1998 年版，第
　　　　　2456～2457 頁。

話，才引出了與伍子胥之間的故事；女子步步緊逼，直指伍子胥的身份，才讓伍子胥矯陳身世。故事因他們之間的對話而繼續向前推進，進入到新的環節；女子從伍子胥的神情、話語中明白自己被拒絕的真正原因後，即投河自盡。伍子胥反思因自己的猜忌而讓女子香消玉殞，心中愧疚不已。作者讓故事中人物以詩文本的形式應答，不僅推動了故事情節的發展，同時也發揮了詩文本委婉、含蓄、抒情的長處，讓接受者根據詩文本的提示，主動參與故事意義的生成。這樣，故事用韻散夾雜的語言，在張弛有度的敘述節奏中，真實、形象地再現了伍子胥流亡途中警惕多疑的心理。

又如李玫的《纂異記‧許生》敘述了五鬼魂相聚甘泉店甘堂館，飲酒賦詩、抒泄情懷的故事。小說共有八處詩文本。其中白衣吏「朗吟」，一白衣吏「又吟」，一白衣吏「乃曰」，一白衣吏「倡云」，一「少年神貌揚揚者詩云」，一「短小器宇落落者詩云」，一「清瘦及瞻視疾速者詩云」，一「長大少鬚髯者詩云」。小說的敘事框架完全由在一個遊宴場景中串吟的八處詩文本組成。老翁酒後容光煥發、精神振奮，邊走邊朗誦「春草萋萋春水綠，野棠開盡飄香玉。繡嶺宮前鶴髮人，猶唱開元太平曲」〔註24〕的詩文本，流露出一介遺老對先朝無限留戀的情懷，特別惹人注目。老人的身世，不由得引人猜疑和好奇。於是，許生策馬往前走，問老翁姓名。老翁微笑不答，用詩文本暗示自己的身份：「厭世逃名者，誰能答姓名。曾聞三樂否？春取路傍情。」〔註25〕此句，更激起了許生的好奇心，尾隨老翁前行。接下來，描述了五鬼以詩文本來交流切磋、炫耀才學的場景，以詩酒娛樂的盛宴。各鬼通過吟誦詩文本，陳述身世、感懷人生。

2、詩文本處於小說行文之中，不直接影響故事情節，但可以對故事人物、環境、背景進行必要的敘說交待或對故事人物進行分析評價

小說的主體是由情節鏈構成的有頭有尾的完整故事。在唐五代小說中，為了突出作者的創作意圖、激發接受者的閱讀興趣或者幫助接受者深入故事主旨，作者有意使用詩文本，對故事背景、環境、人物進行必要的交待、補充和分析評價。如在《舜子變》中，故事結束後，作者用詩文本總結舜的人

〔註24〕李時人編校，何滿子審定《全唐五代小說》，陝西人民出版社 1998 年版，第 1387 頁。

〔註25〕李時人編校，何滿子審定《全唐五代小說》，陝西人民出版社 1998 年版，第 1387 頁。

生經歷，並給予評價：

> 其詩曰：瞽叟填井自目盲，舜子從來歷山耕。將米冀都逢父母，以
> 舌舐眼再還明。又詩曰：孝順父母感於天，舜子濤（淘）井得銀錢。
> 父母拋石壓舜子，感得穿井東家連。舜子至孝變文一卷檢得《百歲
> 詩》云：「舜年廿學問。卅，堯舉之。五十，大行天下事。六十一，
> 代堯踐帝位。在位卅九年，南巡狩，崩於蒼梧之野，年百歲。葬於
> 南九疑，是為零陵。舜子姓姚，字重華。」〔註26〕

此處以詩文本概括前文所述故事內容，高度讚揚了舜的忠孝節義。又如在
《王昭君變文》中，昭君抑鬱不樂，藩王想方設法取悅昭君，並封她為妃。
敘述者在此段故事情節暫時落幕，下一故事情節即將開始之時，用「轉說」
對昭君的不悅、藩王為討好昭君的努力和昭君被封為貴妃的整個事件，以詩
文本進行概述和評議：

> 故□（入）國隨國，入鄉隨鄉，到蕃裹（裏）還立蕃家之名，榮拜
> 號作煙脂貴氏處，有為陳——傳聞突厥本同咸，每喚昭君作貴妃。
> 呼名更號煙脂氏，猶恐他嫌禮度微。牙官少有三公子，首領多饒五
> 品緋。屯下既稱張毳幕，臨時必請帟門旗。槌鐘擊鼓千軍喊，叩角
> 吹螺九姓圍。瀚海上由鳴戛戛，陰山的是振危危。樽前校尉歌楊柳，
> 坐上將軍舞落暉。乍到未閒（嫻）胡地法，初來且著漢家衣。冬天
> 野馬從他瘦，夏月羫牛任意肥。邊塞忽然聞此曲，令妾愁腸每意（憶）
> 歸。蒲桃未必勝春酒，氈帳如何及彩幃。莫怪適來頻下淚，都為殘
> 雲度嶺西。〔註27〕

本用於抒發情感、情緒或理想的詩文本，融入小說後，具有了獨立文本所不
具有的特殊意義。《王昭君變文》中用「轉說」字眼引出的具有評論性質的詩
文本，除抒寫作者濃縮的情感外，還概括了事情的始末。這種以詩文本概述、
評價的表達形式，具有詩特有的韻味和節奏。

同屬通俗小說的《伍子胥變文》、《孝子成道經》、《王昭君》、《張義潮》、
《目連緣起》、《舜子變》、《八相變》、《破魔變文》、《降魔變文》、《難陀出家
緣起》、《大目乾連救母變文》、《醜女緣起》等，小說中使用詩文本的情況與

〔註26〕李時人編校，何滿子審定《全唐五代小說》，陝西人民出版社 1998 年版，第
　　　　2557～2558 頁。
〔註27〕李時人編校，何滿子審定《全唐五代小說》，陝西人民出版社 1998 年版，第
　　　　2518～2519 頁。

此相類，但每篇之中詩文本的數量有區別。當然，通俗小說中也並非全都如此。如《廬山遠公話》、《蘇武李陵執別詞》、《孟姜女變文》等便無對故事人物、環境、背景進行敘說的詩文本。

　　3、小說的「詩化」

　　「詩化小說」是小說和詩融合、滲透後出現的一種新的文體類型。法國象徵派詩人古爾蒙在 1893 年提出了「詩化小說」的原則：「小說是一首詩篇。不是詩歌的小說並不存在。」〔註 28〕從此，詩化小說作為一種融合了敘事文學的敘事方式和抒情文學的詩意方式的新小說類型，在西方小說史上一直綿延不絕，並影響了中國對小說的闡釋和看法。19 世紀 20 年代，周作人結合中國小說的自身特徵，在介紹 Kupri 的小說《晚間的來客》以及 Zola 的《瑪加爾的夢》時，提出了「抒情詩的小說」，表明「詩化小說」概念在中國的接受。〔註 29〕「詩化小說的主導傾向，即語言的詩化與結構的散文化，小說藝術思維的意念化、抽象化，以及意象性抒情、象徵性意境的營造等諸種形式特徵。」〔註 30〕「詩化小說」不注重情節敘事，不致力於性格塑造，追求抒情效果和營構詩樣的意境取勝。雖然「詩化小說」的概念產生較晚，但在詩歌、散文、小說均發展繁榮的唐代，作家們常常破「體」為文，小說家以詩為小說，以一枝枝生花妙筆，抒寫了一篇篇洋溢著濃鬱詩情的小說故事。

　　唐五代小說的「詩化」主要表現在以下幾個方面：

　　第一，淡化情節，側重抒情寫意

　　唐五代小說中的一些作品，作家不是按時間順序講故事，也不是濃墨重彩地刻畫人物，而是分解敘述，把事件分成散金碎玉般的意象，通過意象的重複出現描述故事。這些小說並不完全排斥人物性格的塑造、事件的精雕細刻，而是在敘述的過程中，作家更注重感情的滲入，使環境、人物、事件等

〔註28〕轉引自〔法〕布呂奈爾、庫蒂、賽利埃、特呂菲著，鄭克魯等譯《20 世紀法國文學史》，四川文藝出版社 1991 年版，第 37 頁。

〔註29〕周作人在《〈晚間的來客〉譯記》一文中，指出在現代文學裏，有一種小說不僅可以敘事，還可以抒情。這種小說的文學的特質重在傳達情感，即使是純自然派的描寫，也仍然是「通過了著者的性情的自然」。這種小說就是形式特別的「抒情詩的小說」。（見周作人《〈晚間的來客〉譯記》，出自鍾叔河編訂《周作人散文全集》，廣西師範大學出版社 2009 年版，第 466 頁。）

〔註30〕吳曉東《象徵主義與中國現代文學》，安徽教育出版社 2000 年版，第 173 頁。

都帶上作家特有的情致、情緒或情調。因而，此類小說既有詩的韻律、分行或節奏，又有生動鮮明的人物形象、曲折動人的故事情節和美不勝收的環境。

沈亞之的一系列小說，如《湘中怨解》、《秦夢記》、《感異記》等著力於詩意美的營造，不追求故事結構的整飭和情節的完整。沈亞之很少讓事件捆綁心靈，常常自由地表現自己的詩情意趣。「包括《秦夢記》在內，沈亞之所作的《異夢錄》、《湘中怨解》、《感異記》等四篇都是『情語』之作，其共同的特點是具有濃鬱的詩意，可視爲抒情小說、詩化小說。」〔註31〕情節的淡化，引起了小說一系列的變化。《湘中怨解》雖寫孤女與鄭生的愛情故事，但又很難理出一個完整的故事。依稀的情節都被接踵而來的細節沖淡了，被隨意觸發的聯想扯散了，被作家的情感淹沒了。孤女的特殊出身，她的不幸遭遇，她多愁善感的個性，她對愛情地執著，對神仙世界的無奈，所有的一切則以「我」對孤女的深切思念和濃濃情愛貫串起來，含蓄蘊藉，迴腸蕩氣。在《秦夢記》中，沈亞之自述己夢，以夢寄寓對人生遭際坎坷的慨歎。他筆下之「秦夢」，是感傷的夢，惆悵的夢，其中還穿插詩文本渲染這種感傷情緒。以上兩篇小說，題材相近，均寫人神相遇與戀愛婚姻之事，「以華艷之筆，敘恍忽之情」〔註32〕，篇中又穿插詩歌，增強抒情氣氛，「李賀許其工爲情語，有窈窕之思。」〔註33〕

第二，語言的詩化

唐五代小說交錯運用長短句，整散結合，使小說語言靈活，句式多變，富於音樂美和節奏感。如《靈怪集·郭翰》，講述了郭翰與仙女之間旖旎動人的愛情故事。在明月懸空的盛夏，郭翰一人獨處。在香氣馥鬱中，仙女伴隨著清風，從天而降：

> 早孤獨處。當盛暑，乘月臥庭中。時有清風，稍聞香氣漸濃。翰甚
> 怪之，仰視空中，見有人冉冉而下，直至翰前，乃一少女也。明艷
> 絕代，光彩溢目。衣玄綃之衣，曳霜羅之帔，戴翠翹鳳凰之冠，躡
> 瓊文九章之履。侍女二人，皆有殊色，感蕩心神。〔註34〕

〔註31〕姜宗妊《談夢——以中國古代夢觀念評析唐代小說》，南開大學出版社 2006年版，第 90 頁。

〔註32〕魯迅《中國小說史略》，人民文學出版社 2007 年版，第 75 頁。

〔註33〕〔唐〕沈下賢著，肖占鵬，李勃洋校注《沈下賢集校注》，南開大學出版社 2003年版，第 3 頁。

〔註34〕李時人編校，何滿子審定《全唐五代小說》，陝西人民出版社 1998 年版，第

小說家以詩的心靈擁抱人物，用詩一樣的語言，把仙女降臨人間描繪得如詩如畫，頗有意境。韻散夾雜的小說語言，不同於廣泛運用於其他小說中的純散文式語言，產生了詩句般的變化。語義超越邏輯，增強了句與句之間的張力：整齊的四字句對仙女容貌的描繪鮮人耳目，環境的佈設又添了蕩氣迴腸；忽張忽弛的節奏韻律，語氣頓挫抑揚；妙用心理動詞，使情緒的流瀉如溪穿澗石。這樣的語言表達方式，讓人意識到語言美的可塑性。

又如《集異記・李子牟》中，作者對李子牟和老翁笛音的描寫，也是詩情畫意俱佳：

> 子牟即登樓，臨軒獨奏，清聲一發，百戲皆停，行人駐足，坐者起聽。曲罷良久，眾聲復喧。……子牟以授之，而叟引氣發聲，聲成笛裂。四座駭愕，莫測其人。……叟乃授之微弄，座客心骨冷然。叟曰：「吾憫子志尚，試為一奏。」清音激越，遏韻泛溢，五音六律，所不能偕。曲未終，風濤噴騰，雲雨昏晦。少頃開霽，則不知叟之所在矣。〔註35〕

這段文字，語言雋永，音調和諧，富於音樂性。小說用形象化語言，展示了老者無與倫比的演奏技巧。李子牟吹笛發出的是清脆悅耳的聲音，有著讓周圍所有喧囂變得寂靜，讓所有人都沉浸在美妙樂聲中的效果。同是吹笛高手，老者更勝一籌。他試音時，只是幾聲輕響，雖沒有什麼曲調，眾人就覺得老者的笛音超凡脫俗，有讓讓入沉醉於其中的神妙。當老者正式吹奏時，他高蹈出世的情懷與笛音融為一體，讓聽眾有心曠神怡之感。並且寧靜的夜晚霎時烏雲密集，平靜的江水也變得波濤洶湧。《李子牟》用最能表達作者情感、最富有表現力的語言，渲染了李子牟和老者笛音的美。讀者的情感隨著小說情感韻律的節奏而起伏，隨著作品描繪的意境而飛馳自己的想像。

唐五代小說家把自己充沛的情感融入小說作品中，用韻律相對整齊，或跳躍性大的語言來高度集中地表現社會生活和人的精神世界，激發讀者的審美想像，體會作品語言所帶來的詩意美。

第三，化用詩歌意境

唐五代的小說作家，很多都是詩人，有深厚的詩學修養。他們善於以詩

---

548 頁。

〔註35〕李時人編校，何滿子審定《全唐五代小說》，陝西人民出版社 1998 年版，第810 頁。

意的眼光來觀照世俗、人生。「佇中區以玄覽，頤情志於《典》《墳》。遵四時以歎逝，瞻萬物而思紛。悲落葉於勁秋，喜柔條於芳春。」〔註36〕生活流程中的某一細節、某一感觸、某一情調等等，激起了作者創作的靈感，他的思緒在古典詩句的芳林中遊弋，以詩的心境去感受生活，或者給生活注入詩意的理想，找到小說情節與詩歌中情景的對應聯繫，創作出與原來詩歌意境相似或迥異的作品，營構出小說的詩情、詩景、詩境。

如裴鉶《傳奇·裴航》對藩夫人、雲英美貌的描繪：

夫人乃使裊煙召航相識。及褰帷，而玉瑩光寒，花明麗景，雲低鬢鬟，月淡修眉，舉止煙霞外人，肯與塵俗爲偶。〔註37〕

因還甌，遽揭箔，睹一女子，露裛瓊英，春融雪彩，臉欺膩玉，鬢若濃雲，嬌而掩面蔽身。〔註38〕

顯然，這兩段文字受《詩經·衛風·碩人》對女子容貌描寫的影響。《詩經·衛風·碩人》運用形象的比喻，把女子的美變得可感、可視：「手如柔荑，膚如凝脂，領如蝤蠐，齒如瓠犀，螓首蛾眉。巧笑倩兮，美目盼兮。」〔註39〕《傳奇·裴航》的作者化用古詩意境，以詩的情調和筆法鋪寫藩夫人、雲英的美麗。

又如在《李娃傳》中，李娃與滎陽生分別時，向其傾訴：「送子涉江，至於劍門，當令我回。」〔註40〕此情此景，與《詩經·氓》中女子送別其愛慕男子的情形何其相似：「送子涉淇，至於頓丘。」〔註41〕不同之處在於，《氓》中的女子送別男子，是情人幽會後短暫的分別。而李娃如果與李生分開，則意爲永久的訣別。李娃化用《氓》中詩句，以《氓》中女子有短暫的歸宿，反襯自己的孤獨、落寞。臨別前的這處詩文本，說明她雖然深明大義，但仍無法掩飾自己內心的淒涼。

〔註36〕〔晉〕陸機撰，張少康集釋《文賦集釋》，人民文學出版社 2002 年版，第 20 頁。

〔註37〕李時人編校，何滿子審定《全唐五代小說》，陝西人民出版社 1998 年版，第 1759〜1760 頁。

〔註38〕李時人編校，何滿子審定《全唐五代小說》，陝西人民出版社 1998 年版，第 1760 頁。

〔註39〕周振甫譯注《詩經譯注》，中華書局 2002 年版，第 82 頁。

〔註40〕李時人編校，何滿子審定《全唐五代小說》，陝西人民出版社 1998 年版，第 630 頁。

〔註41〕周振甫譯注《詩經譯注》，中華書局 2002 年版，第 84 頁。

　　張薦《靈怪集・郭翰》用第三人稱全知敘事手法，鋪敘了一場人仙之間的姻緣。全文包括書信末尾所附詩，共 5 處詩文本。當郭翰與仙女臨行分別之際，兩人在書信中相互用詩歌酬答、傳情，那些詩歌都是含而不露、溫婉詠歎戀情的：

　　　　明年至期，果使前者侍女，將書函致。翰遂開封，以青縑為紙，鉛
　　　　丹為字。言詞清麗，情念重疊。書末有詩二首。詩曰：「河漢雖云闊，
　　　　三秋尚有期。情人終已矣，良會更何時？」又曰：「朱閣臨清漢，瓊
　　　　宮御紫房。佳期情在此，只是斷人腸。」〔註42〕

化用古詩，小說語言簡潔，表達委婉、含蓄，營造出如古詩十九首「迢迢牽牛星，皎皎河漢女。纖纖擢素手，札札弄機杼。終日不成章，泣涕零如雨。河漢清且淺，相去復幾許？盈盈一水間，脈脈不得語」〔註43〕般的意境。跨越幾千年的時空，在歷史的記憶中，引起接受者無限的遐想。

　　唐五代小說家們在小說中化用詩句或者詩意，表達主旨，抒發思想感情，使小說顯得古雅蘊藉，耐人尋味。洪邁在《容齋隨筆》中指出：「唐人小說，不可不熟，小小情事，悽婉欲絕，洵有神遇而不自知者，與詩律可稱一代之奇。」「大率唐人多工詩，雖小說戲劇，鬼物假託，莫不宛轉有思致，不必顰門名家而後可稱也。」〔註44〕這十分精當地闡述了唐詩對唐五代小說的滲透。

第二節　唐五代小說中辭賦、駢文本的使用情況

　　駢文對小說的影響深遠。〔註45〕唐前小說，較早運用賦文本的有《漢武故事》，其中以賦名篇的有《梁孝王忘憂館時豪七賦》、《文木賦》、《大人賦》等。在《梁孝王忘憂館時豪七賦》中，皇帝召集枚乘、路喬如、公孫詭、

〔註42〕 李時人編校，何滿子審定《全唐五代小說》，陝西人民出版社 1998 年版，第
　　　　549 頁。
〔註43〕 張庚纂《古詩十九首解》，中華書局 1985 年版，第 9 頁。
〔註44〕 〔宋〕洪邁《容齋隨筆・唐詩人有名不顯者》（卷第十五），上海古籍出版社
　　　　1996 年版，第 193 頁。
〔註45〕 譚家健在《六朝文章新論》一書中，總結學界目前對駢文與辭賦的看法主要
　　　　有三種：第一，駢文包括辭賦；第二，不包括辭賦；第三，包括駢賦而不包
　　　　括賦體文學。在唐五代小說中，因駢文、辭賦使用的情境和功能大體相似，
　　　　根據古人「從寬處理」的原則，本文把駢文、辭賦置於同一節進行考察。（見
　　　　譚家健《六朝文章新論》，北京燕山出版社 2008 年版，第 514 頁。）

公孫乘等各位遊士，在忘憂館作賦娛樂。與唐時文士自覺圍繞某一文壇或政壇要人，組成文學沙龍，吟誦詩歌，切磋才藝，炫耀才學，賦詩娛樂類似。不過，《梁孝王忘憂館時豪七賦》中的遊士是受皇帝命令，沒有唐時文士的自覺。《西京雜記》中的《黃鵠歌》由楚辭體寫成：「黃鵠飛兮下建章，羽肅肅兮行蹌蹌，金為衣兮菊為裳。唼喋荷荇，出入蒹葭，自顧菲薄，愧爾嘉祥。」〔註 46〕《黃鵠歌》記載了發生在始元元年，皇帝看到黃鵠下太液池，因而吟誦辭的故事。唐前小說使用駢文、辭賦雖不常見，但有助於唐五代小說家對駢文、辭賦的靈活運用。

　　宋人陳師道曾將裴鉶的《傳奇》與范仲淹的《岳陽樓記》相較：「范文正公為《岳陽樓記》，用對語說時景，世以為奇。尹師魯讀之曰：『《傳奇》體爾。』《傳奇》，唐裴鉶所著小說也。」〔註 47〕清人梁紹壬云：「裴鉶著小說多奇異，可以傳示，故號《傳奇》。」〔註 48〕宋人晁公武云《傳奇》「其書所記皆神仙詼諧事」〔註 49〕。所謂「用對語說時景」，「所記皆神仙詼諧事」，「多奇異，可以傳示」大抵概括了《傳奇》的基本特徵。裴鉶《傳奇》明顯繼承了文言小說興盛期作品的創作風格，表現為敘事詳而有致，怪而有情，且多詩歌插入，特別是善用駢文、辭賦鋪陳、渲染，正如明人胡應麟所說：「頗事藻繪而體氣俳弱，蓋晚唐文類爾。」〔註 50〕除裴鉶的小說集《傳奇》外，唐五代的單篇小說或小說作品集，也明顯受到了駢文、辭賦的影響。（詳見附錄六）

　　唐五代小說中的辭賦、駢文本主要用於以下情形：

第一，故事人物創作或吟誦辭賦、駢文本

　　故事人物通過創作或吟誦辭賦、駢文本，以之來傳達內心的情感和心境。具體篇目有：《湘中怨解》、《梅權衡》、《韋鮑生妓》、《梅妃傳》、《榕樹精靈》、《李賀》、《遊仙窟》等。

〔註 46〕 上海古籍出版社編《漢魏六朝筆記小說大觀》，上海古籍出版社 1999 年版，第 82 頁。

〔註 47〕 〔清〕何文煥輯《歷代詩話》，中華書局 1981 年版，第 310 頁。

〔註 48〕 上海古籍出版社編《清代筆記小說大觀》，上海古籍出版社 2007 年版，第 5371 頁。

〔註 49〕 〔宋〕晁公武撰，孫猛校證《郡齋讀書志校證・小說類・〈傳奇〉三卷》（第十三卷），上海古籍出版社 1990 年版，第 555 頁。

〔註 50〕 〔明〕胡應麟《少室山房筆叢・辛部・莊岳委譚下》，上海書店出版社 2009 年版，第 424 頁。

在《湘中怨解》中，從生韋敫與汜人分別後，在一次宴會飲酒時，面對汪洋的洞庭湖，勾起了他對汜人的無限思念，於是「生愁吟曰：『情無垠兮蕩洋洋。懷佳期兮屬三湘』」〔註51〕。聽到從生韋敫的吟誦，汜人起舞，以歌合之，曰：「溯青山兮江之隅，拖湘波兮裹綠裾。荷拳拳兮未舒。匪同歸兮將焉如！」〔註52〕韋敫和汜人，用駢文本述説自己的相思別恨，有著言不盡意的淒美和悲愴。

又如在《梅妃傳》中，梅妃失寵，爲讓皇帝迴心轉意，她曾央請高力士尋求詞人擬司馬相如爲《長門賦》。高力士正侍奉楊貴妃，且懼其勢，以「無人解賦」爲由推辭。梅妃只好親自作《樓東賦》：

> 玉鑒塵生，鳳奩香殄，懶蟬鬢之巧梳，閑縷衣之輕練。苦寂寞于蕙宮，但凝思乎蘭殿。信摽落之梅花，隔長門而不見。況乃花心颺恨，柳眼弄愁，暖風習習，春鳥啾啾。樓上黃昏兮聽鳳吹而回首，碧雲日暮兮對素月而凝眸。溫泉不到，憶拾翠之舊遊：長門深閉，嗟青鸞之信修。憶昔太液清波，水光蕩浮，笙歌賞燕，陪從宸旒。奏舞鸞之妙曲，乘畫鷁之仙舟。君情繾綣，深敍綢繆。誓山海而常在，似日月而無休。奈何嫉色庸庸，妒氣衝衝，奪我之愛幸，斥我於幽宮。思舊歡之莫得，想夢著乎矇矓。度花朝與月夕，羞懶對乎春風。欲相如之奏賦，奈世才之不工。屬愁吟之未盡，已響勁乎疏鐘。空長歎而掩袂，躕躇步於樓東。〔註53〕

在梅、楊二妃爭寵的明爭暗鬥中，盛極一時的梅妃敗於楊貴妃。才情橫溢的梅妃，獨居上陽東宮，不得見君一面，作《樓東賦》自述心意和在深宮的寂寞，表達對玄宗的思念和絲絲怨恨。梅妃事迹，《新唐書》、《舊唐書》、《資治通鑒》等都不見其記載。魯迅、鄭振鐸、劉大杰等也否認梅妃的存在。歷史上可能並無梅妃其人，但這又是凝聚了深厚歷史文化內涵的典型人物形象：「我們很難説這個人物是『一次性』地完成的，而且，很可能不是『一次性』就能夠完成的。我們很難説這個人物只是以某位妃嬪爲原型，而很可能是以

〔註51〕李時人編校，何滿子審定《全唐五代小説》，陝西人民出版社 1998 年版，第691 頁。

〔註52〕李時人編校，何滿子審定《全唐五代小説》，陝西人民出版社 1998 年版，第691 頁。

〔註53〕李時人編校，何滿子審定《全唐五代小説》，陝西人民出版社 1998 年版，第1416 頁。

不止一位妃嬪為原型的。我們很難說這個人物僅僅是那些被打入冷宮的宮女們的創造，但是，這個人物形象的形成很可能包孕著那些宮女們內心對皇帝的無限哀怨與對楊妃的刻毒仇恨。」〔註54〕《梅妃傳》融入梅妃擬司馬相如《長門賦》而成的《樓東賦》，匠心獨運，有以借梅妃之事來寫廣大女性在愛情、婚姻中不幸的寓意。古往今來，女性感情上的遭遇，一如梅妃在上陽東宮般淒慘。賦文本的出現，增加了作品反映社會問題的廣度和深度，使整部作品更加飽滿，深邃。同時，《樓東賦》在很大程度上也反應了故事人物梅妃敢於坦陳、直言的性格特點，預示著故事人物的命運和結局。梅妃因把自己對皇帝、楊妃的真情實感在賦中直接抒發，楊妃以此為把柄，要求明皇賜死梅妃，《樓東賦》為梅妃招來了殺生之禍。

在《梅權衡》中，梅權衡吟誦的戲謔張季遐等人學業不精的辭賦文本，「恍兮惚兮，其中有物；惚兮恍兮，其中有諒。犬蹲其傍，鷗拂其上」〔註55〕，讓小說趣味橫生。故事人物吟誦的辭賦文本，展示了作者的才情，也展現了小說人物的性情。尤其是故事人物的擬作，讓讀者很自然地把它與此同類作品相較，增強了作品的歷史縱深感，更能觸動讀者。

第二，使用辭賦、駢文本的句式或語言表達方式

使用辭賦、駢文本的語言或表達方式刻畫人物、描繪場景，是唐五代小說使用辭賦、駢文本的主要方式。小說用辭賦、駢文本來刻畫人物形象，力求突出人物的華美。如戴孚《廣異記》中的《李湜》篇，當李湜經過華嶽廟與三夫人相遇後，對三夫人的容貌極力皴染：

> 家人守之，三日方悟。說云：「靈帳瑰筵，綺席羅薦，搖月扇以輕暑，曳羅衣而縱香。玉佩清泠，香風斐亹。候湜之至，莫不笑開星靨，花媚玉顏。敘離異則涕零，論新歡則情洽，三夫人皆其有也。湜才偉於器，尤為所重。各盡其歡情。及還家，莫不惆悵嗚咽，延景惜別。」〔註56〕

短短一段話，就用駢文本對三夫人的服飾、動作、笑容、香味進行了描寫。

〔註54〕董上德《古代戲曲小說敘事研究》，廣東高等教育出版社 2007 年版，第 202 頁。

〔註55〕李時人編校，何滿子審定《全唐五代小說》，陝西人民出版社 1998 年版，第 1280 頁。

〔註56〕李時人編校，何滿子審定《全唐五代小說》，陝西人民出版社 1998 年版，第 354 頁。

這種鋪陳手法的運用，能把所要表現的故事或人物形象可感的表現，突出故事人物華美的外形、高貴的氣質，從而起到更好的視覺、觸覺效果。而駢文本語言與通俗語言的結合，於此也可見其敘述上的便利。

又如《柳毅傳》亦用駢文鋪敘被解救回龍宮的龍女的外貌：

> 有一人，自然蛾眉，明璫滿身，綃縠參差。迫而視之，乃前寄辭者。然若喜若悲，零淚如絲。須臾，紅煙蔽其左，紫氣舒其右，香氣環旋，入於宮中。〔註57〕

這裏的駢文本對龍女外貌的描寫細緻入微。炫人耳目的服飾，盡顯龍女的雍容華貴；自然的容貌，展示了龍女的天生麗質；悲喜交集的神情，描摹了龍女五味雜陳的心境。在煙雲嫋繞、香氣陣陣中，龍女疏忽即來，轉眼即去，神仙風範十足。作者從龍女的外貌、神情、動作等，鋪敘了龍女不同尋常的美。這種美，與柳毅初見龍女的滄桑、憔悴，形成鮮明的對照，給人留下深刻印象。

又如在《遊仙窟》中，「余」向浣衣女子打探與崔女郎相關的情況，女子用駢文本介紹了崔女郎的身世、容貌：

> 博陵王之苗裔，清河公之舊族也。容貌似舅，潘安仁之外甥；氣調如兄，崔季珪之小妹。華容婀娜，天上無儔；玉體逶迤，人間少匹。輝輝面子，荏苒畏彈穿；細細腰支，參差疑勒斷。韓娥宋玉，見則愁生；絳樹青琴，對之羞死。千嬌百媚，造次無可比方；弱體輕身，談之不能備盡。〔註58〕

浣衣女子口中提及的博陵王、清河公，都是名門望族，地位顯赫。潘安仁的美貌，眾人皆知。崔季珪的儀態、風度，普通人難以企及。浣衣女子用極為誇飾的語言，比擬崔女郎無可形容的美。她的美麗，不僅在於容貌，還在於內在的風雅神韻。

用駢文本鋪敘人物的身世，需要作者有豐富的想像力和幻想力，才能竭其所能的將人物身世，用非常態的語言描述出來。讀者同樣也需要有這種思維能力，才能與作者產生共鳴，領略作品的藝術魅力。

小說中，故事人物的活動離不開場景，場景是人物活動必須的舞臺。場

〔註57〕李時人編校，何滿子審定《全唐五代小說》，陝西人民出版社 1998 年版，第580 頁。

〔註58〕李時人編校，何滿子審定《全唐五代小說》，陝西人民出版社 1998 年版，第131 頁。

景的好壞直接影響人物的出場效果。場景描寫既可以渲染人物出場的背景，
還可以設置人物活動的舞臺。也就是說，場景是爲人物服務的，恰到好處的
環境描寫要比人物的單純刻畫更爲精彩。用駢文本鋪陳、渲染出場面的特點，
有吸引人耳目的效果。對場景的描寫，最清幽、淡雅的，莫過於《封陟傳》
中作者對封陟居所的描摹：

> 書堂之畔，景象可窺，泉石清寒，桂蘭雅淡，戲猿每竊其庭果，唳
> 鶴頻棲於澗松。虛籟時吟，纖埃晝闐。煙鎖閣篁之翠節，露滋躑躅
> 之紅葩。薜蔓衣垣，苔茸毯砌。〔註59〕

作者對場景的描寫以封陟的性格特徵爲中心而展開。封陟所居之處，與他潛
心修學、儒雅的性格相互映襯。平鋪直敘的語言，插入典雅、省淨的駢文本，
符合封陟讀書人的身份。在語境上，相對整齊的句式，夾入錯落有致的韻語，
使語言頗具形式美和表現力。同時，人物在與自己性格一致的場景中活動，
能將作者的傾向通過具體的場面描寫自然流露。

　　類似於《封陟傳》中對人物的居所精細描摹，唐五代小說中還有多篇，
如《遊仙窟》、《郭翰》、《柳毅傳》、《伍子胥》等。用介於詩和散文之間的駢
文本描寫環境，使場景描寫的角度、層次以及手法，不同於直白的口語，也
不同於受到較多約束的詩歌。駢文本在語言簡潔靈巧的基礎上，用華麗、文
雅的語言對場景進行渲染、描繪，使小說新穎奇特，給人以美的藝術享受。
在唐五代小說中，作者把自己的情感藏匿於字裏行間，用辭賦、駢文本來寫
人、敘事。在鋪張揚厲的描述中，用似贊如頌的美辭，極含蓄地表達自己的
認識。駢文要求旁徵博引，「用典來源於舉例引證，後來發展爲帶有比擬隱喻
性質，以達到含蓄、委婉、典雅的修辭目的。……用典是否妥貼、精巧、繁
富，乃是古人衡量駢文水準的重要標誌，也是顯示作家知識學問的主要手段。」
〔註60〕辭賦、駢文本運用於小說，對作者的文學修養有一定的要求。因此，
唐五代小說作者自覺借用辭賦、駢文，用來炫耀才學，以之作爲逞才的一種
手段。這體現了唐人有意爲小說的創作意識。原本用散體語言來敘述的小說
故事，也因駢文本的介入而形成相對整齊的句式。小說語言在駢散交錯、韻
散夾雜中，形成和諧的韻律美。

〔註59〕李時人編校，何滿子審定《全唐五代小說》，陝西人民出版社 1998 年版，第
　　　　1765 頁。
〔註60〕譚家健《六朝文章新論》，北京燕山出版社 2008 年版，第 518 頁。

第三節　詩賦、駢文本在唐五代小說敘事中的作用

目前，學界在研究詩賦、駢文與唐五代小說關係的時候，主要從「詩筆」的角度探討詩賦、駢文融入小說所帶來小說文體形式上的變化，較少關注詩、駢文本在唐五代小說敘事中的作用。詩賦、駢文本在唐五代小說敘事中的作用主要有以下幾個方面：

一、預敘情節或推動情節發展

情節是敘述性文學的基本要素。高爾基指出：「文學的第三個要素是情節，即人物之間的聯繫、矛盾、同情、反感和一般的相互關係，──某種性格、典型的成長和構成的歷史。」〔註61〕情節對小說來說，非常重要。在唐五代小說中，書牘文本、論說文本、祝文本等都有推動小說情節發展的敘事功能（在前面與之相對應的章節中，已有論述）。這些文本雖同有推動情節發展的功能，表現方式卻有差異。書牘文本，主要是將各故事串聯，使各故事環環相扣，以此推動故事情節的向前展開。而論說文本則是在各事件之間形成某種因果聯繫，以此推動故事情節的衍進。唐五代小說中，有些詩賦、駢文本遊離於故事情節之外，對情節沒有實質性的意義。但有些詩賦、駢文本卻是情節的必要組成，它們或預敘故事情節，或推動故事情節發展。

（一）用詩賦、駢文本預敘故事情節

為了引起接受者對故事的興趣，讓接受者對故事內容有個整體的印象，也是為了讓小說圍繞某一主題而進行，作者以詩賦、駢文本預敘故事情節。根據小說敘述所需，這種預序可以在開篇，也可以在文中，位置比較靈活。

如《孟姜女變文》在故事開篇，作者就用詩文本，將故事人物的經歷和整個故事的大致內容進行預敘：

> 「勞貴珍重送寒衣，未委將何可報得？熱（執）別之時言不久，擬如朝暮再還鄉。誰為忽遭槌杵禍，魂銷命盡塞垣亡。當別已後到長城，當作之官相苦尅。命盡便被築城中，遊魂散漫隨荊棘。勞貴遠道故相看，冒涉風霜損氣力。千萬珍重早皈還，貧兵地下長相億（憶）。」其妻聞之大哭叫：「不知君在長城妖。既云骸骨築城中，

〔註61〕高爾基《和青年作家談話》，見人民文學出版社編輯部編《論寫作》，人民文學出版社1955年版，第6頁。

妾亦更知何所道。」姜女自電（撲）哭黄天，只恨賢夫亡太早。婦

人決列（烈）感山河，大哭即得長城倒。〔註62〕

作家用詩文本預敘故事的整個過程：孟姜女丈夫被抓修築長城——孟姜女在
天寒之際爲丈夫送禦寒之衣——孟姜女驚聞丈夫過世——孟姜女哭訴丈夫過
世的原因——孟姜女哭倒長城——最後孟姜女尋夫屍。小說正文正是按照開
篇詩文本所述的内容而展開。

　　又如《傳奇》中的《裴航》篇。秀才裴航在藍橋驛遇見雲英，對其一見
鍾情。樊夫人贈裴航詩一首：「一飲瓊漿百感生，玄霜搗盡見雲英。藍橋便是
神仙窟，何必崎嶇上玉清」〔註63〕，這首詩預示著裴航今後的人生經歷。當
裴航與樊夫人分別後，不再汲汲於功名，踏上了追求雲英的坎坷之路。他路
經藍橋驛附近，因渴求漿而遇見了雲英，印證了樊夫人的贈詩「一飲瓊漿百
感生」；爲了迎娶雲英，裴航按照老嫗要求，在鬧市訪求聘物玉杵臼，不惜傾
其所有重價購得，與樊夫人的贈詩「玄霜搗盡見雲英」暗合；裴航買得玉杵
臼，爲了不失約定的期限，徒步趕赴藍橋，並搗藥百日。至此，雲翹夫人即
當初樊夫人出場，爲裴航和雲英舉行了一場盛大的婚禮，裴航也因之而成仙，
結局與樊夫人預言的「藍橋便是神仙窟，何必崎嶇上玉清」相符。小說的故
事情節、裴航的人生際遇全然遵照「樊夫人」的贈詩而逐步展開。

　　在唐五代小說中，作者把整個故事的梗概在開篇或文中，用詩賦、駢文
本透漏出訊息，使接受者對故事的基本情況、小說的主要人物、故事的主旨
有一個大致的瞭解。

（二）推動故事情節的發展

　　唐五代小說借助詩賦、駢文本來推動故事情節的發展。

　　如《霍小玉傳》。風塵女子霍小玉，初見李十郎，雙方並無詩歌投贈，但
因鴇母對小玉介紹：「汝嘗愛念『開簾風動竹，疑是故人來』。即此十郎詩也。
爾終日吟想，何如一見。」〔註64〕這句話，讓霍小玉對李益頓生好感。李益
與小玉因爲詩而相識，兩人的愛情故事亦因霍小玉喜歡李益的詩歌而展開。

〔註62〕李時人編校，何滿子審定《全唐五代小說》，陝西人民出版社 1998 年版，第
　　　　2513 頁。

〔註63〕李時人編校，何滿子審定《全唐五代小說》，陝西人民出版社 1998 年版，第
　　　　1760 頁。

〔註64〕李時人編校，何滿子審定《全唐五代小說》，陝西人民出版社 1998 年版，第
　　　　728 頁。

在《鶯鶯傳》中，崔鶯鶯約張生前來幽會，是故事的一大亮點。而促成兩人幽會的也是一首「拂牆花影動，疑是玉人來」〔註65〕的詩句。在《謝小娥傳》中，剛烈女子謝小娥通過猜字謎詩獲得仇人的信息：

> 過期數月，妙寂忽夢父被髮裸形，流血滿身，泣曰：「吾與汝夫湖中遇盜，皆已死矣。以汝心似有志者，天許復讎，但幽冥之意，不欲顯言，故吾隱語報汝，誠能思而復之，吾亦何恨。」妙寂曰：「隱語云何？」昇曰：「殺我者，車中猴，門東草。」俄而見其夫，形狀若父，泣曰：「殺我者，禾中走，一日夫。」〔註66〕

字謎詩成為貫穿整個故事的紅線。故事情節圍繞這首字謎詩而展開：亡人託夢，用字謎詩暗示犯人——謝小娥尋覓能解字謎之人而與「我」相遇——根據字謎詩，謝小娥在仇家忍辱負重，借機殺死仇人——「我」因幫助謝小娥解字謎而再次與謝曉娥相遇。在《湘中怨解》中，鄭生登岳陽樓，望湘水而發感慨，吟詠起懷念戀人的辭賦。氾人深受感動，現身洞庭湖與鄭生相見。

出於藝術構思的需要，唐五代小說作家借助詩賦、駢文本推動故事情節的發展。《霍小玉傳》中的詩文本，讓霍小玉對李生產生愛慕之意，由此揭開了她與李生愛情故事的序幕；《鶯鶯傳》中的詩文本，將鶯鶯與張生的戀愛推向高潮，讓一直嚴守禮教的鶯鶯接受了張生；《謝小娥傳》中的詩文本，讓不知從何尋找仇人的謝小娥有了線索。謝小娥根據父親、丈夫夢中所示，放棄安逸生活，踏上了復仇之路。復仇讓她的命運發生了根本性的變化。父親、丈夫託夢告知謝小娥的詩文本，是故事情節的轉折點。詩賦、駢文本在小說情節的開端、發展或高潮等環節中出現，推動故事情節發展的同時，讓故事情節合乎情理。

二、控制敘述節奏

古希臘哲學家亞里士多德在其《詩學》中論及詩歌起源時，就指出了詩歌與節奏之間的關係：詩（指一切文學作品）的起源彷彿有兩個，一是「摹仿的本能」，一是「調感和節奏感」：摹仿出於人類的天性，而音調感和節奏

〔註65〕李時人編校，何滿子審定《全唐五代小說》，陝西人民出版社 1998 年版，第657 頁。

〔註66〕李時人編校，何滿子審定《全唐五代小說》，陝西人民出版社 1998 年版，第1168 頁。

感（至於「韻文」，則顯然是節奏的段落）也是出於人類的天性，起初那些天生最富於這種資質的人，使它一步步發展，後來就由臨時口占而作出了詩歌。〔註67〕唐五代小說可以用論說文本造成敘述的暫時性中斷來控制小說的敘述節奏，也可以用詩賦、駢文控制敘述節奏。詩賦、駢文本控制敘述節奏的方式主要有三種：

第一，用詩賦、駢文本抒寫場景，舒緩敘述節奏

抒情性因素很濃的場面穿插，對調節敘事節奏、加強人物聯繫、刻畫人物形象、豐富人物性格，有著不可低估的作用。唐五代小說的抒情場面，在中國古典小說中有著獨到之處。其中，大量詩賦、駢文本的插入，是營構小說抒情場面、調節敘述節奏的方式之一。

如《遊仙窟》，作者將風流士子、妖冶女子宴會之際歡娛、情趣的場景，表現得獨具一格：

> 僕從汧隴，奉使河源。嗟運命之迍邅，歎鄉關之眇邈。張騫古迹，十萬里之波濤；伯禹遺踪，二千年之阪磴。深谷帶地，鑿穿崖岸之形；高嶺橫天，刀削岡巒之勢。煙霞子細，泉石分明。實天上之靈奇，乃人間之妙絕。目所不見，耳所不聞。〔註68〕

小說開篇，採用慣用的單刀直入的方式，用駢文本交代故事發生的地點、故事人物，節奏緩慢。在敘述上，語言文雅、純淨，在杳然深遠的詩意中引出故事。「我」在深山絕境出行，稍有不慎，便危機四伏，但其美的山林景色，讓「我」忘記了它的險峻，沉醉於大自然美景的享受中。後文中「我」與諸位女子的賦詩娛樂、傳情的場景，也是刻意於營造一種舒緩、悠長的節奏。凡此種種，既使節奏舒緩，把情節拉長了，情節卻更有韻味了。

又如牛僧儒《開元明皇幸廣陵》，葉仙師用幻術讓玄宗乘霓虹橋到夜色極豔的廣陵，欣賞了陳設之盛的寺觀、華麗的仕女，也巧遇了五色雲中的神仙。美麗如畫的夜色，被作者用「詩筆」渲染得絢麗多彩：

> 俄而虹橋起于殿前，板閣架虛，楯若畫。師奏：「橋成，請行，但無回顧而已。」於是帝步而上之，太眞及侍臣高力士、黃幡綽、樂官

〔註67〕見〔古希臘〕亞里士多德著，陳中梅譯注《詩學》，商務印書館1996年版，第20~21頁。

〔註68〕李時人編校，何滿子審定《全唐五代小說》，陝西人民出版社1998年版，第130頁。

數十人從行，步步漸高，若造雲中。俄頃之間，已到廣陵矣。月色如晝，街陌繩直，寺觀陳設之盛，燈火之光，照灼臺殿。士女華麗，若行化焉，而皆仰望曰：「仙人現于五色雲中。」乃蹈舞而拜，闐溢里巷。〔註69〕

葉仙師用幻化術「瞬間位移」，讓明皇在極短的時間內，騰空遊幸相距甚遠的廣陵，見到了仙界奇觀。作者在描述廣陵熱鬧、繁華的月下景色和五色雲中綽約多姿的仙人的時候，勾勒出廣陵一派經濟富庶的繁榮景象。如晝的夜色，美麗的仕女，顏色絢爛的彩橋等場景描寫，讓故事的敘述節奏變得緩慢。

在唐五代小說中，場景描寫是控制其敘述節奏的方式之一。如在《封陟傳》中，作者用詩文本，描摹了仙女所居環境的清幽。這段場景描寫，舒緩了仙女與封陟之間愛情故事的步伐，進入到與愛情故事無太大關聯的場面介紹，從而控制封陟與仙女之間愛情故事的敘述節奏。然對場景的大量運用加強了作品的故事性、戲劇性，收到了良好審美效果的同時，如果作品中靜態的場景描寫過多，且大多不是情節發展必須的，就會嚴重影響敘述的節奏，使情節的進程變得過於緩慢。〔註70〕因此，在小說中要控制小說的敘述節奏，必須合理控制其中的場景描寫。

第二，用詩或者駢文本舒緩敘述節奏

唐五代小說常用詩賦、駢文本，「陳說」、「轉說」先前的故事內容，舒緩敘述節奏，使小說具有一種宛轉悠揚、循環往復的音韻美。這種藝術表達方式和處理手段，在變文中用得較多。如在《漢將王陵變文》中，當王陵劫營成功後，插入詩文本，用說書人慣用的轉說字眼，詳細介紹故事的高潮部分：

二將劫營處，謹爲陳說——羽下精兵六十萬，圍軍下卻五花營。將士夜深渾睡著，不知漢將入偷營。王陵抬刀南伴劫，將士初從夢里驚。從帳下來猶未醒，亂煞何曾識姓名。暗地行刀聲劈劈，帳前死者亂縱橫。項羽領兵至北面，不那南邊有灌嬰。灌嬰揭幕踪（縱）橫劫，直擬今宵（宵）作血坑。項羽連聲唱禍事，不遣

〔註69〕李時人編校，何滿子審定《全唐五代小說》，陝西人民出版社1998年版，第881頁。

〔註70〕見王昊《敦煌小說及其敘事藝術》，安徽人民出版社2005年版，第149～152頁。

諸門亂出兵。二將驀營行數里，在後惟聞相煞聲。二將斫營已了，
卻歸漢朝。〔註71〕

《漢將王陵變文》結束對斫營前因後果的情節性敘述後，插入情節性不強、
抒情意味濃厚的詩文本，再次全景式地呈現故事的整個經過。故事的重心在
具體、細緻的斫營情節描述與對斫營實況再現的非情節性簡介的轉換中，敘
事節奏得以舒緩，故事發展的速度變慢，故事的審美意味卻更爲濃鬱。《漢將
王陵變文》中灌嬰、王陵形象的成功塑造得力於多種因素，其中就包括作者
對敘述節奏的精心處理。

　　又如在《韋鮑生妓》中，故事的主要情節是鮑生以歌妓與韋生換駿馬。
當鮑生與韋生酒意闌珊之時，韋生透露自己飼有良馬，並戲言鮑生可以美姝
換馬。鮑生立即找來四弦，讓歌妓在宴會上以歌勸酒，展示才藝，希望換得
駿馬：

> 酒闌，鮑謂韋曰：「出城得良馬乎？」對曰：「予春初塞遊，自廊坊
> 歷烏延，抵平夏，止靈武而回。部落駔駿獲數足，龍形鳳頸，鹿脛
> 兔臂，眼大足輕，脊平肋密者，皆有之。」鮑撫掌大悅，乃停杯命
> 燭，閱馬於輕檻前數匹，與向來夸誕，十未儘其八九。韋戲鮑曰：「能
> 以人換，任選殊尤。」鮑欲馬之意頗切，密遣四弦，更衣盛妝，頃
> 之乃至。命捧酒勸韋生，歌一曲以送之云：「白露濕庭砌，皓月臨前
> 軒。此時頗留恨，含思獨無言。」又歌送鮑生酒云：「風颭荷珠難暫
> 圓，多生信有短因緣。西樓今夜三更月，還照離人泣斷弦。」韋乃
> 召御者，牽紫叱撥以酬之。〔註72〕

韋鮑二生酒意正濃、興致酣暢之際，韋生提出以美姝換良馬的戲言，將故事
情節推向高潮，加快了故事的敘事節奏。但作者並沒有直接進入鮑生以駿馬
與韋生交換歌妓的敘述，而是著重描寫了歌妓吟唱詩文本的場面，爲故事的
進一步發展埋下伏筆。小說在悠揚的歌聲中，節奏逐漸舒緩。鮑生令歌妓唱
歌與韋生送別，一方面珍惜與韋生相逢的緣分，另一方面則傳達出與韋生即
將分別的依依不捨。絕色女子，吟唱如此重情重義的詩歌，感動了韋生，韋

〔註71〕李時人編校，何滿子審定《全唐五代小說》，陝西人民出版社 1998 年版，第
　　　　2488 頁。
〔註72〕李時人編校，何滿子審定《全唐五代小說》，陝西人民出版社 1998 年版，第
　　　　1383～1384 頁。

生立即拿駿馬與鮑生交換。本來是交流感情的詩文本，在這裏成為舒緩故事節奏的手段。王蒙在《小說漫談》一文中，指出了《紅樓夢》中詩詞歌賦的意義，其中一點，就是調節敘述節奏：「《紅樓夢》裏之所以有那麼多的詩詞歌賦，一方面是出於舒緩敘述節奏的需要。」〔註73〕不僅《紅樓夢》中的詩詞歌賦具有調節敘述節奏的功能，唐五代小說中的詩賦、駢文本同樣如此。

第三，用詩賦、駢文本造成故事時空與敘事時空的錯位，舒緩敘述節奏

中國古代小說往往按照直線式的順序時間方式來進行故事的敘述。而故事發生的時間卻是立體的。法國敘事學家托多羅夫就指出，從某種意義上說，「敘事的時間是一種線性時間，而故事發生的時間則是立體的。」〔註74〕為了分頭敘述不同時間、空間發生的事件，作者就得借助一定的敘事手段，用話語把他們一件一件地敘述出來。

如《感異記》的故事圍繞沈警與神女兩方展開。文章開篇，作者僅用一句話概述為時人推重的沈警歷經荊楚淪陷的戰亂經歷，敘事時間遠小於故事時間，表明了作者以時間強調敘事節奏的意識。在沈警經過張女郎廟時，作者通過旅人準備祭品祭奠神女、沈警自寫祝詞、自做歌曲等情節，勾勒沈警不同凡俗的性情，與開篇對沈警性格的描繪相照應；接下來著重寫神女與沈警的相遇，作品通過神女與沈警賦詩自述身世、相互傳情，以古時人神相戀故事自喻、暗自傷神等情節，寫沈警與神女之間沒有結果的人神愛戀：

> 小女郎歌曰：「洞簫響兮風生流，清夜闌兮管弦道。長相思兮衡山曲，
> 心斷絕兮秦隴頭。」又題曰：「隴上雲車不復居，湘川斑竹淚沾餘。
> 誰念衡山煙霧裏，空看雁足不傳書。」警歌曰：「義熙曾歷許多年，
> 張碩凡得幾時憐？何意今人不及昔，暫來相見更無緣。」二女郎相
> 顧流涕，警亦下淚。〔註75〕

女郎通過吟誦的詩賦文本，自陳身世，述說常年獨居湘川的孤獨、淒苦。小說描繪的場景也因詩賦文本對女郎往事的追溯而發生改變，由沈警與諸女郎飲酒賦詩的場面，跳躍到女郎此前所活動的時間和空間。讀者根據詩賦文本，發揮聯想，展開想像，再現故事所營構的真實場景。當女郎吟誦詩賦文本的

〔註73〕王蒙《小說漫談》，《文藝理論》2008年第2期，第82頁。

〔註74〕茲維坦・托多羅夫著，朱毅譯《敘事作為話語》，見張寅德編選《敘述學研究》，中國社會科學出版社1989年版，第294頁。

〔註75〕李時人編校，何滿子審定《全唐五代小說》，陝西人民出版社1998年版，第696～697頁。

行為結束後，故事的鏡頭拉回現實，返回到諸人飲酒賦詩的場景。接著，沈
警也通過吟誦的詩賦文本，追憶往事。相應地，小說也轉換到沈警此前經歷
的描述。小說通過諸人吟誦的對往事追憶的詩賦文本，讓故事畫面在過去與
現實之間相互轉換，造成敘事時間和故事時間的跳躍、變化，調節敘事節奏。
又如在《柳氏傳》中，柳氏和李生互答的感慨身世際遇的詩文本；《許元長》
中，許元長吟誦的對亡妻懷念的詩文本；《蔣琛》中，蔣琛等用駢文本感懷身
世的文字等，和《感異記》中故事人物所吟誦的詩賦文本有同樣的敘述效果。
這些詩賦、駢文本能夠造成故事時間與敘事時間錯位的視覺效果的重要原因
之一是：故事人物在對往事的追溯中，讓故事時間在現在和過去中閃回，打
亂了小說正常的時序發展，讓敘事時間、空間發生變化，調節敘事節奏，從
而造成故事時間與敘事時間錯位的效果。

　　唐五代小說中插入的詩賦、駢文本，主要是為了舒緩故事節奏。作者通
過對小說敘述節奏的調控，讓小說「情節搖曳多姿，富於情趣；同時它還能
增加情節容量，延長讀者的審美感受時值」〔註76〕。

三、奠定敘述基調

　　詩賦、駢文本與唐五代小說聯為一體，為敘事注入了抒情的色調，給主
題帶來了強烈的感情因子，為唐五代小說的整個敘述奠定了情感的基調。

　　文學離不開情感。情感，是人對包括自身狀況在內的客觀事物的態度體
驗。托爾斯泰說：「藝術起源於一個人為了把自己所體驗過的情感傳達給別
人，就重新喚起自己心中這份情感，並用某種外在的標誌表達出來。」〔註77〕
小說除了表現人的思想，也可以表現人物的情感，尤其是抒情性強烈的詩賦、
駢文本的進入，使小說家更容易把在生活中所體驗到的情感，給予一定的形
象表現。有時候，重要的詩賦、駢文本在情節的某個段落出現，往往成了作
品人物情感的聚焦。於是，詩賦、駢文本的出現，往往標誌著整部作品達到
高潮。

　　在《薛二娘》中，老獺不堪巫師做法，他擔心巫師傷害胎中幼子而附身
薛二娘，自陳胎中孩子生父的真實身份。然後，與眾人吟詩作別。老獺離開

〔註76〕陳才訓《源遠流長：論〈春秋〉〈左傳〉對古典小說的影響》，中國社會科學
　　　　出版社2008年版，第210頁。
〔註77〕〔俄〕列夫·托爾斯泰著，張昕暢等譯《藝術論》，中國人民大學出版社2005
　　　　年版，第40頁。

時吟誦的詩文本，安排在作品的結尾可以說是恰到好處。老獺精魅在眾人逼迫之下，通過吟誦詩文本，既表達了對薛二娘的愛慕之情、對幼子的拳拳父愛，也表達了與薛二娘、幼子生離死別後，難以溢於言表的悲哀、傷感。在這裏，其情感的複雜與強烈，是整部作品中最為感人的。水獺精的有情有義感動了眾人，他們讓薛二娘把孩子歸還給水獺。水獺雖得以和自己的孩子相聚，但薛二娘最終沒有接受曾經深愛過自己而身為異類的水獺。於是，我們也可以說，從情節層面來看，前面的內容都是為形成這一沒有結果的人妖之戀的高潮作鋪墊，是為了給讀者製造一個懸念，而後面的內容則是為了解決這一懸念來設計的，這是一個以情感的高潮支撐起來的情節的轉折點。這個轉折點之重要，使我們有理由把這篇作品的主題定位在人、異類感情的悲歡離合上。

從作品本身來看，唐五代小說中的某些段落描寫頗得詩歌的蘊藉含蓄之美，以《榕樹精靈》中榕樹精與諸女、穆師言的一段對話來看：

> 諸女起賀曰：「林穆相宜，是吉兆矣。」女曰：「三代祖藻，詞林重德，翰苑名流。月裏高枝，記曾折矣；室中溫樹，未省言之。但抱端貞，豈慚松竹。方當直上之拜，寧防委地之虞。詢制言詞，遂遭謗鑠，乃至摘伐，不返木革。荏苒流泉，飄然三代。妾承陰育，不識風霜，惟慕高才，虛心久矣。幸逢觀看，得接光容。」言訖，師言盡不曉之，因問諸女姓氏。〔註78〕

這一段對話，透露出榕樹精心中濃濃的哀愁，奠定了故事的敘述基調。這段對話基本上採用四、六句式，講究對仗，節奏鮮明。在聲韻上，講究運用平仄，韻律和諧；修辭上注重藻飾和用典。榕樹精用暗示性的韻體語言，自述其悲慘身世，感情沉重。這種在敘述性的語言中，插入駢文本，用韻散結合的形式進行敘述的方式，當出於作者的精心結撰。在相對整齊的語言形式中，既描寫榕樹精身世之悲，又譴責了世人對榕樹生命的摧殘；既表達了榕樹精對穆師言的愛慕之情，也預示著榕樹精不能獲得所愛慕之人的認可，最終因身份的泄露落得被摧毀的悲慘遭遇。接下來穆師言與諸女一起飲酒、賦詩，娛樂。席間，穆師言詢問諸女姓氏，諸女再一次用暗示性的語言，表明她們的特殊身份。至此，榕樹精靈們對穆師言充滿悲劇色彩的單戀，在她們依次

〔註78〕李時人編校，何滿子審定《全唐五代小說》，陝西人民出版社 1998 年版，第 2353 頁。

回答穆師言的問話中，宣告結束。作者將整個故事統置於榕樹精自陳身世的駢文本中，加上對優美環境和人物容貌的描寫以及對穆師言心理略帶誇張的表現，都使小說具有了一種詩意之美。所以，後世愛情詩歌中，常以此作為典故，絕非偶然。

　　詩賦、駢文本可以配合敘事文體敘事言情的需要，加以運用於小說的敘事之中。小說作者把情感特徵鮮明的詩賦、駢文語言運用於其作品，渲染氣氛，表達情感，奠定其敘述基調，使之成為有意味的形式。如在《李子牟》中，作者用富有詩意的句子描述了李子牟和老叟的笛音給觀眾帶來視覺和聽覺上的審美享受和愉悅，表現李子牟、老叟笛藝的高超。作者特意在比較中鋪陳、渲染李子牟、老者笛音的效果，不僅說明了二人笛藝的超群，更突出了老者笛技的精湛。本來頗以笛技自得的李子牟，領略老者無與倫比的笛音後，內心的失落、沮喪與文章開篇他表現出來的自得形成鮮明對比。在情感的極大反差中，奠定了作品警戒世人不能驕傲自滿的主題。又如在《圓觀》中，小說敘述轉世為牧童的圓觀與李源重聚時，牧童即歌《竹枝詞》而來，但所歌的內容卻並未道及。直到與李源分別之際，圓觀又唱《竹枝詞》：「三生石上舊精魂，賞月吟風不要論。慚愧情人遠相訪，此身雖異性長存。」〔註79〕「身前身後事茫茫，欲話因緣恐斷腸。吳越溪山尋已遍，卻回煙棹上瞿塘。」〔註80〕小說至此，作者才交代出《竹枝詞》的歌詞。《竹枝詞》將圓觀生前與李源友情的真摯，圓觀轉世後，對朋友遵守承諾與自己相見卻不相識的遺憾、感激，以及與朋友即將分別時肝腸寸斷的傷感，將故事情節推向高潮。可以說，唐五代小說借助詩賦、駢文本講究借景抒情、情景交融的技巧，把作者的喜怒哀樂、憂傷悲愁等情感在其中透露出來，表明作品基本觀點的情感取向。

四、以詩賦、駢文本揭示人物內心世界

　　在唐五代小說中，人物的心理描寫雖尚未成熟，但小說家們為描寫人物內心世界，作出了一些有益的嘗試。如直接用一些較為簡單的心理描寫，或者通過設計一些對話，將人物的內心活動表現出來。而讓故事人物吟誦的詩

〔註79〕李時人編校，何滿子審定《全唐五代小說》，陝西人民出版社 1998 年版，第 1731 頁。

〔註80〕李時人編校，何滿子審定《全唐五代小說》，陝西人民出版社 1998 年版，第 1731 頁。

歌、駢文或辭賦展示內心世界，則是唐五代小說慣用的手法。

如在《陶尹二君》中，古丈夫和毛女因躲避人間戰亂，逃至絕境，與世隔絕。古丈夫通過詩歌抒發其身世、感受：「餌柏身輕疊嶂間，是非無意到塵寰。冠裳暫備論浮世，一餉雲遊碧落間」〔註81〕，表現出遠離塵世、雲遊四海的歡樂；而毛女吟唱的「誰知古是與今非，閑躡青霞遠翠微。簫管秦樓應寂寂，彩雲空惹薜蘿衣」〔註82〕詩文本，體現了毛女當初遠離人世，實在是不得已而為之。但棲心道門，超然物外後，能享受安然自樂的生活，又堅定了她對塵外生活的信心。毛女吟誦的詩文本，既反襯了人世生活的艱辛，又表達了她對安寧、平靜生活的嚮往和追求。

又如在《鶯鶯傳》中，鶯鶯與張生一見鍾情，無疑是情投意合的一對。但兩人對於男、女之間相處的看法卻截然不同：鶯鶯對張生有飽含救命之恩的感激，賞識其才氣，萌生了託付終生的愛意；張生垂涎鶯鶯的美貌而心生愛慕，他只是希望與鶯鶯暫且相好。他情感中更多的是對美色的貪欲。從兩人互贈的詩文本來看，雖然張生、鶯鶯都才情橫溢，但其中傾注的思想、情感也迥然有別：張生重視的是相聚時肉的歡悅和對功名利祿的追求，而鶯鶯期待的卻是美好幸福的婚姻和終身的廝守。這為下文張生和崔鶯鶯愛情的突變埋下伏筆：兩人分別後，鶯鶯對張生念念不忘，多次派人送信並在信末附詩表白自己對愛情的忠貞，甚至因想念張生染上疴疾，而張生在收到鶯鶯的來信後，因急於攀附權貴，拒不回信，四處借貸，張羅與豪姓女子的婚姻。最後，迫於輿論壓力，他只好以鶯鶯是妖女，自己不能受女色誘惑的託辭為自己辯解，惡意中傷鶯鶯。曾經山盟海誓的張生和鶯鶯，因張生人品的卑劣和對感情的背叛最終反目成仇！不久，張生如其所願，娶得貴姓女子。或許是豪姓女子雖然家世顯赫，但並不適合張生；或許是張生良心發現，對自己始亂終棄的行為感到內疚；或許是他仍無法忘記鶯鶯的美貌……後來，張生借表兄的身份拜訪鶯鶯。已經看透張生的鶯鶯拒之不見，還用「還將舊時意，憐取眼前人」〔註83〕的詩文本，對其進行嘲諷。在《鶯鶯傳》中，鶯鶯和張

〔註81〕李時人編校，何滿子審定《全唐五代小說》，陝西人民出版社 1998 年版，第1755 頁。

〔註82〕李時人編校，何滿子審定《全唐五代小說》，陝西人民出版社 1998 年版，第1755 頁。

〔註83〕李時人編校，何滿子審定《全唐五代小說》，陝西人民出版社 1998 年版，第662 頁。

生吟誦、互贈的詩文本，是各自思想性格的眞實流露。

　　唐五代小説雖以講述故事爲目標，但也開始注重表現故事人物的心理。小説家通過人物吟誦的詩賦、駢文本，把筆觸深入內心，毫無拘束地抒寫一己之情，把對人世的感觸，直接表露。這些詩賦、駢文本，集中分析故事人物的精神世界，從故事人物對生活的感受中挖掘生活的眞諦，暗示他們隱秘的內心活動和微妙的心理狀態。

　　詩賦、駢文本是構成唐五代小説「詩筆」的重要因素。詩賦、駢文本運用於唐五代小説，在刻畫故事人物心理、奠定敘述基調、營造環境、渲染氣氛等方面都有重要作用。大量詩賦、駢文本融入唐五代小説，不僅改變了小説以散體語言行文的方式，還營造出優美的意境，豐富了小説的表現手法。小説在敘述中，也因詩賦、駢文的抒情性特徵，行文帶情以行，敘述與抒情水乳交融，故事更爲生動、形象。

第七章　唐五代小說中的志怪、
　　　　　志人文本

　　「文變染乎世情，興廢繫乎時序。」〔註1〕志人、志怪小說亦隨著時代的變遷而發生新變。「論者或將志怪與志人小說限於魏晉六朝，其後則絕口不談，這不符合中國小說史的實際。雖然六朝之後出現了新的小說種類，並且成就斐然，但志怪與志人小說並未絕迹，仍在繼續發展，成就亦不容低估。」〔註2〕程金城亦指出「志怪雖進化爲傳奇，但自身並未消失，而是以更爲完善的形態繼續發展，自成一系，唐、宋、元、明、清均有志怪佳作。志怪作爲獨立的一支，它滿足著人們『獨立』的一種心理需要。這一現象就特別值得研究。就是說，它自身形成了原型的生成和置換變形的軌迹。」〔註3〕唐五代小說中，仍然存在志人、志怪小說，傳奇小說中的一部分作品也有志人、志怪小說的因子，這是無可否認的事實。但唐五代小說中的志怪、志人小說，與此前的志怪、志人小說已大爲不同。志怪小說主要是作爲一種故事原型，在唐五代小說中存在。馬蘭在其選注的《志怪小說選》中，將唐前志怪小說與唐志怪小說進行區別，將唐志怪小說劃分爲三種類型：「一是六朝志怪向唐傳奇轉變的過渡形態。此類作品都出現在初唐，如《古鏡記》、《補江總白猿傳》等。作品仍以記事爲主，兼有六朝小說的怪誕和唐傳奇的鋪陳。這時稍晚出現的《遊仙窟》則怪誕味減少而言情特點加強。……二是具備唐傳奇特

〔註1〕 劉勰著，周振甫注《文心雕龍注釋》，人民文學出版社1981年版，第479頁。
〔註2〕 苗壯《筆記小說史》，浙江古籍出版社1998年版，第10頁。
〔註3〕 程金城《中國文學原型論》，甘肅人民美術出版社2008年版，第109頁。

點的典型形態。這種志怪作品大多出現在中唐，以愛情題材居多，並注重描摹和人物形象的刻畫……三是注重情節詭奇而又不完全同於唐前志怪的變異形態。此類作品多出現在晚唐，以牛僧孺《玄怪錄》影響最大。此書篇幅簡短，以故事奇詭取勝，風格近六朝志怪，而情節之豐富則有過之。……晚唐作品多言神仙怪譎之事，宣揚道家出世思想。……五代志怪作品較少，且多應讖附會之說。」〔註4〕李劍國在《志怪敘略》一書中指出，到了唐五代時期，志怪小說的一支，接受史傳文學的哺育，演變成成熟的傳奇小說。唐傳奇在小說史上頗負盛名，其後雖呈衰落之勢，但繼踵者尚多。傳奇大部分都有怪異內容，因而它在許多情況下實際仍是志怪，所不同者是篇幅增長、藝術成熟，抑或以單篇出現而已。至於那種保持短小面貌的志怪小說，唐以下一直不絕如縷。〔註5〕

　　由學界對六朝志怪、志人小說與唐五代時期志怪、志人小說差異的論述，可知唐五代的志怪、志人小說與唐前志怪、志人小說的區別主要表現在作者的創作意識、作品的題材內容、表現手法上等方面。學界在研究志怪、志人小說對唐五代小說影響的時候，主要也是從題材、創作手法、創作意識等層面進行探究。而具體到對唐五代小說中的志怪、志人因子，沒有詳細的統計數據，並且對志怪、志人小說在唐五代小說中承擔的敘事功能也較少涉及。本文把唐五代小說中與唐前志怪、志人小說文體因素相關的部分，看成是志怪、志人文本（附錄一對唐五代小說中志怪、志人文本的數量已有標注。），考察其在唐五代小說中的使用情況與敘事功能，探析其對唐五代小說文體建構的意義。

　　「傳奇者流，源蓋出於志怪」，魯迅此番話，精闢概括了志怪小說與傳奇小說的淵源關係，也說明唐五代傳奇小說，或多或少都受到了志怪小說的影響。以文本學的理論視之，志怪文本是傳奇小說的必要組成部分。

第一節　唐五代小說對前代志怪文本的吸收

　　唐五代小說對前代志怪文本的吸收，主要有三個特點：

〔註4〕　馬蘭選注《古代志怪小說選》，湖南文藝出版社 1989 年版，第 7～8 頁。
〔註5〕　見李劍國《志怪敘略》，出自天津古典小說戲曲研究會編《古典小說戲曲探藝錄》，天津人民出版社 1982 年版，第 114 頁。

一、吸取創作素材

　　唐五代小說從唐前志怪小說中吸取創作素材，繼續演繹花妖狐魅、精靈鬼怪、神仙道士等類型的故事。

　　如狐題材故事。胡堃在《論中國古代狐仙故事的歷史發展》一文中，將魏晉南北朝時期的狐仙故事歸納爲學問型、交友型、凶宅型和道士——狐仙型四個主要類型，並提到狐仙媚人類型。而狐精故事發展到唐宋元時期，學問型狐仙故事普遍出現，凶宅、交友二型則融合爲一，道士——狐仙型也發生了一些變化。唐宋元時期還出現了一些新的狐仙故事類型，如受佛教思想影響的回報型和《任氏傳》那樣關於女狐仙的情愛故事。〔註6〕這種描述基本符合中國古代狐仙故事的演進狀況。

　　唐前志怪小說中，狐精形象較爲單一，魅人、惑人、害人的較多，性別特徵不明顯。其中，形象較爲豐富的，如《搜神記》卷17的「胡博士」條：

　　　　吳中有一書生，皓首，稱胡博士，教授諸生。忽復不見。九月初九
　　　　日，士人相與登山遊觀，聞講書聲，命僕尋之。見空冢中群狐羅列，
　　　　見人即走。老狐獨不去，乃是皓首書生。〔註7〕

老狐幻化成人形，以「博士」自稱，「教授諸生」，自是一隻學問之狐了。老狐不僅傳授知識與世人，也教自己的同類。唐五代小說中「學問狐」頻頻出現，如《廣異記》中的《崔昌》，《靈怪錄》中的《王生》，《宣室志》中的《尹瑗》等，當是受到《搜神記》之啓發。唐五代小說中還出現了不少神通廣大、爲害人間的「通天狐」的故事，如《廣異記》中的《汧陽令》：

　　　　成大戰恐，自言力竭，變成老狐。公遠既起，以坐具撲狐，重之以
　　　　大袋，乘驛還都。玄宗視之，以爲歡笑。公遠上白云：「此是天狐，
　　　　不可得殺，宜流之東裔耳。」書符流於新羅，狐持符飛去。今新羅
　　　　有劉成神，土人敬事之。〔註8〕

這則故事，頭緒紛繁，人物眾多。故事人物有縣令、道士羅公遠、皇帝唐玄宗、縣令的兒子、羅公遠的弟子、通天狐。通天狐幻化成菩薩、劉成，魅惑

〔註6〕　見胡堃《論中國古代狐仙故事的歷史發展》，《民間文藝季刊》1988年第3期，
　　　　第90～109頁。
〔註7〕　上海古籍出版社編《漢魏六朝筆記小說大觀》，上海古籍出版社1999年版，
　　　　第420頁。
〔註8〕　李時人編校，何滿子審定《全唐五代小說》，陝西人民出版社1998年版，第
　　　　496頁。

縣令，騙娶縣令女兒。小說作者圍繞捉拿天狐的主要情節線索，有條不紊地將諸多事件串聯起來。通天狐狡詐、魅人、惑人、捉弄人，唐玄宗的戲謔，羅公遠法術的高超、見多識廣，縣令的無奈等，都在小說中得到惟妙惟肖的體現。

又五代小說還描述了幻形入世、人性遠遠大於其「獸性」的女狐，主要篇目有：《鄭氏子》、《上官翼》、《李參軍》、《焦練師》、《韋明府》、《唐參軍》、《代州民》、《任氏傳》、《李元恭》、《崔昌》、《長孫甲》、《孫甑生》、《李蓂》、《王生》、《張立本》、《僧宴通》、《何讓之》、《盧李二生》、《呼延冀》、《林景玄》、《裴少尹》、《姚坤》、《王知古爲狐招婿》、《張謹》、《袁嘉祚》、《王苞》、《賀蘭進明》、《王睿》、《祈縣民》、《韋氏子》、《薛夔》、《劉甲》等 30 多篇。這些以狐精爲題材的小說，故事錯綜複雜，狐精的形象豐富飽滿。

又如鬼故事。唐前小說中的《宋定伯捉鬼》，描寫鬼的狡黠，人的聰明伶俐，鬼作爲與人對立的形象而出現於小說。唐五代小說中有大量的鬼故事，如寫人鬼之誼的有：《常夷》、《邵元休》、《韓幹》、《竇玄德》、《高勵》、《王籍》、《茹子顏》、《鬼傳書》、《田達誠》、《僧璿楚》、《趙合》、《郝惟亮》、《盧僕射從史》、《李岳州》、《鄭訓》、《韋浦》、《薛淙》、《李沈》、《陸憑》、《韋安之》、《宇文》、《安宜坊書生》、《黎陽客》、《李迥秀》、《張守珪》等篇；寫人鬼婚戀的有：《張無頗》、《櫻桃青衣》、《何四郎》、《潯陽李生》、《河間劉別駕》、《道德里書生》、《王景伯》、《辛道度》、《求冥婚》、《櫻桃青衣》、《趙合》、《鄭德楙》、《崔羅什》、《段何》、《黨國清》、《袁洪兒誇郎》、《鄔濤》、《新繁縣令》、《裴徽》、《李陶》、《長洲陸氏女》、《崔咸》、《楊準》、《韋栗》、《王玄之》、《裴勘》、《趙參軍妻》、《河東縣尉妻》、《王乙》、《鄭紹》等篇；寫鬼魅爲祟的有：《張岊藏》、《清源都將》、《林昌業》、《王簡易》、《趙將軍凶宅》、《僧法長》、《竇裕》、《高生》、《光宅坊民》、《劉老》、《李昕》、《王坤》、《李哲》、《盧頊》、《劉參》、《王垂》、《狄仁傑》、《李咸》等篇；寫鬼復仇的有：《段孝眞冤報》、《袁州錄事》、《吳景》、《劉勛》、《陳寨》、《劉存》、《魯思郾女》、《馬全節婢》、《李雲》、《宋柔》、《公孫綽》、《李之館》、《陶主簿》、《劉寄》、《鄂州小將》、《王表》、《魚玄機笞斃綠翹致戮》、《竇凝妻》、《李冔》等篇；寫鬼死後仍然不忘生前事，掛念生人的有：《舒州軍吏》、《鄭總》、《幽州衙將妻》、《呂生妻》、《范俶》、《豆盧榮》、《雙女墳記》、《李瑩》等篇；寫鬼請求生人改葬的有：《周潔》、《葬書生》、《張嘉祐》、《張讀》、《趙書牙》等篇；寫人鬼相遇的有：《乾

符僧》、《顧非熊》、《鄭郊》、《裴通遠》、《晁良貞》、《趙子元雇女鬼》、《李重》、《崔御史》、《陸喬》、《鄭瓊羅》、《錢方義》、《張逢》、《閻盡立》、《劉方玄》、《周秦行記》、《羅元剛》等篇。這些故事中的鬼具有人性，甚至有些鬼比人更有人性。如《本事詩》中的《幽州衙將妻》：

> 開元中，有幽州衙將姓張者，妻孔氏，生五子，不幸去世。後娶妻李氏，悍怒狠戾，虐遇五子，且鞭箠之。五子不堪其苦，哭於其葬。母忽於冢中出，撫其子，悲慟久之，因以白布巾題詩贈張曰：「不忿成放人，掩涕每盈巾。死生今有隔，相見永無因。匣裏殘妝粉，留將與後人。黃泉無用處，恨作冢中塵。有意懷男女，無情亦任君。欲知腸斷處，明月照孤墳。」五子得詩以呈其父，其父慟哭，訴於連帥。帥上聞，敕李氏杖一百，流嶺南，張停所職。〔註9〕

這則故事雖篇幅不長，卻寫得情節跌宕。孔氏死後，自己的孩子遭後妻李氏虐待，孩子只能在亡母墳前哭訴。孔氏沒有像以往志怪小說中用鬼所擁有的超能力懲罰李氏，而是寫了一首真摯感人的詩，以情打動丈夫，希望丈夫體察自己的愛子之心，善待孩子。故事的結尾，出人意料，由連帥上報皇帝，皇帝下令處置李氏，張衙將也因此而停職。

　　唐五代小說中的鬼境類似於人世，有森嚴的等級，存在剝削和壓迫，也有斂財、收受賄賂的現象。鬼世界實際上是人間的縮影。唐五代小說中出現了大量的冥官向生人索要錢財的故事。如《裴齡》、《薛濤》、《鄧成》、《張瑤》、《河南府尹》、《周頌》、《盧弁》、《六合縣丞》、《唐太宗入冥記》等，特別是《唐太宗入冥記》，將鬼吏貪財、唐太宗懼死，刻畫得入木三分。

　　唐五代小說中還有以人化虎為題材的故事。唐前志怪小說《齊諧記》中有寫人化虎的故事，如《薛道詢化虎》，把人化虎吃人的怪異之事，與虎復人之原形後做官結合起來，官與虎難分彼此。寓意深長的是，薛道詢化虎時，不僅吃人，而且將被吃女子的釵釧藏著，既吃人又謀財，巧妙影射贓官污吏的本性。唐五代小說中以人化虎為基本素材的故事篇目有：《張魚舟》、《松陽人》、《虎恤人》、《范端》、《石井崖》、《姚甲》、《楊氏》、《張逢》、《南陽士人》、《李微》等。其中，李復言《續玄怪錄・張逢》直接源於《薛道詢化虎》而意象有別。唐五代小說中人化虎的故事，與唐前人化虎的故事相較，更多

〔註9〕　李時人編校，何滿子審定《全唐五代小說》，陝西人民出版社1998年版，第3299頁。

關注人道德、思想方面存在的問題，反映的是人性中的善惡美醜。

此外，唐五代小說中還有以死而復生爲故事題材的，如《李疆友》、《隰州佐使》、《崔明達》、《費子玉》、《六合縣丞》、《薛濤》、《楊昭成》等；有以不知名精怪爲題材的，如《成叔弁》、《李知微》、《牛爽》、《徐佐卿》等；有以神仙爲故事題材的，如《崔少玄傳》、《盧陲妻傳》、《瞿柏庭記》、《盧逍遙傳》、《長孫甲》等；有以犬爲故事題材的，如《楊褒》、《鄭韶》、《齊瓊韋丹》等。唐前與犬相關的志怪故事，犬聰明靈異，奇而不怪，對主人忠義。而唐五代小說中的犬，忠誠於主人，又有類似於精怪的法術，亦怪亦奇。總之，大凡生活中一切可見之物，如犬、猴、狗、雞、樹、器皿、田螺、蝦、水銀、蛇、羊等，都可以成爲唐五代小說中志怪故事的素材。

二、增改故事情節

唐五代小說的故事情節，很多是對唐前志怪小說情節的增衍或改編。唐前志怪小說中，最令人憧憬、神往的莫過於進入世外桃源的故事。對神仙異境類故事大肆描繪的是《搜神后記》，如《桃花源》、《仙館玉漿》、《穴中人世》、《韶舞》等，都較爲細緻地描述了仙境。《剡縣赤城》中青衣仙女居住的地方是赤城，「上有水流下，廣狹如匹布，剡人謂之瀑布。羊徑有山穴如門，豁然而過。既入，內甚平敞，草木皆香。有一小屋，二女子住其中」〔註10〕，仙女居住的不是瓊樓玉宇，而是山間的小屋。這裏沒有奇花異草，也沒有仙樂陣陣，有的只是平淡而恬靜的普通生活。遇到的仙女「年皆十五六，容色甚美，著青衣」〔註11〕，容貌、服飾與世間女子並無差異，只不過更加秀美、熱情。《桃花源》中的捕魚人，進入了「初極狹，才通人。復行數十步，豁然開朗，土地曠空，屋舍儼然。有良田、美池、桑、竹之屬。阡陌交通，雞犬相聞。男女衣著，悉如外人。黃髮垂髫，並怡然自樂」〔註12〕的世外桃源。《搜神后記》中的神仙異境是普普通通的居所，普普通通的生活，帶有溫馨而質樸的氣息。神仙故事中的仙境從以前人迹罕至的深山峻嶺逐漸

〔註10〕上海古籍出版社編《漢魏六朝筆記小說大觀》，上海古籍出版社 1999 年版，第 443 頁。

〔註11〕上海古籍出版社編《漢魏六朝筆記小說大觀》，上海古籍出版社 1999 年版，第 443 頁。

〔註12〕上海古籍出版社編《漢魏六朝筆記小說大觀》，上海古籍出版社 1999 年版，第 443～444 頁。

轉爲現實人生存的平常之所，甚至神仙更喜歡隱匿身份，混迹人世，與世人
爲伍。

　　唐五代小説亦描寫世外桃源的故事，然雜糅神仙道教、佛教，融釋道於
一爐。如《酉陽雜俎》中的《齊州僧》：

> 僧不得已，導論北去荒榛中。經五里許，抵一水，僧曰：「恐中丞
> 不能渡此。」論志決往，乃依。僧解衣載之而浮，登岸。又經西
> 北，涉二小水，上山越澗數里，至一處，奇泉怪石，非人境也。
> 有桃數百株，枝幹掃地，高二三尺，其香破鼻。論與僧各食一蒂，
> 腹果然矣。論解衣將盡力苞之，僧曰：「此或靈境，不可多取。貧
> 道嘗聽長老説，昔日有人亦嘗至此，懷五六枚，迷不得出。」論
> 亦疑僧非常，取兩個而返。僧切戒論不得言。論至州，使召僧，
> 僧已逝矣。〔註13〕

史論受桃香吸引，求僧攜其一同前往尋找桃林。兩人一路艱辛，終於來到芳
林繁盛的溪澗，摘到了桃子。與唐前此類故事相較，《齊州僧》中的仙境，遠
不如《桃花源》中的美；唐前小説的主人公是誤入仙境，而《齊州僧》中的
史論是受美味桃子的誘惑，在僧的陪同下有意進入；唐前小説的主人公在仙
境遇到的是過著安居樂業生活的百姓或是美貌過人的仙女，而史論沒有任何
奇遇，只有陪同他前往的僧人。

　　又如《廣異記》中的《秦時婦人》。唐朝開元年間，代州都督因爲五臺山
客僧多，恐妖僞之事發生，就下令把沒有度牒的和尚全部趕走。有個叫法朗
的和尚，害怕被驅逐，暫時逃避到雁門山深處，遇到了秦時的婦人：

> 朗多齎乾糧，欲住此山。遂尋洞入。數百步漸闊，至平地，涉流水，
> 渡一岸，日月甚明。更行二里，至草屋中，有婦人，並衣草葉，容
> 色端麗。見僧懼愕，問云：「汝乃何人？」僧曰：「我人也。」婦人
> 笑云：「寧有人形骸如此？」僧曰：「我事佛。佛須擯落形骸，故爾。」
> 因問「佛」是何者？僧具言之，相顧笑曰：「語甚有理。」復問宗旨
> 如何，僧爲講《金剛經》，稱善數四。僧因問：「此處是何世界？」
> 婦人云：「我自秦人，隨蒙恬築長城。恬多使婦人，我等不勝其弊，
> 逃竄至此。初食草根，得以不死。此來亦不知年歲，不復至人間。」

〔註13〕李時人編校，何滿子審定《全唐五代小説》，陝西人民出版社 1998 年版，第
　　　　1306～1307 頁。

> 遂留僧，以草根哺之，澀不可食。僧住此四十餘日，暫辭出人間求
> 食。及至代州，備糧更去，則迷不知其所矣。〔註14〕

秦婦所居之地顯然有「桃源」的影子。此篇小說進入異境的不是普通人，而是信奉佛法的僧。法朗是因政府的強力驅逐，被迫逃亡到深山避難，才與婦人相遇。故事的主題，既有表達人們對理想世界的嚮往之意，又通過僧向婦人傳授佛法，宣揚佛教。這則故事，形象地反映了世俗皇權與宗教之間的矛盾。

唐五代小說中的《魏太山丹嶺釋僧傳》、《齊鄴下大莊嚴寺圓通傳》、《齊州僧》、《秦時婦人》、《古元之》、《白幽囚》、《張和》、《崔煒》、《張建章傳》等，既描述了世外桃源的神秘，也描寫了人世間的美好。現實雖然無奈，與理想中的世外桃源有差距，但畢竟是人類生存的世界。這表明，理想與現實有時候並不截然對立。

晚唐皇甫氏《原化記·吳堪拾螺》，敘述白螺姑娘為志誠樸實的鰥夫吳堪料理家務的故事，這則故事是從「託名陶潛《搜神后記·白水素女》螺精的故事演化而來」〔註15〕。《吳堪拾螺》前半篇的情節沿襲《白水素女》，但男主人公的身份由農夫變為了縣吏；後半篇的情節有所增衍：螺精的秘密被吳堪發現後，他們結為恩愛夫妻。縣官垂涎吳妻的美色，加害吳堪，螺精均以智慧脫難。最後，螺精對縣衙等人忍無可忍，用法術將他們焚死。螺精儼然成了不懼權勢、為民除害的英雄！最後，留下吳堪及妻不知去向的懸念。如此結局，在懲惡揚善的同時，也賦予故事人要懂得反抗壓迫的主題。而在《白水素女》中，螺精身份暴露後，翕然而去，重返天庭；螺精沒有與書生萌生愛意，她只是履行天命的使者，幫助吳堪只是奉命行事。顯然，《吳堪拾螺》對《白水素女》中的人物和情節進行了改編。改編後的「螺精」有情有愛，敢做敢當，仙家氣少而人性居多，故事情節的發展也更合乎情理。

在唐五代小說中，同是寫人與鬼、狐妖、仙戀愛的故事，可看出其在故事情節上與《幽明錄》中的《劉晨阮肇遇仙》、《黃原》，《搜神記》中的《天上玉女》、《吳王小女》、《阿紫》等作品有密切聯繫。

〔註14〕李時人編校，何滿子審定《全唐五代小說》，陝西人民出版社 1998 年版，第316 頁。
〔註15〕吳志達《唐人傳奇》，上海古籍出版社 1981 年版，第 5 頁。

三、想像與幻想的思維模式

　　源於原始宗教與巫術的法術，是人類希望祈求外物或借助某種特殊力量以實現自己願望的方式。道教故事把這種外物的法術力量發揮到極致，宣稱生活中的一切艱難險阻，都可以借助神仙法術得以解決。在這種思維方式影響下，唐前志怪小説，借助想像和幻想，用「實錄」的形式記載了許多超自然的「法術」和「秘術」。如《搜神后記》卷2的《杜子恭》：

> 錢塘杜子恭，有秘術。嘗就人借瓜刀，其主求之，子恭曰：「當即相還耳。」既而刀主行至嘉興，有魚躍入船中。破魚腹，得瓜刀。〔註16〕

爲避免還刀奔波之苦，把刀藏在魚腹中，並讓魚主動跳入刀主的船中。捉到魚的主人剖開魚腹後，拿到了被借走的刀。在《杜子恭》故事中，魚腹藏刀不會死，充分表現了古人大膽的想像力，更神奇的是腹中藏刀的魚竟能找到刀主，主動跳到船上，讓刀主開膛破肚，更是令人匪夷所思。

　　唐五代小説亦講述這樣神秘的故事。如在《河東記・胡媚兒》中，胡媚兒有一個表裏通明，看似普通的小瓶子。這隻小瓶子的瓶口，可大可小，伸縮自如。小的時候，它可以容納錢幣。大的時候，可以容納人、馬車。它是一隻能裝下世間任何東西的奇異瓶子，這反映了古人超乎尋常的想像力。這隻瓶子，實際上象徵著人的一種欲望，得到的越多，心就越不會滿足，就越希望獲得更多。

　　又如《紀聞》中的《北山道者》，北山道者用法術行善，也用法術爲非作歹：

> 唐張守珪之鎮范陽，檀州密雲令有女，年十七，姿色絕人。女病逾年，醫不愈。密雲北山中有道者，衣黃衣，在山數百年，稱有道術。令自至山請之，道人既至，與之方，女病立已。令喜，厚其貨財。居月餘，女夜臥，有人與之寢而私焉。其人每至，女則昏魘。及明人去，女復如常。如是數夕，女懼告母，母以告令，乃移床近己。夜而伺之，覺床動，掩焉，擒一人，遽命燈至，乃北山道者。〔註17〕

〔註16〕上海古籍出版社編《漢魏六朝筆記小説大觀》，上海古籍出版社1999年版，第446頁。

〔註17〕李時人編校，何滿子審定《全唐五代小説》，陝西人民出版社1998年版，第240～241頁。

北山道者用幻術，治癒了張守珪的女兒，獲得了豐厚的賞賜。作為一個道士，他的職責就應該解救、幫助他人。這個道士，卻根本不守「道規」。他得到大量的錢財後還不滿足，竟然魅惑張守珪的女兒。即使有能隱形的幻術，終因心術不正，落得被殺的下場。在這則故事裏，作者弘揚了法術是用來行善的道理。品行不正的人，即使有再強大的法術，也逃脫不了正義的審判。同樣也說明，即使地位、權利、能力等高於常人，這些不能成為凌駕於他人的理由。只有行善、維護正義，權利、地位、能力的存在才有意義。否則，反而會招來災難。

唐五代小說中的一些名篇，如《枕中記》、《南柯太守傳》，作者將思維拓展到視覺所不能及的意識深處，借短暫的夢境來反映漫長現實人生中的榮辱得失。這種思維模式，源於劉義慶《幽明錄》中的《焦湖廟祝》。《離魂記》中，倩娘為追求愛情的幸福，離魂私奔王宙的情節，也是受《幽明錄‧龐阿》石氏女神魂投奔意中人龐阿的啟發。具有想像、幻想色彩的神仙法術、神鬼怪異故事，在唐五代小說中數量眾多。神仙法術最終目的在於為自己、他人和社會求福避禍，給生活帶來便利。形式雖是神秘的，然具有強烈的世俗功利色彩。神仙怪異的原型也是現實事物的變形、誇大、增飾，寄託著人們對醜惡的憎惡，對美好幸福的追求，具有強烈的浪漫主義色彩。

第二節　志怪文本在唐五代小說敘事中的功能

志怪文本在唐五代小說敘事中主要承擔兩個功能：

一、唐五代小說中的志怪文本，使小說從傳統講述故事的羈絆中解放出來，將「故事事件的真實」轉換為「事理、情理的真實」

唐前的志怪小說作家以「實錄」精神搜集整理素材，進而創作神奇怪異的故事。事實上，這種荒誕離奇的故事不可能在現實中出現。「有意為小說」的唐五代小說家，不再把小說中的故事當成實有其事來敘述。

在無名氏的《補江總白猿傳》裏，我們感覺到故事性的隱退、社會現實意義的凸顯和作者強烈的干預意識。作者假託江總曾經作《白猿傳》，因而篇名有「補」、「續」之說。小說敘述南北朝時期梁朝大同末年，將軍歐陽紇攜

妻南征，途中妻子曾被猿妖擄去，因而懷孕，生子名詢，「聰悟絕人」〔註18〕，形貌卻像猿猴。後來，歐陽紇獲罪被殺，歐陽詢被陳朝尚書令江總收養，「及長果文學善書，知名於時。」〔註19〕自宋朝以來，就有人說這篇傳奇是唐人嘲諷歐陽詢而作。孟棨《本事詩》中，關於歐陽詢與長孫無忌故事的記載，更佐證了《補江總白猿傳》嘲諷歐陽詢之說：歐陽詢在唐初官率更令（掌知時刻的官）、弘文館學士，常與太尉長孫無忌互相嘲謔。長孫無忌嘲笑歐陽詢相貌像猴子一樣又瘦又醜：「聳膊成山字，埋肩畏出頭。誰言麟閣上，畫此一獼猴？」〔註20〕歐陽詢則抓住對方是胡人打扮予以回敬：「索頭連背暖，漫襠畏肚寒。只緣心混混，所以面團團。」〔註21〕宋人的捕風捉影，並不影響人們對這篇傳奇作品的正確解讀和評價。因為作者和讀者關注的不是故事內容、人物是否真實，而是意識到虛構故事作為一種攻擊他人的手段，比真實故事更有力。

又如《續玄怪錄·李岳州》借用志怪小說中常見的冥吏故事，來反映唐五代時期科舉考試中存在的醜惡現象：

> 岳州刺史李公俊，興元中舉進士，連不中第。……「某乃冥吏之送進士名者，君非其徒耶？」俊曰：「然。」曰：「送堂之榜在此，可自尋之。」因出視，俊無名……客曰：「能行少賂於冥吏，即於此取其同姓者，去其名而自書其名，可乎？」俊問：「幾何可？」曰：「陰錢三萬貫。某感恩而以誠告，其錢非某敢取，將遺牘吏。來日午時送可也。」復授筆使俊自注。從上有故太子少師李夷簡名，俊欲揩之，客遽曰：「不可。此人祿重，未易動也。」又其下有李溫名，客曰：「可矣。」俊乃揩去「溫」字，注「俊」字。客遽卷而行，曰：「無違約。」〔註22〕

〔註18〕 李時人編校，何滿子審定《全唐五代小說》，陝西人民出版社 1998 年版，第26 頁。

〔註19〕 李時人編校，何滿子審定《全唐五代小說》，陝西人民出版社 1998 年版，第26 頁。

〔註20〕 〔唐〕孟棨等撰，李學穎標點《本事詩·續本事詩·本事詞》，上海古籍出版社 1991 年版，第 23 頁。

〔註21〕 同上。

〔註22〕 李時人編校，何滿子審定《全唐五代小說》，陝西人民出版社 1998 年版，第1118～1119 頁。

唐前小說中的冥吏，主要以抓生人魂魄的形象而出現。冥吏與世人很少有關於現實問題的直接接觸，更沒有收受世人賄賂，替世人考中科舉的。《續玄怪錄·李俊》中，送進士榜的冥府小吏，替李俊賄賂冥府官吏，將已經上榜的李溫的名字換成李俊。冥吏在更改榜單的時候，有個場景很有諷刺意義：因故太子少師李夷簡所拿的奉祿優厚，冥吏不敢隨意更改，最後之所以擠掉李溫，是因為他沒有顯赫的家世。不難看出，冥間與世間是沆瀣一氣、不分彼此的同一世界。作者巧用虛筆，以冥間寫人世，暗示人間亦如冥間，充滿黑暗。

唐五代時期的小說家，大多都有很強的自主創作意識。他們緊跟時代脈搏，以小說來反映現實中存在的諸多問題。小說故事的內容不一定真實，但其中「事理、情理」的真實，具有比真實故事更普遍、廣泛的社會意義。

二、改造傳統的敘事模式

在唐前的志怪小說中，故事的情節大多是殘叢小語，篇幅短小，故事人物沒有自主的行動、目的，有些甚至沒有完整的情節，整個故事只不過是事件的簡單記錄或人物的介紹。如《搜神后記》中的「目岩」、「石室樂聲」、「貞女俠」等，《搜神記》中的「神農」、「赤松子」、「子輿」、「偓佺」等，都是片言隻語。如《搜神記·神農》：「神農以赭鞭鞭百草，盡知其平毒寒溫之性，臭味所主，以播百穀，故天下號神農也。」〔註23〕小說僅用一句話，簡介神農稱號的由來。就連《搜神記》中藝術成就較高的以孝為主題的小說《楚僚》，故事情節也非常簡單：

> 楚僚早失母，事後母至孝。母患癰腫，形容日悴。僚自徐徐吮之，
> 血出，迨夜即得安寢。乃夢一小兒語母曰：「若得鯉魚食之，其病即
> 差，可以延壽。不然，不久死矣。」母覺而告僚。時十二月冰凍，
> 僚乃仰天歎泣，脫衣上冰臥之。有一童子，決僚臥處，冰忽自開，
> 一雙鯉魚躍出。僚將歸奉其母，病即愈，壽至一百三十三歲。蓋至
> 孝感天神，昭應如此，此與王祥、王延事同。〔註24〕

〔註23〕上海古籍出版社編《漢魏六朝筆記小說大觀》，上海古籍出版社 1999 年版，第 278 頁。

〔註24〕上海古籍出版社編《漢魏六朝筆記小說大觀》，上海古籍出版社 1999 年版，第 362 頁。

作者以全知敘事視角寫楚僚臥冰求鯉，孝侍後母，感動上天。故事只截取楚
僚「臥冰求鯉魚」一個畫面來突出其孝。而同寫孝，如唐五代小說《大唐奇
事》中的《李義》：

> 唐李義者，淮陰人也。少亡其父，養母甚孝，雖泣筍臥冰，未之過
> 也。及母卒，義號泣，至於殯絕者數四。經月餘，乃葬之。及回至
> 家，見其母如生存家內。起把義手，泣而言曰：「我如今復生。爾葬
> 我之後，潛自來，爾不見我。」義喜躍不勝，遂侍養如故。〔註25〕

《李義》開篇用《搜神記》中「孝」的典故，引出李義的孝，表明此故事與
此前小說的淵源關係。接著，小說簡要敘述李義因母親過世後的悲痛欲絕，
引出李義因過於孝順而導致的一連串事件。在敘述的過程中，作者用第三人
稱限制敘事視角，有意設下懸念，讓故事情節一波三折。首先，寫李義的母
親「死而復生」。這讓李義在高興之餘，也大為驚異。他儘管對「死而復生」
的「母親」有懷疑，然本性的孝順又使他一如既往地侍奉「母親」。接著寫李
義的「亡母」無法忍受自己的兒子被精魅捉弄，三次託夢告訴李義是黑犬精
作怪，要他擺脫黑犬精的糾纏。小說對亡母一次次以夢的形式告誡李義，他
現在侍奉的「母親」是黑犬精，李義一次次夢到亡母告誡時的心情，他對保
留母親形貌的黑犬精的態度，以及黑犬精魅一次次聽到李義做夢後的語言
等，都進行了細緻地描述。作者將亡母的憤怒，黑犬精的虛偽、惡毒，李義
的孝順、無奈等，都刻畫得形神畢肖：

> 後三年，義夜夢其母，號泣踉門而言曰：「我與爾為母，寧無劬勞
> 襁褓之恩？況爾少失父，我寡居育爾。豈可我死之後，三年殊不祭
> 饗？我累來，及門，即以一老犬守門，不令我入。我是爾母，爾是
> 我子，上天豈不知？爾若便不祭享，必上訴於天。」言訖，號泣而
> 去。〔註26〕

最後，作者才讓李義親眼目睹「死而復生」後的「母親」是黑犬精所變：

> 既開其冢，是其亡母在是棺中，驚走而歸。其新亡之母，乃化一極
> 老黑犬，躍出，不知所之。〔註27〕

〔註25〕李時人編校，何滿子審定《全唐五代小說》，陝西人民出版社 1998 年版，第
1434 頁。

〔註26〕李時人編校，何滿子審定《全唐五代小說》，陝西人民出版社 1998 年版，第
1434～1435 頁。

〔註27〕李時人編校，何滿子審定《全唐五代小說》，陝西人民出版社 1998 年版，第

直到故事結束前，作者、讀者、故事人物李義都不知道「死而復生」後的「母親」的真正面目。

《李義》的故事完整，情節波瀾起伏。Tomashevsky 曾經說過：「故事是情節的藍本，故事是有邏輯的，並且按照年代順序發展，而情節是由藝術家自己組織編排從而為自己目的服務。」〔註28〕唐前的志怪小說，作者把小說當成實有其事來敘述，關注的是事件本身，而不是引導接受者關注敘事話語之外的意義。所以，小說往往沒有完整的故事情節，更談不上設置懸念。而唐五代小說敘述的角度有了較大的變化，賦予作品一定的現實意義，並在情節的關鍵之處有意製造懸念，使故事更為豐富生動、扣人心弦。

在唐五代小說中，許多優秀的志怪作品改變了前代小說第三人稱全知全能的敘事模式，在情節主線軸上，有意設置懸念，情節曲折跌宕，極富戲劇性；小說故事有開端、發展、高潮和結局；小說注重從語言、動作、神情、心理等方面塑造人物形象，特別是在事件的發展中，人物行動的動機往往隨著情節的展開而發生變化。在撲朔迷離的情節中，讓故事結果在情理之中，而又出乎意料之外。

第三節　唐五代小說中的志人文本

六朝志人小說在記事寫人方面，為唐五代小說積累了豐富的經驗。

唐五代小說中的志人文本，主要有以下幾個特點：

一、以真人、真事作為故事的題材

以劉義慶《世說新語》為代表的六朝志人小說，主要是記載魏晉時期上層社會中某些人物的傳聞軼事。雖然每則篇幅都很簡短，但人物的神情風度躍然紙上。六朝志人小說作家雖抱著「實錄」的態度來講述故事，然所述的有些人物、事件卻荒誕無稽，與唐前的志怪小說相似。志人小說中怪異荒誕的故事內容，直接影響人們對其的評價和認識。裴啟《語林》因記述謝安的話不準確而受到謝安的指責，該書的聲價也因此而低落。這種以「實錄」來要求小說的觀念，使小說家盡可能地以真人、真事為題材進行創作，還原事

1436 頁。

〔註28〕轉引自華東師範大學傳播學院編《傳播學研究集刊》（6），上海古籍出版社 2008 年版，第 128 頁。

件的本來面貌。

　　以「實錄」結撰小説的意識，影響了唐五代小説的創作。唐五代小説家也喜歡以眞人、眞事作爲故事的題材。唐五代小説中的不少人物、故事都有來源出處，可以考證。當然，其中也不乏作者的想像與虛構。如《迷樓記》、《高力士外傳》、《長恨歌傳》、《顏眞卿》、《姚崇》、《陳子昂》、《李林甫》、《楊國忠》、《張讀》、《隋煬帝海山記》、《李白清平調詞》等。這些小説，從標題即知是以歷史、現實中存在的眞實人物故事作爲小説的題材。因此，陳寅恪和卞孝萱用「以小説證史」的方法，從唐小説故事中考證歷史事件。卞孝萱在考證《霍小玉傳》時云，《霍小玉傳》的作者蔣防毫無顧忌地公開署名，指名道姓，以小説作爲攻擊政敵的手段。「穆宗長慶初的朋黨之爭，表現爲李逢吉、令狐楚、李益爲一集團，元稹、李紳、蔣防又一集團。蔣防爲迎合元稹、李紳的政治需要，趁李逢吉、令狐楚失勢，李益孤立無援之時，撰《霍小玉傳》，攻擊李益『重色』而又『負心』，以致『霍小玉』冤死。使李益聲名狼藉，仕途挫折。」〔註29〕陳寅恪《元白詩箋證稿》把《長恨歌傳》中事件與《新唐書》、《舊唐書》、《資治通鑒》等史書對照，對《長恨歌傳》進行全面的探討。如考證《長恨歌傳》中楊太眞入宮始末，楊太眞度爲女道士入宮，楊太眞冊封爲貴妃等事件。〔註30〕周紹良在《〈長恨歌傳〉箋證》中，也考證了《長恨歌傳》史實的來源：「《長恨歌傳》所云：『宮中雖良家子數千，無可悅目者』，似即《通鑒》所謂『後宮數千，無當意者』及《舊唐書》所謂『後庭數千，無可意者』之所本。」〔註31〕

　　唐五代小説中的不少篇目，雖以歷史或現實中的眞人、眞事爲故事題材，小説中的內容有時可以與史書相證，但小説畢竟不等同於歷史，作者對故事進行了加工創作。「文人賦詠，本非史家紀述。故有意無意間逐漸附會修飾，歷時既久，益復漫衍滋繁，遂成極富興趣之物語小説。」〔註32〕經過加工創作，融入作者思想意識的小説作品，被作者賦予了更深刻的社會意義。

〔註29〕卞孝萱《文史互證與唐傳奇研究》，《北京大學學報》（哲學社會科學版）2009年第2期，第128頁。
〔註30〕見陳寅恪《元白詩箋證稿》，三聯書店2001年版，第14～20頁。
〔註31〕周紹良《〈長恨歌傳〉箋證》，見《紀念陳寅恪先生誕辰百年學術論文集》，北京大學出版社1989年版，第127頁。
〔註32〕陳寅恪《元白詩箋證稿》，三聯書店2001年版，第13頁。

二、自娛、娛人

魏晉時期志人小說的盛行，很大一部分原因就在於其中含有消遣、娛樂的成分。《笑林》是記魏晉時期人物言行的笑話類作品。《笑林》的作者邯鄲淳初見曹植，植洗完澡後，「遂科頭拍袒，胡舞五椎鍛，跳丸擊劍，誦俳優小說數千言訖，謂淳曰：『邯鄲生何如邪？』」〔註33〕文中提到的「俳優小說」就是笑話，而笑話是供人消遣、娛樂的。「俳優小說」源自民間，具有喜劇性和調侃的色彩。就這麼一種不登大雅之堂的「小說」，讓一代貴胄才子喜愛不已，說明小說的娛樂性質在人們實際生活中的意義。

唐五代小說中的志人文本，也帶有遊戲娛樂的成分。

張文成《朝野僉載》中有一則關於鄭愔的故事：

> 鄭愔為吏部侍郎，掌選，贓污狼藉。引銓有選人繫百錢於靴帶上，
> 問其故，答曰：「當今之選，非錢不行。」愔默而不言。〔註34〕

繫錢於靴帶的選人，在不知鄭愔真實身份的情況下，不以賄賂為恥，反而洋洋自得地向鄭愔炫耀自己陞官有道。賣官、買官已發展到赤裸裸的地步。選人沒想到的是，問話之人卻是掌選的鄭愔。戲劇性的人物對話，詼諧幽默、意味深長，引人深思。

唐五代文人驛館官舍「徵奇話異」，大多是自娛、娛人的作品。如《東陽夜怪錄》和《任氏傳》，作者在文末交代故事來源的時候，就表明了娛樂意圖：

> 前進士王洙，字學源，其先琅邪人。元和十三年春擢第。嘗居鄒魯
> 間名山習業。洙自云，前四年時，因隨籍入貢。暮次滎陽逆旅。值
> 彭城客秀才成自虛者，以家事不得就舉，言旋故里，遇洙，因話辛
> 勤往復之意。〔註35〕

建中二年，沈既濟自左拾遺於金吳將軍裴冀，京兆少尹孫成，戶部郎中崔需，右拾遺陸淳，皆謫居東南，自秦徂吳，水陸同道。時前拾遺朱放，因旅遊而隨焉。浮穎涉淮，方舟沿流，晝讌夜話，各徵其異說。眾君子聞任氏之事，共深嘆駭，因請既濟傳之，以志異云。〔註36〕

〔註33〕陳壽著，裴松之注，鄔德金整理《裴松之注〈三國志〉》，天津古籍出版社 2009 年版，第 344 頁。

〔註34〕李時人編校，何滿子審定《全唐五代小說》，陝西人民出版社 1998 年版，第 3167 頁。

〔註35〕李時人編校，何滿子審定《全唐五代小說》，陝西人民出版社 1998 年版，第 715 頁。

〔註36〕李時人編校，何滿子審定《全唐五代小說》，陝西人民出版社 1998 年版，第

　　《東陽夜怪錄》和《任氏傳》，都是文人士子在驛館官舍「晝晏夜話」之作。《東陽夜怪錄》是前進士王洙投宿滎陽旅館之時，與秀才成自虛談論的有關往返於科考路途上的事。而《任氏傳》則是沈既濟等一行人，從秦地到吳地的途中，晚上說話時記載下來的奇異故事。文人士子在驛館官舍「晝晏夜話，各徵其異說」之「說」和「話」，正透露出小說創作的消遣、娛樂性質。

　　唐五代時期，小說觀念和理論有了較大發展。唐前的志人小說，雖有娛樂的成分，人們卻以真實的標準來要求志人小說。到了唐五代時期，人們已經認識到小說的虛構特性，並不以絕對的真實來要求小說作品。唐五代小說家所認為的真實，不是所述事件的真實，而是小說反映的人情物理的真實。因此，唐五代小說「用讓人們感到有趣的奇人奇事以反映世俗人情，認識到了小說應有娛樂性，思想性寓於娛樂性之中，而且愈加明確」〔註37〕。柳宗元在《讀韓愈所著〈毛穎傳〉後題》，亦肯定「俳」有益於世：「其大笑固宜，且世人笑之也，不以其俳乎？而俳又非聖人之所棄者。」〔註38〕就連史學家劉知幾，在《史通·書事》亦云：「《語林》、《笑林》、《世說》、《俗說》，皆喜載調謔小辯，嗤鄙異聞，雖為有識所譏，頗為無知所說。而斯風一扇，國史多同。」〔註39〕劉知幾充分認識到小說娛樂性的巨大影響力，以至於「斯風一扇，國史多同」，小說的娛樂性質還影響到了史書的撰寫。唐五代小說家，通過創作小說這種具有娛樂性質的活動，展示自我才情，娛樂身心。

三、通過情節展現人物性格

　　六朝志人小說，描繪了眾多栩栩如生的人物形象。如性急的王藍田，野心勃勃的桓溫，聰慧的孔文舉等，都給人留下了深刻印象。但六朝的志人小說往往只是截取生活中人物瞬間的神情舉止和隻言片語，吉光片羽式的描寫只能於瞬間捕捉人物某一個別特徵，難以顯示人物的情感、性格的發展。受六朝志人小說的影響，唐五代小說中的志人文本，也塑造了許多神形畢肖的人物形象。但是，作者不只是用隻言片語塑造人物，而是注重故事的情節性，

　　541～542 頁。

〔註37〕柯卓英《唐代的文學傳播研究》，中國社會科學出版社 2009 年版，第 334 頁。

〔註38〕柳宗元《讀韓愈所著〈毛穎傳〉後題》，見董誥編《全唐文》，中華書局 1983 年版，第 5922 頁。

〔註39〕〔唐〕劉知幾撰，〔清〕浦起龍釋，王煦華整理《史通通釋》，上海古籍出版社 2009 年版，第 214 頁。

通過故事情節來展現人物性格，一改六朝志人小說的敘述模式。

同以「妒婦」為題材的志人小說，《世說新語》中郭氏性格的殘忍，讓人震驚。她僅僅以丈夫遠望孩子見到乳母歡欣雀躍就萌生妒意，殺死乳母：

> 賈公閭後妻郭氏酷妒，有男兒名黎民，生載周，充自外還，乳母抱
> 兒在中庭，兒見充喜踴，充就乳母手中嗚之。郭遙望見，謂充愛乳
> 母，即殺之。兒悲思啼泣，不飲它乳，遂死。郭後終無子。〔註40〕

故事談不上什麼情節，可以說是介紹了在某一時刻郭氏因莫名其妙的懷疑而嫉妒、殺人，最終自嘗惡果的事件。接受者閱讀的焦點，主要集中於郭氏這一人物，而不是情節。

情節是人物性格發展的歷史。同是寫「妒婦」，唐五代小說中「妒婦」的人物形象，是通過生動的故事情節而展現的。如《余媚娘敘錄》已經注意通過完整的情節來刻畫人物的思想性格，揭示人物思想性格發展的原因。小說首先交代了聰慧美貌的女子媚娘因喪夫而守寡，為下文的展開埋下伏筆；接著寫媚娘與媒婆圍繞再嫁的對話，以人物對話推動故事的發展；然後具體描述了媚娘婚後兩年，丈夫移情別戀，另娶更加貌美女子的經過。媚娘趁丈夫外出之際，將女子閉私室中，手刃殺之。事發後，故事以媚娘被判以極刑而結束。媚娘因丈夫的不忠而殺害和她一樣可憐的無辜之人，接受者在感歎其兇殘的同時，不由得也替她深感惋惜。

又如以「聰慧女子」為題材的故事，《世說新語》以人物的對話來體現許允婦的機警、聰明伶俐：

> 許允婦是阮衛尉女，德如妹，奇醜。……許因謂曰：「婦有四德，卿
> 有其幾？」婦曰：「新婦所乏唯容爾。然士有百行，君有幾？」許云：
> 「皆備。」婦曰：「夫百行以德為首。君好色不好德，何謂皆備？」
> 允有慚色，遂相敬重。〔註41〕

新婚之夜，許允婦的丈夫知其不美，在桓郎的勸說下，極不情願地進入新房。新娘抓住時機，用自己的智慧贏得了丈夫的敬重。在簡單的故事情節中，小說主要通過許允婦與丈夫之間爭鋒相對的辯駁，體現了她冰雪聰明、才智過

〔註40〕〔南朝‧宋〕劉義慶撰，徐震堮著《世說新語校箋》，中華書局 1984 年版，
　　　　第 490 頁。

〔註41〕〔南朝‧宋〕劉義慶撰，徐震堮著《世說新語校箋》，中華書局 1984 年版，
　　　　第 365～366 頁。

人。

　　同是寫女子的聰明，唐五代小說中的《達悉盈盈傳》（節文），作者以其
獨運匠心的情節設置與性格刻劃，活靈活現地塑造了盈盈這個集美貌與睿智
於一身的典型形象。作者對作品中的一件件事例，加工改造或典型化處理，
大膽設置故事情節，展示人物性格。《達悉盈盈傳》的基本情節如下：盈盈姿
艷冠絕一時，成爲貴人妾──▶貴人病，同官之子私會盈盈──▶父索子甚急，
明皇頒詔尋找──▶詔索貴人室宇，尋同官之子──▶盈盈設計脫險──▶明皇戲
謔號國夫人。《達悉盈盈傳》的情節安排，平中有奇，有一波三折、曲徑通幽
之妙。首先，盈盈丈夫病重，同官之子利用前往探病的機會，與她幽會。兩
人私處時間甚長，以致同官之子認爲兒子失蹤，派人四處尋找。盈盈行事機
警，頗有心計。她與男子私會，貴人及其家人竟沒發覺。接著，父親尋子未
獲，只好請皇帝下詔，助其尋找。當皇帝詢問同官之子失蹤情形時，得知其
是在去貴人家探病後不知所蹤。於是，派人前往貴人家搜查。皇帝下詔親自
搜查，事態的嚴重可想而知，讀者不禁爲盈盈捏了一把汗。在萬分緊急的時
刻，機智的盈盈與只知害怕的同官之子對比鮮明。同官之子，手足無措，而
盈盈卻沉著冷靜，想出了應對的計策。她叫同官之子面見皇帝，遵照她的吩
咐予以回復。爲什麼同官之子要如此回復皇帝，讓人百思不得其解。最後，
通過皇帝與號國夫人的對話，才恍然大悟。盈盈叫同官之子強調自己這段時
間所待之地特點的原因，是爲了把過失轉嫁給號國夫人。皇帝並不怪罪號國
夫人，反而戲謔她。在笑語聲中，故事落幕。盈盈的計謀，不禁讓人佩服不
已。在跌宕起伏的情節中，盈盈慧點的形象躍然紙上。

四、簡約精鍊而含義深永的語言風格

　　魯迅在《中國小說史略》中評《世說新語》：「記言則玄遠冷俊，記行則
高簡瑰奇。」〔註42〕意爲志人小說往往在隻言片語中，生動地表現人物的性
格特徵。如《王藍田性急》，通過具有個性特點的動作，來刻畫人物的性格，
使人物的面貌神態呼之欲出。明人胡應麟在《少室山房筆叢》中稱讚說：「讀
其語言，晉人面目氣韻恍忽生動，而簡約玄澹，眞致不窮，古今絕唱也。」
〔註43〕

〔註42〕魯迅《中國小說史略》，人民文學出版社 2007 年版，第 61 頁。
〔註43〕〔明〕胡應麟《少室山房筆叢》，上海書店出版社 2009 年版，第 285 頁。

　　唐五代小説中的《李毅傳》、《李娃傳》、《鄔載》、《安祿山》、《高宗王皇后》、《姜師度》等，用語簡約、含蓄深永。在《姜師度》中，姜師度見到出土的銘文：「師度異其事，嘆咏久之。」〔註44〕「嘆咏久之」，蘊含著故事人物內心豐富的情感世界，將姜師度對墓中出土銘文的感慨以及對銘文所述人身世的感歎，傳神、細膩地描繪出來，文辭精闢、意蘊深刻。在《宋青春》中，作者簡筆勾勒宋青春與敵軍作戰時「運劍大呼，執馘而旋」〔註45〕的勇猛，展現了他「驍果暴戾」的個性特點。

　　唐五代小説中的志人文本，借鑒志人小説用簡約精鍊、含義深永的語言的同時，還在小説的敘述中，以言簡義豐的話語推動故事情節的發展，豐富人物的性格。如《李秀才》講述了李秀才冒用李播文章，拜謁李播的故事。故事通過李秀才冒用李播文章和李播贈送文章兩個細節，揭露李秀才的厚顏無恥和頌揚李播的寬容大度。《李秀才》的故事情節為：李秀才以李播之詩歌投謁李播——李播識出李播所投之詩是自己所作，質問李秀才，李秀才色變——李秀才強詞奪理，在無法解釋的情況下，向李播道歉——李秀才拿回李播所寫的詩歌，沒有絲毫羞愧——李秀才冒稱盧尚書是自己的表丈，被李播當場識破——李秀才慚悸失次，再次辯解。面對可悲、可笑而又可恥的李秀才，作者用簡潔而又富有深意的語言對其動作神情進行刻畫，傳達出他心境的變化：驚訝——責備——笑——贈送文章——拍手大笑——感歎。作品雖花費筆墨不多，卻展現了李播遇到李秀才的複雜心境，生動傳神地描摹了人物的性格特徵。

　　又如在《盧涵》中，作者寥寥數語，就將盧涵所遇的艷麗女子對盧涵有所企圖的情態生動地表達出來：「言多巧麗，意甚虛襟，盼睞明眸，轉姿態度。」〔註46〕接下來的故事情節，也圍繞著女子對盧涵有所企圖而進行。首先，女子以美貌吸引盧涵，使之駐足停留，陪侍飲酒。接著，女子入內室添酒，「秉燭挈樽而入。」〔註47〕這一小的細節，引起了盧涵的警覺。他躡

〔註44〕 李時人編校，何滿子審定《全唐五代小説》，陝西人民出版社 1998 年版，第 3255 頁。

〔註45〕 李時人編校，何滿子審定《全唐五代小説》，陝西人民出版社 1998 年版，第 3140 頁。

〔註46〕 李時人編校，何滿子審定《全唐五代小説》，陝西人民出版社 1998 年版，第 1815 頁。

〔註47〕 李時人編校，何滿子審定《全唐五代小説》，陝西人民出版社 1998 年版，第 1815 頁。

足窺視，發現女子所謂的酒原來是烏蛇之血。盧涵知女子是怪魅後，大爲恐栗，解馬而走。女子大呼，希望他留宿。女子的強留，更讓盧涵害怕。他快馬加鞭，希望趕快逃離。最後，女子原形畢露，變成碩大無比、不可辨識的物體，欲吞食盧涵。小説通過女子一系列與驚艷外表不相符合的神情、動作描寫，形象地刻畫了僞裝成女子食人的妖怪形象。

唐五代小説中的志人文本，不再局限於隻言片語，它圍繞小説的基本要素，講述在一定時間流中發生的有首有尾的完整故事。在人物形象的塑造上，既重視人物內在精神的傾向，又不忽視對人物外在形體特徵的描繪。並且在故事的時間流程中，還可以感受到故事人物性格的變化。唐五代小説中的志人文本，可以刻畫更爲生動的人物形象，講述更爲曲折、動人的故事。

魏晉南北朝小説篇幅短小、敘事結構簡單，只是粗陳故事梗概。但在人物刻畫、細節描寫，以及敘事語言的運用等方面，它們都爲唐五代小説的寫作積累了經驗。唐五代小説在六朝志怪、志人小説的基礎上，借用志怪、志人小説的故事題材，語言表達方式，或思維方式等，以之爲文本，融入小説的敘述。有意爲小説的唐五代小説家，把融入其中的志怪、志人文本重新組合，改變了小説的敘事模式。小説在生動曲折的情節中，展開人物的形象，在自娛、娛人的同時，賦予小説深刻的社會蘊意。

第八章　唐五代小說中的其他文本

　　唐五代小說除從史傳、詩歌、辭賦、駢文、書牘文、公牘文、論說文、志怪、志人等文體中吸收元素和表現手法外，還從碑銘文、祭誄文、判文、詞等文體中吸取養料。

第一節　碑銘文本在唐五代小說敘事中的功能

　　「銘文，最初就是指刻金勒石的文字說的。商周時代經常在所製的青銅器上鑄上一些文字，起初只記器名、物主名、工匠名等，後來則用以記功頌德，發展下來便是後世的碑銘、墓誌銘。」[註1] 漢魏時期碑銘文的功能、用法，與商周時期大體類似。此時期的小說《神異經》中已開始使用碑銘文本。如《神異經‧東荒經》中的《茂陵寶劍》云：「昭帝時，茂陵家人獻寶劍，上銘曰：直千金，壽萬歲。」[註2] 銘文雖寥寥幾筆，但介紹了寶劍的價值和鑄劍人對漢昭帝的祝福。《搜神後記‧范啓之母》中的銘文則表明所葬之人的身份：「試令人以足撥灰中土，冀得舊物，果得一磚，銘云『順陽范堅之妻』。」[註3]

　　據筆者統計，唐五代小說中使用碑銘文本的篇目有：《玉匣記》、《紀聞‧

〔註1〕　褚斌傑《中國古代文體概論》（增訂本），北京大學出版社 1990 年版，第 413 頁。
〔註2〕　上海古籍出版社編《漢魏六朝筆記小說大觀》，上海古籍出版社 1999 年版，第 88 頁。
〔註3〕　上海古籍出版社編《漢魏六朝筆記小說大觀》，上海古籍出版社 1999 年版，第 440 頁。

牛氏僮》、《廣異記‧張琮》、《通幽記‧陸憑》、《博物志‧崔書生》、《集異記‧
汪鳳》、《說郛‧開河記》、《廣異記‧盧彥緒》、《神怪志‧王果》、《異聞記‧
梁大同古名銘記》、《宣室志‧柳光》、《宣室志‧姜師度》、《宣室志‧鄔載》、
《宣室志‧韓愈》、《宣室志‧裴度》、《宣室志‧王璠》、《集異記‧蔡少霞》
等約 20 篇；使用墓誌銘文本的篇目有：《朝野僉載‧杜鵬舉傳》、《異聞記‧
秦夢記》2 篇；使用碑文本的篇目有《明皇雜錄‧姚崇》1 篇。與漢魏晉小說
相較，唐五代小說中的碑銘文本是小說故事內容的有機組成部分。《盧彥緒》、
《崔書生》、《杜鵬舉傳》、《開河記》、《王果》等篇目中的銘文本使用簡明扼
要的散體形式，《秦夢記》用騷體，《鄔載》、《開河記》、《裴度》、《王璠》、《柳
光》等篇則用詩體。

　　碑銘文本在唐五代小說敘事中主要有如下功能：

一、介紹墓主身世經歷

　　碑銘文是一種應用型文體。碑銘文撰寫的實用目的決定了其語言具有紀
實和精鍊的特點，因而多用自由靈活的散體語言行文。

　　如在《崔書生》中，崔書生與玉姨在榛莽叢中相遇，在宴遊歡洽中歡娛，
在驚慌忙亂中分別。崔書生醒來後，發現桃李芬芳、屋宇華麗的居所被墳墓
所代替，墳中有銘誌：

> 見銘記曰：「後周趙王女玉姨之墓。平生憐重王氏外生。外生先歿，
> 後令與生同葬。」〔註4〕

故事在即將結束之際，由崔書生所見到的銘誌，指出崔書生所遇見的女子原
來是鬼魂。女子在暮色中，獨自在荊棘叢中穿行、絕色的容顏、突破常規的
熱情等，都可以由銘文本對其身份的揭示，而讓接受者恍然大悟。

　　又如在《宣室志‧柳光》中，柳光南遊，誤入山中，發現了刻在石壁上
的銘文：

> ……有雕刻文字極多，遂寫其字置於袖，詞曰：「武之在卯，堯王八
> 季。我棄其寢，我去其宸。深深然，高高然，人不吾知，人不吾謂。
> 由今之後，二百餘祀，焰焰其光，和和其始。東方有兔，小首元尾，

<hr>

〔註4〕 李時人編校，何滿子審定《全唐五代小說》，陝西人民出版社 1998 年版，第
955 頁。

經過吾道，來至吾里。飲吾泉以醉，登吾榻而寐。刻乎其壁，奧乎

其義，人誰以辨其東平子。〔註5〕

柳光因夜行迷路，進入了雲水環繞的石屋。石屋周圍清清的泉流縱橫交錯，
燦爛的晚霞和青翠的松柏互相輝映，十分美麗。顯然，《柳光》以志怪小說中
常見的「神仙洞窟」類故事爲題材，寫柳光的奇遇。但因銘文本的融入，《柳
光》不是突出世外桃園的安寧，也不是敷衍柳光與仙女的艷遇，而是由銘文
本的含義，推測石屋主人的身世、經歷。誤入石屋的柳光只是記下並不理解
石銘，由此而引出與故事相關的解銘之人，豐富了故事情節。

　　唐五代小說中碑銘文本的融入，使其帶有神秘色彩。《柳光》、《崔書生》
等中的銘文本，一則是介紹鬼生前的經歷，另一則是介紹與石屋主人相關的
情況，主人身份都神秘莫測。碑銘文本也豐富了唐五代小說介紹人物的方
法。即使不用史傳慣用的人物介紹方式，小說也可以用銘文本來介紹人物的
身世、經歷。

二、抒發對墓主的哀悼和評贊。

　　如在《秦夢記》中，沈亞之奉命爲亡妻弄玉所寫的墓誌銘：

又使亞之作墓誌銘，獨憶其銘曰：「白楊風哭兮石甆髶莎。離英滿

地兮春色煙和。珠愁粉瘦兮不生綺羅。深深埋玉兮其恨如何！」

〔註6〕

《秦夢記》講述了沈亞之與公主弄玉之間一段纏綿悱惻的愛情故事。當公主
死後，穆公令沈亞之爲其寫輓歌。穆公和宮人讀其所作輓歌之後，哀怨之情
油然而生。於是穆公再命亞之爲公主寫墓誌銘。這首用騷體寫的墓誌銘，淋
漓盡致地抒寫了恩愛夫妻生離死別的哀怨，與小說淒迷夢幻的情調相融合，
令人摧魂蕩魄。

　　在《開河記》中，丁夫開鑿運河，得古堂室，室中有棺柩。叔謀命人開
棺：

命啓棺，一人容貌如生，肌膚潔白如玉而肥。其髮自頭而出，覆其

〔註5〕　李時人編校，何滿子審定《全唐五代小說》，陝西人民出版社 1998 年版，第
　　　　3260 頁。

〔註6〕　李時人編校，何滿子審定《全唐五代小說》，陝西人民出版社 1998 年版，第
　　　　700 頁。

面，過腹胸下略其足，倒生而上，及其背下而方止。搜得一石銘，
上有字如蒼頡鳥迹之篆。乃召夫中有識者免其役。有一下邳民，讀
曰：「我是大金仙，死來一千年。數滿一千年，背下有流泉。得逢
麻叔謀，葬我在高原。髮長至泥丸，更候一千年，方登兜率天。」
〔註7〕

大金仙墓中的銘文本體現了墓主生前的樂觀、開朗、自信。與文中所述大金
仙肌膚潔白如玉而肥的外形相比照，正是這種樂觀、開朗、自信的性格，使
其心寬體胖，不由讓人莞爾而笑。

又如在《明皇雜錄·姚崇》中，姚崇病重，交代其子請張丞相寫碑文：

姚既病，誡諸子曰：「張丞相……便當錄其玩用，致於張公，仍以神
道碑爲請。……若卻微碑文，以刊削爲辭，當引使視其鐫刻，仍告
以聞上。」訖姚既歿，張果至……不數日文成……其略曰：「八柱承
天，高明之位列；四時成歲，亭毒之功存。」〔註8〕

張說、姚崇之間的矛盾，史書多有記載。《新唐書·姚崇傳》、《資治通鑒·
唐紀二十六》、《舊唐書》卷29《趙彥昭傳》等，都詳細記載了張說與姚崇之
間的爭鬥。他們之間的鬥爭，在姚崇病重垂死之際，還在進行。在《明皇雜
錄·姚崇》中，姚崇死前最終贏了，也結束了他們之間的爭執。以致姚崇死
後，唐代還流行著「死姚崇猶能算生張說」〔註9〕之說。姚崇算計張生的方
法，就是請張說爲自己寫碑文。平日，張說視姚崇爲眼中釘，處心積慮進行
陷害。而在《明皇雜錄·姚崇》中，張說在碑文中對姚崇極力稱頌，多是溢
美之詞。姚崇死後，家人因持有張說爲姚崇寫的碑文，張說因而無法對姚崇
進行攻擊。姚崇的才智，爲兒孫們免除了一場大劫難。

唐五代小說中的碑銘文本，有的融入了執筆人眞摯的情感，感人泣下；
有的是出於墓主家人請求，無奈之下寫下的襃諡之詞。不管是融入了情感的
感人之作，還是不帶情感的形式之作，銘文本都對墓主進行了評價，傳達了
生人的哀悼之意。尤其是《姚崇》中的銘文本，是姚崇算計張說的成果。小
說圍繞「請張說寫碑文」這一主題而進行，既表現了姚崇的才智過人，又體

〔註7〕 李時人編校，何滿子審定《全唐五代小說》，陝西人民出版社 1998 年版，第
1892 頁。

〔註8〕 李時人編校，何滿子審定《全唐五代小說》，陝西人民出版社 1998 年版，第
1409 頁。

〔註9〕 見卞孝萱《唐人小說與政治》，鷺江出版社 2003 年版，第 155 頁。

現了張說超凡的文字功底。

三、預示故事的走向和結局

唐五代小說中的不少碑銘文，帶有讖語的性質，或預言天下興亡，或暗示人物命運。故事在展開的過程中，往往也是圍繞碑銘文而進行，情節與情節之間一環扣一環，銜接緊密，結構也渾然一體。

如在《汪鳳》中，蘇州百姓汪鳳所住的宅院怪異迭起，十幾年內妻子僕人死喪殆盡。作者在此故事情節鏈中，先故意不揭示汪鳳家人死亡的具體原因，為下文的展開，埋下伏筆。接著，汪鳳將怪宅賣與同鄉盛忠，盛家住進後也連死數人。至此，對凶宅導致人死亡的原因，作品仍然沒有透漏蛛絲馬迹。凶宅的神秘、兇險，吸引讀者刨根究底，探尋凶宅致人死的原因。最後，富豪張勵發現院內常有兩股青氣直衝雲天，認為地下必有寶玉，便用低價從盛忠手裏買下此宅，並迫不及待地帶人前去掘寶。掘地後，看到一個製作精巧的石櫃，砸開石櫃後，櫃中有具大銅釜，釜上蓋著銅盤。拆下銅盤，發現釜口還蒙著好幾層綢布。等張勵揭開最後一層綢紗，忽有隻巨猴躍出，轉眼已無蹤影。張勵定神去看銅釜，只見裏面有塊石碑：

> 乃有石銘云：「禎明元年七月十五日，茅山道士鮑知遠囚猴神於此。
>
> 其有發者，發後十二年，胡兵大擾，六合煙塵，而發者俄亦族滅。」
>
> 〔註10〕

「禎明」是南唐皇帝陳叔寶年號，距此時已逾百年。小說寫張勵砸開石櫃十二年後，安祿山起兵反唐，天下大亂，張勵家族也在戰亂中全部滅絕，果如銘文本所預言。此銘文本帶有讖語的性質。「宅院地下鎮有妖猴，其地就成了禁忌，任何形式的居住都是對禁忌的觸犯。」〔註11〕汪鳳、盛忠家人的相繼死亡，張勵家族的滅亡，都是因為觸犯了禁忌。尤其是張勵將囚禁猴神的石櫃破壞，導致了更大的災難——張家的族滅和安史之亂的產生。《汪鳳》的情節鏈為：汪鳳因家人莫名其妙死亡而賣房——盛忠家人遭受同樣的災難而再次賣房——張勵財迷心竅，掘開石櫃獲取寶藏而放走猴神——「安史之亂」

〔註10〕 李時人編校，何滿子審定《全唐五代小說》，陝西人民出版社1998年版，第1225頁。

〔註11〕 萬晴川《巫文化視野中的中國古代小說》，中國社會科學出版社2003年版，第112頁。

暴發。從表面看來，把它們聯繫在一起的是觸犯了猴神禁忌。其實，故事的深層意蘊則表現了人們對宿命的無奈。

又如在《杜鵬舉傳》中，杜鵬舉因冥間誤抓同姓之人而有幸光顧陰間，見到了與人世趨同的鬼世界，見到了仙人，並有幸得知自己的官運：

> 故鵬舉墓誌云：「及睿宗踐祚，陰鷙祥符，啓聖期於化元，定成命於幽數。」〔註12〕

這也是本文的主題所在，人的命運是前世已經注定了的，任何人都沒辦法改變。在故事結束後，作者還不忘通過墓誌來進一步證實杜鵬舉官職的陞遷果如冥間所定，以證故事的眞實可信。帶有讖語性質的碑銘文本爲小説敘事設置了懸念，能使故事接受者產生期待心理，有利於敘事者控制接受者的注意力。

再如在《盧彥緒》中，由於夏天暴雨沖刷，掩埋在泥中的古墳露出地面。墳墓中有一具插有十幾隻金釵的女屍，容貌如生，還有一枚寶鏡和其他古玩。墳中銘誌內容如下：

> 銘誌云：「是秦時人。千載後當爲盧彥緒開，運數然也。閉之吉，啓之凶。」〔註13〕

銘誌文本介紹了墓主生活的年代、預知墳墓開啓的時間及開啓墳墓之人，並警告開墳之人不要隨意動墓中什物。語言簡潔、明瞭。

《王果》、《鄔載》、《裴度》、《王璠》、《柳光》、《玉匣記》等篇目中的碑銘文本在敘事功能上，與《杜鵬舉傳》、《汪鳳》中的碑銘文本大體類似。

唐五代小説中出現的碑銘文本，一部分是對墓主身世、經歷的介紹，一部分具有預言和讖語的性質，一部分是用來鬥智的手段。銘文本在唐五代小説中都有一定的意義和價值。碑銘文本對人物的介紹，豐富了小説表現故事、塑造人物形象的手段。碑銘文本預言的虛幻性和證實墓主身份、敘述墓主前生經歷的眞實性，從不同層面，影響作品的眞實、虛幻色彩。

第二節　唐五代小説中的詞、判文本

唐五代小説中，除前面章節提到的志怪、史傳、詩、辭賦，駢文、公牘

〔註12〕李時人編校，何滿子審定《全唐五代小説》，陝西人民出版社 1998 年版，第529 頁。

〔註13〕李時人編校，何滿子審定《全唐五代小説》，陝西人民出版社 1998 年版，第2987 頁。

文、書牘文、碑銘文等文本外，還有詞、判文等文本。它們在唐五代小說的寫人、敘事中，同樣有著重要作用。

一、唐五代小說中的詞文本

詞是唐代興起的一種新的文學樣式。詞是配合宴樂樂曲而填寫的歌詩，屬於抒情文體。據《舊唐書》記載：「自開元以來，歌者雜用胡夷里巷之曲。」〔註14〕來源於民間的詞作，頗受民眾喜愛。唐五代小說中的詞文本，也體現了它質樸的生活氣息。

在唐五代小說中，詞文本出現較少。使用詞文本的篇目主要有：《玉堂閑話・伊用昌》、《松窻錄・李白清平調詞》、《續仙傳・玄眞子》、《劇談錄・廣謫仙怨詞》、《隋煬帝海山記》等。在《玉堂閑話・伊用昌》的開篇，作者用第三人稱全知敘事視角，轉述熊皦所知與伊用昌夫婦相關的故事，然後插入詞文本：

> 愛作《望江南》詞，夫妻唱和。或宿於古寺廢廟間，遇物即有所咏，其詞皆有旨。熊只記得《咏鼓》詞云：「江南鼓，梭肚兩頭樂。釘著不知侵骨髓，打來只是沒心肝，空腹被人漫。」〔註15〕

這首詞，咏日常生活中隨處可見的鼓，語言通俗，淺顯易懂。這篇小說以詞文本串聯故事，是推動故事情節進一步發展的動因。每次伊用昌夫婦生活中的波折，都是因他們所賦之詩、詞惹的禍。詞文本的風格樸素自然，讓小說洋溢著濃厚的生活氣息。並且詞文本以其特有的抑揚頓挫的音樂美、錯綜變化的韻律、長短參差的句法以及所抒發的濃烈深摯的感情，使得作品既有對事情本末的詳細交代，又有對故事人物的生動描寫；既有精警深刻的議論，又有意味深長的抒情。而伊用昌夫婦異於常人的怪異，又增添了小說的奇幻色彩。現實與神異的結合，在虛虛實實，迷離恍惚的故事情節中，揭示出更爲深刻的寓意。

又如《漁父歌》，亦有一處詞文本：

> 眞卿爲湖州刺史，日與門客會飲，乃唱和爲《漁父詞》。其首唱即志和之詞，曰：「西塞山邊白鳥飛，桃花流水鱖魚肥。青箬笠，綠

〔註14〕〔後晉〕劉昫等撰《舊唐書》，中華書局1975年版，第1089頁。

〔註15〕李時人編校，何滿子審定《全唐五代小說》，陝西人民出版社1998年版，第2303頁。

蓑衣，斜風細雨不須歸。」〔註16〕

張志和這首《漁父詞》，乃文士們宴飲遊樂之作。此詞描繪了在秀麗的水鄉風光中怡然垂釣的漁人生活情景，與下文敘述眾人所作之畫相互照應。詞文本描述了真實、自然的生活常態，眾人則用生花妙筆摹畫詞中傳達的意境。「詩情」、「畫意」、「宴飲之樂」水乳交融於小說的敘述之中，豐富了小說的藝術表現手法。

詞又名「長短句」。《玄真子》、《伊用昌》、《李白清平調詞》等中的詞文本，句子長短不一而又遵守一定的韻律，使小說帶有一種抒情的格調。詞文本通俗、質樸，內容一般無關宏旨，這恰與「小家珍說」的小說一致。洋溢著生活氣息的詞文本融入小說，進一步體現了小說走向現實生活的軌迹。

二、唐五代小說中的判文本

判文源於訴訟，用於評判是非、辨明事理。直到唐五代時期，判文才作為一種文本，出現於小說之中。這與唐代判文的興盛有密切聯繫。「唐判的興盛，一方面是受到科舉考試的刺激，另一方面當時的社會風向與價值標準也起推波助瀾的作用。」〔註17〕

唐五代小說中的判文大多集中在中晚唐時期的小說作品中。如敦煌俗賦《燕子賦》、《玄怪錄·董慎》、《傳奇·封陟傳》、《劇談錄·崔道樞食井魚》、《廣異記·上官翼》、《續玄怪錄·齊饒州》、《傳奇·文簫》、《燈下閑談·掠剩大夫》等八篇，就使用了判文本。在《玄怪錄·董慎》中，有兩處判文本：

> 審通判曰：「天本無私，法宜畫一，苟從恩貸，是恣奸行。令狐寔前命減刑，已同私請；程煮後申薄訴，且異罪疑。倘開遞減之科，實失公家之論。請依前付無間獄，仍錄狀申天曹者。」〔註18〕

> 審通又判曰：「天大地大，本以無親；若使奉主，何由得一？苟欲因情變法，實將生偏喪真。太古以前，人猶至樸，中古之降，方聞各親。豈可使太古育物之心，生仲尼觀蠟之歎。無不親，是非公也，

〔註16〕李時人編校，何滿子審定《全唐五代小說》，陝西人民出版社 1998 年版，第 2202 頁。

〔註17〕吳承學《唐代判文文體及源流研究》，《文學遺產》1999 年第 6 期，第 23 頁。

〔註18〕李時人編校，何滿子審定《全唐五代小說》，陝西人民出版社 1998 年版，第 878 頁。

何必引之。請寬逆耳之辜，敢薦沃心之藥。庶其閱實，用得平均。

令狐寔等並請依正法。仍錄狀申天曹者。」〔註19〕

這兩處判文，第一則是為了平息犯人程翥帶領的一百二十人喧鬧公堂，第二則是為了維護法律的公正。因令狐寔是晉孝武帝、太元夫人三等親戚的緣故，府君順承天曹的旨意，在量刑時對令狐寔等六人罪減三等，由此招來犯人的抗議。為了解決問題，府君把秉性公正率直，明辨是非且懂理法的董慎召入冥間。敘述者在寫府君被召入冥間之前，對董慎的為人和性格已有簡介，為故事人物的出場做好了準備，讓讀者未見其人而對其品性有了一個大致的瞭解；接著寫董慎被召入冥間。董慎秉公執法，不為權勢所懼。他對閩州司馬令狐寔案件的審斷完全不考慮令狐寔與晉孝武帝、太元夫人的裙帶關係，依據事實，維持原判，並推薦了另一名熟悉法典、辭采雋永超群的「審通」——張審，根據案情寫下了維持原判的判文。「審通」所寫的維持原判的判文，不符合天曹心意，府君受到責罰，董慎、張審也因此而牽連。府君再命重判。然「審通」仍然維護以前的判決，並一再強調不能因私情而隨意更改法律。故事一開始，小說就把人物置於處理案件的矛盾衝突中。犯人特殊的身份，上層勢力的介入，使得斷案一次次受到阻撓，董慎面臨著巨大壓力，但仍然一次次公正斷案。這兩道判文在小說敘事中將故事情節一步步推向高潮，同時也展現了董慎秉公執法、大義凜然的氣節。

又如《崔道樞食井魚》。唐朝中書舍人韋顏的女婿崔道樞，屢屢參加進士考試不第。一年春天，因為淘井，他從井裏捉到一條五尺長的鯉魚。這條鯉魚狀貌奇特，「長可五尺，鱗鬣金色，目光射人。」〔註20〕崔道樞和他的表哥韋氏，不聽眾人勸說，煮食了此魚。兩宿之後，韋氏突然得病死去，崔道樞也病重。他們都被召入水府，受到審判：

……繡衣操筆而書訖，吏接之而出，令道樞覽之。其初云：「某官，登四品，年七十二。」其後有判詞云：」崔道樞所害兩龍，事關天府，原之不可。按罪急追，所有官爵，並皆削除，年壽亦減一半。」

〔註21〕

〔註19〕李時人編校，何滿子審定《全唐五代小說》，陝西人民出版社 1998 年版，第 879 頁。

〔註20〕李時人編校，何滿子審定《全唐五代小說》，陝西人民出版社 1998 年版，第 2106 頁。

〔註21〕李時人編校，何滿子審定《全唐五代小說》，陝西人民出版社 1998 年版，第

崔道樞和他的表哥韋氏煮食的這條「魚」,果然如小説開篇所描繪,不同尋常。由判文可知,這是一條「魚龍」。至此,接受者才明白小説開篇即敘述崔道樞屢屢進士不第的用意,是爲了突出崔道樞不中進士的原因。這道判文,讓屢不中進士的崔道樞後悔莫及。因爲據判文所定,他可以官至四品,年壽七十二。殺雨龍的罪過,徹底改變了原本屬於他的「富貴命」。天府不僅削除他所有的爵位,而且還讓他減壽一半。這對於一直在科場奔波的崔道樞來説,無疑是致命的打擊。這篇小説,融合了「雨龍」、「死而復生」、「果報」類型故事,通過對崔道樞因殺雨龍不中進士、減壽的描述,表達了命運由天所定的主題。這是唐五代時期士子對難以考中進士的一種自我解脱和精神安慰,也宣揚了不殺生、果報循環的思想。

《掠剩大夫》向我們講述了一種特殊官職——掠剩大夫的故事。掠剩大夫的職責爲「執顯晦之衡鏡,掠貪婪之羨餘」〔註22〕。一天早晨,掠剩大夫與被免去了官職的劉令相遇。掠剩大夫久聞劉善畫駿馬,請其爲之畫馬,並進獻天帝。天帝龍顏大悦,派遣使者宣告天判,賞賜掠剩大夫:

> 俄頃使回,執天判而下,曰:「李某捐有餘而奉不足,行道也。既明
> 折中,方議襃稱,立功未滿於三千,清秋邅延於五律。前志越同,
> 上仙符到奉行,爾宜從命。」〔註23〕

此處判文,既有對掠剩大夫官職的介紹,也有對他行事公允的襃獎,還有賜予他官職的御旨。掠剩大夫官職的陞遷,劉令功不可沒。爲了酬謝劉令,他不僅贈予劉令錢財、官位,還幫他延壽,導引他進入仙界。本來已經官職全無的劉令,借助掠剩大夫之力,命運徹底改變。掠剩大夫幫助劉令重新步入仕途,讓他走出挫折,在官場平步青雲的最主要原因,不是劉令有傑出的才幹,而是因爲他曾幫助自己獲得了更高的官職。可以説,天帝頒佈的這道判文是故事人物——掠剩大夫、劉令命運改變的最關鍵因素。

《燕子賦》中也有斷案的判文。吳承學認爲,敦煌俗賦《燕子賦》「這篇作品在形式上非常突出的特點是始終是圍繞著鳳凰的兩道判來展開情節的,判是整篇作品的關鍵,起著舉足輕重的作用」〔註24〕。唐五代小説中的《封

〔註22〕 李時人編校,何滿子審定《全唐五代小説》,陝西人民出版社 1998 年版,第 2107 頁。
〔註22〕 李時人編校,何滿子審定《全唐五代小説》,陝西人民出版社 1998 年版,第 2372 頁。
〔註23〕 李時人編校,何滿子審定《全唐五代小説》,陝西人民出版社 1998 年版,第 2372 頁。
〔註24〕 吳承學《唐代判文文體及源流研究》,《文學遺產》1999 年第 6 期,第 30 頁。

陟傳》、《上官翼》、《齊饒州》、《文簫》等篇中的故事，都與斷案相關，判文在小說敘事中的作用與《燕子賦》相似。

　　碑銘文、詞、判等文本，雖在唐五代小說中出現的頻率不是很高，且主要集中在晚唐、五代時期，但它們在小說中的意義卻不可忽視。眾多碑銘文本、詞文本、判文本等融入晚唐、五代小說，說明隨著小說文體的逐漸成熟，它兼容其他文體或其表現手法的特點就越明顯。就連晚唐、五代剛興起的詞文本，也融入了唐五代小說之中，更充分體現了小說兼容其他文體的特性。只要是能為寫人、敘事服務的所有文體或其表現手法，小說都嘗試拿過來使用。

第九章 「文本」的會通與唐五代小說的生成

　　唐五代小說吸收某一文體，吸收某一文體元素或其表現手法進行小說敘事，破「體」為文；唐五代小說還從前代作品中吸取「營養」進行創作，由此而形成其「文備眾體」的特徵。「文備眾體」，喻指唐五代小說以一種開放性的海納百川的胸懷兼收「眾體」並加以「會通」。值得指出的是，融入唐五代小說敘事中的某一種文體，已經喪失了原文體自身的獨立性，與融入唐五代小說敘事中的其他文體元素、表現手法以及「營養」一樣，成為小說文體結構的有機組成部分。然「營養」屬於「內容」層面，文體、文體元素、表現手法則屬於「形式」層面。雖然，以某一相對獨立的「文體」的形式融入小說敘事畢竟與以某一文體元素或者表現手法融入小說敘事明顯有別，但是，為了敘述的便利，本文將融入唐五代小說敘事中的文體、文體元素、表現手法以及「營養」均視為「廣義的文本」〔註1〕。

　　唐五代小說是由多種「廣義的文本」會通而成的「文本共同體」。學界通常認為，文本的組合方式有三種：吸收、轉化、組合。〔註2〕唐五代小說

〔註1〕「文本」有廣義和狹義之分。「狹義的文本」是指通常意義上我們所說的一種用文字寫成的有一個主題、有一定長度的符號形式。「廣義的文本」是指某個包含一定意義的微型符號形式，如一個儀式、一種表情、一段音樂、一個詞語、一個動作等，它可以是文字的也可以是非文字的，這種意義上的文本相當於人們常說的「話語」。（見〔法〕德里達著，趙興國等譯《文學行動》，中國社會科學出版社1998年版，第92頁；王瑾《互文性》，廣西師範大學出版社2005年版，第98～99頁。）

〔註2〕〔法〕蒂費納・薩莫瓦約著，邵煒譯《互文性研究》，天津人民出版社 2003

主要運用吸收和組合兩種文本自合方式。「吸收」就「形式」層面而言，指唐五代小說在「形式」上吸收前代不同的文體或不同文體元素及其表現手法加以會通；「組合」就「內容」層面而言，指唐五代小說在「內容」上從前代作品中吸取相似或相近的「文本」加以會通。從「文本間性」的視閾觀之，「沒有任何一部文學作品中不在某種程度上帶有其他作品的痕迹，從這個意義上講，所有的作品都是超文本的。只不過作品和作品相比，程度有所不同罷了（或者說有的作品更公開、更直觀、更明顯）。」〔註3〕唐五代小說文本會通的方式主要有兩種：一是以一種「文體」爲骨架會通其他「文本」；二是以一種「文本」爲核心融合其他多種「文本」。前者屬於「形式」層面的文本會通，後者屬於「內容」層面的文本會通。

第一節　以一種「文體」爲骨架會通其他「文本」

巴赫金認爲小說是體裁的百科全書，任何體裁都能包容在小說這類結構裏。〔註4〕「中國古代文體的一個顯著特徵，是它強烈的『文體間性』，文體系統內部如詩歌、小說、戲劇等類屬，一方面顯出差異，另一方面又有強烈的包容性：它們的文體因子和諧相處於一種文體之中，共同行使功能。」〔註5〕從「形式」的層面觀之，唐五代小說一個顯著的特徵是以一種「文體」爲骨架會通其他「文本」，形成了文本之間的「相互指涉」，使唐五代小說成爲「以一種新的關係呈現出不同的意識形態和世界」〔註6〕的「超文本」。

一、以史傳爲骨架融合其他文本

以史傳爲骨架融合其他文本進行敘述，是唐五代小說敘事的主要方式。

如《李赤傳》，這是一則典型的以史傳爲骨架融合其他文本進行敘述的小說故事。從小說題目就可以看出作者有意爲故事人物——李赤立傳的意識。

年版，第137～140頁。

〔註3〕轉引自〔法〕蒂費納·薩莫瓦約著，邵煒譯《互文性研究》，天津人民出版社2003年版，第36頁。

〔註4〕見巴赫金著，白春仁、曉河譯《小說理論》，河北教育出版社1998年版，第106～107頁。

〔註5〕朱玲《文學文體建構論》，海峽文藝出版社2005年版，第107頁。

〔註6〕王瑾《互文性》，廣西師範大學出版社2005年版，第22頁。

文章開篇即交代主人公李赤是浪人的特殊身份，引起讀者的注意：「李赤者，江湖浪人也。」〔註7〕接著，文中以時序爲線索，敘述了李赤與朋友遊宣州途中的某夜，朋友多次救助李赤的始末。最後，文末用「柳先生曰」對故事進行評析，結束全篇：

> 李赤之傳不誣矣。是其病心而爲是耶？抑固有廁鬼耶？赤之名聞江湖間，其始爲士，無以異於人也。一惑於怪，而所爲若是，乃反以世爲溷，溷爲帝居清都，其屬意明白。今世皆知笑赤之惑也，及至是非取與向背決不爲赤者，幾何人耶？反修而身，無以欲利好惡遷其神而不返，則幸矣，又何暇赤之笑哉？〔註8〕

這段話，揭示了作品的主題：「對社會上大量美臭不分、是非顛倒的現象做了尖刻的諷刺，指斥那些爲利欲所支配的人自以爲聰明，實則愚惑不如李赤。」〔註9〕圍繞這一主題，作者以誇張、荒誕的表現手法，借「人眞」而「事非」的廁鬼故事，曲折地反映社會現實。從人物形象的塑造、選材、布局謀篇等，都表現了作者在史學意識影響下，以史傳文本作爲文章主體骨架，融合虛構、想像的志怪文本來結撰作品，達到「有補於世」的目的。

又如《紀聞錄》的《僧伽大師》，亦包含爲奇僧僧伽大師立傳的意圖：

> 僧伽大師，西域人也，俗姓何氏。唐龍朔初來遊北土，隸名於楚州龍興寺。後於泗州臨淮縣信義坊乞地施標，將建伽藍。於其標下，掘得古香積寺銘記並金像一軀，上有普照王佛字，遂建寺焉。〔註10〕

小說開篇交代故事發生的具體時間，簡述大師的身世背景，符合史傳文學以某時、某地、某人、發生了某事的敘述結構。故事按時間順序，敘述了唐景龍二年至景龍四年間，僧伽大師與中宗皇帝之間的故事。這則故事篇幅不長，然時間跨度卻比較大。作者突出描寫了僧伽大師爲百姓祈雨和皇帝、大臣對僧伽大師的懷念兩個故事場景：前者從正面展現僧伽大師對百姓的愛護和法術的高強，後者通過皇帝和大臣的緬懷和談論，側面烘託僧伽大師的靈異。

〔註7〕 李時人編校，何滿子審定《全唐五代小說》，陝西人民出版社 1998 年版，第613 頁。

〔註8〕 李時人編校，何滿子審定《全唐五代小說》，陝西人民出版社 1998 年版，第613 頁。

〔註9〕 孫昌武《柳宗元傳論》，人民文學出版社 1982 年版，第 414 頁。

〔註10〕 李時人編校，何滿子審定《全唐五代小說》，陝西人民出版社 1998 年版，第210～211 頁。

小說在描寫僧伽大師生前的神奇和死後自然天象的奇異的時候，顯然又吸收了志怪小說的幻筆。史傳文本與志怪文本相互交融，突破了以講述真人、真事為主旨的史傳筆法的限制。小說在藝術表現手法上，多次採用了概述的方法，如「師常濯足」，「常獨處一室」，一個「常」字，以低頻率的形式概述高頻率發生的事件，使故事時間遠遠小於敘事時間，加快了敘述的節奏。小說追述僧伽大師生前勸說萬回不要留戀人世，補充交代僧伽大師早已預知自己與萬回不會久留人世，進一步突出僧伽大師的靈異。最後，小說在文末以史傳常用的「互見法」，指出：

　　　　師平生化現事迹甚多，具在本傳。此聊記其始終矣。〔註11〕

從敘事模式和文體建構進行考察，這是一篇「有意」以史傳為骨架會通志怪、論說文本而生成的小說。

　　又如鄭處誨在《明皇雜錄》中，用李林甫這一歷史人物，引出其與李遐周相關的故事。當李林甫拜見李遐周時，李遐周用頗有深意的論說文本，暗示唐朝的國運與李林甫的命運緊密相連，為故事的發展埋下伏筆。當安祿山起兵之際，李遐周突然隱遁，留下一首預述唐朝即將面臨災難的詩文本，小說接著用論說文本解釋李遐周詩文本的涵義，與上文李遐周對李林甫所說的「若公存則家泰，公亡則家破」〔註12〕的「戲言」相應驗。小說以史傳文本作為敘事基本框架，圍繞李遐周詩中的預言而展開，其中又用論說文本闡釋詩的預言涵義，用志怪文本渲染了人物的神異。

　　唐五代為歷史人物立傳的傳奇小說，如《迷樓記》、《海山記》、《韓愈》等，在敘事模式和文體結構上，均採用以史傳為骨架會通替他文本的形式。

二、以書牘文本為骨架融合其他文本

　　《李哲》、《竇凝妾》、《白鳳銜書》、《鬼傳書》、《傳書燕》等圍繞書牘文本展開故事情節。書牘文本是小說敘述結構和文體建構的關鍵，有著其他文本不可替代的作用。

　　如《李哲》，小說先以史傳文本簡介李哲的身世，接著按照時序講述一對

〔註11〕李時人編校，何滿子審定《全唐五代小說》，陝西人民出版社 1998 年版，第211 頁。

〔註12〕李時人編校，何滿子審定《全唐五代小說》，陝西人民出版社 1998 年版，第1407 頁。

鬼夫婦與他搶奪住宅的故事。然鬼與李哲之間的爭鬥不是面對面的衝突，而是通過鬼投給李哲家人書信的形式而展開。鬼與李哲之間的書信來往組成故事發展的情節鏈條。鬼魅複雜多變、兇狠狡詐的個性，也在其書信中表現得惟妙惟肖。鬼魅初次在李哲家為祟，李哲家人不知所措。李哲聽到經驗豐富的僕婦的建議後，準備用砍伐竹林的辦法來驅趕鬼魅。然鬼魅未卜先知，寫信給李哲的家人，表明砍伐竹林驅鬼的方式不足為懼，更加得意猖狂。接著寫李哲將事情原委告訴朋友，友人仗義怒罵鬼魅，鬼魅發怒以偷帽來捉弄李哲的朋友，後因李哲朋友的祈求、告饒而歸還其帽。接著鬼魅又給李哲的家人寫信，展示其愛好文學、溫柔可親的一面。當鬼魅被懷疑偷盜李哲家裏財物的時候，它亦用文縐縐的語言，給李哲寫信，既有迂腐書生之氣，也有類似於孩童的調皮可愛。當鬼魅丈夫被殺後，鬼魅婦人寫信給李哲家人，塑造了一個對丈夫有情有義，絕不亞於人類的剛烈女子形象。

《李哲》是一篇敘事性很強的傳奇小說，故事首尾結構完整，有開端、發展、高潮、結局。文中以書信串聯故事情節鏈條，推動故事情節一步步走向高潮。對故事背景的介紹、故事人物心理的刻畫、故事情節之間的銜接等，小說則用史傳散體敘述語言作為情節過渡的必要手段，控制著敘事的節奏。

《開元天寶遺事》中的《傳書燕》，書牘文本不僅佔了較大的篇幅，而且是推動情節展開的核心線索。它與史傳、志怪文本相結合，講述了燕子替人送信的感人故事。《傳書燕》開篇，即以史傳慣用筆法，簡述故事人物——紹蘭的身世經歷：她出生於富裕之家，後嫁給巨商任宗。仁宗在外經商數年未歸，音訊全無。接著，詳敘燕子送信的過程。在寫這一部分的時候，以志怪小說常用的幻筆，把燕子寫得頗有人情味。她不但同情紹蘭的遭遇，還主動為其送信。最後，燕子在不知紹蘭丈夫身居何處的情況下，準確地把信件送到他的手中。小說的主要情節鏈寄信——送信——收信——丈夫歸家，都是圍繞著書牘文本而展開。書牘文本，不僅寄託了紹蘭對夫君的思念，而且也是燕子為其送信的緣由，更是她與丈夫情感交流的紐帶。通過書牘文本，作者為我們塑造了一個孤苦、寂寞而又眷念丈夫的思婦形象。

《鑒誡錄》中的《鬼傳書》，以書信為主會通詩、論說、志怪等多種文本，通過人與鬼爭地之事，影射當時官府搶佔民田、民宅的陰暗現實。《鬼傳書》沒有用史傳慣用的體例開篇，也沒有用「某某曰」來結尾。文章以西川高相公築蜀城，命諸指揮使開掘古墳而開端，引出墳墓主人與人之間的矛盾。冥

司趙奄寫給姜指揮使的書信，在解決矛盾的同時將故事推向高潮。冥司趙奄在書信中不是威逼利誘，而是自陳身世，以精誠感動姜指揮使，請求其不要開掘墳墓。尤其是書信末尾所附之詩文本「我昔勝君昔，君今勝我今。人生一世事，何用苦相侵」〔註13〕，進一步渲染了冥司的淒苦、無奈和對人生的感慨，豐富了小說的思想主題。替冥司趙奄送信給姜指揮使的鬼吏與姜指揮史之間關於錢財對話的論說文本，暗含作者以冥間事來影射現實的創作目的。《鬼傳書》按照事情發生的先後順序，以書牘文本推動故事情節發展，有條不紊地將發生在蜀地的人與鬼之間的故事寫得真切動人。

此外，《竇凝妾》、《梁大同古銘記》也是以書牘文本為主，會通銘、詩、史傳、志怪等文本展開敘事的。

三、以詩文本為骨架會通其他文本

沈亞之的《感異記》遠接《列仙傳‧江妃二女傳》，近承唐傳奇小說《遊仙窟》，是一篇優美的人神相愛小說。《感異記》以詩文本為主，將詩與辭賦、祝文、史傳、志怪等文體元素和表現手法熔為一爐。《感異記》用志怪的幻筆虛構了神女與沈警相遇的故事，用賦體語言鋪敘故事中兩位神女的姿容嬌麗，而以神女與沈警連吟詩文本作為敘事和展現人物氣質的主要手段。

《感異記》開篇在介紹沈警的身世之後，有意安排沈警祝禱，讓神女好奇感動，從而引發一段人神之間的愛戀。祝文本是這篇故事的引子，接著以詩文本推動故事情節的發展。首先，沈警在月夜，憑軒遠眺，孤苦之情油然而生。於是，他通過吟詠詩歌來排遣孤寂：

> 既暮，宿傳舍，憑軒望月，作《鳳將雛含嬌曲》，其詞曰：「命嘯無人嘯，含嬌何處嬌？徘徊花上月，空度可憐宵。」又續為歌曰：「靡靡春風至，微微春露輕。可惜關山月，還成無用明。」吟畢，聞簾外嘆賞之聲。復云：「閑宵豈虛擲，朗月豈無明？」音旨清婉，頗異於常。忽見一女子褰簾而入，拜云：「張女郎姊妹見使致意。」
> 〔註14〕

神女聽到沈警吟誦的詩歌，大為讚賞，進而感歎「未見其人而先聞其聲」。在

〔註13〕李時人編校，何滿子審定《全唐五代小說》，陝西人民出版社 1998 年版，第2397 頁。

〔註14〕李時人編校，何滿子審定《全唐五代小說》，陝西人民出版社 1998 年版，第695 頁。

充滿詩意的情調中，神女飄然現身。接著，沈警與神女之間通過詩歌進行對話：

> 小婢麗質，前致詞曰：「人神路隔，別促會賒。況姮娥妒人，不肯留照；織女無賴，已復斜河。寸陰幾時，何勞繁瑣。」……復置酒，警又歌曰：「直恁行人心不平，那宜萬里阻關情。只今隴上分流水，更泛從來嗚咽聲。」警乃贈小女郎指環，小女郎贈警金合歡結。歌曰：「結心纏萬縷，結縷幾千回。結怨無窮極，結心終不開。」大女郎贈警瑤鏡子，歌曰：「憶昔窺瑤鏡，相望看明月。彼此俱照人，莫令光彩滅。」〔註15〕

詩文本為小說「提供一個開放的領域，使物象、事象作『不涉理路』、『玲瓏透徹、『如在目前』、近似電影水銀燈的活動與演出」〔註16〕，建構了一個令人遐想的詩意空間，暗示沈警與神女雖相逢恨晚，但前景難料。接著，相逢、相知的戀人，抓住難得一遇的機緣，享受男女之間的歡愛。此刻，神女援引江妃二女的典故，亦用一首詩文本來傳情達意。最後，曲終人散，沈警與神女在悵恨中以詩文本作別。故事共有四個場景：神女意外出現；神女與沈警在知道相戀無果的情況下，訴說衷腸；神女與沈警的交歡；神女與沈警分別。每個場景，都是由相應的詩文本組合而成。詩文本是《感異記》渲染氣氛、抒發人物情感、推動故事情節發展的主要元素。從審美角度來說，這篇小說不是靠跌宕起伏的故事情節和人物之間尖銳的矛盾衝突取勝，而是以濃重抒情的「詩筆」來表現人物內心微妙細膩的心理變化，渲染如情似夢的氣氛，委婉含蓄，深沉雋永。正如海德格爾所說，文學是人們在天地之間創造出來的嶄新的詩意的世界，是借文字展示的詩意的生存的生命。日常生活是非詩意的，我們可以通過文學的引導達到詩意，感受無限，領悟神聖。〔註17〕

《遊仙窟》是唐五代小說中詩文本使用較多，且融合了多種文本的傳奇小說。全文共有 90 多處詩文本，如十娘與「余」初次相見，即通過吟誦詩歌來問話傳情：

〔註15〕李時人編校，何滿子審定《全唐五代小說》，陝西人民出版社 1998 年版，第697～698 頁。

〔註16〕〔美〕葉維廉著《中國詩學》（增訂版），人民文學出版社 2006 年版，第 34 頁。

〔註17〕見〔德〕海德格爾著《赫貝爾──家之友》，出自成窮等譯，唐有伯校《海德格爾詩學文集》，華中師範大學出版社 1992 年版，第 246～264 頁。

須臾之間，忽聞內裏調箏之聲，僕因詠曰：「自隱多姿則，欺他獨自眠。故故將纖手，時時弄小弦。耳聞猶氣絕，眼見若爲憐。從渠痛不肯，人更別求天。」片時，遣婢桂心傳語，報余詩曰：「面非他舍面，心是自家心。何處關天事，辛苦漫追尋！」余讀詩訖，舉頭門中，忽見十娘半面。〔註18〕

「余」在門外草亭等候，詢問先前所遇浣衣女子宅院主人的身份。通過浣衣女子介紹，間接引出故事人物——十娘。忽然，「余」聽屋裏傳出彈箏的聲音，知是主人，於是「以詩傳話」，向主人借宿。果然，十娘亦用詩遣婢回復「余」話。香氣襲人、芳草遍地的神仙之境，有擅長彈箏的絕色佳麗。更讓人驚歎的是，此佳麗滿腹才情，善吟詩作賦。在十娘還未出現前，就已經令人神往。接著，十娘露出半面，再次遣婢以「詩」傳情。詩文本成爲十娘與「余」傳遞信息，交流情感的渠道。用含蓄、蘊藉的詩文本傳話，正符合未曾謀面之人的心境。十娘用詩文本向「余」眞誠地表達情意，「余」不便表白，以書牘文本陳述心意：

於是夜久更深，沉吟不睡，彷徨徙倚，無便披陳。彼誠既有來意，此間何能不答？遂申懷抱，因以贈書曰：「余以少娛聲色，早慕佳期，歷訪風流，遍遊天下。彈鶴琴於蜀郡，飽見文君；吹鳳管於秦樓，熟看弄玉。雖復贈蘭解珮，未甚關懷；合㲲橫陳，何曾愜意！昔日雙眠，恒嫌夜短；今宵獨臥，實怨更長。一種天公，兩般時節。遙聞香氣，獨傷韓壽之心；近聽琴聲，似對文君之面。向來見桂心談說十娘，天上無雙，人間有一。依依弱柳，束作腰支；焰焰橫波，翻成眼尾。纔舒兩頰，孰疑地上無華；乍出雙眉，漸覺天邊失月。能使西施掩面，百遍燒妝；南國傷心，千回撲鏡。洛川回雪，只堪使疊衣裳；巫峽仙雲，未敢爲擎鞾履。忿秋胡之眼拙，枉費黃金；念交甫之心狂，虛當白玉。下官寓遊勝境，旅泊閑亭，忽遇神仙，不勝迷亂。芙蓉生於澗底，蓮實深；木棲出於山頭，相思日遠。未曾飲炭，腹熱如燒；不憶吞刃，腸穿似割。無情明月，故故臨窗；多事春風，時時動帳。愁人對此，將何自堪！空懸欲斷之腸，請救臨終之命。元來不見，他自尋常；

〔註18〕李時人編校，何滿子審定《全唐五代小說》，陝西人民出版社 1998 年版，第131 頁。

無故相逢，卻交煩惱。敢陳心素，幸願照知。若得見其光儀，豈
敢論其萬一！」〔註19〕

這封駢體書信，以相對整齊的四六句式，借卓文君、弄玉之事，鋪敍了「余」
年少時對男女之情的嚮往；以洛神、西施、秋胡與十娘相較，鋪陳、渲染了
十娘的美貌舉世無雙；以空懸欲斷之腸爲喻，描摹了「余」對十娘的苦苦思
念。這封書信，穿插司馬相如和卓文君、弄玉、秋胡等典故，不僅把詞句裝
潢得典雅富麗，而且用簡省的語言表現了「余」愛慕、執著於十娘的情感，
創造出幽婉纏綿的藝術意境。不僅如此，作者還用賦文本反復渲染、極盡鋪
陳了十娘居室的華美、十娘的美貌、「余」的心理。《遊仙窟》中駢賦文本的
大量使用，「是受到六朝駢文及晚唐駢體回潮影響所致……賦體以語詞華艷藻
飾、敍寫細密詳備、抒情往復迴環爲特徵，以之加入小說，使小說具有了賦
的藝術特徵。」〔註20〕

《遊仙窟》採用自敍體的形式，以志怪小說中常見的人神相戀題材，寫
「余」在神仙窟與十娘等女子的歡娛。作者以四六駢文的形式進行創作，韻
散夾雜，寫得生動活潑，文辭華艷。其中，詩文本佔了小說的絕大部分篇幅，
是故事的主體骨架。作者在故事的敍述過程中，通過人物吟誦的詩文本展開
對話，以故事人物的對話推動故事情節的發展。同時，用自述心聲的駢體書
信，刻畫故事人物心理，將「余」不便於直陳的心意傳達給十娘。以誇飾的
賦文本描摹故事人物外貌、心理等。詩文本與駢、賦、志怪等文本相會通，
敍述了「余」一夜的艷遇。雖然人物和情節中都有虛構的成分，卻很可能有
作者眞實感情經歷的影子。

《感異記》、《通幽記》、《鄭德璘》等篇，也是以詩文本爲主會通其他文
本而形成的傳奇小說。石昌渝在《中國小說源流論》曾指出：「詩賦在傳奇小
說中有多方面的作用，歸納起來，大體有這樣五個方面：一、男女之間傳情
達意；二、人物言志抒情；三、繪景狀物；四、暗示情節的某種結局；五、
評論。」〔註21〕以詩文本爲主體會通史傳、論說、志怪等文體元素和表現手
法是唐五代小說文體生成的的重要方式之一。

〔註19〕 李時人編校，何滿子審定《全唐五代小說》，陝西人民出版社 1998 年版，第
132 頁。
〔註20〕 崔際銀《詩與唐人小說》，天津古籍出版社 2004 年版，第 251 頁。
〔註21〕 石昌渝《中國小說源流論》，三聯書店 1994 年版，第 167 頁。

四、以碑銘文本爲骨架會通其他文本

牛肅《紀聞》中的《牛氏僮》是一篇爭奪寶物的故事，故事以牛肅家奴夢中經神人指點發現黃金和銘文拉開故事的序幕：

> 乃行求仙人杖。得大叢，掘其根，根轉壯大。入地三尺，忽得大磚，有銘焉。揭磚已下，有銅缽斗，於其中盡黃金鋌，丹砂雜其中。安不知書，既藏金，則以磚銘示村人楊之侃。留銘示人，而不告之。
>
> 銘曰：「磚下黃金五百兩，至開元二十八年五月十八日，有下賊胡人年二十二姓史者得之，澤州城北二十五里白浮圖之南，亦二十五里，有金五百兩，亦此人得之。」〔註22〕

這則銘文，在故事中有著其他文本不可或缺的重要功能，整個故事圍繞著發現銘文——拷問發現銘文之人——尋找銘文所示藏寶地——家奴取走寶藏而展開。銘文不僅直接引發、推動了故事情節的發展，而且是貫穿小說的情節主線。不僅如此，《牛氏僮》的銘文還「節外生枝」。因銘文指示了寶物所藏之地，激起了眾人對金錢的欲望，引出與尋寶故事相關的其他人物的活動，使敘述頭緒變得複雜：當牛氏僮被拘禁的時候，作者刻意安排了畫工因買丹砂，與牛氏僮的一次會面。畫工與牛氏僮見面後，得知牛氏僮有丹砂的真相，就把這個秘密泄漏給裴氏。本來就懷疑牛氏僮持有黃金的裴氏，這下更是深信不疑。牛氏僮因畫工的告密，再一次遭到嚴刑拷打。這一情節從另一個層面展現了牛氏僮對金銀財物的執著、狂熱，裴氏爲了金銀財寶的殘忍，畫工爲了金銀財寶而背信棄義。雖然小說頭緒看似複雜，但作者以時序敘述故事，情節與情節之間井然有序，這顯然是用史傳敘述的筆法。而牛氏僮能夠發現銘文，主要是受夢中神人的指引，小說又借用了志怪小說中常見的神仙「夢幻」之筆。作者用散體語言，對這個夢境、神仙進行了描述。牛氏僮夢中神人指示的銘文，是他能發現寶藏的契機。沒有這則銘文，就沒有這個尋寶的故事。眾人對牛氏僮是否發現寶物的熱衷與眼紅，同樣採用了概述性的散體語言。在有限的篇幅內，把牛氏僮、眾人對財物的迷戀刻劃得入骨三分，最後以牛氏僮拿走黃金逃離而結束。

《牛氏僮》圍繞牛氏僮夢中經神人指示的銘文，結合史傳、詩歌、志怪，展開故事的敘述。牛氏僮發現的銘文是整個故事的情節主線，全文圍繞這則

〔註22〕 李時人編校，何滿子審定《全唐五代小說》，陝西人民出版社 1998 年版，第258 頁。

「銘文」而展開；作者因故事主題的需要，又結合志怪小說中常見的神仙「夢幻」之筆，渲染了小說的神秘色彩；爲了使故事情節有條不紊，作者又借用了史傳慣用的筆法。唐小說《牛氏僮》中的志怪、史傳、銘文在小說中相互作用，既傳達了作者對錢財的理性認識，又建構了小說獨特的文體形態。

又如《王果》（節文），「石銘」是貫穿整個故事的情節主線。作者首先對故事人物王果進行簡單的介紹，是典型的以「某時、某地、某人、發生了某事」開篇的史傳結構方式。然後重點鋪敘了王果發現銘文的來龍去脈。當王果路經三峽時，望見江岸石壁懸棺。他命人爬上懸崖，發現懸棺上有石銘：

> 有石誌云：「三百年後水漂我，欲及長江垂欲墮，欲墮不墮逢王果。」
> 〔註23〕

小說詳細描述了懸棺周圍壁立千仞的險峻環境。不管是對故事人物的介紹，還是描述懸棺搖搖欲墜的情形，小說都是圍繞懸棺上銘文本的內容而展開。作者介紹人物，是爲了引出發現銘文本之人；描述懸棺周圍環境，是爲了突出王果在冥冥之中早已與銘文結下不解之緣。銘文在《王果》中主要是作爲一種預言而出現。故事的具體經過，事件之間的前因後果，銘文本都給予了揭示。

《盧延緒》、《汪鳳》、《姜師度》等篇，也是以碑銘文本爲主，吸收其他文本而形成的。以碑銘文本爲主的小說作品，篇幅多簡短，帶有預言、讖語的性質，多與史傳、志怪、詩賦、論說文本交融。

五、以公牘文本爲骨架融合其他文本

唐五代一部分小說繼承了漢魏小說使用公牘文本來敘事的特點。如李玫《纂異記》中的《徐玄之》、王仁裕《王氏見聞錄》中的《王承休》、鄭還古《博異志》中的《白幽囚》等。

《王承休》，收錄於《太平廣記》卷241「諂佞」類。全文4300多字，奏章有2300多字，其中後主下達的制文有200多字。公牘文不僅占全部文章篇幅的一半以上，而且在小說敘事過程中，直接引發、推動了故事情節的發展，充當了小說文體的基本「骨架」。同時，公牘文還與融入《王承休》中的詩歌、史傳相互組合，敘述了一個首尾完整的忠臣諷諫國君的故事。

〔註23〕李時人編校，何滿子審定《全唐五代小說》，陝西人民出版社1998年版，第3033頁。

蜀主遊秦川是故事發生的背景。蜀主聽信佞臣之言，決幸秦之計，因下制曰：

> 朕聞前王巡狩，觀土地之慘舒。歷代省方，慰黎元之傒望。西秦封域，遠在邊隅。先皇帝畫此山河，歷年征討。雖歸王化，未浹惠風。今耕稼既屬有年，軍民頗聞望幸。用安疆場，聊議省巡。朕選取今年十月三日幸秦州。布告中外，咸使聞知。〔註24〕

蒲禹卿上奏諷諫蜀主遊秦州，拉開了故事的序幕：

> 臣聞堯有敢諫之鼓，舜有誹謗之木，湯有司過之士，周有誡慎之鞀。蓋古者明君，克全帝道，欲知己過，要納讜言。將引咎而責躬，庶理人而修德。……雖無折檻之能，但有觸鱗之罪。不避誅殛，輒扣天庭。臣死如萬類之中去一螻蟻。陛下或全無忖度，須向邊陲，遺聖母以憂心，令庶僚以懷慮，全迷得失，自取疲勞。事有不虞，悔將何在？臣願陛下稍開諫路，微納臣言，勿違聖后之情，且允國人之望。俯存大計，勿出遠邊。〔註25〕

蒲禹卿得知蜀主將遊秦州的制文內容後，叩馬泣血進行勸諫。他的奏章，不是迂迴曲折地諷諫，而是激情迸發，直陳時弊，揭示蜀國內憂外患的危機形勢，痛斥國君的過失，體現了其錚錚鐵骨。據史料記載，蜀主王衍耽於女色，強搶民女，霸佔人妻。即使是大臣之女，只要自己喜歡，也搶入宮中，令滿朝文武大臣人人心寒。蒲禹卿的奏章，塑造了蒲氏真心為國的賢臣形象，烘托了蜀主等人的荒淫無恥。作者也借人物諫書，對故事敘事進行干預，表達對時局的憂慮。如蒲禹卿進諫的奏章稱：「陛下生居富貴，坐得乾坤。但好歡娛，不思機變。」蒲禹卿進諫時犀利的言辭，也是作者對昏君的嚴厲批判，對明君賢臣的期待。然蒲禹卿的諷諫並沒有被採納，蜀主仍然帶領大臣前往秦州。遊秦州途中，為了進一步襯托蒲禹卿的忠臣形象，豐富要表達的主題，作者又以10首詩歌展現前蜀君臣的荒樂。中書舍人王仁裕所賦的詩曰：

> 劍牙釘舌血毛腥，窺算勞心豈暫停。……今日帝王親出狩，白雲巖下好藏形。」翰林學士李浩弼進詩曰：「巖下年年自寢訛，生靈餐盡

〔註24〕李時人編校，何滿子審定《全唐五代小說》，陝西人民出版社1998年版，第3504頁。

〔註25〕李時人編校，何滿子審定《全唐五代小說》，陝西人民出版社1998年版，第3504～3508頁。

意如何？……長途莫怪無人迹，盡被山王稅殺他。」〔註 26〕

王仁裕、李浩弼等一行人，在危機四伏的險境中，仍通過吟詩來歌功頌德，完全沒有意識到路途中的異象預示著大難即至；在敵軍已經深入的情況下，也渾然不知國之將亡。

《王承休》以歷史人物和事件作爲素材，圍繞蜀主昭告臣民的制文和蒲禹卿的奏章，結合詩歌、史傳，展開故事的敘述。蜀主遊秦川的制文交代了故事發生的具體背景，而蒲禹卿的奏章則是整個故事的情節主線，塑造蒲禹卿忠貞、蜀主昏庸無能、諸大臣貪圖享樂形象的同時，深刻揭示了前蜀滅亡的眞正原因：「有關前蜀政權內部情況的史料，傳世甚少。因此具體情況不爲一般人所知。……因此無論對研究前蜀史和整個五代史都很有參考價值。」〔註 27〕作者遵照題材的需要、故事情節完整性的要求，又結合君臣前往秦州途中所賦的 10 首詩歌，以王衍和諸大臣的尋歡作樂，與蒲禹卿一心爲國的憂思形成鮮明對照，塑造了更爲立體的人物形象。融入唐代小說《王承休》中的公牘文、史傳、詩歌在小說中相互作用，既恰當表現了作者對前蜀的理性認識，又建構了小說特有的文體特徵。

又如《徐玄之》，既有奏狀，也有表和上疏。小說圍繞這三道狀、表、疏文敘述故事。小說分夢前和夢後兩個部分。前部分用輕鬆幽默的筆調寫王子在遊樂途中，因嘲笑儒生徐玄之而受驚得厥疾。不辨是非的國王亦聽「詭隨之議」，下令對徐玄之處以肉刑。如何處置徐玄之，引發了蚍蜉國政治的矛盾、爭端。這部分是故事的前奏和鋪墊。正直的太史令馬知玄，上疏對王子的胡作非爲直言指斥：

> 伏以王子日不遵典法，遊觀失度，視險如砥，自貽震驚；徐玄之性氣不回，博識非淺，況修天爵，難以妖誣。今大王不能度己，返姿胸臆，信彼多士，欲害哲人。竊見雲物頻興，沴怪屢作，市言訛識，眾情驚疑。昔者秦射巨魚而衰，殷格猛獸而滅。今大王欲害非類，是躡殷秦，但恐季世之端，自此而起。〔註 28〕

〔註 26〕李時人編校，何滿子審定《全唐五代小說》，陝西人民出版社 1998 年版，第 3509 頁。

〔註 27〕見王汝濤主編，王汝濤等同注《太平廣記選》中對《王承休》的題注，齊魯書社 1980 年版，第 586 頁。

〔註 28〕李時人編校，何滿子審定《全唐五代小說》，陝西人民出版社 1998 年版，第 1402 頁。

太史令馬知玄由徐玄之一事，直陳產生問題的最根本原因，也就是國王的昏庸愚昧，縱容了王子的為非作歹。馬知玄的奏狀，直接斥責君王，言辭犀利。這封奏狀，讓國王惱羞成怒，他下令將馬知玄斬殺。正施刑時，草民蠹飛上疏：

> 臣聞縱盤遊、恣漁獵者，位必亡；罪賢臣，戮忠讜者，國必喪。伏以王子獵患於絕境，釣禍於幽泉，信任幻徒，熒惑儒士，喪屨之戚，所謂自貽。今大王不究遊務之非，反聽詭隨之議⋯⋯昔者虞以宮之奇言為謬，卒並於晉公；吳以伍子胥見為非，果滅於句踐。非敢自周秦悉數，累黷聰明，竊敢以塵埃之卑，少益嵩華。〔註29〕

草民蠹飛的上疏，主要針對王子外出受到驚嚇和國王斬殺馬知玄這兩件事。他直言王子受驚是自作自受，並以比干、伍子胥、宮之奇等歷史人物典故，痛責國王的過失。草民蠹飛雖身份卑微，卻見識深遠。他指斥政弊，引經據典，酣暢淋漓。蚍蜉王迫於形勢，下令厚賞蠹飛和馬知玄的兒子蚳，授予飛諫議大夫之職，追封太史令馬知玄為安國大將軍，以他的兒子蚳為太史令，決定等聽取諸臣意見後再處理徐玄之。故事至此，忠臣冤屈得以昭雪，忠臣之子得到賞賜，敢於進諫的草民也授予了官職。按照常理，故事應該結束。但作者筆鋒突轉，蚳的表文改變了故事情節發展的脈絡，讓故事的結局既在情理之中，又出乎意料之外：

> 伏奉恩制云：「馬知玄有殷王子比干之忠貞，有魏侍中辛毗之諫諍，而我亟以用己，昧於知人。熱棟梁於將為大廈之晨，碎舟楫於方濟巨川之日。由我不德，致爾非辜。是宜褒贈其亡，賞延於後者。」⋯⋯今臣豈可因亡父之誅戮，要國家之寵榮。報平王而不能，效伯禹而安忍。況今天圖將變，歷數堪憂，伏乞斥臣遐方，免逢喪亂。〔註30〕

蚳在給皇帝的上表中，由天象和歷法的異常，預言國家即將面臨禍亂，為蚍蜉國的最終走向埋下伏筆。後來，蚍蜉國的命運果如蚳表文中所預言。《徐玄之》的作者李玫，主要生活於唐代太和、大中、咸通時。此時，朋黨相爭，宦官專權，國家政權搖搖欲墜。顯然，作者借志怪小說中常見的精怪題材，

〔註29〕李時人編校，何滿子審定《全唐五代小說》，陝西人民出版社 1998 年版，第 1402 頁。

〔註30〕李時人編校，何滿子審定《全唐五代小說》，陝西人民出版社 1998 年版，第 1403 頁。

以蚍蜉國之事影射現實，寄託憂國情懷。

《徐玄之》以歷史人物「徐玄之」和志怪小說中的精怪故事為素材，由故事人物徐玄之搬遷到吳地凶宅開篇，小說基本上是在他的視角下進行的。故事發生的主要場景是蚍蜉國，故事矛盾的焦點是怎樣處理徐玄之讓王子受驚一事。馬知玄的奏狀，由徐玄之之事，引申到蚍蜉國內部的政治矛盾和鬥爭，將矛盾激化；蟲飛的上疏，使國王為馬知玄平冤昭雪，矛盾開始緩和；而蚍的表文，指出蚍蜉國即將遭遇滅頂之災，又將矛盾進一步激化。故事圍繞著這三道表、狀、疏而展開，情節一波三折。其中，穿插了蟲飛為皇帝解夢的論說文本。這段論說文本與蚍的表文在內容上相互映襯，暗示蚍蜉國大廈將傾之必然。同時，與其他大臣阿諛奉承的解夢之語相較，進一步烘託了蟲飛的剛正不阿。《徐玄之》以歷史人物為素材，增加了作品的真實感；史傳與志怪題材的結合，使作品虛實相映，具有神秘的氣息；在整個故事情節鏈中，情節的設置、懸念的製造，由表、狀、疏導引和掌控；論說文本的融入，使作品更有內涵和蘊義。史傳、志怪、論說文等其他諸多文體，因敘事功能的需要，以「表、狀、疏」為小說文體的基本「骨架」，共同組合到《徐玄之》中，建構了這篇小說的文體。

以公牘文本為主體會通其他文本講述故事的小說，內容上多寫政治歷史題材，大多產生於中晚唐和五代，多與詩、志怪、史傳等文本相融合。

綜合以上對《感異記》、《李哲》、《牛氏僮》、《僧伽大師》、《王承休》等文本組合使用情況的分析，很明顯，這種文本的組合方式，主要是以某一種文本為主體，吸收其它文本，如詩歌、辭賦、駢文、書牘文、論說文等，在敘述過程中將這些不同文學「體裁」的文本功能運用得恰到好處。它們利用散體語言可長可短，行文自由，不受約束的特點，用之來書寫人物對話、人物的曲折經歷或者充當故事過渡承接的關節點；又結合駢文本辭藻華麗、句式整齊的特色，用來表現場景、描繪容貌、渲染氣氛等；再借助詩、賦文本押韻抒情的優勢，來抒發人物的內心情感，拉長故事敘述的時間，塑造更為立體、飽滿的人物形象；還可以用論說文本來說理，深化故事內容，昇華主題。這樣就使得小說故事的敘述張弛有度，節奏分明，並呈現出一種集各種「文學體裁」之長的藝術美。

唐五代小說吸收不同文本敘述故事，充分發揮了各種文本的功能。文本的重新組合即意味著文本功能的相互交融，從而產生新的文學視界。文學作

品的「文學性」正於此種「文本」的吸收、交融。

第二節　以一種「文本」爲核心融會其他「文本」

從「形式」層面看，唐五代小説以某一種文本爲主體會通其他文體元素和表現手法敘述一個故事；從「內容」層面看，唐五代小説亦善於從前代作品中吸取創作素材。「故事的關聯是判斷文本間關係，並結構文本鏈的標準，其內涵與『本事』一詞基本相當。」〔註31〕唐五代小説通常以前代作品中的某一人物、某一事件作爲核心文本與其他文本相融合，而衍生出一個或者多個不同的故事。作者或者對故事原型進行增減，或者對相似的事件加以重組形成情節類似的故事群。「學界一般把多個情節類似的故事群合稱爲一個『類型』（type）。」〔註32〕

一、從史傳中選取核心文本加以衍生

從前代史傳中「拿來」一個「文本」作爲核心加以衍生，是唐五代小説生成的主要方式。

唐五代小説不僅借鑒史傳的敘事模式、文體結構和表現手法，而且還直接從史傳中選取創作的題材。史傳是唐五代小説題材的重要來源。

《舜子變》據唐以前的史籍而又有所增飾。如開頭一段敘舜母樂登夫人病死，瞽叟繼娶後妻，與《史記・舜本紀》的記載幾乎雷同：

> 舜父瞽叟盲，而舜母死，瞽叟更娶妻而生象，象傲。瞽叟愛後妻子，常欲殺舜，舜避逃；及有小過，則受罪。順事父及後母與弟，日以篤謹，匪有解。〔註33〕

當然，更早的來源是《尚書・堯典》：「岳曰：『瞽子，父頑母嚚，象傲；克諧以孝，烝烝乂，不格奸。』」〔註34〕唐五代小説以歷史人物舜至孝作爲文本核心，融合神話、民間傳説，鋪衍了有關舜成長、治水、成爲國君的故事。

〔註31〕黃大宏《唐代小説重寫研究》，重慶出版社2004年版，第31頁。
〔註32〕李道和《晉唐小説螺女故事考論》，見陳勤建主編《文藝民俗學論文集》，上海文化出版社2009年版，第123頁。
〔註33〕〔漢〕司馬遷著，韓兆琦評注《〈史記〉評注本》，嶽麓書社2004年版，第11頁。
〔註34〕慕平譯注《尚書》，中華書局2009年版，第11～12頁。

又如關於伍子胥復仇的故事，《史記》、《吳越春秋》等多有記載。《伍子胥變文》對唐前史籍特別是《吳越春秋》因襲甚多。《伍子胥變文》以史籍中「伍子胥復仇」為核心文本，「但在復仇行為等細節上，它又大膽虛構，突破了伍子胥故事在以往流傳中所形成的注重史實的模式。這些變化是與唐代血親復仇文化緊密聯繫在一起的，它是在唐代政府對私自復仇的嚴屬打擊以及社會主流觀念倡導理性復仇的壓抑下，民間濃厚的復仇意識在文學上的反映。」〔註35〕敦煌變文中的其他作品，《王昭君變文》、《李陵變文》、《張義潮變文》等的產生，都是以史籍記載中這些人物故事為藍本，融入民間傳說，加以增衍而成的。因時代歷史的變遷，社會文化語境的改變，小說在文本重組的過程中，情節多有改變，主題更有時代色彩，並以說唱結合的新的形式廣泛傳播。

章太炎說：「國民常性，所察在政事日用，所務在工商耕稼。志盡於有生，語絕於無驗。」〔註36〕這種「重實際而黜玄想」的民族文化心理，表現在文學創作上，就是喜歡擬古、因襲。中國古代小說的主要源頭是先秦史傳文學，《新唐書‧藝文志》亦指出：「傳記、小說，外暨方言、地理、職官、氏族，皆出於史官之流也。」〔註37〕明代笑花主人在《今古奇觀序》中說：「小說者，正史之餘也。」〔註38〕中國古代小說「從它一開始產生就帶著史傳文學的鮮明『胎記』，在其不斷發展與成熟的漫長過程中，史傳文學對其多方面的影響是貫徹始終的。」〔註39〕小說家出於提升小說地位的目的，把小說當成勸世諷諫的工具，特喜歡以歷史題材、歷史人物作為創作的素材。崔令欽《教坊記》中關於皇室教坊的故事，就是教坊中人親自為作者言說後所記的。《北夢瑣言》的作者孫光賢在序中亦言：「唐自廣明亂離，秘籍亡散，武宗已後，寂寞無聞，朝野遺芳，莫得傳播。僕生自岷峨，官於荊郢，咸京故事，每愧面牆，遊處之間，專於博訪。頃逢故鳳翔楊玭少尹，多話秦中平時舊說，常記於心。他日渚宮見元澄中允，款狎笑語，多符其說。……厥後每聆一事，未

<hr />

〔註35〕尹富《〈伍子胥變文〉與唐代的血親復仇》，《西南師範大學學報》（人文社會科學版）2003 年第 5 期，第 153 頁。

〔註36〕章太炎著，傅傑編校《章太炎學術史論集》，中國社會科學出版社 1997 年版，第 201 頁。

〔註37〕〔宋〕歐陽修、宋祁撰《新唐書》，中華書局 1975 年版，第 1421 頁。

〔註38〕〔明〕抱甕老人輯《今古奇觀》，上海古籍出版社 2005 年版，第 1 頁。

〔註39〕劉人傑主編《中國文學史》，中國對外翻譯出版公司 1999 年版，第 126 頁。

敢孤信，三復參校，然始濡毫。非但垂之空言，亦欲因事勸誡。三紀收拾筐篋，爰因公退，咸取編連。先以唐朝達賢一言一行列於談次，其有事類相近，自唐至後唐、梁、蜀、江南諸國所得聞知者，皆附其末，凡纂得事成三十卷。」〔註40〕

　　唐五代小說中，素材與歷史相關的小說集有《明皇雜錄》、《中朝故事》、《隋煬帝海山記》、《迷樓記》、《開元天寶遺事》等，單篇小說作品有《吳保安》、《裴伷先》、《蘭亭記》、《狄仁傑》、《長恨歌傳》等。唐五代小說雖然敘述歷史故事，描述歷史人物，但與史傳有根本的區別。金聖歎指出：「《史記》是以文運事，《水滸》是因文生事。以文運事，是先有事生成如此如此，卻要算計出一篇文字來，雖是史公高才，也畢竟是吃苦事。因文生事即不然，只是順著筆性去，削高補低都由我。」〔註41〕「以文運事」，是在不違背歷史事實的基礎上敘事；「因文生事」，則是在不違背藝術眞實的前提下進行構思和創作。

二、從志怪中選取核心文本加以衍生

　　從前代志怪小說中「拿來」一個「文本」作爲核心加以衍生，這是唐五代小說生成最爲常見的方式。

　　唐五代小說首先表現出從志怪到傳奇的因革特點。如「扣樹傳書」系列故事，就源於曹丕《列異傳》中「胡母班」的故事：

　　　　胡母班爲泰山府君齎書詣河伯，貽其青絲履，甚精巧也。〔註42〕

《列異傳》中「胡母班」的故事（《太平御覽》卷697引）只有一句話，簡述胡母爲泰山府君給河伯送信，河伯回贈「青絲履」，無「情節」。而在唐五代小說中的「扣樹傳書類型」故事，通過對不同文本的移植、敷衍和重組，不僅故事內容完整，情節曲折生動，人物形象也栩栩如生。如《柳毅傳》以「扣樹傳書」爲核心文本，與龍的傳說、人神通婚的故事相交融：柳毅與受丈夫

〔註40〕上海古籍出版社編《唐五代筆記小說大觀》，上海古籍出版社2000年版，第1803頁。

〔註41〕〔清〕金聖歎《讀第五才子書法》，見金聖歎著、曹方人、周錫山標點《金聖歎全集・貫華堂第五才子書〈水滸傳〉》，江蘇古籍出版社1985年版，第18頁。

〔註42〕〔魏〕曹丕等撰，鄭學弢校注《〈列異傳〉等五種》，文化藝術出版社1988年版，第19頁。

摧殘的龍女相遇，在正義感的驅使下，替龍女送信，引出錢塘君殺小龍，解救龍女，龍女與家人團聚。接著，故事因襲人神婚戀的故事模式，寫柳毅與化身爲尋常女子的龍女締結連理，後亦仙去。整個故事，以「扣樹傳書」爲核心文本，與龍的傳說、人神婚戀故事相融合，演繹出人神婚戀的感人故事。

曹丕《列異傳》中「胡母班」的故事，只爲以後的「扣樹傳書」系列故事提供了一個簡單的文本原型。胡母班、泰山府君、河伯的人物形象，胡母送信的經過，胡母送信後的情況，《列異傳》中都沒有具體的敍述，留下了敍事的「空白」。這些空白，最能引起人們的興趣，也能激發創作者的靈感，更爲創作者的進一步創作提供了故事的模板。唐五代小說中的許多作品，就是對此文本遺留的「空白」進行「塡充」、「敷衍」。唐五代以「扣樹傳書」爲內核進行「敷衍」的小說，構成了「扣樹傳書」的系列故事。如《酉陽雜俎・諾皋記上》中關於「邵敬伯」的故事，也是以「扣樹傳書」爲核心。故事以吳江使請邵敬伯送信給齊伯開端。接著，邵敬伯按吳江使所示，取樹葉投之於水。他在使者的引領下進入水晶宮殿，見到了齊伯，聽到了「裕興超滅」的預言。最後，故事以邵敬伯聽到的預言應驗結束。邵敬伯因送信獲贈得到的刀，讓他免於災禍。故事的主題，不像《柳毅傳》是爲了突出送信者的俠肝義膽，樂於助人，而是表達了作者對天災人禍不可避免的宿命論思想。文中最後一句話，「世傳社林下有河伯冢」，表明此故事也融合了民間傳說「河伯冢」故事的文本，帶有民間傳說的痕迹。

李復言《續玄怪錄・劉貫詞》也是以「扣樹傳書」爲核心文本，融合「胡商」、「龍的傳說」的故事文本，敷衍出劉貫詞替化身爲蔡霞秀才的龍神送信的故事。劉貫詞替蔡霞秀才送信，引出故事人物龍母、龍妹。送信使命完成後，故事並沒有結束，龍母的異於常態、龍妹牽強的解釋，都是爲了故事的進一步展開而埋下伏筆。最後，由胡客之口，揭示蔡霞秀才一家的眞實面目。蔡霞秀才並不是正人君子，他爲了避禍利用劉貫詞送信；龍母見到劉貫詞的失態，是因爲難以抑制的食人本性；龍妹的掩飾和奉勸老母，也是出於讓劉貫詞送走偷盜得來的碗。劉貫詞出於好意，替所謂的朋友送信，沒想到由此而得禍。《續玄怪錄・劉貫詞》中，蔡秀霞一家，狡猾、陰險、奸詐，尤其是龍母，食人本性暴露無遺。她性情中更多的是異於常人的「獸性」。

《柳毅傳》、《邵敬伯》、《劉貫詞》這三則故事，同以「扣樹傳書」爲核心文本，經由不同作者的加工、創作，虛構了三個截然不同的故事。不僅故

事主題迥異，故事人物形象也是千姿百態，絕不相似。

又如「幽冥類故事」系列。唐五代小說中，關於「幽冥類」故事的篇目有很多。如《唐太宗入冥記》、《大目乾連救母變文》、《北齊仕人梁》、《馬嘉連》、《孔恪》、《柳智感》、《趙文信》、《楊師操》、《李氏》、《釋慧如》、《謝弘敞妻》、《方山開》、《劉摩兒》、《李知禮》、《裴則子》、《仁義方》、《盧元禮》、《曲阜皇甫氏》、《信都元方》、《高法眼》、《劉公信妻陳氏母》、《蕭氏女》、《李思元》、《僧齊之》、《李虛》、《季攸》、《李僵名妻》、《田氏》、《張縱》、《李載》、《楊再思》、《韋諷女奴》等，均以劉宋劉義慶《幽冥錄》中對冥間的描寫為內核。《幽冥錄》中的「李通」條為：

> 蒲城李通，死來云：見沙門法祖爲閻羅王講《首楞嚴經》。又見道士
> 王浮身被鎖械。求祖懺悔，祖不肯赴。孤負聖人，死方思悔。〔註43〕

李通述說自己在冥間所見：沙門爲閻羅王講經，道士王浮渾身披枷帶鎖受罰，李通求沙門爲之懺悔。故事的語言簡單，人物形象也不夠鮮明。

唐五代小說中的「幽冥類」系列故事，同寫人在冥間的經歷，因與其他故事文本相融合，作者不僅補充了故事人物進入冥間的前因後果，還敷衍了故事人物在冥間的具體情形，情節比《幽冥錄》中的「李通」條更爲豐富，蘊義也更爲深廣。

如《法苑珠林》中的《蕭氏女》，以對冥間的描寫爲故事內核，融合「妒婦」、「果報」的故事文本，講述了蕭氏女因妒忌而冥間受苦的故事。這兩篇小說的作者採用了不同的敘事視角：在《幽冥錄》「李通」條中，李通自述冥間經歷，而在《蕭氏女》中，由婢女轉述蕭氏女在冥間的經歷。《蕭氏女》以蕭氏女因妒忌、好打奴婢被罰入地獄開端。接著，小說敘述了常被蕭氏女毒打的婢女閏玉在「三七日」與蕭氏女相見，蕭氏女向婢女講述自己在冥間的痛苦遭遇。然後，蕭氏女攜閏玉進入冥間，讓閏玉親眼見證自己在冥間的痛苦。最後，皇帝下敕，要求信奉佛法，而敘述者在文末也發表議論，宣揚因果報應的主題。整個故事的情節鏈爲：蕭氏女因妒忌被罰入冥間——家人爲蕭氏女做法，蕭氏女現形——婢女聽蕭氏女講述冥間經歷——蕭氏女攜婢女進入冥間——婆羅門禮贊婢女前世積有功德——皇帝下敕信奉佛法。相較於《幽冥錄》中的「李通」條，《蕭氏女》中的故事人物頗多，有齋僧、婢、蕭

〔註43〕上海古籍出版社編《漢魏六朝筆記小說大觀》，上海古籍出版社 1999 年版，第 745～746 頁。

氏女的父親蕭鏗、婆羅門、皇帝等。並且小說同時敍述了蕭氏女、閏玉進入冥間的經歷，頭緒可謂紛繁複雜。但作者以時序爲線索，將故事敍述得有條不紊。

《蕭氏女》以「妒婦」故事文本中的人物爲故事人物，以「幽冥類」故事爲文本核心，結合因果報應觀念，一方面宣揚佛法，另一方面也警戒世人要善待婢女。

《韋諷女奴》亦以「幽冥類」故事爲文本核心，融合「妒婦」的故事文本，同時還融合了志怪小說中常見的「復生」和「修煉成仙」的故事文本，在主題和寓意上，與其他「幽冥類」故事明顯不同。《韋諷女奴》由韋諷家小童發現女奴，女奴復生開篇：

> 小童薙草鋤地，見人髮，鋤漸深漸多而不亂，若新梳理之狀。諷異
> 之，即掘深尺餘，見婦人頭。其肌膚容色，儼然如生。更加鍬鋪，
> 連身皆全。唯衣服隨手如粉。其形氣漸盛，頃能起。〔註44〕

女奴的復生頗爲神奇。韋諷家的小童鋤地，意外發現容貌如生的女奴屍體。當女奴屍體被挖出來後，她漸漸恢復元氣，很快就能行動自如。小說寫女奴復生的奇異，暗示女奴的身份不同尋常，爲下文鋪墊。女奴復生後，小說融合「妒婦」和「幽冥類」的故事文本，詳述女奴的死因及她在冥間的經歷：女奴因女主人的嫉妒而被活埋入地，她在冥間因冤死而再得十一年的壽祿。最後，文末移用「修煉成仙」的故事文本，揭示女奴死而復生的眞正原因是因爲她已經得道成仙：

> 常曰：「修身累德，無報以福。神仙之道，宜勤求之。」數年後，失
> 諷及婢之所在。親族於其家得遺文，紀在生之事。〔註45〕

文末宣揚了修煉成仙的神仙道家思想。

《蕭氏女》、《韋諷女奴》都是以「幽冥類」故事爲文本核心，加以衍生的小說故事。因融合了「妒婦」、「修煉成仙」、「復生」等故事文本，小說的人物形象更爲生動，情節更爲曲折。故事的主旨也不僅僅在於宣揚果報觀念，更有警示世人的現實意義。唐五代小說逐漸從宣揚宗教的「釋世輔教」之作

〔註44〕李時人編校，何滿子審定《全唐五代小說》，陝西人民出版社 1998 年版，第775 頁。

〔註45〕李時人編校，何滿子審定《全唐五代小說》，陝西人民出版社 1998 年版，第776 頁。

向表達有一定現實主題的文學作品發展。「中國古小說具有強烈的沿襲性，這一特徵使得許多輔教之書中的作品，在其承傳、演變的過程中，逐漸喪失了其原有的宗教色彩而蛻變成文學性更『純』的作品。」〔註46〕

　　唐五代小說中的《樊光》、《殷安仁》、《康抱》、《崔浩》、《宜城民》、《季全聞》等果報故事；《隋蜀部灌口山竹林寺僧釋道仙傳》、《妙女》、《楊敬眞》等修煉成仙故事；《陳嚴恭》、《安南獵者》、《懌州刺史》等報恩故事，都是從前代志怪小說中「拿來」一個「文本」作爲核心加以衍生而產生的，志怪小說對唐五代小說的產生有重要意義。

三、從辭賦中選取核心文本加以衍生

　　從前代辭賦中「拿來」一個「文本」作爲核心加以衍生，是唐五代小說生成的主要方式之一。

　　先唐的辭賦像署名屈原的《卜居》、《漁父》，署名宋玉的《風賦》、《登徒子好色賦》，署名司馬相如的《美人賦》等，都用鋪陳華美的筆墨、精彩紛呈的構思來說理抒情、寫景喻物，大多都有一定的故事情節。特別是蔡邕的《青衣賦》寫男女之間的秘密相會，其情節與小說無異。郭紹虞就曾說過：「小說與詩歌之間本有賦這一種東西，一方面爲古詩之流，而另一方面其述客主以首引，又本於莊、列寓言，實爲小說之濫觴。」〔註47〕唐五代小說中有些作品就深受辭賦的影響，如《遊仙窟》情節與《青衣賦》相類似，《傳奇·封陟》情節與《美人賦》相類似。唐五代小說集《雲溪友議》卷上的《巫詠難》，就是直接以《高唐賦》中的「巫山神女」傳說爲核心文本加以衍生的。《文選·高唐賦》記載：當年，楚襄王與宋玉遊於雲夢之臺，望高唐之觀。見其上獨有云氣，須臾之間，變化無窮。於是，楚襄王與宋玉之間展開了一段關於雲夢之臺的雲氣的對話：

> 襄王問宋玉曰：「此何氣也？」宋玉對曰：「所謂朝云者也。」襄王
> 問：「何謂朝雲？」宋玉曰：「昔者先王嘗遊高唐，怠而晝寢，夢見
> 一婦人曰：『妾巫山之女也，爲高唐之客。聞君遊高唐，原薦枕席。』
> 王因幸之。去而辭曰：『妾在巫山之陽，高丘之阻，旦爲朝雲，暮爲

〔註46〕陳洪《佛教與中古小說》，學林出版社 2007 年版，第 93 頁。
〔註47〕郭紹虞《賦在中國文學史上的位置》，見郭紹虞《照隅室古典文學論集》，上海古籍出版社 1983 年版，第 87 頁。

行雨。朝朝暮暮,陽臺之下。』旦朝視之如言。故爲立廟,號曰『朝雲』。」〔註48〕

宋玉用巫山神女的故事來解釋朝雲,因賦體所限,神女、先王的形象模糊,神女與先王相遇的具體經過,作品也沒有詳細展開,而這些是最讓人們神往的部分。因此,自宋玉的《高唐賦》一出,「巫山神女」就成爲辭賦作家筆下經常吟詠的對象。「宋玉之後,以人神之戀來發泄巫山神女情結的賦體文學不絕如縷,而且幾乎一律是對《高唐》、《神女》二賦的模仿。基本模式可概括爲:邂逅神女──美麗多情──相戀──含恨分離。」〔註49〕如漢末建安年間楊脩、王粲、陳琳、應瑒等同題所作的《神女賦》。不僅如此,還出現了以「巫山神女」爲文本核心的小說作品。唐五代小說集《雲溪友議》卷上的《巫詠難》,是以「巫山神女」故事爲核心文本,以詩文本爲故事載體,通過故事人物對話展開情節而敷衍生成的。相較於《高唐賦》,《巫詠難》最大的特點是文中有 6 處詩文本吟詠巫山神女,小說以詩文本來敷衍和解讀與巫山神女相關的故事。

《巫詠難》以繁知一將經巫山,先於神女祠粉壁題詩,希白居易留下吟詠巫山神女的詩作,引出白居易不敢題詩的尷尬。再由白居易道出劉禹錫沒有在神女祠壁題詩的原委:劉禹錫塗掉神女祠壁的一千多首詩,留下了四首傑作,自知難以超越,因而無法在神女祠壁題詩。白居易援引劉禹錫之事,暗示自己亦有不敢題詩的膽怯。劉禹錫、白居易認爲自己無法超越的這四首傑作分別是沈佺期、王無競、李端、皇甫氏所作。這四處詩文本從不同層面完善、敷衍了巫山神女的故事,豐富了巫山神女的故事內核,表達了詩人們對神女無限神往卻又無可奈何的失望和惆悵。而段成式針對李德裕吟詠巫山神女的詩作而發的議論,則讓「巫山神女」故事的涵義不再局限於人神相會:「段成式一番議論意在諫勸李德裕,宋玉寫巫山之雨,無非以假託之辭,感襄王,並不是眞有其夢。後人遂以爲眞事,思與巫山神相會,也是虛妄之舉。」〔註50〕段成式對「巫山神女」故事的看法,徹底顛覆了文人們「巫山神女」的文化情結。故事的蘊意,在他諷諫式的議論中得以昇華。從小說整體結構來看,《巫詠難》雖並沒有就「巫山神女」故事自身而展開,但詩文本卻是「巫

〔註48〕〔梁〕蕭統編,〔唐〕李善注《文選》,中華書局版 1977 年版,第 264～265 頁。

〔註49〕李定廣著《古典文學新視角》,汕頭大學出版社 2005 年版,第 15 頁。

〔註50〕戴偉華《唐代幕府與文學》,現代出版社 1990 年版,第 163 頁。

山神女」故事的載體。

在唐五代小說集《集仙錄・雲華夫人》中，作家以宋玉《高唐賦》「巫山神女」爲核心文本，融入了大禹治水的神話傳說。《高唐賦》、《巫詠難》中的神女，身份不明，而「巫山神女」在《雲華夫人》中，變成了炎帝的少女瑤姬，又名「雲華夫人」，身份高貴。雲華夫人已經是肩負起協助大禹治水，拯救世人的「女神」，而不再是《高唐賦》中貪戀與人間男子婚戀、滿足自己私欲的「神女」。

「巫山神女」的故事亦成爲後世人神婚戀小說的藍本。漢魏晉小說《續齊諧記》中的《清溪廟神》描寫了趙文韶與神女的一段互古奇緣。在皎潔的月色下，趙文韶詠唱哀怨的思鄉之曲，婢女彈奏《繁霜》之曲，神女則以箜篌伴奏。此情此景，令人思緒萬千。小說寫得清新雅潔，別有風致，被湯顯祖譽爲：「騷艷多風，得九歌如餘意。」〔註 51〕裴鉶《傳奇》中的《蕭曠》，與《清溪廟神》有異曲同工之妙。寂寞的蕭曠在月朗風清的深夜，於孝義館的雙美亭取琴彈奏。綽約多姿的神女被蕭曠的琴音感染，她在悠揚的琴音中出場。在美麗的月色下，蕭曠和神女一見傾心，互訴衷腸。尤其是神女對曹植《洛神賦》的多次提及，使小說穿越古今，具有深厚的歷史文化內涵，同時也使小說氣氛變得曖昧而幽怨纏綿，具有憂鬱、惆悵的詩意色彩。

唐五代小說中的《郭翰》、《文蕭》、《華嶽靈姻傳》、《芋羅遇》等，也是以「巫山神女」故事爲藍本而催生的人神婚戀小說。

四、從詩歌中選取核心文本加以衍生

從前代詩歌中「拿來」一個「文本」作爲核心加以衍生，亦是唐五代小說生成的主要方式之一。

我國第一部詩歌總集《詩經》，有不少關於男女之間愛情的詩歌。如描寫結婚前男女之間彼此愛慕、約會戀愛的《關雎》、《卷耳》、《桃夭》、《蒹葭》等；又如描寫男女間談婚論嫁、夫妻恩愛的《雀巢》、《殷其雷》、《綠衣》、《終風》、《碩人》等；還有描寫婚後感情走向破裂的《氓》、《汝墳》、《江有汜》、《日月》等。這些詩歌，有著很強的敘事因子，完全可以當成小說來讀。如《氓》細緻地講述了女子與男子的相遇、相戀、結婚、婚變等幾個環節，有一定的故事情節，成爲「癡心女子負心漢」的故事原型。唐五代時期的愛情

〔註51〕袁宏道參評，屠隆點閱《虞初志》，北京市中國書店 1986 年版，第 12 頁。

小說，有些就是以「癡情女子負心漢」爲核心「文本」衍生成篇的，如《霍小玉傳》、《鶯鶯傳》演繹出更爲曲折動人的「癡情女子負心漢」的故事；有些是以男女雙方的美滿婚戀故事爲核心文本加以衍生，如《裴航》、《申屠澄》、《柳毅傳》等則演繹出以大團圓結局的才子佳人故事。

　　《霍小玉傳》是繼《鶯鶯傳》之後中唐傳奇的壓卷之作。《霍小玉傳》中的小玉是假託高門、淪落風塵的妓女。〔註52〕她與李生之間的愛情故事，與《㟃》的故事情節稍有差異，經歷了相遇、相戀、負心、復仇四個環節。《㟃》中的女主人公面對被棄，無可作爲；而《霍小玉》篇中的小玉，則是義無反顧地以生命爲代價進行復仇：

　　　　我爲女子，薄命如斯。君是丈夫，負心若此。韶顏稚齒，飲恨而終。

　　　　慈母在堂，不能供養。綺羅弦管，從此永休。徵痛黃泉，皆君所致。

　　　　李君李君，今當永訣！我死之後，必爲厲鬼，使君妻妾，終日不安！

　　〔註53〕

小玉相思成疾，百般設法以求與李益相見，李益總是避不見面。最後一黃衫豪士「怒生之薄行」，將李益強拉到小玉處。小玉悲憤交集，怒斥李益。這段義正詞嚴的血淚控訴和強烈的復仇意緒，表現了一個備受欺凌的弱女子臨終前最大程度的憤怒和反抗。至此，小玉性格中的溫柔多情已爲堅韌剛烈所取代，但這堅韌剛烈中卻滲透了無比的淒怨。黃衫豪士的俠義行爲，顯然受前代俠客文本的影響，而小玉死後變鬼復仇，吸收了前代志怪小說中的「鬼」故事文本。《霍小玉》以「癡情女子負心漢」爲核心「文本」，會通俠客文本，志怪小說中的鬼故事文本，成功塑造了李益這一薄情郎形象，表達了作者對小玉的同情，對李益的譴責。明代胡應麟稱讚唐人小說紀閨閣事綽有情致，

〔註52〕程國賦在《唐五代小說的文化闡釋》一書中，從同姓不婚的角度來分析《霍小玉傳》中小玉的身份：「霍小玉號稱『故霍王小女』，這裏所提到的霍王指唐高祖第十四子李元軌的曾孫李暉，嗣霍王封號。既然是霍王之女，小玉必然姓李，如果她與李益聯姻，那麼不僅僅屬於良賤通婚，而且屬於同姓婚姻，當然爲社會、法律所不容。而在小說中，小玉卻沒有顧忌李益的姓氏，反而提出八年歡愛的短願；李益負心，主要是因爲嚴母之命，再加上擔心良賤通婚會影響個人前程，並沒有提及『同姓不婚』的法律規定。從這一點似乎可以確認霍小玉的身份並非『霍王小女』，只是一名普通的妓女，所謂出身王府不過是妓女假託高門而已。」（程國賦《唐五代小說的文化闡釋》，人民文學出版社2002年版，第174～177頁。）

〔註53〕李時人編校，何滿子審定《全唐五代小說》，陝西人民出版社1998年版，第732頁。

並認為「此篇尤為唐人最精採動人之傳奇，故傳誦弗衰」。魯迅評《霍小玉傳》說：「李肇（《國史補》中）云：『散騎常侍李益少有疑病』，而傳謂小玉死後，李益乃大猜忌，則或出於附會，以成異聞者也。」〔註54〕汪辟疆也說：「夫婦之間無聊生者，或為當日流傳之事實。小說多喜附會，復舉薄倖之事以實之，而『十郎』薄行之名，永垂千古矣。」〔註55〕

又如在《裴航》中，士子裴航遇仙、求仙，並與仙女喜結良緣。士子與仙女相遇的方式與《氓》中男女主人公不同。《氓》中的男、女主人公，在自由戀愛的基礎上，遵守禮法，由媒妁說和而成，而裴航與仙女則是不期而遇。仙女在世間的居所，與常人無異，是簡陋、矮小的茅屋，但進入藏匿於人間的仙境後，別是另一番風景：

> 如此日足，嫗持而吞之，曰：「吾當入洞而告姻戚，為裴郎具帳幃。」
> 遂挈女入山，謂航曰：「但少留此。」逡巡，車馬僕隸，迎航而往。
> 別見一大第連雲，珠扉晃日，內有帳幄屏幃，珠翠珍玩，莫不臻至，
> 愈如貴戚家焉。仙童侍女，引航入帳就禮訖……嫗遂遣航將妻入玉
> 峰洞中，瓊樓珠室而居之，餌以絳雪、瓊英之丹，體性清虛，毛髮
> 紺綠，神化自在，超為上仙。〔註56〕

《裴航》中對神仙生活的描寫，洋溢著富足、奢華的貴族習氣。罕見的稀世珍寶，炫人耳目的服飾、山珍海味、瓊臺玉閣，如同詩畫一般，令人難以置信。這與神仙洞窟類志怪小說對仙境的描繪如出一轍。裴航對仙女是一見傾心，為了愛情，他可以捨棄功名利祿，歷經考驗。他對仙女的追求是真誠而熱烈的，既不是為了功名利祿，也不是貪慕長生，更不是出於垂涎仙女的美貌，而是為了永恆的愛情。裴航與仙女的戀愛，又移用了人神婚戀的故事文本，顛覆了「癡情女子負心漢」的故事主旨；小說中還穿插了不少傳情的詩文本，如裴航落第遇美人時，美人回贈了一首暗藏機語的詩，創造了如輕煙縹緲般的夢幻境界，增添了小說的詩意色彩。

《裴航》從前代詩歌中「拿來」一個「文本」作為核心加以衍生，移用志怪小說中「神仙洞窟」、「人神婚戀」的故事文本，又與具有抒情色彩的詩

〔註54〕〔晉〕干寶撰，魯迅編錄，曹光甫校點《搜神記‧唐宋傳奇集》，上海古籍出版社 1998 年版，第 391～392 頁。

〔註55〕汪辟疆校錄《唐人小說》，上海古籍出版社 1978 年版，第 83 頁。

〔註56〕李時人編校，何滿子審定《全唐五代小說》，陝西人民出版社 1998 年版，第 1761～1762 頁。

文本會通，演繹出神女與士子的婚戀故事。

石昌渝曾指出唐小說「詩的神韻」與「元和體」詩風的融通關係：「情感和想像是詩歌的靈魂，這個靈魂附於小說，小說亦有詩的神韻。唐代傳奇小說是在詩歌的文化氛圍中成長壯大的，它的許多作者同時也是詩人。它的鼎盛時期幾乎與『元合體』詩歌時代同時決不是偶然的。」〔註 57〕唐五代小說的鼎盛與中晚唐「元和體」詩歌的新變密切相關。

通過對唐五代小說中「扣樹傳書」、「巫山神女」、「子胥復仇」、「愛情」系列故事的比較分析，可以看出，唐五代小說作者從前代史傳、志怪小說、辭賦、詩歌中「拿來」一個「文本」作爲核心，與其他故事交融而衍生爲一個「超文本」。核心文本，是小說故事情節發展的依據和動因，作者可以根據自己的意圖，隨意組合其他文本。如「扣樹傳書」系列故事與龍神、河伯的傳說重組，「巫山神女」系列故事與神話、民間傳說重組，重組則是對「前文本」的隱括和延宕。而核心文本被從故事原型中剝離出來，作爲一個片斷，嵌入新的敘事，按照新的需要，則成爲「超文本」的有機組成部分。「文備眾體」，應該探尋和解釋「所有使一文本與其他文本產生明顯或潛在關係的因素」〔註 58〕。

〔註 57〕石昌渝《中國小說源流論》，三聯書店 1994 年版，第 160 頁。
〔註 58〕〔法〕熱拉爾·熱奈特著，史忠義譯《熱奈特論文集·隱迹稿本（節譯）》，百花文藝出版社 2001 年版，第 68～69 頁。

結　語

　　趙彥衛在《雲麓漫鈔》中指出了唐人小說「文備眾體」的藝術特徵。「文備眾體」不僅僅具有文體學的意義，亦不僅僅具有敘事學的意義，而且具有發生學的意義。近代西方「文本間性」理論本質上與「文備眾體」相通。從這一意義上說，「文備眾體」揭示了小說創作的一個基本規律，具有普遍意義。我們應該從這一層面來理解唐人「有意爲小說」，重新認識唐五代小說在中國文學發展史上的價值與意義。

　　「文備眾體」不僅揭示了唐五代小說的敘事特點和文體特徵，尤其重要的是，它揭示了唐五代小說的形態和生成規律。唐五代小說不僅吸收某一文體，某一文體元素或其表現手法進行小說敘事，還從前代作品中吸取「營養」進行創作。融入唐五代小說敘事中的某一種文體，已經喪失了原文體自身的獨立性，與融入唐五代小說敘事中的其他文體元素、表現手法以及「營養」一樣，成爲小說文體結構的有機組成部分。「營養」屬於「內容」層面，而文體、文體元素、表現手法則屬於「形式」層面。本文將融入唐五代小說敘事中的文體、文體元素、表現手法以及「營養」均視爲「廣義的文本」。唐五代小說正是由多種「廣義文本」會通而生成的「文本共同體」。唐五代小說的文本會通方式主要有兩種：第一，從「形式」層面言之，以一種「文體」爲骨架會通其他「文本」。史傳體作爲小說的母體，充當了唐五代小說大部分作品文體結構的基本「骨架」，如《孫寶》、《李大安》、《趙文信》、《趙太》、《李山龍》、《蘇長》、《李氏》、《元大寶》、《王將軍》、《李壽》、《梁氏》、《李思一》、《王顯》等。因史傳爲小說創作提供了既定的模式，小說家遵循以時間爲序的理念，由對人物的介紹轉入主體故事的敘述，並在文末加以議論，

表達對故事或人物的看法，深化了小說的蘊意。這種敘述首尾完整有序，有條不紊。同時，唐五代小說也有以書牘、公牘、詩、碑銘等文本為基本「骨架」會通其他文本的。這反映了唐五代小說家對小說創作方式的探索，他們試圖改變小說一直以來以史傳文本為骨架的單一的文體結構方式。小說也可以書牘、公牘、詩、碑銘等其它文本作為情節鏈的核心線索展開故事的敘述；第二，從「內容」層面言之，以一種「文本」為核心融會其他文本。前代史傳、志怪、志人、詩歌、辭賦等是唐五代小說創作的素材庫。小說家從前代「史傳」、「詩歌」、「辭賦」、「志怪小說」等中選取一個「核心文本」，與其他故事交融而衍生出新的故事，如《柳毅傳》、《劉貫詞》、《邵敬伯》等就是以「扣樹傳書」為核心文本，融會「民間傳說」、「俠士」、「龍」、「人神婚戀」等故事而形成的。又如《蕭氏女》、《韋諷女奴》就是以「幽冥類」故事為核心文本，融合「妒婦」、「修煉成仙」、「死而復生」等故事而衍生的。唐五代時期產生的此類故事，受時代意識、文學思潮等因素的影響，在故事主旨上表現出與此前故事的不同。

　　要之，「文備眾體」的「體」包含「內容」和「形式」兩方面的「文本」。「內容」方面的「文本」指唐五代小說吸取前代作品為題材；「形式」方面的「文本」指其運用某一文體、某種文體元素或表現手法。唐五代小說是由諸多「內容」和「形式」方面的文本組合而成的「文本共同體」。每一種「文本」根據敘事的需要在小說的敘事流中承擔不同的功能和作用。唐五代小說作者的「詩筆、史才、議論」均通過這些「文本」的個性化組合得以展現。這些「文本」的不同組合呈現為不同的敘事模式，孕育著唐五代小說的審美生成。